Bruno Morchio

Kalter Wind in Genua

metro wurde
begründet von
Thomas Wörtche

Zu diesem Buch

Bacci Pagano, Privatdetektiv und »Analphabet in Gefühlsdingen«, liebt Mozart, gutes Essen und die Literatur. Sein Revier sind die Carruggi, die engen Gassen in der Altstadt von Genua, die er auf seiner amarantroten Vespa 200 PX durchkreuzt.

Bei Ermittlungen für eine vornehme Familie aus dem Genueser Industrieadel stößt er auf pikante Liebesaffären und dubiose Millionengeschäfte. Doch plötzlich bekommt er einen noch viel heikleren Fall: Aus dem Studio eines linken Radiosenders wurde ein Gewehr gestohlen. Irgendjemand plant damit ein Attentat auf den Ministerpräsidenten, der Genua just dieser Tage einen Besuch abstatten wird.

»Sein Können beweist der Autor in den Sequenzen, die seiner Stadt gewidmet sind: Er zeichnet ein buntes, anschauliches Porträt Genuas, zwischen Licht und Schatten, Pracht und Zerfall.« *Christina Hoffmann, 3sat*

Der Autor

Bruno Morchio, geboren 1954, lebt und arbeitet in seiner Heimatstadt Genua als Autor, Psychologe und Psychotherapeut. Bisher hat er schon sechs Romane mit dem Genueser Privatdetektiv Bacci Pagano veröffentlicht, die in Italien äußerst erfolgreich sind. Gefragt nach seinen literarischen Vorbildern, nennt Morchio gerne drei Autoren: Vázquez Montalbán, Izzo und Chandler.

Im Unionsverlag ist außerdem lieferbar: *Wölfe in Genua.*

Mehr über Buch und Autor im Anhang
und auf *www.unionsverlag.com*

Bruno Morchio
Kalter Wind in Genua

Aus dem Italienischen von
Ingrid Ickler

Unionsverlag

Die Originalausgabe erschien 2004 unter dem Titel
Bacci Pagano – Una storia da carruggi bei Fratelli Frilli Editori in Genua.
Die deutsche Erstausgabe erschien 2007 im Unionsverlag, Zürich.

Im Internet
Aktuelle Informationen,
Dokumente, Materialien
www.unionsverlag.com

Unionsverlag Taschenbuch 444

Rieterstrasse 18, CH-8027 Zürich
Telefon 0041-44-283 20 00, Fax 0041-44-283 20 01
mail@unionsverlag.ch

Reihengestaltung: Heinz Unternährer, Zürich
Umschlaggestaltung: Peter Löffelholz, Zürich
Umschlagfoto: James Fasso
Druck und Bindung: CPI – Clausen & Bosse, Leck
ISBN 978-3-293-20444-7

Die äußeren Zahlen geben die aktuelle Auflage
und deren Erscheinungsjahr an:
2 3 4 5 – 12 11 10 09

Meinem Vater Paolo und
der Bitterkeit und Wut seiner
letzten Tage gewidmet

Hinweis an den Leser

Ob es Ihnen passt oder nicht, dies ist ein Roman und nicht etwa eine politische Schmähschrift. Die Personen des öffentlichen Lebens, die hier auftreten, wurden nach den Bedürfnissen der Handlung absichtlich verzerrt. Sie existieren nur im Weltbild von Anhängern bestimmter politischer Bewegungen (zum Beispiel Kommunisten, sonstige Linke und andere ewige Kritikaster). Die Beziehungen zwischen den handelnden Personen sind frei erfunden.

Allfällige Geschichtsfälschungen sowie jegliche Überspitzung und tendenziöse Verzerrung haben ihren Ursprung lediglich in ebendiesen kollektiven Fantasien.

Und überhaupt sind alle Personen und Ereignisse völlig aus der Luft gegriffen.

Der Autor

1
Mondnacht

Der Plakatierer der *Affissioni Comunali* spuckt auf den Boden und wischt sich mit dem freien linken Unterarm über den Mund. In der rechten Hand hält er den Eimer mit Kleister, die lange Papierrolle hat er unter die Achsel geklemmt. Er brummt etwas vor sich hin, vielleicht flucht er über das riesige Plakat, das er wie üblich perfekt anzubringen hat. Er stellt den Eimer ab und geht zu seinem in zweiter Reihe geparkten Lieferwagen. Die Luft ist beißend kalt und kleine Atemwölkchen strömen aus seinem Mund. Nur mit Mühe gelingt es ihm, den Rollpinsel mit seinem sperrigen Teleskoparm aus dem Kofferraum zu befreien. Er flucht wieder. Über ihm die Sichel des Mondes, der lautlos und träge über den kahlen Bäumen des weihnachtlich geschmückten Corso Carbonara seine Bahn zieht. Die Dezembernacht ist bitterkalt.

Mit einer tausendfach erprobten Handbewegung taucht er den Pinsel in den Leim und kleistert damit ein Stück des großen Plakats ein – ein routinierter Griff und der linke obere Teil entrollt sich auf der Plakatwand wie ein Teppich.

FÜNF KUG

Wie ein Papagei auf der Stange kauere ich auf meiner Vespa und beobachte ihn. Die Vespa, eine alte 200 PX in Amarantrot, steht aufgebockt vor einem eleganten Jugendstil-Palazzo. Über kurz oder lang muss die nicht minder elegante Verlobte meines Klienten aus dem Tor treten.

Ein weiterer gekonnter Handgriff und auch das mittlere Teilstück oben klebt knitterfrei.

ELN UND ITAL

Der Plakatkleber spuckt erneut auf den Boden. Er lässt den Pinsel im Eimer, fährt sich mit der Hand über den Nacken und betrachtet zufrieden sein Werk. Er macht den Eindruck, als wolle er gleich weiterarbeiten, doch stattdessen langt er in die Tasche seiner schwarzen Steppweste, holt eine Zigarette heraus, zündet sie an, nimmt zwei tiefe Züge und lässt sie dann in den Mundwinkel wandern. Wieder gleitet die Rolle über das Plakat, und wie von Zauberhand erscheint nun der rechte Teil der obersten Zeile.

IEN IST SAUBER

Ein erneuter Blick nach oben, doch dieses Mal scheint der Mann überrascht zu sein: nicht über den perfekten Sitz seines Plakats, sondern über das, was er dort liest.

FÜNF KUGELN UND ITALIEN IST SAUBER

Die Zigarette klebt ihm zwischen den Lippen. In seine Geschicklichkeit mischt sich Hast. Nur einen Augenblick später ist auch die untere Textzeile lesbar. Das Plakat schreit der Welt eine fürchterliche Aufforderung entgegen:

GEBT UNS FÜNF NAMEN FÜR DIE ERSTEN FÜNF KUGELN. DEN REST ERLEDIGEN WIR MIT UNSERER PRÄZISIONSWAFFE.

Darunter fünf Geschosse, aufgereiht wie Bowlingkugeln.

RUFEN SIE AN: 800-121314 – RADIO BABA YAGA

In die Stille der Nacht hinein hört man eine Tür schlagen. In einen Pelzmantel gehüllt, tritt eine zierliche Gestalt auf die Straße, die Verlobte meines Klienten. Ihre Absätze klappern, als sie zu einem Morris hastet, der unter den kahlen Bäumen steht. Bäume, die ebenso nackt aussehen, wie sie es zweifellos noch bis vor Kurzem gewesen ist. Der tief liegende Morris macht einen Ruck, setzt ein wenig zurück und fährt mit Vollgas davon. Ich starte die Vespa, lasse den Ständer zurückklappen und rase hinterher. Zurück bleiben das große Plakat und davor, mit offenem Mund, der Mann der städtischen Plakatgesellschaft. Sein Schrei hätte die rechtschaffenen Bewohner Castellettos wohl aus dem Schlaf gerissen.

Um ein Uhr nachts in der Via Fereggiano einen Parkplatz zu finden, gleicht einem Sechser im Lotto. Die sichtlich erschöpfte Verlobte meines Klienten stellte den Morris schließlich vor einem Müllcontainer ab, allerdings erst, nachdem sie sich vergewissert hatte, dass die städtische Müllabfuhr ihn bereits geleert hatte. Ein Strafzettel wegen Falschparken war sicher ärgerlich, aber morgens aus der Haustür zu treten und gar kein Auto mehr vorzufinden, wäre nun doch ein zu hoher Preis gewesen – selbst wenn die nächtlichen Stunden ein Fest der Sinne gewesen waren … Sie überlegte jedenfalls ein Weilchen, bevor sie den Morris abstellte und – den Autoschlüssel in der einen, den Haustürschlüssel in der anderen Hand – zum Haus hasten wollte. Genug Zeit, die Vespa aufzubocken, mich vor ihrem Mini aufzubauen und ihr meine Visitenkarte zu präsentieren. Darauf standen mein Name mit Adresse und Telefonnummern sowie die recht vage Berufsbezeichnung »Privatdetektiv« mitsamt offizieller Zulassungsnummer.

»Nicht erschrecken, Signorina Montello, es passiert Ihnen nichts. Ich bin Privatdetektiv.«

Sie griff nach der Karte und musterte sie, als handle es sich um ein mysteriöses Geheimdokument. »Wieso wissen Sie, wie ich heiße?« Ihre Stimme war rau. Verlockend rau.

»Das ist eine komplizierte Geschichte. Geben Sie mir fünf Minuten und ich erkläre Ihnen alles.«

Sie blickte mich aus unergründlich dunklen Augen an. Die leidenschaftlichen Umarmungen der letzten Stunden hatten ihr Make-up stark in Mitleidenschaft gezogen, nur noch ein verwischter Rest Lidschatten schimmerte über ihren vor Bestürzung weit aufgerissenen Augen.

»Fünf Minuten? Hier? Um diese Zeit?«

»Wo sonst?«

Ich hätte auf ihre letzte Frage natürlich auch mit »Wann sonst?« antworten können. Doch nach zwei Stunden in der schneidenden

Kälte war die Vorstellung, das Gespräch im Innern des Hauses fortzusetzen, weitaus verlockender.

»Was wollen Sie eigentlich von mir?«

»Mich nur ein wenig mit Ihnen unterhalten. Um alles Weitere wird sich dann Ihr Verlobter Dottor Gustavo Camillo Pellegrini kümmern. Sie heiraten doch bald, oder?«

»Woher wissen Sie …?« Sie stockte.

Alma Montello hatte begriffen. Auch das letzte Fünkchen Hoffnung, es könne sich um ein rein zufälliges Zusammentreffen mit einem zwielichtigen Zeitgenossen handeln, war verflogen. »Er traut mir nicht! Erst macht er mir einen Antrag und dann schickt er mir einen miesen Schnüffler hinterher!«

Ich versuchte, mir meine Belustigung über ihren Gefühlsausbruch nicht anmerken zu lassen, was in Anbetracht der pikanten Umstände nicht ganz einfach war. Einen Augenblick lang passierte gar nichts, dann brach es plötzlich aus ihr heraus. Sie lachte aus vollem Hals, sie prustete und gluckste, bis ihr die Tränen über das Gesicht liefen. Ihr ausgelassenes Gelächter hallte durch die verlassene Via Fereggiano. Sie konnte gar nicht mehr aufhören, hielt sich den Bauch und rang nach Luft. Schließlich war es auch mit meiner Selbstbeherrschung vorbei: zwei außer Rand und Band geratene Verrückte mitten auf einer menschenleeren Straße. In dem ganzen Drunter und Drüber verrutschte ihr Nerzmantel, höchstwahrscheinlich ein Geschenk von Gustavo Camillo, und enthüllte ihre üppigen Formen, die sich unter dem Pullover abzeichneten.

Während sie den Mantel wieder zusammenzog, warf sie mir einen verschwörerisch-koketten Blick zu, der durchaus professionell wirkte. »Warum kommen Sie nicht mit rauf? Ich mache Ihnen was Warmes zu trinken.«

Sie bewohnte eine kleinbürgerliche Dreizimmerwohnung in einem grauen Arbeitermietshaus aus der Vorkriegszeit. Beim Eintreten empfing mich wohlige Wärme, ein Hauch von Räucherstäbchen lag in der Luft. Doch bereits wenige Augenblicke später dominierte der herausfordernde Duft, der von meiner Begleiterin und ihrem Nerz ausging. Ersatz für den natürlichen Lockstoff des Weibchens, der sich im Laufe der Evolution verloren hat. Achtlos warf Alma den Pelzmantel auf den ausladenden Wohnzimmertisch und bat mich, auf dem Sofa Platz zu nehmen. Dann verschwand sie aus meinem Blickfeld. Erst rumorte sie in der Küche, dann hörte ich Geräusche aus dem Badezimmer. Nachdem sie sich frisch gemacht hatte, huschte sie ins Schlafzimmer, um schließlich in einem bodenlangen, geblümten Samtmorgenmantel, unter dem zierliche Aschenputtelfüßchen in plüschigen rosa Pantoffeln hervorlugten, wieder aufzutauchen. Erneut verschwand sie in der Küche und kam kurz darauf mit einem Tablett zurück, auf dem zwei Tassen mit dampfendem Tee und eine Zuckerdose aus imitiertem englischem Porzellan standen.

Das alles passte perfekt zusammen: die Düfte, die ausgesucht gemütliche Einrichtung – die perfekte Umgebung für eine kleine Verkäuferin. Eine Verkäuferin allerdings, die sich anschickte, mithilfe eines schwerreichen Bräutigams von der kleinbürgerlichen Idylle in den Geldadel aufzusteigen. Einige Millionen mehr oder weniger können das Leben gewaltig verändern.

Ich wusste zwar nicht viel von ihr, aber genug, um ihre Leistung würdigen zu können. Sie hatte einen »ewigen Junggesellen« aus dem goldenen Käfig einer behüteten Kindheit befreit. Dieser Mann war immerhin schon vierzig Jahre alt, also in einem Alter, wo Mütter sich schon ihre Gedanken machen. Ein pflichtbewusster Kaufmann, der eines schönen Juliabends, überwältigt vom Strahlen ihrer dunklen Augen, den Verlockungen ihres üppigen Körpers und ihrem betörenden Parfüm nicht widerstehen konnte. Ihre Sinnlichkeit hatte ihn mit der Kraft eines tropischen Wirbelsturms überwältigt, in einer überfüllten Diskothek an der Riviera.

Sie stellte das Tablett auf den Tisch, setzte sich neben mich aufs Sofa und schlug die Beine übereinander. Dabei rutschte ihr Morgenmantel hoch und gewährte einen Blick auf feste, schneeweiße Oberschenkel. Mit einem raschen Griff zog sie den Mantel wieder zurecht. Offensichtlich hatte sie den Büstenhalter ausgezogen, denn als sie sich nach vorne beugte, um Zucker in die Tassen zu geben, konnte ich durch den offenen Ausschnitt des Morgenmantels ihre vollen Brüste sehen.

»Diesen Kräutertee hat mir mein Homöopath empfohlen. Er schmeckt gut und entspannt.«

Ihre raue Stimme klang, als kratze man mit einem Fingernagel über einen Nylonstrumpf. Sie pustete in den heißen Tee und nahm einen kleinen Schluck. Ihre großen, dunklen Augen blickten mich dabei über den Rand der Tasse hinweg an. Sie sah aus wie ein Kind, das man mit dem Finger in der Marmelade erwischt hatte.

»Sollte ich Sie erschreckt haben, tut mir das leid. Ich heiße Bacci Pagano und bin Privatdetektiv.«

»Angenehm, Alma Montello«, antwortete sie und streckte mir die Hand entgegen. »Ich bin …«

»Verkäuferin im Kaufhaus Coin«, vollendete ich und berührte mit den Fingerkuppen sanft ihre Hand.

»Das wissen Sie auch?«

»Allerdings. Außerdem weiß ich, dass Sie im Frühjahr Dottor Gustavo Camillo Pellegrini heiraten werden, den behüteten Spross einer schwerreichen Familie mit einer äußerst üppigen Mitgift.«

»Stimmt, und zwar genau zum Frühlingsanfang am 21. März, Gustavo Camillo wollte das so. Er meint, das bringe Glück.«

»Ich gratuliere.«

Sie zuckte mit den Achseln. »Aber Sie sind mir ja auf die Schliche gekommen.«

»Halt, halt, Sie irren sich: Ich habe nicht den Auftrag, zu überwachen, ob Sie Ihrem Verlobten treu sind.«

Auf ihrem von blond gefärbten Dauerwellen umrahmten Gesicht machte sich Verblüffung breit und auf den ungeschminkten Lippen zeigte sich ein befreites Lächeln. »Heißt das … Sie verfolgen mich nicht, um herauszufinden, ob ich einen Liebhaber habe?«

»So ist es. Für Affären bin ich nicht zu haben, weder privat noch beruflich.«

»Warum haben Sie mich denn beschattet?«

»Ich will nur wissen, mit wem Sie den Abend verbracht haben.«

»Kommt das nicht auf das Gleiche heraus?«

»Keineswegs. Mich interessiert nur der Name Ihres Begleiters. Was Sie beide getrieben haben, geht nur Sie selbst und höchstens noch Ihren zukünftigen Ehemann etwas an.«

»Wieso? Ist Gustavo Camillo denn nicht Ihr Auftraggeber?«

»Nein, er weiß überhaupt nichts von meinen Ermittlungen, auch wenn ich mit seinem Geld bezahlt werde.«

»Tut mir leid, jetzt verstehe ich gar nichts mehr.«

»Kein Problem, nennen Sie mir einfach seinen Namen.«

»Vergessen Sies. Entweder Sie erklären mir alles, oder …«

»Oder was? Glauben Sie denn wirklich, Sie sind in der Position, mir Vorschriften zu machen?«

»Wollen Sie mich erpressen?«

»Nennen Sie es, wie Sie wollen. Geben Sie sich einen Ruck, Signorina, ich will den Namen. Sie ersparen mir damit einen Besuch im Palazzo am Corso Carbonara. Und Sie wissen ja, wo das hinführen kann … Fängt man erst mal an, Fragen zu stellen, entstehen schnell Gerüchte. Genua ist ein großes Dorf.«

»Ich wette, Gustavo Camillos Mutter hat Sie engagiert, diese alte Hexe.«

»Sagen wir es so, es war die Firma Pellegrini & Co. Meine Auftraggeber befürchten, dass die Konkurrenz versuchen könnte, Kontakte mit Ihnen zu knüpfen, ohne dass Sie etwas ahnen. Aus diesem Grund haben sie mich beauftragt, ihre Interessen wahrzunehmen, und zwar diskret, um Ihre sogenannte Verlobungsidylle nicht zu stören.«

»Und Gustavo Camillo weiß wirklich nichts davon?«

»Wenn Sie darauf bestehen, kann ich ihn natürlich informieren.«

»Nein, nein, bitte nicht.«

Dieses Mal war ich es, der mit den Schultern zuckte. Alma stellte die leere Tasse ab, entspannte sich und begann mit stockender Stimme zu erzählen. »Das ist eine alte Geschichte. Angefangen hat alles in der Berufsschule. Alberto unterrichtete dort Handelsrecht. Er hat allen Mädchen den Kopf verdreht. Wir waren verrückt nach ihm und seinem blonden Schnurrbart. Ich war schon damals recht … ansehnlich. Er warf ein Auge auf mich, wir begannen eine Affäre. Das wars. Alberto ist nicht der Typ, der eine Verkäuferin heiraten würde. Wir trafen uns, gingen miteinander ins Bett, er schwor mir ewige Liebe und versprach, mich gleich am nächsten Tag anzurufen – stattdessen war zwei Wochen lang Funkstille. So ging es all die Jahre bis heute – Alberto ist immer noch ein attraktiver Mann. Allerdings sehen wir uns nur noch selten, vielleicht einmal im Monat.«

»Alberto …?«

Sie zögerte. Ihre Augen wanderten zur Decke, als suchten sie dort einen Fluchtweg. »Alberto Losurdo.«

»Er weiß von Ihnen und Gustavo Camillo?«

»Natürlich.«

»Hat er sich nach den Geschäften der Familie Ihres Zukünftigen erkundigt?«

»Und wenn schon, über geschäftliche Dinge bin ich nicht informiert …«

»Das ist auch besser so. Ich gehe davon aus, dass er an detaillierten Interna interessiert ist, und wenn Sie ihm diese nicht liefern wollen, wird er damit drohen, Gustavo Camillo von ihrem Verhältnis zu erzählen. Verstehen Sie jetzt, in welchen Schlamassel Sie sich manövriert haben?«

Ihre Unruhe verwandelt sich in Panik. Ihre Augen beginnen zu schimmern. Hilfe suchend blickt sie mich an. Doch in ihrem Blick liegt noch etwas anderes als nur die Angst um ihre Zukunft: nämlich

Bitterkeit über die vielen Jahre dieser bis heute dauernden Geschichte. Alberto Losurdo trifft sich also immer noch mit ihr, weil er ein ganz bestimmtes Ziel verfolgt – und nicht, weil sie die begehrenswerteste unter all seinen Schülerinnen war.

Ich versuche sie zu beruhigen. »Es gibt für alles eine Lösung. Wir finden schon einen Ausweg.«

Wieder zuckt sie ängstlich zusammen. »Sie wollen ihn doch nicht etwa umbringen?«

»Für wen halten Sie mich? Ich bin Privatdetektiv, kein Killer. Auch Losurdo hat irgendwo eine schwache Stelle, und da werden wir ihn packen, um ihn zu neutralisieren.«

Sie atmet erleichtert auf und ich rede weiter beruhigend auf sie ein. Selbst in ihrer Panik hat sie nichts von ihrer Attraktivität verloren.

»Machen Sie sich keine Sorgen. Gustavo Camillo wird ohne den Hauch eines Verdachts mit Ihnen vor den Altar treten und Sie werden glücklich und zufrieden leben bis ans Ende Ihrer Tage.«

»Ist das Ihr Ernst?«

Ich strecke meine Hand aus und streiche ihr mit dem Handrücken zärtlich über die Wange. »Ihr Tee ist wirklich gut, wissen Sie? Und so entspannend.«

Ich spüre, wie sie sich unmerklich versteift, doch ich ziehe meine Hand nicht zurück und streichle weiter über ihre samtweiche Haut, ein wenig unsicher zwar, doch voller Verlangen. Alma blickt mich zärtlich an und sagt fast bedauernd: »Nicht, ich bitte Sie …«

Mit einer zögerlichen Geste legt sie ihre Hand auf die meine und schiebt sie zur Seite.

Sehnsucht nach Nähe hüllt mich ein, und ich bedaure sehr, dass ich nach so viel Kälte nicht wenigstens ein bisschen von dem abbekomme, was dieser Mistkerl von Alberto Losurdo übrig gelassen hat.

2
Im Caffè degli Specchi

»Machen wir, mein Junge«, hatte mir Pertusiello am Telefon zugesichert. »Es ist Freitagabend, genau die richtige Zeit für einen Aperitif. Also um sieben im Caffè degli Specchi.«

Im weihnachtlichen Lichtermeer der Salita Pollaiuoli mischten sich Araber und Südamerikaner ins Gewimmel der Einheimischen, die ins Wochenende aufbrachen. Doch wie eine unsichtbare Mauer des Misstrauens standen die unterschiedlichen Sprachen und Hautfarben zwischen den einzelnen Gruppen. Es roch nach Weihnachten. Die künstlichen Christbäume in den Schaufenstern waren mit bunten Kugeln und Misteln festlich geschmückt. In den Läden lockten Truthähne und frische Meeresfrüchte, Moscato und Spumante, Mandelbrot und Panettone, Nougat und Trockenfrüchte. Und dazu bergeweise Kleidung, Lederwaren, Spielsachen, Schmuck und Juwelen. Nützliche und überflüssige Geschenke. Computer, Hi-Fi-Anlagen, DVD-Player, Handys, Fotoapparate, Digitalkameras, Playstations und X-Box-Konsolen.

Als ich die Bar betrat, war der Vicequestore Commissario Salvatore Pertusiello schon da. Der als besonders unbequem geltende Leiter der Mordkommission saß gleich am ersten Fenstertisch im gut besetzten großen Saal für Raucher. Alfio und seine jungen Bedienungen hasteten zwischen Theke und Tischen hin und her und servierten dem bunt gemischten Publikum nicht minder bunt gemischte Cocktails. Hier trafen sich Studenten, Jungvolk auf der Karriereleiter und ältere Semester, die ihren beruflichen Niedergang im Alkohol ertränkten. Pensionierte oder arbeitslose Intellektuelle und neureiche Nichtintellektuelle, die Wohlstand, Erfolg und Macht ausstrahlten. Blühende und verblühte Jugend. Frustrierte Altlinke, die das Vertrauen in die neue Linke verloren hatten, aber auch heimliche

Anhänger der Forza Italia, ängstlich darauf bedacht, ihre Gesinnung nicht zu verraten.

Pertusiello hatte sich die Wartezeit mit den wie immer verführerischen Appetithäppchen und einem Glas Spumante Bellavista verkürzt. Alfio begrüßte mich mit seinem Ich-komme-gleich-zu-dir-Blick und der Commissario wies auf den Stuhl neben sich.

»Setz dich, Bacci. Bald ist Weihnachten, da sind alle Menschen freundlich zueinander. Und was machen wir? Wir benehmen uns wie die größten Drecksäcke, noch schlimmer als sonst. Sag mal, du bist doch immer unterwegs in dieser Stadt, schwimmst durch die Gassen wie ein kleines Stück Scheiße im Abflussrohr. Bestimmt hast du dieses riesige Plakat gesehen.« Seine mächtige Pranke schrieb mit gespreiztem Daumen und Zeigefinger imaginäre Zeilen in die Luft. »Fünf Kugeln und Italien ist sauber. Hast du das gesehen, ja oder nein?«

»Wer kann ein so riesiges Plakat übersehen?«

Beifällig klopfte er mit den Fingerknöcheln auf den Tisch. »Genau das ist der Punkt. Man kann es nicht übersehen. Die Bewohner dieser Stadt wachen heute Morgen auf, und von sämtlichen Plakatwänden schreit ihnen dieser Hetzaufruf à la Bin Laden entgegen. Ein monumentales Plakat, auf dem sie aufgefordert werden, fünf Typen auszuwählen, ohne die Italien besser dran wäre. Ein gebührenfreier Anruf genügt.«

»Und?«

Sein Lachen schallte so laut, dass sich einige Gäste am Nebentisch umdrehten. »Unsere Staatsschützer von der Digos sind am Rande des Nervenzusammenbruchs.«

Typisch Pertusiello. Rotiert der Staatsschutz, packt den Leiter der Mordkommission die gute Laune.

»Deshalb regen die sich auf? So wie es zurzeit in Italien zugeht, scheinen mir fünf Kugeln sehr maßvoll zu sein.«

Der Commissario wurde wieder ernst. »Nach dem G8-Gipfel ist Genua ein heikles Pflaster … Und jetzt kommt der Hammer! Das

Plakat hängt seit gestern Nacht und weißt du, wie viele Anrufe bis heute Nachmittag um fünf eingegangen sind?«

»Vielleicht eine Million? So viel wie 1994 an neuen Arbeitsplätzen versprochen wurde?«

»Nein, so viel auch wieder nicht. Aber dreitausend, hörst du? Drei-tau-send!«

»Na also. Das beweist doch, dass die Idee gut ist. Wer steckt da eigentlich dahinter?«

»Ein gewisser Samuele Lagrange, ein kleiner Genueser Verleger. Jude, Altachtundsechziger, einer dieser legendären Freaks. Die Redaktion von Radio Baba Yaga besteht aus drei, vier jungen Leuten, keiner älter als fünfundzwanzig. Ein Lokalsender, der vor allem von jungen Leuten aus der militanten Kunst- und Intellektuellenszene gehört wird. Keine Mainstream-Musik, dafür endlose Debatten, Berichte über alternative Kulturzentren und die Globalisierungsgegner. Häufig auch Livesendungen aus den Protestversammlungen gegen die Schulreform, die in besetzten Schulhäusern stattfinden. Du weißt schon, diese Moratti-Geschichte. Der Sender wurde vor zwei Jahren gegründet und hat insbesondere während des G8-Gipfels viel von sich reden gemacht. Seine Reportagen dienten später sogar als Beweismaterial für die Staatsanwaltschaft.«

In diesem Augenblick tauchte Alfio mit seinem wie vom Lineal gezogenen Schnurrbart und dem Stets-zu-Diensten-Lächeln auf. »Was solls sein, Bacci? Fängst du langsam an oder steigst du gleich richtig ein?«

»Sind fünf Kugeln für dich ein langsamer Anfang oder gleich ein richtiger Einstieg?«, fragte ich zurück.

Alfio begriff sofort und lachte aus vollem Hals. »Sehr gut! Die sind mir richtig sympathisch. Gestern Abend saßen zwei Typen vom Radio hier, genau an diesem Tisch. Und die ganze Zeit redeten sie darüber, dass über Genua ein gewaltiges Unwetter hereinbrechen würde. Und dann haben sie mich scherzhaft gefragt: ›Na, Alfio, hast du Orangen da? Dann her damit! Du kannst natürlich auch deine Mädels schicken … Letzte Gelegenheit. Morgen ists zu spät.‹ Ich habe absolut nichts verstanden, aber mehr haben sie nicht rausgelassen. Sie wollten wohl den Überraschungseffekt nicht gefährden.«

Pertusiello hatte seine Augen halb geschlossen, nippte am Glas und hörte dabei aufmerksam zu. Genüsslich spitzte er die Lippen und schlürfte, als sei dieser Spumante Bellavista seine persönliche Eintrittskarte ins Paradies.

»Ich finde, fünf Kugeln sind ein sehr bescheidener Anfang«, fuhr Alfio fort. »Um in Italien wirklich aufzuräumen, braucht man ein ganzes Waffenarsenal.«

»Gut. Dann steigen wir gleich richtig ein.«

»Was hältst du von einer Bananen-Margarita?«

Ich nickte zustimmend und der Commissario machte eine Geste, als wolle er ein Taxi rufen. »Zwei.«

Samuele Lagrange – diesen Namen hatte ich seit etlichen Jahren nicht mehr gehört. Mit ihm verband sich für mich der bittersüße Geschmack der Jugend. In mir stiegen schöne, aber auch weniger schöne Erinnerungen und unerfüllte Sehnsüchte hoch, alte Narben meiner Seele brachen wieder auf. Groll darüber, dass ich meine Jugend nicht bis zur Neige hatte auskosten können. Dafür stimmten die Gedanken an meinen anfänglichen Enthusiasmus bei der politischen Arbeit versöhnlicher. Damals schien alles möglich. Die ersten basisdemokratischen Komitees, die ersten Studentendemonstrationen, der Pariser Mai. Die Fantasie der Macht und die Macht der Fantasie verklärten die Realität, glückselig warfen wir den Ballast der Vergangenheit ab. So viele Erinnerungen … und alles getaucht in die Musik, die uns bewegte, *Ticket to Ride* oder *And I Love Her* von den Beatles oder *Tell Me* von den Stones. Später die Charango-Musik der Indios und Gruppen wie Inti Illimani oder Quilapayun. Wir sahen die Welt mit neuen Augen, fanden taufrische Begriffe für das Überlebte und Althergebrachte. Wie erfrischend war unsere Moral, gleichzeitig aber auch naiv und anmaßend. Nur die Gefühle entschieden über Falsch oder Richtig, und wir, denen sie auf der Seele brannten, kosteten sie voll aus. Es war diese eine, unwiederbringliche Zeit im Leben, in der man zutiefst überzeugt ist, alle Menschen hätten einen Anspruch auf gleiche Zukunftschancen, auch man selbst. Wir alle waren aufgebrochen mit einer unbändigen Kraft, die nicht nur unseresgleichen, sondern die ganze Welt wachrütteln sollte! Es tat dann verdammt weh, zu merken, dass meine Ideale vom Goldenen Zeitalter mit der Weltrevolution ins Gehege kamen. Aber, Herrgott noch mal, was soll einen denn über die lebenslängliche Plackerei hinwegtrösten, wenn nicht dieser Glaube? Was bleibt, ist der banale Alltag. Sicher, Alltag ist wichtig, bisweilen nützlich und manchmal sogar erfreulich. Doch in dieser gottverdammten Welt muss noch viel geträumt werden, bis sie besser geworden ist …

»Lagrange war mein Freund, ist aber schon lange her. Damals, 1968.«

»Damals wurden die übelsten Wendehälse geboren, die ich kenne. Die Fähnchen drehten sich aber nur in eine Richtung. Von links nach rechts, wohlgemerkt. Offensichtlich ist Lagrange da eine Ausnahme.«

»Sieht so aus.«

»Was kannst du mir über ihn erzählen?«

Da war er wieder, ganz Polizist, der eine Lücke zwischen einem Bellavista und einer Bananen-Margarita nutzte. Seine zweieinhalb Zentner nach vorne gebeugt, saß er breitbeinig auf dem schmalen Stuhl: die Arme ausgestreckt und die Hände zwischen den Beinen gefaltet. Er nahm mich mit seinem Polizistenblick ins Visier, den er immer aufsetzte, wenn er einen Zeugen oder einen Informanten befragte. Ich war ein mindestens ebenso unbequemer Zeuge wie er ein unbequemer Kommissar. Vielleicht der unbequemste neben all den glühenden Verehrern des neuen italienischen Faschismus im Polizeidienst. Diese Kollegen wurden als willige Gehilfen von Ministern geschützt, die kaum der italienischen Sprache mächtig waren, geschweige denn die Regeln der Demokratie beherrschten. Sehr schnell hatten sie das schwarze Hemd mit dem Zweireiher vertauscht. Und bei jedem Übergriff der Ordnungskräfte auf Linke oder Illegale versicherten die Politiker den Opfern ihre volle Unterstützung. »Vergiss es!«, würde der große neapolitanische Komiker Totò sagen.

»Da gibts nicht viel zu erzählen. Das ist fast dreißig Jahre her. Ich weiß, dass er in den Siebzigerjahren nach Israel gegangen ist, um in einem Kibbuz seine kommunistischen Ideale umzusetzen. Nachdem er gesehen hatte, wie israelische Soldaten palästinensische Kinder abschlachteten, kehrte er angewidert zurück. Dann hat er es mit Indien und mit dem tibetanischen Buddhismus probiert. Er muss eine ganze Weile weg gewesen sein, denn ich habe lange nichts von ihm gehört.«

»Noch einer, der im Kommunismus sich selbst suchte. Mithilfe der Proletarischen Revolution wollten sie mit ihren Vätern abrechnen. Und was ist aus diesen feinen Idealisten geworden? Sie landeten beim Psychoanalytiker. Aber wirklich angekommen sind sie nirgends. Die Opportunisten dagegen haben schnell kapiert, dass man mit Utopien nicht weiterkommt, und haben mithilfe von Papas Bankkonto ihre innere Mitte gefunden.«

»Es gab aber auch welche, die hatten keinen reichen Papa.«

»Wenige, sehr wenige. Und selbst die haben einen bequemen Weg für sich gefunden. Alle haben sie sich selbst und ihre Ideale verkauft und dabei so getan, als wären die anderen die Dummen. Nämlich die, die sich nicht ändern wollten.«

»Irgendwie sind wir doch alle auf der Suche nach uns selbst …«

Pertusiello lächelte ironisch und sah mich durchdringend an, als wolle er mir zeigen, dass er an dieser Stelle keine Kompromisse machen wollte. »Die Verdammten dieser Erde wollen nur eins: überleben. Die haben gar keine Zeit, sich über so etwas Gedanken zu machen.«

»Das würde bedeuten, alle Verdammten dieser Erde wollten Amerikaner werden.«

»Ja und, stimmt das etwa nicht?«

Alfio erschien mit zwei Bananen-Margaritas und einem Tablett voller *stuzzichini.* In den Schüsselchen häuften sich Chips, Pistazien, Focaccia, Penne all'Arrabbiata sowie auf Zahnstocher gesteckte Brot- und Speckwürfelchen in Soße. Er sammelte einige leere Zahnstocher ein, denn Pertusiello hatte zwischen seinen giftigen Kommentaren und unbeugsamen Urteilen die *stuzzichini* nicht verschmäht. Dann verschwand er in Richtung Theke. Je höher der Alkoholpegel der Gäste, desto mehr herrschte dort Hochbetrieb und flitzten die Bedienungen.

Ich nutzte die Unterbrechung, um wieder auf das eigentliche Thema zurückzukommen. »Was hast du überhaupt mit dieser Kugel-Geschichte zu tun? Eure Aufgabe ist doch, Morde aufzuklären, und wohl kaum, sie zu verhindern.«

Pertusiello fuhr fort, in den Schüsselchen zu fischen, und als er antwortete, erhellte ein Lächeln sein Gesicht: »Natürlich geht mich das Ganze nichts an. Das ist Sache der Digos. Damit sollen die sich herumschlagen. Wer den Geheimdienst über alles stellt, muss auch dazu stehen. Und weißt du was? Heute Abend ist dieser Manzi auf mich zugekommen, dieser ultrarechte Vicequestore der Digos, der sonst nie mit mir spricht. Und zischte: ›Du kannst ganz beruhigt sein, Pertusiello, wenn die fünf Kugeln wirklich ins Schwarze treffen, wird man den Fall bestimmt keinem Roten wie dir anvertrauen.‹ Die sind übel auf mich zu sprechen nach meiner Kritik an den Ereignissen am Rande des G8-Gipfels mit der Erstürmung der Diaz-Schule und an den Folterungen im Gefängnis Bolzaneto. Ich habe gesagt, dass ich mich schäme, Mitglied einer Polizei zu sein, die sich auf solche Sauereien einlässt. Ich merke doch, wie sie in den Gängen des Polizeipräsidiums tuscheln, ich gelte dort schon als Staatsfeind Nummer eins.«

»Und deine Leute, stehen die wenigstens hinter dir?«

»Du machst wohl Witze? Für ihren Chef würden sie durchs Feuer gehen. Meine Männer sind wie Söhne für mich. Außerdem haben sie von mir gelernt, Gottes Gebote zu achten. Wer sich wie ein Faschist benimmt, kann sich nicht hinter seiner Uniform verstecken. So ist das in einer Demokratie. Meine Leute wissen das. Von ihnen würde sich keiner an einem Demonstranten vergreifen.«

»Auch wenn sie ihn dabei erwischen, wie er ein Schaufenster einschlägt?«

»Das haben die Studenten leider von deinen Achtundsechzigerfreunden gelernt, diesen spießbürgerlichen Kleingeistern, die in ihrem Leben alles auf dem Silbertablett serviert bekommen haben. So haben die sich auch den Kommunismus vorgestellt. Idioten, nichts als Idioten. In zweihundert Jahren Kampf haben echte Arbeiter noch keine einzige Scheibe eingeschmissen.«

»Die Arbeiter haben aber auch mehr als ein halbes Jahrhundert gebraucht, um eine effiziente Organisation zu werden. Der Weg von den Maschinenstürmern bis zu Karl Marx war lang. Und jetzt tu mir den Gefallen und erkläre endlich, warum gerade du dich um diesen Fall kümmerst.«

»Ich habe dir doch gesagt, dass das nicht mein Job ist. Aber als Bürger lässt mich die Geschichte nicht kalt. Ein Privatsender hat bereits Bilder ausgestrahlt, auf denen Lagrange mit einem Gewehr in der Redaktion posiert. Ein richtiges Sturmgewehr, das SIG Kaliber 7,5. Das Modell, das in der Schweizer Armee verwendet wurde. Und dieser dämliche Lagrange kommentiert: ›Seht ihr, wir meinen es ernst.‹ Und erklärte dann, wie das Gewehr funktioniert, welche Reichweite und welche Wirkung es hat. So ein Idiot! Später im Büro habe ich eine Radiosendung gehört, die vor einigen Tagen aufgezeichnet wurde. Wieder Lagrange. Er beantwortete Hörerfragen zu aktuellen Themen. Zum Konflikt zwischen den persönlichen Interessen des Ministerpräsidenten als Unternehmer und den Verpflichtungen als Regierungschef dieses Landes sagte er wörtlich: ›Für dieses Durcheinander gibt es nur eine Lösung – mitten hineinschießen!‹«

Er schlug mit seiner massigen Faust so fest auf den Tisch, dass die Gläser und die Schalen voller Häppchen, aber auch die Schultern der Nachbarn in die Höhe schnellten.

»Mitten hinein schießen! Nichts als billige Provokation und ungeschickt und naiv dazu! Und das soll das Chaos beseitigen, in das sich dieses verfluchte Land hineinmanövriert hat? Dieses Land, in dem man vor lauter Fernsehen nicht mehr klar denken kann und in dem sich jeder nur um seinen eigenen Scheiß kümmert. Jeder weiß, wer das angerichtet hat … und die Mehrheit der Italiener wählt ihn auch noch!«

Wieder dröhnte sein Lachen. Er erinnerte an einen betrunkenen Riesen. Obwohl er seine Verachtung und seine Bitterkeit rücksichtslos zum Ausdruck brachte, schaffte er es, seine Würde zu wahren.

»In weniger als einer Woche geht es Lagrange an den Kragen und dann wird er einen wirklich guten Anwalt brauchen.«

»Das sind doch alles nur Sprüche. Dieser Lagrange. Konnte nie einer Fliege etwas zuleide tun.«

»Mein lieber Bacci, wenn es um so heikle Themen geht, wiegen Worte genauso schwer wie Gewehrschüsse. Dreitausend Anrufe in zwölf Stunden, das will Etwas heißen. Meiner Meinung nach wird aus dieser Dummheit hochexplosiver Sprengstoff werden und aus deinem jüdischen Buddhisten ein Handlanger des Teufels. Die Geister, die er rief, werden ihn gehörig in die Scheiße reiten. Weißt du nicht, dass der Ministerpräsident in wenigen Tagen nach Genua kommt?«

»Von unserem Ministerpräsidenten will ich möglichst gar nichts wissen. Ich versuche mir einzureden, es hätte ihn nie gegeben.«

»Aber er ist nicht nur bittere Realität, er hat sogar die Wahlen gewonnen. Und wir werden ihn die nächsten fünf Jahre ertragen müssen, er wird uns schwer im Magen liegen und ordentlich auf die Nerven gehen.«

Ich zuckte nur mit den Achseln.

»Willst du überhaupt wissen, wer aus den dreitausend Anrufen der große Sieger ist?«

»Lieber nicht.«

»Ich sags dir trotzdem. Und weißt du auch, wie viele Stimmen er in diesem Tontaubenschießen auf sich vereinen konnte? Zweitausendachthundertsechzig!«

»Eine überwältigende Mehrheit.«

»Wenn ein Land so gespalten ist, ist das Gewähltwerden immer auch ein Fluch.«

»Stopp, Totò, mach die Sache nicht dramatischer, als sie ist. Eine Schnapsidee, die Lagrange sich von einer Schießbude abgeschaut hat. Wer den Bösen trifft, hat gewonnen. Nennen Sie uns die Person mit den höchsten moralischen Prinzipien! Da hätte bestimmt niemand angerufen. Außerdem hast du doch selbst gesagt, dass der Sender ein junges, linkes Publikum hat …«

Pertusiello sagte nichts mehr. Mit geschlossenen Augen führte er seine doppelte Bananen-Margarita bis unter die Nase. Er sog genüsslich den Duft ein, als ob dieser Cocktail aus scharfem Tequila, samtweichem Cointreau und süßem Bananensaft seine gequälte Seele reinigen könnte.

3
Genua von oben

Samstagmorgen. Mistral. In der Ferne zieht der Wind Furchen durch das Meer. Wie Perlen heben sich die Schaumkronen von der blauen Wasserfläche ab, bevor sie einen Wimpernschlag später wieder verschwinden. Der vom Wind blank geputzte Himmel strahlt in einem leuchtenden Türkis, das dem Betrachter fast den Atem nimmt. Genua und der Wind. Zwei launische Gesellen, die nicht müde werden, miteinander zu spielen. Unartig und lästig. Der Wind bläst unter die Mäntel und die Röcke der Frauen, die an diesem kalten Dezembermorgen dick eingemummelt durch die Straßen hasten, als würden sie dem Wind davonlaufen wollen. Papierschnipsel, Staub und Blätter tanzen in wilden Wirbeln über die Straße und taumeln zwischen einer Bö und der nächsten auf den Asphalt zurück. Kaum setzt die Musik des Windes wieder ein, wird alles erneut hochgewirbelt und der Tanz beginnt von vorne.

Ich lehne an der Mauer des Corso Carbonara und blicke nach unten. Von hier oben hat man eine großartige Aussicht über den Hafen und den Borgo, den Teil der Altstadt zwischen der Loggia di Banchi und dem alten Stadttor Porta di Vacca. Ein graues Gewirr windschiefer Dächer, zwischen denen sich das enge Netz der Carruggi ausbreitet, der schmalen dunklen Gassen, wo die Sonne nur zur Mittagszeit vorsichtig hineinlugt. Flankiert vom mächtigen Matitone-Hochhaus und dem Aussichtssturm Il Bigo erkenne ich die Stazione Marittima und die Darsena-Werft. Hier liegt es: das vom Mistral blank geputzte Genua. Das gleißende Sonnenlicht ist so grell, dass ich blinzeln muss und die Sonnenbrille aufsetze. Ich kuschle mich tiefer in meine Schaffelljacke und stecke die Hände in die Taschen. Vom Righi-Hügel bläst ein eisiger Wind herunter, der mir ins Gesicht beißt und meine Ohren gefühllos werden lässt. Die Vespa habe ich aufgebockt und gehe jetzt in Richtung des Palazzo hinunter, dorthin, wo ich zwei Nächte zuvor auf das Auftauchen der überaus attraktiven Signorina Montello gewartet hatte. Am Tag ist das Haus gut zu beobachten. Es ist neun Uhr morgens. Alma hat mir erzählt, dass dies die richtige Zeit ist, um Alberto Losurdo anzutreffen. Ich beziehe oberhalb des Hauses am Rand des Parks Position und warte darauf, dass sich die Tür öffnet und jener Mann auf die Straße tritt. Gestern Morgen hatte ich ihn auf einem Foto identifiziert, das mir Gustavo Camillos Mutter, die ehrwürdige Donna Assunta Pellegrini, gezeigt hatte. Das Foto war auf einem mondänen Empfang gemacht worden. Ich hatte Donna Assunta erzählt, dass ich Alma mit einem Unbekannten in der Eisdiele Guarino in Castelletto gesehen hätte. Der fremde Mann habe ein blondes Bärtchen gehabt. Die alte Hexe hatte sofort den richtigen Riecher. Ihre runzligen Finger mit den Gold- und Brillantringen durchsuchten fieberhaft eine große Pappschachtel. Sie fischte etliche Fotos heraus, auf denen prominente Persönlichkeiten zu sehen waren, die sich die Hände schüttelten, sich zuprosteten oder sich die Manschetten zurechtzupften. Hin und wieder fragte sie: »War es der?« Ihre Stimme klang rau, wie oft bei starken Rauchern. Ich gab zurück: »Wer ist das?« und zeigte dabei auf eine Person, die vage an die Beschreibung des Gesuchten erinnerte. Leider hatte mir Alma kein Foto ihres Liebhabers zeigen können. Denn ein Verlobter und ein Liebhaber unterscheiden sich zumeist dadurch, dass der Erste zwar Fotos, aber keine schmerzlichen Erinnerungen hinterlässt, der Zweite nur schmerzliche Erinnerungen, aber keine Fotos.

Nachdem ich wieder und wieder den Kopf geschüttelt hatte, machte sich auf dem verwelkten Gesicht von Donna Assunta starrköpfige Entschlossenheit breit, sie suchte immer hektischer. Mit wachsender Enttäuschung stellte sie mir immer wieder die gleiche Frage. Bis das richtige Foto kam.

»War es zufällig der hier?«

»Vielleicht, vielleicht auch nicht …«

»Der muss es sein, ich bin mir ganz sicher!«

»Halt, nicht so schnell. Auf diesem Bild sieht man ihn nicht so gut. Haben Sie kein besseres?«

»Von Alberto Losurdo habe ich eine ganze Fotosammlung. Dieser Verbrecher war bis vor drei Jahren unser Berater. Dieser Bastard! Er hat uns nicht nur um ein Vermögen betrogen, sondern sich auch noch an die Konkurrenz verkauft.«

Diese harten Worte verrieten ihre Abstammung aus einer alteingesessenen Genueser Bürgerfamilie, wo man im Brackwasser des Hafens getauft und im Hafenviertel groß wird. Dort, wo der Dialekt Geschmacklosigkeiten vertuscht, Vulgaritäten verklärt und selbst Obszönem Glanz verleiht.

Ich hielt mir ein zweites Foto unter die Nase, auf dem Losurdo noch undeutlicher als auf dem ersten zu erkennen war, und murmelte: »Seinen Namen kenne ich zwar nicht, aber ich bin sicher, das ist er.«

»Alma trifft sich also mit Losurdo.«

»Treffen ist zu viel gesagt, Signora Pellegrini. Ich habe beide zusammen im Café gesehen, es schien mir eine oberflächliche Bekanntschaft zu sein.«

»Dieser Mann ist ein Jäger und seine Beute sind Frauen. Die Frauen himmeln ihn an, und was er einmal ins Visier genommen hat, bekommt er auch.«

»Um ihn von Alma fernhalten zu können, brauche ich ein paar stichhaltige Argumente. Was wissen Sie über ihn? Etwas, das man als Druckmittel benützen könnte?«

Endlich klappt eine Tür und ein zierlicher, höchstens einssechzig großer Mann tritt auf den Corso Carbonara hinaus. Er stellt den Kragen seines kamelfarbenen Mantels hoch, aus dem ein Wollschal hervorlugt, der im Wind zu flattern beginnt. Seine Hände, mit denen er den Borsalino auf dem Kopf festhält, stecken in weichen braunen

Lederhandschuhen. Ich verstaue die Sonnenbrille in meiner Manteltasche und überquere die Straße, um ihm entgegenzugehen. Unsere Blicke treffen sich, er stutzt, dann blickt er zur Seite. Ich fixiere ihn weiter. Seine Augen sind auffällig blau, sie erinnern an den vom Mistral blank geputzten Himmel. Er geht auf die noch einige Meter entfernte Mauer zu, hinter der sich das großartige Schauspiel aus Wind und Licht auftut. Schließlich stehen wir uns gegenüber und jetzt sieht auch er mir direkt in die Augen. Sein Gesichtsausdruck verrät unterdrückten Ärger, so als ob ich ein Marokkaner wäre, der ihn belästigt, während er an der roten Ampel warten muss.

Ich trete zur Seite, damit er an mir vorbeigehen kann, dabei spreche ich ihn an: »Alberto Losurdo?«

Er reagiert gereizt, fast so, als ahne er schon, was ihn erwartet. »Was wollen Sie von mir?«

»Ich heiße Bacci Pagano, ich bin Privatdetektiv.«

»Na und?«

»Ich arbeite für die Firma Pellegrini und bin beauftragt, ihre Interessen gegenüber Typen wie Ihnen wahrzunehmen.«

Seine einssechzig Überheblichkeit und Arroganz zucken unter dem kamelfarbenen Mantel zusammen. Er antwortet mit einem schrillen, dünnen Stimmchen, das gut zu seiner schmächtigen Erscheinung passt. »Lassen Sie mich in Frieden. Ich kenne diese Firma überhaupt nicht.«

»Aber Alma Montello kennen Sie.«

Mit dieser Reaktion habe ich nicht gerechnet. Mit der linken Hand presst er den Borsalino auf den Kopf, der rechte Arm schnellt nach oben. Voller Wut stößt er mich mit der flachen Hand vor die Brust und ich stolpere nach hinten.

»Hau ab, du Scheißkerl.«

Wirklich in Bedrängnis bringen kann mich ein Mann seiner Statur nicht. Ich stelle mich ihm erneut in den Weg. In seiner Not lässt er den Hut los, hechtet nach vorne und packt mich mit ausgestreckten Armen am Hals. Der Borsalino wird ihm durch einen plötzlichen Windstoß vom Kopf gerissen und tanzt die menschenleere Straße hinunter.

»Geh mir aus dem Weg, verdammt noch mal.«

Ein kurzer, präziser Befreiungsschlag und seine behandschuhten Hände lösen sich von meinem Hals. Ich packe ihn am Mantelkragen und schüttle ihn kräftig durch. »Schluss jetzt mit den Beleidigungen, Professor. Und von einer Schlägerei würde ich dir auch abraten. Ich will nur eines: Hände weg von Alma.«

Offenbar bringt Alma nicht nur seine Hormone auf Hochtouren, ihre Erwähnung steigert auch sein Aggressionspotenzial. Ohne auch nur im Geringsten auf den Borsalino zu achten, rammt Losurdo mir seine Faust in den Bauch. Trotz seiner schmächtigen Gestalt scheint er ziemlich durchtrainiert zu sein. An diesem Punkt verliere ich die Geduld und verpasse ihm eine kräftige Ohrfeige. Er strauchelt, als hätte ich einen Fausthieb gelandet, kann sich aber auf den Beinen halten. Mit gesenktem Kopf stürmt er auf mich los. Erst jetzt kann ich wieder klar denken und begreife, dass er mich provozieren will. Ich soll als der bezahlte Schläger der Konkurrenz dastehen, der ihn angegriffen hat und einschüchtern will. Donna Assunta hatte recht. Dieses skrupellose Schwein spielt das gleiche Spiel mit mir wie mit Alma. Er lässt sich verprügeln, und zwar mit Absicht. Das heißt für mich: jede Handgreiflichkeit vermeiden.

Deshalb bringe ich jetzt das schlagkräftigste Argument ins Spiel, das mir die listige alte Dame geliefert hat. »Wir haben deine Telefonate abgehört. Sollen wir die Bänder der Staatsanwaltschaft übergeben?«

Ich versuche, ihn auf Distanz zu halten, und schiebe ihn von mir weg. Langsam lässt sein Widerstand nach, sein Körper erschlafft wie ein löchriger Reifen.

»Welche Telefonate?«

»Das weißt du doch selbst am besten. Als du noch für Pellegrini &

Co. gearbeitet hast, hast du vertrauliche Dokumente über deren Bilanzen an die Malfattis weitergegeben. Und zu allem Überfluss hast du auch noch die Konten gefälscht und den Pellegrinis ein hübsches Sümmchen unterschlagen. Für dich sind das vielleicht Peanuts. Du warst aber auch noch so unverschämt, das alles von deinem Büro aus zu managen. Allerdings ohne zu ahnen, dass dein Telefon angezapft und ein Aufnahmegerät angeschlossen war. Typen wie du halten sich für wahnsinnig clever, und am Ende fliegen sie dann auf die Schnauze. Du weißt sicher, dass Unterschlagung strafrechtlich verfolgt wird?«

Losurdo hat jetzt jeglichen Widerstand aufgegeben und tritt einen Schritt zurück. Er versucht wieder Haltung zu gewinnen. Aber ohne seinen Hut und mit vom Wind zerzausten Haaren sieht er ziemlich erbärmlich und wenig überzeugend aus.

»Willst du mich etwa anzeigen?«

»Ich will nur eines: Lass Alma in Ruhe. Ich könnte sogar bei den Pellegrinis ein gutes Wort für dich einlegen, damit sie die Sache fallen lassen. Eine Hand wäscht die andere und beide … wie war das noch …?«

Die Sonne blendet ihn und er kneift die Augen zusammen. Er blickt mich schräg von unten an, und ich stelle fest, dass sich in seine Wut so etwas wie Hinterhältigkeit gemischt hat. »Warum interessierst du dich eigentlich so sehr für Alma?«

»Sagen wir, ich werde dafür bezahlt, ihr Schutzengel zu sein. Mein Job ist, für die Geheimhaltung von Bilanzen und klare Verhältnisse bei Hochzeiten zu sorgen.«

»Die Pellegrinis wissen also, dass Alma einen Liebhaber hat?«

»Auf alle Fälle wissen die Pellegrinis, dass du Alma benutzt, um Informationen über die finanziellen Transaktionen der Firma zu beschaffen, und das macht sie ziemlich wütend.«

»Hast du der Alten gesteckt, dass ich ihrem Sohn Hörner aufgesetzt habe?«

»Wenn ich ihr das erzähle, habe ich keinen Einfluss mehr auf ihre Entscheidungen. Dann liegen die Aufzeichnungen der abgehörten Gespräche in weniger als zwei Stunden beim Staatsanwalt auf dem Schreibtisch. Du solltest wissen, dass für Donna Assunta das eigene Fleisch und Blut mehr zählt als alle ihre Firmen. Also, was ist?«

Er reagiert, durch und durch eine Spielernatur, mit gezwungenem Lächeln, obwohl er nun richtig wütend ist. »Ach, so ist das. Du fährst zweigleisig, um Almas Haut zu retten. Auf der einen Seite streichst du das Geld der Pellegrinis ein und auf der anderen holst du dir die schöne Blonde ins Bett. Alle Achtung, Herr Detektiv!«

»Vorsicht! Du kannst meinen Beruf in den Dreck ziehen, aber pass auf, wo du stehst. Sonst bläst dir der Wind deinen ganzen Müll entgegen und der landet auf deinem eleganten Mantel.«

»Das ist keine Antwort. Gehst du mit ihr ins Bett, ja oder nein?«

»Wenn ich im Dienst bin, esse, trinke, rauche und furze ich. Aber Sex habe ich keinen.«

»Warum sagst du der Alten dann nicht, was Sache ist? Übrigens, wenn es dich interessiert, verrate ich dir einige Details über die Spielchen, die ich mit Alma so treibe …«

Meine Reaktion trifft ihn völlig unvorbereitet. Wir sind bereits auf der Höhe der Stelle, wo ich die Vespa geparkt habe. Die Mauer bildet eine natürliche Terrasse, von der aus man über die Stadt blicken kann. Noch immer fegt der Mistral über Genua hinweg. Ich packe ihn an seinem weißen Schal und ziehe ihn wie einen Hund an der Leine in die Mitte der Straße. »Komm mit. Jetzt zeige ich dir, wie schön Genua ist.«

Ich schaue mich um, keine Menschenseele weit und breit. In diesem Moment kommen mir die vor Angst weit aufgerissenen Augen Almas in den Sinn, als sie mich fragt: »Sie werden ihn doch nicht etwa umbringen?«

Ich nehme ihn am Kragen, presse ihn gegen die Steine und ziehe ihn hoch, bis er auf der Mauer sitzt. Hinter ihm breitet sich *La Superba* aus, das stolze und majestätische Genua, bereit, ihn in einem Strudel aus Licht und Wind zu verschlingen. Aus seinen Augen ist jetzt das herausfordernde, höhnische Lächeln verschwunden.

»Sag mal, Professor, hast du jemals Eugenio Montale gelesen?«

Er starrt mich verblüfft an. In seinem Blick mischen sich Verwunderung und Angst.

»Kennst du das Gedicht *Bring mir die Sonnenblume*?«

Er schüttelt den Kopf. So muss es sich anfühlen, wenn man in den Händen eines Verrückten endet.

»Weißt du, wie die letzte Zeile lautet? *Verschwinden ist das größte aller Abenteuer.* Was hältst du davon, wenn ich dich jetzt da hinunterstoße?«

Er schluckt schwer und stammelt etwas, das nach einer Beschwörungsformel klingt. Durch seinen schmächtigen Körper läuft ein nicht enden wollendes Zittern. Der Körper eines schäbigen Vorstadtcasanovas, unter dem seine Geliebten sonst wollüstig erzittern. Eine Hand umklammert verzweifelt meine Arme, die andere krallt sich am Mauerrand fest. Er starrt mir flehend ins Gesicht, als bitte er mich um ein Zeichen. »Das alles ist nur ein Scherz, oder? Du willst mich doch nicht wirklich umbringen?«

»Jetzt hör mir mal gut zu, du mieser Betrüger. Du kannst sicher sein, dass jedermann sofort an Selbstmord glauben würde, wenn du da hinunterstürzt. Vermeintliche Ehrenmänner wie du nehmen sich häufig das Leben, wenn sie mit den Händen in fremden Taschen erwischt werden. Aus Scham. Und die Pellegrinis haben knallharte Beweise, dass du bei ihnen zugelangt hast. Du glaubst wohl, irgendjemand würde um dich weinen? Du bist ein Vampir, saugst allen in deiner Nähe das Blut aus – denjenigen, die du beklaust, und denjenigen, die dich dafür bezahlen. Du hast keinerlei Achtung vor den Frauen, denen du den Kopf verdrehst, nicht einmal genug Anstand, mit Respekt über ihre Gefühle zu sprechen. Du bist nichts als ein schädlicher Schmarotzer, und wenn ich dich da runterwerfe, tue ich der Menschheit nur einen Gefallen.«

Sein Blick irrt den Corso Carbonara hinauf und wieder hinunter. Vielleicht hofft er, irgendwo ein überzeugendes Argument zu finden, um mich umzustimmen. Vielleicht sucht er auch nur nach jemandem, der ihm helfen könnte. Er will schreien, um Hilfe rufen, aber die Worte bleiben ihm im Halse stecken. Aus Angst, mich noch mehr zu provozieren, aus Angst, damit meine letzten Hemmungen zu lösen. Es braucht nur einen kleinen Schubs – mehr nicht. Das weiß auch Losurdo und er fleht inständig: »Ich mache alles, was du willst, aber lass mich da runter.«

Seine himmelblauen Augen verschwimmen in Tränen, die ihm die sorgfältig rasierten Wangen herunterrollen. Deutliche Zeichen, dass die Schutzmauer seiner korrupten Seele Risse bekommen hat. Doch ich lockere meinen Griff nicht, er klebt weiter auf der Mauer, während sich Genua unter ihm in seiner ganzen strahlenden Schönheit präsentiert. Wir bleiben auf Tuchfühlung. Plötzlich spüre ich etwas Warmes durch den Stoff seiner Hose. Warm und feucht.

Ich halte ihn weiterhin am Mantelkragen fest, trete jetzt aber einen Schritt zurück und blicke nach unten. »Mein Gott! Du hast dir in die Hose gepinkelt!«

Die Panik in seinem Gesicht verwandelt sich in Erleichterung. Meine verblüffte Reaktion hat ihm klargemacht, dass ich nie ernsthaft vorhatte, ihn umzubringen. Ich lasse ihn frei, darauf bedacht, dass er sich auf den Beinen halten kann. »Ich bin ein Privatdetektiv und kein Mörder, du Hosenpisser. Wasch dich und zieh dir was Trockenes an. So willst du doch bestimmt nicht ins Büro gehen, oder?«

Ich setze den Helm auf, den ich am Sitz der Vespa befestigt hatte, starte den Motor und schwinge mich auf meine alte PX. Die Vespa läuft ruhig und rund. Durch den beschlagenen Windschutz sehe ich, dass mir Losurdo nachstarrt, er sieht aus wie ein geprügelter Hund. Ich schalte den Gang ein und lasse den Kippständer zurückklappen.

»Lass die Finger von Alma, selbst wenn sie Sehnsucht nach dir haben sollte.«

Ich brause los, vertrocknete Blätter, Staub und Papierfetzen wirbeln durch die Luft. Hinunter in das ohrenbetäubend laute, pulsierende Genua, wo der Mistral an den Nerven der Menschen zerrt.

4
Genua von unten

Wo waren bloß seine blonden Locken geblieben? Mit seinem fast kahl geschorenen Schädel hätte ich ihn kaum wiedererkannt. Seinen Kopf bedeckte nur noch ein spärlicher weißer Flaum. Mit diesem Mann verbanden sich so viele gute Tage, so viele Träume – alles für immer verloren. Wenn ich daran dachte, überkam mich Melancholie, Gefühle, die ich auch in seinen Augen zu lesen glaubte. Er blickte mich durch dicke Brillengläser an, wie sie kurzsichtige Vielleser tragen, die sich schon früh in schwer verdauliche Literatur verbissen haben. *Das Kapital* von Karl Marx, Theodor W. Adornos *Minima Moralia* und Walter Benjamins *Angelus Novus.* Vor fünfundzwanzig Jahren wieder und wieder gelesen und diskutiert. In einer Zeit, als die meisten von uns sich damit begnügten, die Stones zu hören, um die Luft der Revolution zu schnuppern. Aber Lagrange war schon immer jemand gewesen, dem das Oberflächliche zuwider war, der den Dingen auf den Grund gehen und sie verstehen wollte. Sein Bart, wenngleich inzwischen leicht angegraut, war noch immer struppig-dicht und ungepflegt. Und auch die Nickelbrille war die gleiche geblieben. Mode und Geschmack der letzten dreißig Jahre schienen spurlos an ihm vorübergegangen, er war sich selbst und seiner Vorstellung von sich treu geblieben.

Kurz nach elf Uhr morgens, ich war gerade nach Hause gekommen, hatte ich seine Nachricht auf dem Anrufbeantworter abgehört und sofort zurückgerufen. Er hatte Angst, klang alarmiert und verzweifelt wie ein Mann, der in großen Schwierigkeiten steckte. Jetzt, gegen drei, saß er in meinem Büro, eine Tasse Kaffee vor sich auf dem Schreibtisch. Zu einer abgetragenen Jeans trug er eine dunkelblaue Daunenjacke, darunter ein groß kariertes Holzfällerhemd, aus dessen weit geöffnetem Kragen ein Büschel grauer Haare lugte. Selbst sein

Hals war von grauem Flaum bedeckt. Das Gesicht war hager und eingefallen, die Augen lagen in tiefen Höhlen. Sein magerer Körper wirkte angespannt, als ob sein ruheloser Geist niemals Frieden fände. Man sah ihm an, dass ihn düstere Vorahnungen plagten. Er sah schwarze Tage auf sich zukommen. Der Kehlkopf hüpfte nervös auf und ab, als müsse er ständig die aufsteigende Angst und Bitterkeit herunterschlucken. Er musterte mich von oben bis unten, suchte in meiner Miene die Zeichen der Erinnerung an unsere gemeinsame Jugend. Auch er war gerührt, dass wir uns endlich wiedersahen: zwei alte Weggefährten, die sich selbst überlebt hatten. Doch ein gewisses Schamgefühl schien ihm zu verbieten, diese Gefühle auch auszusprechen. Er sprach von etwas anderem, während seine Finger mit einem Bleistift spielten, den er auf meinem unaufgeräumten Schreibtisch gefunden hatte.

An Gesprächsstoff mangelte es nun wirklich nicht. »Tja, Bacci, ich stecke tief in der Scheiße. Am meisten quält mich die Tatsache, dass ich die Jungs vom Radio da mit reingezogen habe. Sie sind ja noch unerfahren, mit einer so brisanten Geschichte sind die völlig überfordert. Ich fürchte, das wird keine leichte Sache, da kommen schwere Zeiten auf uns zu.«

»Wieso?«

»Ich spürs in den Knochen. Außerdem beunruhigt mich die Chronologie der Ereignisse. Heute Nacht steigt jemand beim Sender ein und klaut das Gewehr, und heute Morgen um sieben stehen die Männer von der Digos auf der Matte. Noch bevor wir den Diebstahl überhaupt anzeigen konnten.«

»Einbruchspuren?«

»Die Tür wurde aufgebrochen, aber das ist bei diesem primitiven Schloss keine Kunst.«

»Wann war das genau?«

»Zwischen drei und sechs Uhr morgens. Das Radio sendet bis zwei. Gestern war Dodi dran, der hat danach noch ein bisschen aufgeräumt und ist gegen drei nach Hause gegangen. Als ich um sechs kam, war die Tür aufgebrochen. Ich habe sofort in der Abstellkammer nachgesehen, wo wir das Gewehr und die Patronen aufbewahrt haben – alles weg.«

»Und dann?«

»Ich habe die anderen angerufen, und während ich auf sie gewartet habe, bin ich auf Sendung gegangen. Wie jeden Morgen haben die Jungs frische Focaccia und die Tageszeitungen mitgebracht. Ich habe sie sofort zur Polizei geschickt, um den Diebstahl anzuzeigen. Keine halbe Stunde später tauchen die Männer von der Digos in Zivil bei uns auf, stellen die ganze Redaktion auf den Kopf und unterbrechen die Sendung. Als sie das aufgebrochene Türschloss sahen, wollten sie natürlich eine Erklärung von mir. Ich hab ihnen die Situation geschildert, aber aus ihren skeptischen Blicken zu schließen, haben sie mir die Geschichte nicht abgenommen. Sie hatten vielmehr den Verdacht, wir hätten das Gewehr verschwinden lassen, um einer polizeilichen Beschlagnahme zuvorzukommen.«

»Hatten sie überhaupt einen Durchsuchungsbefehl?«

»Weiß ich nicht.«

»Das kann doch nicht wahr sein! Du hast sie die Redaktion auf den Kopf stellen lassen, ohne nach einem Durchsuchungsbeschluss zu fragen?«

»Das war mir so was von egal! Ich habe nicht daran gedacht. Ich hatte viel zu große Angst vor den möglichen Folgen.«

»Welche Folgen?«

Man spürte, dass das Thema Lagrange aufbrachte. Er drückte den Bleistift so fest auf den Schreibtisch, dass die Spitze abbrach. »Begreifst du denn gar nichts? Warum kommt denn jemand auf die Idee, dieses Gewehr zu klauen?«

»Keine Ahnung. Ein Scherz vielleicht?«

Lagrange ließ seine Unruhe weiter an dem armen Bleistift aus, bis er auseinanderbrach. Alle Erklärungsversuche waren zwecklos. Keiner glaubte ihm. »Ein Scherz? Das ist ein Komplott! Dahinter steckt jemand, der die Waffe auch benutzen will.«

An dieser Stelle begann ich, ernsthaft an seinem Verstand zu zweifeln. Aufwachen, Samuele Lagrange! Du bist doch nicht etwa auch einer von denen, die überall Verschwörungen vermuten und glauben, sie seien so wichtig, dass sich die CIA persönlich für sie interessiert?

»Jetzt hör aber auf! Wer sollte deinem popeligen Radio Baba Yaga denn schaden wollen? Das kann doch nur ein Bekloppter sein, der euch ein bisschen auf die Folter spannen will. Und Lagrange, eines muss dir klar sein: Du hast dich selbst da reingeritten. Fünf Kugeln und Italien ist wieder sauber … Eine Schnapsidee!«

»Warum, gefällt dir Italien so, wie es ist?«

»Nein, aber dein Plakat macht alles nur noch schlimmer.«

»Weißt du eigentlich, wie viele Anrufe wir bekommen haben? Über achttausend. Wir haben provoziert, die Menschen wachgerüttelt. Ganz normale Menschen, Rechte wie Linke. Und sie haben verstanden. Die Italiener haben den ganzen Schlamassel langsam satt, Bacci. Die da oben sollen ruhig wissen, dass sie sich nicht alles erlauben können, nur weil sie die Wahlen gewonnen haben.«

»Und wie soll das funktionieren?«

»Ist dir klar, dass unsere Politik nichts als ein Glücksspiel ist, aus dem wir nicht mehr rauskommen? Wenn dieser Gauner an der Regierung …«

»Zum Regierungschef haben ihn die Italiener selbst gemacht, vergiss das nicht.«

Er schien meinen Einwurf nicht einmal wahrzunehmen.

»… in seinen Fernsehkanälen von Salonlinken konzipierte Sendungen ausstrahlt, die sich über ihn lustig machen, schlägt er zwei Fliegen mit einer Klappe. Zum einen präsentiert er sich als wahrer Demokrat und nährt damit die Vorstellung, dass Freiheit ein Gut ist, das von der Regierung gewährt wird und nicht etwa ein Grundrecht aller ist. Gleichzeitig spioniert Auditel, seine Firma für Publikumsforschung, die Zuschauer aus – natürlich vorwiegend Linke, die gegen ihn gestimmt haben –, was ihm einen Haufen Werbeeinnahmen beschert. Dieses Schlitzohr macht sogar den Dreck, mit dem er beworfen wird, zu Geld. Siehst du nicht, wie paradox das Ganze ist? Was der Politiker dem Bürger aus der Tasche zieht, steckt der Geschäftsmann wieder ein. Er hat seine Finger überall drin, von der Versicherungsgesellschaft bis zur Thunfischdose. Selbst wenn man es wollte, könnte man kaum eine politische Entscheidung treffen, die ihn als Geschäftsmann nicht betrifft. Er stellt die Anträge, er unterschreibt die Gesetze, und zum Schluss verdient sein Imperium damit Milliarden. Lässt ein auf beiden Augen blindes Parlament die Bestimmungen wieder aufheben, die ihm und seinen kriminellen Partnern im Wege stehen. Lässt aus dem Strafgesetzbuch alle Paragrafen streichen, auf deren Basis er angeklagt werden könnte. Verwehrt den Zugang zu Beweismitteln gegen ihn, mithilfe von Vorwänden, die seine Rechtsverdreher ausbaldowert haben. Und gleichzeitig geht die italienische Wirtschaft den Bach runter, in unserem Vaterland herrschen bald Verhältnisse wie in Südamerika, und Italien entfernt sich immer mehr von Europa. In diesem Land ist Bilanzfälschung legal, Fremdenfeindlichkeit gesetzlich begünstigt, und unbequeme Journalisten werden aus dem staatlichen Fernsehen herausgemobbt. Und das alles soll man hinnehmen? Ich erkenne dich nicht wieder.«

Während seiner Rede war mir richtig übel geworden. Mir fiel nichts Besseres ein, als demonstrativ Beifall zu klatschen. Bravo, Lagrange, ich sehe, dass die langen Jahre der buddhistischen Meditation deine demagogischen Fähigkeiten nicht beeinträchtigt haben. Schade nur, dass dein alter Mitstreiter die Kampfeslust seiner Jugendzeit verloren hat und deinen Worten lauscht, als wären sie ein Stück auf einer alten Rokes-Platte:

Der Regen fällt auf uns herab
Um uns herum wird es Nacht …
Was können wir dafür?

»Und jetzt kommt dein Einsatz! Für dieses Durcheinander gibt es nur eine Lösung: mitten hineinschießen! … Die Worte des Propheten!«

Sein Lächeln wirkte leicht gequält, aber mit einem Hauch Genugtuung sagte er: »Du hörst also auch Radio Baba Yaga.«

»Ich höre ausschließlich Mozart, die Klavier- und die Violinkonzerte. Bevor dieses schwachsinnige Riesenplakat überall in der Stadt auftauchte, wusste ich nicht einmal, dass es Radio Baba Yaga überhaupt gibt. Ich habe diesen Sender nie gehört.«

Meine Worte verletzten ihn, und das hatte ich auch beabsichtigt. Er schluckte. »Und woher hast du dann diesen Satz?«

»Interessiert dich das wirklich? Mein Freund Totò Pertusiello hat mir davon erzählt. Der Chef der Mordkommission. Die Questura hat deine jämmerlichen Sendungen aufgezeichnet – da kommen eine Menge Schwierigkeiten auf dich zu.«

»Diese jämmerlichen Sendungen, wie du sie nennst, haben jeden Tag mehrere Hundert Hörer, viele junge, aber auch ältere Leute. Weißt du überhaupt, dass Radio Baba Yaga der drittgrößte Sender Li-guriens ist?« Er nahm die Nickelbrille ab und begann hektisch, sie mit seinem Hemd zu reiben. Dabei murmelte er: »Schade, jetzt werden sie den Laden dichtmachen und uns einen Maulkorb verpassen.«

»Ich sag dir eins, Lagrange: Selbst dein Ausflug in den Buddhismus hat dich nicht verändert. Du glaubst immer noch, dass sich die ganze Welt nur um dich dreht, genau wie damals.«

Ganz offensichtlich wusste er nicht, was ich meinte, denn er wurde nicht etwa wütend, sondern blickte mich nur verwundert an.

»Du verfasst ein Flugblatt – keine Frage, es wird in sämtlichen Schulen der Stadt für Aufruhr sorgen. Du greifst zum Megafon – kein Zweifel, alle im Saal werden in deinem Sinne abstimmen. So war das schon immer.«

Er setzte die Brille wieder auf seine Adlernase und sah mich traurig an. »Vielleicht hast du wirklich recht. Ich bin seit eh und je ein unerträglicher Narzisst …«

»Offensichtlich begreifst du das aber nicht. Auch die Überzeugung, alles zu wissen, ist narzisstisch. Du bist ein unerträglicher, maßloser und selbstverliebter Egomane. Aber wenn dir das wirklich bewusst wäre, hättest du dir schon längst das Leben genommen.«

»Du hast ja so recht.«

»Hör endlich auf, mir ständig recht zu geben. Ich weiß selbst, dass ich recht habe.«

»Was erwartest du von mir? Soll ich mich etwa aus dem Fenster stürzen?« Er stand auf, ging um den Schreibtisch herum bis zur Tür des kleinen Balkons hinter mir. Er riss die Tür auf und ein Schwall eiskalter Luft schwappte in die wohlige Wärme meines Büros. Ich drehte mich auf meinem Bürostuhl um und behielt ihn ständig im Auge: Wer weiß, was er vorhatte. Dann folgte ich ihm auf den Balkon.

Kerzengerade stand er da und blickte auf Genua im gleißenden Licht des Mistrals – ein grandioses Schauspiel. Im Westen die untergehende Sonne, deren Licht langsam zu verblassen begann, der Himmel leicht rosa angehaucht. Vom Forte Sperone bliesen eisige Windböen herunter. Auf ihrer Bahn zum Meer fegten sie auch durch die Stradone Sant'Agostino, vorbei an der Architekturfakultät der Universität und am Mietshaus, in dem ich wohnte. Der Sturm schüttelte die noch ausgeschaltete Weihnachtsbeleuchtung durch und ließ die drei quer über die Straße gespannten Banner flattern. Leere Aludosen, Papierfetzen und Plastikbecher wirbelten über den Asphalt. Die Horden von Jugendlichen hatten sie zurückgelassen, die jeden Freitag in die Carruggi einfallen, nachdem sie die mit Autos zugeparkte Carignano-Brücke überquert haben. Hier liegt die imaginäre Grenze zwischen den Bürgerhäusern aus dem 19. Jahrhundert und der verwinkelten Altstadt. Gegen drei Uhr morgens schwärmen sie jeweils zurück, todmüde nach einem Abend voller Bier und Joints.

Zu unserer Linken das Meer, von wo der heitere Ton einer Schiffsirene zu hören war. Eine Tirrenia-Fähre verließ gerade den Hafen ins offene Meer. Eine dunkelblaue Fläche, übersät mit weißen Tupfen. Ich fröstelte. Von jenseits des Palazzo del Vescovo, eines massigen Ziegelgebäudes oberhalb des Parks der Architekturfakultät, war plötzlich ein schriller Schrei zu hören, dem schon bald weitere Schreie folgten. In meinen Ohren klangen sie wie seltsames Hohngelächter – über mich, über Lagrange, über sein Radio, sein Gewehr und sein starrsinniges Schwärmen von alten Zeiten, die man lieber begraben sollte. Dort oben im Sturm flogen zwei kreischende Möwen, die sich weiß von den Farben des Sonnenuntergangs abhoben. Mal stieß die eine, mal die andere spitze Schreie aus, als wollten sie auf sich aufmerksam machen. Die Vögel nutzten den Mistral und standen mit ausgebreiteten Flügeln reglos in der Luft. Wie zwei Drachen dümpelten sie im Wind, wie vor Anker liegende Schiffe im Hafenwasser.

Lagrange starrte auf das graue Dächermeer. Im gleißenden Sonnenlicht erinnerten die Dächer an die Schuppen einer Goldbrasse. Es schien, als wollten die Windböen alles mit sich nehmen, dorthin, wo die Möwen schrien, fernab der Stadt aufs Meer, weiter noch als die Tirrenia-Fähre. Zu unserer Rechten zeichnete sich die Oberstadt gegen das intensive Blau des Himmels ab. Castelletto schien zum Greifen nah. Dort, nur einen Steinwurf entfernt, versteckt hinter Häusern und Bäumen, lagen der Corso Carbonara und der Palazzo, in dem Losurdo es mit Alma trieb. Auch die Aussichtsterrasse, von der aus sein fahles, gehässiges Gesicht hinunter ins Nichts geschaut und er sich vor Angst in die Hosen gemacht hatte, war nicht weit. Auch Lagrange schien im Moment ein solches Nichts zu fixieren.

Unvermittelt begann er zu sprechen, sah mich dabei aber nicht an. »Du hast es immer noch nicht verdaut, selbst nach dreißig Jahren nicht.«

Ich suchte seinen Blick, aber seine Augen wanderten unbeirrt über das Labyrinth der Dächer. »Was?«

»Dass ich Claras Liebhaber war. Du hast zwar nie darüber geredet, aber du hast es noch immer nicht verkraftet, dass ich eine Affäre mit deiner Frau hatte.«

»Exfrau, bitte. Damals haben es doch alle mit allen getrieben. Hast du etwa die sexuelle Revolution nach Wilhelm Reich vergessen?«

»Zugegeben, Bacci, ich mag ein Narzisst sein. Aber du, du bist … verbittert. Und du merkst nicht mal, wie sehr.«

Obwohl ich ihn unentwegt fixierte, versuchte er weiter meinem Blick auszuweichen.

»Du bist ja verrückt. Das hat mir überhaupt nichts ausgemacht, und jetzt noch viel weniger. Und eifersüchtig war ich ohnehin nie.«

»Um Eifersucht geht es doch gar nicht. Deine Verbitterung ist nichts als verletzte Eitelkeit. Wenn du so willst, bist auch du ein unverbesserlicher Narzisst.«

Sieh mal einer an. Ein dahergelaufener Möchtegern-Psychoanalytiker steht auf meinem Balkon und gräbt aus meiner Vergangenheit etwas aus, das ich eigentlich aus meiner Erinnerung gestrichen hatte. Und das Ganze an einem Samstagnachmittag, an dem ich ohnehin keinerlei Lust auf Arbeit hatte. Dieses Arschgesicht Samuele Lagrange – ich wusste nicht einmal, ob seine Angst begründet war oder nur die Wahnvorstellung eines von Joints und wilden Träumen vernebelten Hirns.

Wortlos ging ich ins Zimmer zurück, er folgte mir und schloss die Balkontür. Wieder auf seinem Platz vor dem Schreibtisch musterte er mich mit seinen grauen traurigen Augen, aus denen nun aber auch ein Funken Neugier blitzte. Aus einem hölzernen Pfeifenetui nahm ich die geflammte Savinelli-Pfeife, die mir meine Frau vor etwa zwanzig Jahren zum Geburtstag geschenkt hatte. Ich stopfte sie mit Dunhill-Tabak, riss ein schwedisches Streichholz an und hielt die Flamme in den Pfeifenkopf. Bläulicher Rauch breitete sich im Zimmer aus und vertrieb mit seinem herben Aroma den eisigen Mistral.

»Lagrange, was willst du eigentlich von mir?«

»Du sollst mir helfen, den Einbrecher zu finden, der das Gewehr geklaut hat.«

Ein endloser Augenblick von Stille. Dann fügte er hinzu: »Der Sender läuft gut, wir verdienen eine Menge Geld durch Werbung. Wir können dich gut bezahlen.«

Ich sagte mir: Diesen Auftrag darfst du nicht ablehnen. Außerdem konnte ich das Geld gut gebrauchen. Das Gesicht zu verlieren, gehört für einen Privatdetektiv genauso zum Beruf wie seinen Arsch zu retten. Skrupel kann man sich in diesem Job nicht leisten.

5
Bacci Pagano an der Arbeit

»Sind Sie ganz sicher, junger Mann?«

»Absolut.«

»Die Schülerin und ihr Lehrer. Nach so vielen Jahren. Sie treffen sich zufällig auf der Straße, erkennen sich wieder und er lädt sie zu einem Kaffee ein. Und mehr war da nicht?«

»Nein, mehr nicht.«

»Mein lieber junger Freund, Sie wissen sicher, was dieser Mann für ein Frauenheld ist! Seit einer halben Stunde wiederholen Sie immer wieder, ich bräuchte mir wegen meiner zukünftigen Schwiegertochter keine Sorgen zu machen. Diese Frau wird meinen Sohn heiraten, verstehen Sie? Meinen einzigen Sohn. Und sie soll mir den Enkel gebären, auf den ich seit zehn Jahren warte. Meinen ersten Enkel! Wie haben Sie Losurdo überzeugen können?«

»Ich habe ihm Genua von oben gezeigt. Und er hatte solche Angst, dass er sich in die Hosen gepinkelt hat.«

Sie sah mich mit ihren vom grauen Star eingetrübten Augen verblüfft an. »Genua von oben … In die Hosen gemacht? Wollen Sie mich für dumm verkaufen?«

»Das liegt mir fern. So läuft das in meinem Job. Es hat übrigens genügt, ihm mit einer Anzeige zu drohen. Losurdo ist ein jämmerlicher Feigling.«

Der Salon hatte die Ausmaße eines Exerzierplatzes. Er lag im Dämmerlicht, an den Wänden ließen sich einige wuchtige Gemälde mit alten, vergoldeten Holzrahmen erahnen.

»Donnerwetter, ein Luca Cambiaso!«

»Ein Detektiv, der etwas von Malerei versteht? Unglaublich.«

»Ein Original?«

»Sehe ich aus wie jemand, der sich Fälschungen an die Wand hängt?

Das hier ist ein Magnasco. Nach den anderen dürfen Sie mich nicht fragen, ich bin keine Expertin. Es sind alles Erbstücke, die seit Jahrhunderten hier hängen, manche wurden eigens für meine Vorfahren gemalt.«

Jedes der vier oder fünf barocken Ölgemälde von Genueser Künstlern war für sich allein ein Vermögen wert. Die Wohnung glich einem Museum, Raum reihte sich an Raum. Ein hochherrschaftlicher Palazzo irgendwo zwischen dem Hafen und dem Paradies. Der Korridor schien endlos, ein düsterer Gang, in dem es nach Naphtalin und alten Büchern roch, mit der Patina von fünf Jahrhunderten prunkvoller Geschichte. Seit dem 15. Jahrhundert waren die Pellegrinis Honoratioren der Seerepublik und bedeutende Geldgeber der Banca di San Giorgio. Von einer der Genueser *loggie* aus verkauften sie seltene Gewürze, Seiden- und Brokatstoffe und sonstige Kostbarkeiten, die sie aus den Kolonien Kaffa auf der Krim und Famagusta auf Zypern importierten. Und im Zentrum dieser Familiendynastie steht heute *sie,* Donna Assunta, im klassisch-blauen Kostüm und mit der unverzichtbaren Zigarette zwischen den Fingern. Ziemlich beunruhigt zwar, doch mit aristokratischer Überheblichkeit lebt sie immer noch in der Gewissheit, dass sie es ist, die alle Fäden zieht.

»Wie kann ich beruhigt sein, wenn ein Dreckskerl wie Losurdo um Alma herumschwänzelt?«

»Mit Herumschwänzeln ists vorbei. Zukünftig wird Losurdo Alma in Ruhe lassen, da können Sie sicher sein. Auch das Risiko, dass Alma Ihrer Firma schaden könnte, scheint mir gering. Ich habe sie ausgehorcht, sie hat absolut keine Ahnung von den Geschäften.«

»Das spielt keine Rolle. Sie werden sie weiter auf Schritt und Tritt verfolgen. Diese Frau ist einfach viel zu blauäugig. Sie lässt sich nur von ihren Gefühlen leiten, das sieht man auf den ersten Blick. Leichte Beute für einen durchtriebenen Verführer – und die Welt ist voll von geldgierigen Männern mit schlechten Absichten …«

»Einen Augenblick. Mein Auftrag war eindeutig. Ich sollte herausfinden, ob die Bekanntschaft Almas mit Losurdo den Interessen der Firma Pellegrini & Co. schadet. Ob Ihre zukünftige Schwiegertochter eine leichte Beute ist, interessiert mich nicht.«

Sie stieß Luft aus und drückte mit aufwallender Wut ihre Zigarette im Aschenbecher aus. »Was macht das für einen Unterschied?«

»Für mich einen entscheidenden. Affären sind nicht mein Thema.«

»Junger Mann, Sie wollen mir doch nicht weismachen, Sie übernähmen nur Fälle, die Sie interessieren? Ihre Dienste werden mehr als gut bezahlt.«

»Meine Arbeit kostet, was sie wert ist, Signora Pellegrini. Ihr Tarif unterscheidet sich in nichts von dem anderer Kunden.«

Sie warf mir einen Blick zu, in dem all ihre Verachtung lag. Widerspruch war sie nicht gewohnt, vor allem nicht von Angestellten. Sie war davon überzeugt, mit Geld alles und jeden kaufen zu können und dass alle nur danach trachteten, sie auszunehmen. »Auf Alberto Losurdo und die Malfattis werden Sie jedenfalls auch weiterhin ein waches Auge haben. Oder interessiert Sie dieser Fall etwa auch nicht?«

»Kommt darauf an. Was genau wollen Sie wissen?«

»Einfach alles, was Sie über Malfatti herausfinden können. Diese Firma ist nicht seriös, sondern eine Bande von Kriminellen, die übelsten Betrüger, die man sich vorstellen kann. Sie haben die Finger überall. Schiffsbau, Olivenöl, Baugewerbe, Supermärkte und Banken. Doch keines ihrer Geschäfte schreibt schwarze Zahlen. Trotzdem expandieren sie weiter und weiter. Die fischen ihr Geld sicher aus dem San-Patrizio-Brunnen!«

»Worauf wollen Sie hinaus?«

Sie zog die Augenbrauen hoch und zwinkerte mir zu. Vielleicht flackerte in ihrer Erinnerung manches Augenzwinkern auf, das sie einstmals ihren längst vergessenen Verehrern zugeworfen hatte. Reminiszenzen, tief unter der Patina dieses musealen Palastes vergraben … Mit einem fast schon sinnlich anmutenden Gesichtsausdruck antwortete sie: »Was haben Sie denn zu bieten, junger Mann?«

Dann schlug sie mehrmals verlegen lächelnd die Hände zusammen, wie um die kleine Entgleisung zu überspielen. »Verlieren Sie keine Zeit. Die Malfattis sind eine harte Nuss.«

»Können Sie mir nicht kurz vorgeben, wonach ich suchen soll?«

»Da käme mir allerlei in den Sinn. Aber ich habe Sie engagiert, damit Sie für mich arbeiten, und nicht umgekehrt. Die richtige Spur müssen Sie schon selbst finden.«

»Geldwäsche? Mafiakontakte?«

»Die Grenze zwischen schmutzigem und sauberem Geld ist fließend. Wie heißt es doch: Jeder weiß davon zu schwatzen, doch wo er ist? Das weiß man nicht …«

»Ist das nicht das zweite Terzett aus dem ersten Akt von Mozarts *Così fan tutte?*«

»Bravo! Ich sehe, Sie verstehen neben der Malerei auch etwas von Musik und Literatur. Ein Ermittler mit solchen Talenten sollte eigentlich Hauptperson eines guten Krimis à la Raymond Chandler oder Agatha Christie sein.«

»Jugendsünden. Ende der Sechzigerjahre gehörte nicht viel dazu, einen Abschluss in Literaturwissenschaft zu machen. In der Questura nennen Sie mich deshalb ›Dottore‹.«

»Mein werter Dottore, dann wissen Sie sicher auch: *Pecunia non olet* – Geld stinkt nicht. Das schmutzige Geld ist gleich viel wert wie das ehrlich verdiente. Und die Mafia? Die Regierung beteuert doch immer wieder, man habe sie zerschlagen. Alles nur eine Erfindung der Kommunisten …«

»Meines Erachtens ist es genau umgekehrt. Die Kommunisten sind von der Bildfläche verschwunden, sie sind heute nur noch eine Erfindung der Mafia.«

Erst lachte die alte Dame herzlich, dann hielt sie unvermittelt inne. Ihre trüben Augen wurden wieder ernst. »Wenn Sie meine ehrliche Meinung hören wollen: Die Malfattis sind in beides verwickelt, Geldwäsche und Mafiageschäfte. Ihr Geld liegt, wie könnte es anders sein, gut versteckt auf Schweizer Nummernkonten. Erinnern Sie sich an die Auslandskonten, die man dubiosen Offshoregesellschaften überschrieben hat? Nur mit einem internationalen Amtshilfegesuch hätte man der Sache auf die Schliche kommen können. Jetzt ist nichts mehr zu machen.«

»Dann verstehe ich erst recht nicht, warum Sie so viel Geld für einen zweitklassigen Ermittler wie mich auf den Tisch blättern.«

Donna Assunta erhob sich aus dem mit roter Atlasseide bezogenen Sessel. Ihr kleiner, vogelartiger Körper reckte sich vor mir. Trotz ihres wenig imposanten Äußeren umgab sie eine Aura von Macht, die in der Fülle ihrer Ämter und Beteiligungen begründet war: Präsidenten- und Aufsichtsratsposten, Firmenbeteiligungen, dicke Aktienpakete und wertvolle Immobilien. Pellegrini – in Genua war das der Inbegriff von Reichtum und Macht. Donna Assunta durchbohrte mich mit ihren Äuglein, die zwar nicht mehr klar und deutlich sehen konnten, aber nichts von ihrer Vitalität und ihrem Machtanspruch verloren hatten. Sie zischte: »Sie heften sich an Losurdos Fersen und finden gefälligst eines dieser Konten. Um alles andere werden wir uns selbst kümmern.« Sie spielte wieder ihre angestammte Rolle und verhielt sich wie Gottvater persönlich.

»Ach so. Und gleichzeitig die zukünftige Schwiegertochter im Auge behalten, um Gustavo Camillos Alleinanspruch auf ihre Reize zu sichern. Nein danke, Signora Pellegrini, dieser Fall interessiert mich nicht.«

Mit feuerrotem Gesicht fauchte sie: »Was soll das heißen?« Die faltigen Hände zitterten vor Empörung. Sie krallte sich eine Zigarette aus dem Päckchen, das auf einem barocken Tischchen mit kunstvoll geschnitzten vergoldeten Beinen lag. Dann griff sie nach einem schweren Feuerzeug, das eher an Aladins Wunderlampe erinnerte, und zündete sich die Zigarette an. »Wollen Sie mich im Stich lassen? Gerade jetzt?«

»Ich bearbeite nur richtige Fälle. Frei entscheiden zu können, ist eines der wenigen Privilegien, wenn man um die fünfzig ist. Ich mache in dieser schmutzigen Branche nur noch, wovon ich überzeugt bin.«

»Und das ist kein richtiger Fall?«

»Nein. Was Sie wollen, ist ein Garantieschein auf einen Erben für Ihren Laden. Die Offshoregeschäfte der Malfattis interessieren Sie nicht im Geringsten.«

Sie versuchte, nicht die Beherrschung zu verlieren. Ein Wutanfall hätte unsere Geschäftsbeziehung endgültig scheitern lassen. Ihre Halsschlagader begann deutlich sichtbar zu pochen, das Blut schoss ihr in den Kopf bis unter den Ansatz ihrer schneeweißen Haare. Jetzt trifft sie gleich der Schlag, dachte ich.

»Sie sind eine harte Nuss, junger Freund.«

»Wieso der Aufwand? Sie haben mir doch erzählt, die Geschäfte Ihres Konkurrenten liefen an allen Ecken und Enden schlecht. Wieso fühlen Sie sich von den Malfattis dann so sehr bedroht?«

»Sie hatten immerhin Einblick in unsere Bilanzen und kennen jetzt unsere Projekte. Ich glaube, sie interessieren sich besonders für unsere Reedereigeschäfte.«

»Um was geht es dabei genau?«

»Um Schiffsausrüstungen. Die Blue Sea Lines plant eine Linie von Containerschiffen auf der Südamerikaroute. Diese Firma wird von der Pellegrini Holding kontrolliert. Die Malfattis haben dagegen viel Kapital in die Transcontinental Shipping gesteckt, die die gleiche Route abdeckt. Sie sind ziemlich verärgert über unsere Pläne.«

»Ich werde das Gefühl nicht los, dass Sie immer alle Trümpfe in der Hand haben wollen.«

Sie warf mir einen verschlagenen Blick zu, als sie mir ein letztes Angebot machte. »Und wenn ich Ihnen garantiere, dass ich nichts mehr über Alma wissen will?«

»Selbst wenn ich sie in flagranti mit einem Regiment Kosaken im Bett erwischen würde?«

»Und wenn es die gesamte Rote Armee ist.«

Natürlich war mir klar, dass die alte Hexe sehr wohl wusste, dass die Rote Armee gar nicht mehr existierte. Trotzdem traf ich meine Entscheidung: »Abgemacht.«

Der prunkvolle Palazzo der Pellegrinis stand in der Nähe der Chiesa San Matteo, in unmittelbarer Nachbarschaft des Palazzo Doria, des ehemaligen Machtzentrums der alten Seerepublik. Das schwere Tor, gekrönt von einem antiken und vom Smog ergrauten Marmorfries, fiel hinter mir ins Schloss. Der dumpfe Knall hallte in der engen Gasse wider. Das Tor war wie eine Falltür zwischen dieser Wohlstandsfestung und all den armen Hunden, die seit Jahrhunderten über das holprige Pflaster des Carruggio stolperten.

Ich schaute auf die Uhr. Zwanzig nach zehn.

Schon seit Tagen sorgte der Mistral für einen blank gefegten Himmel. Der Wind heulte durch die im Dämmerlicht liegenden engen Gassen. Zwischen dem Grau der alten Palazzi schimmerte hier und da der Himmel durch, blitzende trapezförmige Flecken in Türkis.

Ich konnte kaum atmen, so kalt war es. Hastig lief ich in Richtung Piazza Banchi, zwängte mich durch die Menschen, die sich in der Enge schnell und wendig wie Ratten bewegten. Es wurde immer düsterer. Von der Piazza Banchi aus kreuzte ich den Vico Cinque Lampardi und bog dann in die Via San Lorenzo ein. Von der Sonne in strahlendes Licht gehüllt, präsentierten sich die alten Palazzi in all ihrer restaurierten Pracht. Durch die düstere, muffige Via Canneto il Lungo und die Via Giustiniani erreichte ich schließlich die Via San Bernardo, wo der Sender sein Büro hatte.

Wo sonst als in dieser Gegend hätte ein alternativer Radiosender mit einem so seltsamen Namen und einem noch seltsameren Chef seine Zelte aufschlagen sollen? Die schrägsten Typen Genuas lebten hier. Auch ich war hier zu Hause und mit schrägen Typen kannte ich mich wahrlich aus. Hier trieb sich der Bodensatz der Gesellschaft herum: gestrandete Immigranten aus Afrika und Lateinamerika, Huren, Junkies und Dealer.

Die hölzerne Eingangstür, von der bereits die Farbe abblätterte, war offen und führte zu einer steilen Treppe aus abgetretenen Schieferstufen. Während ich mühsam hinaufstieg, dachte ich plötzlich an Lagrange und an die Angst, die in seinen Augen gestanden hatte. Pertusiello hatte recht. Unser »Handlanger des Teufels« hatte die bösen Geister gerufen, und jetzt waren sie außer Kontrolle. Es stank nach Urin und vergammeltem Fisch. Ich nahm langsam Stufe für Stufe. Durch die kleinen Fenster an den Treppenabsätzen kam etwas Licht und auch ein bisschen frische Luft – so schien es mir jedenfalls. Keine Tür glich der anderen. Einige waren neu, andere hatten sogar ein Sicherheitsschloss, die meisten aber waren alt und in schlechtem Zustand: einfache Holztüren in verschiedenen Brauntönen, die bereits den x-ten Anstrich hinter sich hatten. Der Zahn der Zeit hatte sie gezeichnet, wie als Symbole für Vergänglichkeit und Verfall. Für den Verfall, der auch vor unserem Körper und unserer Seele nicht haltmachte.

Im dritten Stock war eine Tür nur angelehnt. Durch den Spalt beobachtete ein ängstliches Auge, wie ich hochstieg. Als ich oben angekommen war, öffnete sich die Tür, und aus der Dunkelheit tauchte eine gut aussehende junge Frau in einem weißen Kleid auf. Kurzes Röckchen und ein Oberteil, dessen tiefer Ausschnitt einen Blick auf den Ansatz ihrer vollen Brüste gestattete. Ihre dunklen Augen musterten mich von oben bis unten voller Neugier und Misstrauen. Dann entspannte sie sich und lächelte. Dabei enthüllte sie eine Reihe makellos weißer Zähne.

Doch statt zu sagen: »He, hier bin ich, worauf wartest du noch?«, drang nur ein besorgtes Flüstern aus ihrem Mund: »Bist du von der Polizei?«

Ich schüttelte den Kopf.

»Willst du nach oben?«

Ich nickte und erkundigte mich: »Auf welcher Etage finde ich den Radiosender?«

»Genau über mir.« Der Zeigefinger deutete nach oben. Ihre Fingernägel sprangen mir ins Auge: sehr lang und silberfarben lackiert, vielleicht aufgeklebt. »Du willst auch zum Radio? Seit zwei Tagen wimmelt es hier von Polizei. Und du bist bestimmt keiner von denen?«

»Das habe ich dir doch schon gesagt.«

Sie hatte den seltsam klingenden französischen Akzent der Immigranten aus dem ehemals französischen Teil Afrikas.

»Also, was willst du von denen? Weißt du denn nicht, dass sie den Laden dichtgemacht haben?«

»Ich bin Anwalt. Ich will ihnen helfen, damit sie wieder auf Sendung gehen können.«

Ein Lächeln überzog ihr Gesicht und sie trat einen Schritt weiter aus der Tür. Erst jetzt, im Licht, kam ihre Gestalt voll zur Geltung, ein Traum in Schwarz-Weiß.

»Eine gute Idee. Die Jungs vom Radio sind meine Freunde, weißt du?«

»Dann bin ich auch dein Freund. Hat die Polizei dir Fragen gestellt?«

»Ich habe mich nicht sehen lassen. Ich bin doch nicht blöd!«

»Um dich zu übersehen, müsste man tatsächlich blind sein.«

Sie streifte mich mit einem verschwörerischen Blick und fragte mit säuselnder Stimme: »Gefalle ich dir?«

Ich nickte und fühlte, wie ich zärtlich an der Hand gefasst wurde. Ihre Handfläche war warm und weich.

»Warum kommst du nicht auf einen Sprung mit rein?«

Ich ließ mich ins Dunkel ihres Appartements ziehen. Der Fischgeruch aus dem Treppenhaus wurde hier vom herben Duft nach grünem Apfel überdeckt. Es roch nach Provinzbordell, ein heilloses Durcheinander aus alten, zusammengewürfelten Möbelstücken und

Nippes aus irgendeinem Asia-Shop der Altstadt. Während sie die Tür hinter sich schloss, versuchte sie mir zu schmeicheln: »Du bist auch nicht übel, weißt du?«

»Klar doch, ein Mann mittleren Alters in ständigem Kampf mit Übergewicht und zu hohem Cholesterinspiegel. Aber es gibt noch schlimmere Exemplare.«

»Das kannst du laut sagen. Willst du mit mir schlafen?«

»Es ist zehn Uhr morgens. Willst du eine Sonderschicht einlegen?«

»Red nicht so ordinär. Du machst einen so seriösen Eindruck ...« Ihre schmalen, wohlgeformten Hände mit den aufgesetzten Nägeln fuhren mir auffordernd durch die Haare.

»Kommen wir zur Sache. Wie viel?«

»So früh mache ich dir einen Sonderpreis. Sind dreißig Euro in Ordnung?«

»Wenn ich noch einige Auskünfte gratis dazubekomme, einverstanden.«

»Du bist also doch Polizist!« Sie wandte sich abrupt ab. Ich fasste sie sanft an den Schultern, drehte sie zu mir und zog sie dicht an mich heran, bis sich unsere Gesichter fast berührten. Ich sah ihr tief in die Augen und sagte ernst: »Ich bin Privatdetektiv. Lagrange hat mich beauftragt, ihm zu helfen. Sie wollen ihm ans Leder. Alles klar?«

»Warum soll ich dir glauben?« Ihr Atem duftete angenehm nach Kaffee. Ich zog eine Visitenkarte aus meiner Hosentasche. Sie betrachtete sie neugierig und entzifferte mühsam: »Giovanni ... Battista ... Paganò ...«

»Pagàno, mit der Betonung auf dem ›a‹. Wie auch immer, ich bin gerne bereit, dich zu bezahlen, wenn du mich dabei unterstützt, meinen Freunden zu helfen.«

Sie gab mir die Karte zurück, als hätte sie sich daran verbrannt. »Was willst du wissen?«

»Zuerst deinen Namen.«

»Jasmine Kilamba, Sophia Loren, Caroline von Monaco – such dir einen aus.«

»Woher kommst du?«

»Elfenbeinküste.«

Sie ging den finsteren Flur entlang und machte mir ein Zeichen, ihr zu folgen. Sie zog eine Duftspur hinter sich her, die an exotische Gewürze und an Afrika erinnerte. Ich fand mich in einem kleinen Zimmer wieder, das in angenehmes Halbdunkel gehüllt war. Hinter den Fensterläden hörte man den Mistral durch die Gassen heulen wie ein hungriger Wolf. Der Apfelgeruch wurde von einem durchdringenden, süßlich-würzigen Duft abgelöst. Zimt und Nelken, unter die sich ein leichter Moder- und Schweißgeruch mischte. Ein ungemachtes Himmelbett, das den Eindruck erweckte, als hätte es schon Jasmines Vormietern als Schlafstatt gedient. Auf dem Nachttisch ein Tablett mit dem, was von ihrem Frühstück übrig geblieben war. Cappuccino und ein Glas mit etwas Orangensaft. Ich verharrte an der Tür, während sie hoch aufgerichtet am Fußende des Bettes in der Mitte des Zimmers stand. Eine kurze, routinierte Bewegung mit den Schultern, und das weiße Kleidchen glitt zu Boden. Sie hatte die Figur einer Venusstatue, nur eben schwarz. Die aufrechten festen Brüste, mit winzigen von einem großen, dunklen Hof umgebenen Brustwarzen, schienen wie aus Ebenholz geschnitzt. Sie trug nur noch ein Nichts von einem weißen Stringtanga, unter dem sich ihre rasierte Scham abzeichnete. Sie musterte mich aufmerksam, um festzustellen, wie sie auf mich wirkte, und schüttelte dann ungeduldig den Kopf, wobei ihre Brüste kaum wahrnehmbar auf und ab wippten. »Was ist los, ziehst du dich nicht aus?«

Ich befreite mich von meiner Lederjacke und setzte mich auf den Bettrand. »Arbeitest du jede Nacht?«

Sie ließ sich aufs Bett fallen, rutschte auf den Knien an mich heran und begann von hinten meine Schultern zu massieren. »Meistens, aber nicht immer.«

»Auch Samstagmorgen zwischen drei und sechs?«

Sie schwieg einen Augenblick, dabei zog sie mir den Pullover aus. Dann massierte sie mich weiter, näherte sich meinem Ohr, knabberte daran und flüsterte: »Nein. Freitag auf Samstag arbeite ich nie hier. Warum fragst du?«

»Weil Freitagnacht jemand in die Räume des Senders eingebrochen ist und etwas Wertvolles geklaut hat. Damit haben die ganzen Schwierigkeiten überhaupt erst angefangen.«

Sie knöpfte mein Hemd auf, zog mein T-Shirt aus der Hose und begann, meine Brust zu streicheln. Ich ließ mich nach hinten aufs Bett fallen.

»Ein Dieb?« Nun beugte sie sich über mich und umspielte mit der Zunge meinen Bauchnabel. Ich streckte die Arme aus und umfasste ihre dunkel schimmernden Brüste, die sich mir entgegenreckten. Selbst in dieser Position wirkten sie straff und fest wie Ebenholz. In meiner Jeans machte sich eine wachsende Erektion breit. Plötzlich wurde mir alles zu eng: nicht nur die Jeans, auch mein Kopf. Den wollte ich eigentlich frei haben, um ihr einige Fragen zu stellen.

»Das ist noch nicht klar. Arbeitest du allein hier?«

»Nein.« Sie fuhr sich beim Sprechen über die Lippen, weshalb ihre Worte etwas schleppend kamen. »Wir sind zu dritt, zwei Mädchen und eine Transe. Magst du Transen?«

Zu dritt also. Dieses finstere Loch machte bestimmt mehr Umsatz als eine McDonald's-Filiale.

Sie knöpfte mir die Hose auf und konstatierte: »Aber du hast ja gar nichts drunter!«

»Ich trage seit Jahren keine Unterhosen mehr. Und Transen finde ich widerlich.«

Sie zog mir die Hose aus und begann mit dem Mund mein bestes Stück zu bearbeiten, das ihren Brüsten in puncto Härte in nichts mehr nachstand.

»Ah, du riechst gut. Ich wusste gleich, dass du gar nicht so übel bist. Nur schade, dass du nicht auf Transen stehst. Denn am Freitag war Chérie hier, sie ist ein echter Knaller. Und meine Freundin, verstehst du? Mit ihr hättest du sicher auch viel Spaß.«

Ich spürte, dass ich mich nicht mehr lange beherrschen konnte. »Hör zu, Jasmine, frag deine Freundin, ob ihr Freitagnacht etwas Besonderes aufgefallen ist, so zwischen drei und sechs Uhr morgens. Ich bezahle sie auch dafür. Das Geld lasse ich dir gleich hier, denn deine Chérie will ich nicht einmal sehen, geschweige denn …«

»Du ahnst nicht, was dir entgeht, aber ganz wie du willst.«

Damit war meine Arbeit als Ermittler erledigt und jetzt konnte sie ihren Job zu Ende bringen.

Ich zog mich wieder an, knöpfte meine Jeans zu, streifte die Jacke über und beobachtete sie dabei, wie sie sich – immer noch nackt – über dem kleinen Waschbecken im Bad den Mund ausspülte.

»Kannst du deine Freundin jetzt gleich erreichen?«

»Wenn du willst, rufe ich sie sofort auf dem Handy an. Sie schläft bestimmt noch.«

»Mach das. Ich gehe inzwischen hoch zum Radio. In einer halben Stunde bin ich wieder zurück. Aber lass dich nicht sehen.«

Ich verließ ohne weitere Förmlichkeiten die Wohnung. Jasmine war immer noch damit beschäftigt, sich den Kopf unter den Wasserhahn zu halten und zu gurgeln. Die sechzig Euro hatte ich auf den Nachttisch gelegt, zwischen den kalten Cappuccino und den Rest Orangensaft. Es war ja Lagrange, der zahlte.

6
Indizien

Die Eingangstür war offen und ich trat ein, ohne anzuklopfen. Die Wohnung, in der der Sender untergebracht war, hatte einen großen, hellen Eingangsbereich, an den sich ein Flur anschloss, von dem aus man in die weiteren Zimmer gelangte. Auf der tür- und fensterlosen linken Seite dieses Vorzimmers hatte man eine schalldichte Kabine eingerichtet, die durch einen Schalter mit einer Glasscheibe vom Rest des Raumes abgetrennt war und die durch eine kleine Glastür betreten werden konnte. Dort stand auch das Mischpult, vor dem Lagrange saß. Er hatte den Kopf zwischen den Händen vergraben und starrte ins Leere. Er wirkte wie ein Fisch, der sich in einem riesigen Aquarium verirrt hatte. Dass man ihn durch die schalldichte Verglasung beobachten konnte, schien er gar nicht zu bemerken. Vielleicht waren seine Gedanken gerade bei seinen jungen linken Hörern, die nun auf seine Stimme verzichten mussten und orientierungslos im Äthermeer umherschwammen. Ein Trupp Polizisten in Zivil war dabei, die Wohnung zu untersuchen. Sie nahmen keine Notiz von ihm und machten den Eindruck, als wüssten sie ganz genau, wonach sie suchten. Die ganze Szene wirkte wie ein Überfall der US-Kavallerie auf ein Indianerlager. Allerdings hatten die Männer die blauen Uniformen der Custer-Truppe zu Hause gelassen.

Ich wollte gerade auf Lagrange zugehen, als mich ein untersetzter, kräftiger Mann mit schwarzem Bart, tief liegenden Äuglein und rasiertem Schädel am Arm packte: »Sieh mal an, unser Kommunistenfreund.«

Das Gesicht kam mir irgendwie bekannt vor. Der Mann hatte einen ausgeprägten römischen Akzent, der seine einfache Herkunft verriet. Aber seine Kleidung war äußerst elegant: dunkler Regenmantel über zweireihigem, grauem Prince-of-Wales-Anzug und Weste.

»Kennen wir uns?«

»Kann man wohl sagen. Was wollen Sie hier? Meines Wissens gab es gar keinen Toten.«

»Ich arbeite für den Sender.«

»Interessant. Na ja, Rot und Rot gesellt sich gern.«

»Helfen Sie mir doch bitte auf die Sprünge. Mit wem habe ich die Ehre?«

»Selbstverständlich. Für Sie immer, Signor Pagano.« Er winkte mir, ihm zu folgen. Einer seiner Männer, dem er zuvor ein Zeichen gegeben hatte, heftete sich an meine Fersen. Wir gingen in ein Zimmer am Ende des Ganges. Der Glatzkopf schloss die Tür hinter uns, dann rückte er bedrohlich nah an mich heran. »Ich bin Vicequestore Manzi. Mein Name sagt Ihnen nichts?«

»Digos?«

»Bravo! Und das ist Ispettore Musumeci.«

Musumeci nickte mir zu.

»Ich frage Sie noch einmal: Weswegen sind Sie hier?«

»Und ich antworte Ihnen noch einmal: Signor Lagrange hat mich mit Ermittlungen beauftragt, ob …«

Noch bevor ich den Satz richtig zu Ende bringen konnte, fauchte er mich wütend an. Ich zuckte zurück – sein Mundgeruch war einfach unerträglich. »Ermittlungen? In welcher Angelegenheit?«

»In der Nacht von Freitag auf Samstag wurde hier ein Sturmgewehr gestohlen …«

»Ein Sturmgewehr? Dann wissen Sie wohl auch, was diese Sandkastenterroristen mit der Waffe vorhatten?«

»Verstehe ich Sie richtig? Ihre Truppe hat das Gewehr aus Sicherheitsgründen mitgehen lassen?«

Wie von einer Tarantel gestochen sprang er auf und packte mich am Kragen meiner Jacke. »Du hältst dich wohl für besonders schlau, du dreckiger Kommunist.«

»Die Kommunisten scheinen Sie ja regelrecht zu verfolgen. Leiden

Sie etwa an der gleichen Krankheit wie unser Ministerpräsident? Der sieht auch immer und überall Kommunisten.«

»Stimmt das etwa nicht? Siehst du in diesem Terroristennest noch etwas anderes?«

»Sicher, einen Haufen Schnüffler mit einem Faschisten an der Spitze.«

Seine flache Hand traf mich unvermittelt ins Gesicht, mein Kopf wurde gegen die Wand geschleudert. Zufrieden hielt er inne und betrachtete die Wirkung seines Schlags.

Schon wollte er wieder zuschlagen, als Musumeci sich verpflichtet fühlte einzugreifen. »Das genügt, Dottor Manzi. Der will Sie doch nur provozieren …«

»Kann ich jetzt endlich mit meinem Klienten sprechen oder muss ich erst meinen Anwalt anrufen?«

»Kapier endlich, dass du hier nicht die Männer deines Freundes Pertusiello vor dir hast. Das hier ist eine vertrauliche Ermittlung. Höchste Geheimhaltungsstufe. Deine Kumpels stecken bis zum Hals in der Scheiße und du kannst sicher sein: Du schaffst es nicht, sie da wieder rauszuziehen. Lass die Finger davon, das ist besser für dich.«

»Kann ich jetzt endlich mit Lagrange reden?«

Manzi trat einige Schritte zurück und musterte mich feindselig. Seinem Mundgeruch entronnen, konnte ich endlich wieder frei atmen.

»Nur zu, rede mit deinem Terroristenfreund, aber vergiss nicht, was ich dir gesagt habe.«

An der Stelle des Kopfes, mit der ich gegen die Mauer gekracht war, spürte ich jetzt einen stechenden Schmerz. Dazu kam ein widerlich süßlicher Geschmack in der Kehle, der nichts Gutes verhieß. Zu allem Überfluss blutete mir auch noch die Nase. Ich stopfte mir kleine Papiertaschentuchpfropfen in die Nasenlöcher und massierte vorsichtig die Beule auf meinem Kopf. Während ich nach dem Türgriff tastete, knurrte ich: »Da kannst du ganz beruhigt sein, Manzi. Ich habe ein gutes Gedächtnis.«

»Willst du mir etwa drohen?«

»Man trifft sich immer zweimal im Leben.«

»Also doch eine Drohung.«

Er versperrte mir die Tür. Ich stand ihm frontal gegenüber, die ideale Position für einen Angriff. Ich kalkulierte gerade das Risiko, wenn auch ich ihm eine Ohrfeige verpassen würde, doch der Instinkt von Ispettore Musumeci verhinderte das Schlimmste. Er drängte sich zwischen uns und fragte: »Hat er Ihnen wehgetan? Das tut mir aufrichtig leid.«

Mit diesen Worten öffnete er die Tür und schob mich mit einer freundlichen, aber nachdrücklichen Geste hinaus.

»Mir auch. Warum legen Sie ihm keinen Maulkorb an?«

Hinter mir hörte ich Manzi »Kommunistenschwein« zischen. Ich wandte mich Musumeci zu, sprach aber so laut, dass auch Manzi mich hören konnte: »Ich wette, er gehörte zu den Schlägern bei der Erstürmung der Diaz-Schule?«

»Reden Sie keinen Unsinn. Manzi hat mit den Vorfällen dort nichts zu tun.«

»Aber im Bolzaneto-Gefängnis, da war er doch sicher dabei?«

Lagrange hatte mich gesehen und schnellte von seinem Stuhl hoch, um mir entgegenzugehen. Seine Augen hinter den Brillengläsern waren gerötet. In seinem Blick erkannte ich Verwunderung, aber auch Angst und versuchte ihn zu beruhigen. »Mach dir keine Sorgen, es ist nichts passiert. Ich hatte nur eine kurze Diskussion mit einem als Polizist verkleideten faschistischen Schläger.«

Musumeci packte mich am Arm. »Dottor Pagano, ich bitte Sie. Die Situation ist doch schon angespannt genug ...« Alle Augen waren auf mich gerichtet. In den Gesichtern der Polizisten stand stumme Feindseligkeit, zum Teil gepaart mit Hohn und Spott.

»Geh ins Bad und mach dich sauber«, flüsterte Lagrange mir zu und legte mir fürsorglich einen Arm um die Schulter.

Doch meine ganze Aufmerksamkeit galt nach wie vor Manzi und

seinem diplomatischen Ispettore. »Das können Sie laut sagen. Haben Sie eigentlich schon bemerkt, wie der Atem Ihres Farinacci im Zweireiher stinkt?«

Am Ende des Flurs hörte man Manzi brüllen: »Wen hast du da eben Farinacci genannt?«

Um das Bad zu erreichen, musste ich durch den Flur in seine Richtung gehen. Ich ließ ihn nicht aus den Augen. Hoch aufgerichtet stand er da, die Beine leicht gespreizt, die Fäuste in die Hüften gestützt. Er wollte mich offenkundig einschüchtern.

»Manzi, du willst mir doch nicht erzählen, dass du Geschichtsbücher liest und weißt, wer Farinacci war?«

»Natürlich weiß ich das.«

Jetzt war ich ihm ganz nahe, kaum zwei Meter von seiner widerlichen Fresse entfernt. »In den Augen der Ewiggestrigen ist dieser Faschist ein Held.«

Meine Antwort verblüffte ihn. Wir beäugten uns wie zwei Hunde, die sich ineinander verbeißen wollen. Ich hörte die schnellen Schritte Musumecis, der sich erneut zwischen uns schieben wollte.

Ich fuhr fort: »Aber in Wirklichkeit war er genau wie du: ein Schläger. Der Rädelsführer der faschistischen Brigaden.«

Er lief purpurrot an und stürzte sich auf mich, aber dieses Mal ließ ich mich nicht überraschen. Während er mich mit der Rechten attackierte, griff ich nach seinem Handgelenk und setzte eine Gerade, die ihn direkt auf die Nase traf. Er torkelte zwei, drei Schritte nach hinten, als tanze er einen grotesken Kasatschok. Dann krachte er gegen die halb offene Tür und ging zu Boden. Wie ein Kartoffelsack, neunzig Kilogramm Fett und Muskeln. Vom Flur her fiel jetzt ein Lichtschein in das abgedunkelte Zimmer. Ich konnte gerade noch die Blutspritzer auf seinem weißen Hemd und dem schicken Anzug bemerken, als die Welt über mir zusammenstürzte. Es hagelte Schläge und Fußtritte von allen Seiten, und noch bevor ich wusste, was da um mich herum passierte, ging ich bereits zu Boden. Kopf, Hals,

Rücken, rechte Hüfte, Rippen, beide Knie, die Leber – es gab keinen Körperteil, der nicht getroffen wurde. Ich kauerte am Boden, über mir ein Rudel wild gewordener Staatsdiener, die mich nach Strich und Faden verprügelten. Um die Verletzungen möglichst gering zu halten, krümmte ich mich wie ein Fötus zusammen, um wenigstens Kopf und Gesicht vor dem Schlimmsten zu bewahren. Ich hörte die Schreie Musumecis und Lagranges, die versuchten, die rasende Meute zu stoppen. Musumeci war kraft seines Amtes erfolgreicher als Lagrange. Sein Gebrüll wirkte wie ein Donnerschlag: »Aufhören, um Gottes Willen! Das ist ein Befehl!«

Die Wölfe ließen kurz von mir ab, Lagrange half mir auf und zerrte mich hastig ins nächste Zimmer. Er bettete mich vorsichtig auf einen Kunstledersessel, schloss die Tür und beugte sich über mich. Erst jetzt bemerkte ich, dass wir beide allein im Raum waren.

»Bist du von allen guten Geistern verlassen? Willst du dich abschlachten lassen?« Er hatte seine Brille verloren und ein Veilchen am Auge. Während seiner Rettungsaktion hatte auch er einen Schlag abbekommen. Vielleicht ein Zufallstreffer.

»Wo ist deine Brille?«

»Keine Ahnung … wird kaputt sein. Bei dir alles in Ordnung?«

»Die haben mich zu Brei gehauen. Ist es nicht seltsam?«

»Was meinst du?«

»Du musst einen Faschisten nur daran erinnern, dass er ein Faschist ist, und schon benimmt er sich entsprechend. Es ist wie ein Reflex. Ein Automatismus. Wie bei den Versuchskaninchen im Labor. Die Kerle werden sich nie ändern. Kannst du mir jetzt die Kammer zeigen, in der ihr das Gewehr aufbewahrt hattet?«

Als ich mich aufrichtete, hatte ich das Gefühl, sie hätten mir alle Knochen gebrochen. Vom Kopf bis zu den Füßen tat alles weh. Wir traten auf den Flur hinaus, wo Musumeci ungeduldig wartete, um Lagrange die Brille zu reichen. Ein Glas fehlte. Manzi war nirgends zu sehen. Vielleicht hatten sie ihn in ein anderes Zimmer gebracht und die Tür hinter sich geschlossen. In den Blicken der Polizisten lag unterdrückte Wut, bei einigen aber auch ein gewisser Respekt. Spott und Verachtung waren verschwunden. Ich war mir sicher, dass diese Polizisten sich künftig auch gegenüber Lagrange und seinen Mitarbeitern etwas gesitteter benehmen würden.

Lagrange zeigte mir die Kammer, in der sich das Gewehr mitsamt Munition befunden hatte. Das SIG Sturmgewehr 57. Er erklärte mir, dass die Waffe, in fünf Einzelteile zerlegt, in einem schwarzen ledernen Spezialkoffer aufbewahrt wurde.

Dann verabschiedete ich mich und ließ ihn in seinem Trümmerhaufen aus Kabeln, Schaltern und Knöpfen allein zurück. Die finsteren Blicke Musumecis verfolgten mich. Es schien, als wolle er mir noch etwas sagen.

Ein Stockwerk tiefer klopfte ich leise an Jasmines Tür, dabei flüsterte ich meinen und ihren Namen. Die junge Frau öffnete. Sobald sie mich sah, schlug sie sich erschreckt die Hände vors Gesicht. »Meine Güte, was haben sie denn mit dir angestellt?«

»Wir haben oben ein bisschen Krach gemacht.«

»Ich habs gehört. Ich dachte, sie bringen dich um. Komm rein, ich helfe dir.«

Sie trug einen himmelblauen Morgenrock mit kobaltblauen Ärmelaufschlägen. Ihre festen Brüste und die ausladenden Hüften wölbten sich unter dem schweren Stoff des Mantels, der offenkundig nicht ihr gehörte, er spannte an allen Ecken und Enden. Außerdem war er zu kurz. Sie brachte mich ins Schlafzimmer, wo das grelle Licht mir in den Augen schmerzte. Sie hatte die Fenster geöffnet, der Schwall kalter, frischer Luft tat gut. Jasmine half mir aus der Jacke. Dabei durchbohrte ein stechender Schmerz meine Schulter und meinen Rücken. Ich streckte mich auf dem inzwischen gemachten Bett aus. Der Nachttisch war leer, die Reste des Frühstücks und auch meine sechzig Euro waren verschwunden. Alles wirkte sauber und ordentlich, wie in einer x-beliebigen Wohnung einer x-beliebigen fleißigen Hausfrau. Sie holte ein feuchtes Handtuch, mit dem sie meine blutende Nase abtupfte. Eine äußerst angenehme Krankenschwester, ihre fast mütterliche Fürsorge richtete meine Lebensgeister schlagartig wieder auf. Ein kräftiger Schluck würde mir jetzt guttun. Jasmine verließ erneut das Zimmer und kam mit einer noch nicht angebrochenen Flasche J&B und einem Glas zurück. Sie goss mir ein halbes Glas ein.

Ich nahm einen Schluck, dann fragte ich: »Hast du deine Freundin angerufen?« Der Whisky war stark, mir wurde warm und der Alkohol machte mich angenehm müde. Ich fühlte mich zerschlagen und hatte plötzlich das Bedürfnis, einfach alles aufzugeben.

»Ja, und sie hat mir etwas Wichtiges erzählt. Gegen vier Uhr morgens ist ein Stammkunde zu ihr gekommen. Meist zieht dieser Typ zuvor durch die Bars. Er hat häufig ziemlich viel getankt und ist ein bisschen verrückt.« Sie tippte sich mit dem Finger an die Stirn. Der lange silberne Fingernagel war verschwunden. »Wenn er betrunken ist, wird er eifersüchtig. Er hat ihr eine Szene gemacht und wollte wissen, wer der Kerl war, den er auf der Treppe getroffen hatte. Während er von unten hochstieg, war ihm ein Mann entgegengekommen. Er hatte eine Geige dabei.«

»Eine Geige?«

»So etwas Ähnliches zumindest, irgendwie größer.«

»Eine Bratsche.«

»Genau so was. Komisch, oder? Aber Chérie sagt, das hätte ihr Freier gesehen. Einen Typen mit einem schwarzen Bratschenkoffer. Schließlich konnte sie ihn überzeugen, dass der Unbekannte nichts mit ihr zu tun hatte. Ist die Bratsche geklaut worden?«

»Ja.«

»Und deshalb die ganze Aufregung?«

Vorsichtig befreite sie mich von meiner Kleidung, bedacht, mir nicht wehzutun. Erst den Pullover, dann das Hemd, schließlich das T-Shirt. Danach tupfte sie mit dem feuchten Handtuch über die

Blutergüsse im Rippenbereich unter der Brust und auf Höhe der Leber. Obwohl sie sehr vorsichtig zu Werke ging, kam es mir vor, als stoße sie mir jedes Mal ein Messer ins Fleisch.

»Was ist daran so komisch? Hast du überhaupt eine Ahnung, was so ein Instrument wert sein kann? Vielleicht hat sogar Paganini auf dieser Bratsche gespielt.«

»Wer ist Paganini?«

Sophia Loren kannte sie, Paganini aber nicht. Sein Ruhm war vielleicht noch nicht zur Elfenbeinküste gedrungen.

»Hör mal, da ist noch etwas, das wichtig für dich sein könnte. Dieser Verrückte behauptet, der Bratschendieb sei komisch gelaufen … *Il était boiteux.*«

»Er hinkte?«

»Genau, hinken.«

Ich strich ihr sanft über die Wange. »Danke, Jasmine. Wie kann ich das je wieder gutmachen?«

Sie lächelte. »Du bist doch mein Freund, oder?«

Für Jasmine bestand die Welt nur aus Freunden und Nichtfreunden. Ich war mir nicht sicher, wo die Freier eingeteilt wurden, die ihren Lebensunterhalt sicherten. Aber ich zögerte, sie danach zu fragen, aus Angst, dadurch ihr Misstrauen zu erregen. Letztendlich war ich für sie ein Polizist. Und für eine schwarze Prostituierte, die mit Sicherheit keine Aufenthaltsgenehmigung hatte, blieb ein Polizist immer ein Polizist.

»Es ist besser, wenn ich jetzt gehe, bevor dein … Beschützer kommt.«

Sie wirkte verblüfft und lachte dann herzhaft. »Du meinst meinen Zuhälter? Da irrst du dich, mein Freund, hier hat niemand einen Zuhälter.«

»Ihr arbeitet also auf eigene Rechnung?«

Wieder tippte sie sich mit dem Finger an die Stirn. »Du spinnst! Glaubst du, wir können hier auf eigene Rechnung arbeiten? Sie kommen jede Woche, jedes Mal ein anderer, und wir geben ihnen das Geld. Vier Jahre noch, so lange, bis wir unsere Flucht abbezahlt haben. Dann werden sie uns vielleicht in Ruhe lassen. Sie haben für uns auch diese Wohnung gemietet.«

»Wie lange bist du schon in Italien?«

»Im Februar sind es sechs Jahre.«

»Kommen Chérie und die andere auch aus deiner Heimat?«

»Klar, und die von der Organisation auch.« Sie runzelte die Stirn. »Du bist doch kein Spitzel, oder? Du bist wirklich ein Freund von den Radioleuten?«

Ich zeigte auf meine Verletzungen. Das genügte, um sie zu beruhigen. Die Welt verändert sich. Zuhälter waren gestern. Selbst die Prostitution ist heute Teil einer global arbeitenden Organisation. Professionell und anonym wie jede andere Firma auch. Jede Woche kommen sie zum Abkassieren, jedes Mal ein anderer. Die Mädchen zahlen in der Hoffnung, irgendwann ihrem Sklavendasein zu entkommen. Nichts anderes als eine Finanzierungsgesellschaft für käuflichen Sex. Mit kalten Geldeintreibern und gefühllosen Buchhaltern einer Firma, die nicht Hemden oder Tomaten verkauft, sondern Blowjobs und Beischlaf mit Präservativen. Fehlt nur noch, dass die Leistungen ganz normal quittiert werden. Kein Zweifel, auf welcher Seite die Männer der Organisation in Jasmines polarisierter Welt standen: Sie gehörten gewiss nicht zu den guten Freunden. Aber das Wichtigste war, dass ihre Arbeitgeber, die Besitzer ihres Körpers, ihre vertraglichen Pflichten auch einhielten und nicht zu Feinden wurden. Eine Sicherheit gab es nicht … »Und dann werden sie uns vielleicht in Ruhe lassen.«

Sie blickte mich zweifelnd an, dann ließ sie ihre Augen zur Decke wandern. »Aber wenn du wirklich etwas für mich tun willst, dann …«

Ich nickte.

»Du könntest für mich einkaufen. Seit drei Tagen bin ich nicht aus dem Haus gegangen. Es wimmelt hier doch von Polizei. Die von der Organisation haben gesagt, ich solle mich nicht blicken lassen. Chérie und Dorothy haben sie zu Freundinnen gebracht. Aber wenn die Polizisten dich sehen, werden sie annehmen, du willst zum Radio.«

»Wann soll ich die Sachen bringen?«

»Morgen vielleicht?«

»Und bis dahin hast du genug zu essen?«

»Ja, ich denke schon.«

»Abgemacht. Dann bis morgen.«

Jasmine gab mir meine inzwischen wieder saubere Schaffelljacke, die ich mir vorsichtig überzog. Ich schlüpfte aus der Wohnung und zog die Tür hinter mir zu. Als ich die Treppe hinunterhumpelte, kamen mir Musumeci und ein weiterer Polizist mit einer Batterie Bierflaschen und zwei Bäckertüten entgegen. Aus den Tüten stieg der Duft frisch gebackener Focaccia. Ich konnte mir ein spöttisches »Hier feiert wohl jemand, was?« nicht verkneifen.

Sie taten so, als hätten sie nichts gehört, und gingen grußlos an mir vorbei. Doch dieser verlockende Geruch weckte in meinem zerschlagenen Körper die Sehnsucht nach einem Bett, nach Heimat, nach liebevoller Fürsorge: Ich dachte wieder an Jasmine.

7
Albtraum

Das einzig Vernünftige, was ich in dieser Situation hätte tun können: nach Hause gehen und ab ins Bett. Aber Vernunft gehört nicht gerade zu den Stärken von Bacci Pagano. Dieser Schnüffler ist und bleibt ein Querkopf. Will immer und überall mitmischen und rennt mit dem Kopf gegen die Wand, um dem unaufhaltsam näher kommenden Schreckgespenst Alter und Ruhestand zu entfliehen. Das war auch jetzt nicht anders.

Zu Hause war niemand, der auf mich wartete. Weil gerade Mittagszeit war, zog ich mein Handy aus der Jackentasche und rief Pertusiello an. »Ich muss mit dir reden. Lass uns einen Happen essen, ich lade dich ein.«

»Machen wir, mein Junge. Aber dieses Mal zahle ich. Wo bist du gerade?«

»In der Via San Bernardo.«

»Soll ich hier in der Questura auf dich warten?«

»Im Augenblick fällt mir jede Bewegung schwer. Deine Kollegen von der Digos haben mich nach allen Regeln der Kunst verprügelt.«

Erschrocken fragte er: »Wie um alles in der Welt ist das denn passiert?« Dann hielt er inne. Ich spürte förmlich, wie er laut nachdachte. »San Bernardo … San Bernardo … Wo kann man da was essen?«

»Unten bei mir im Haus ist eine Crêperie. Hast du Lust auf eine *galette* mit *bianchetti* und ein Glas Cidre?«

Eine halbe Stunde später saßen wir an der Theke, eingehüllt in den Duft von Crêpes und Galettes, die auf den heißen Platten des Gasofens brutzelten. Wir tauchten in die wohlige Wärme dieser fensterlosen Kneipe ein, die schnörkellos und treffend J'aime les Crêpes hieß. Um uns herum das Sprachgewirr der dicht an dicht sitzenden Gäste: Angestellte, Architekturprofessoren und ihre Studenten. Fast alle Stammkunden bei René. Obwohl wir Freunde waren, wusste ich nicht, ob das sein richtiger Name war. Ein beeindruckender Mann mit eckiger Brille, der an Gene Hackman in French Connection erinnerte. Er wirkte alterslos. Das ganze Jahr über trug er ein kurzärmliges Poloshirt. Er wurde meist *il Capitano* genannt, weil er ein großes Boot besaß, mit dem er im Golf angeln ging. Er stammte aus Marseille und war lange Jahre Koch auf einem Frachter gewesen. Wenn wir beide mit seinem Boot auf Angeltour gingen, erzählte er gerne von fremden Häfen und der großen weiten Welt, bis ich ins Träumen kam: Karibik, Singapur, Papua-Neuguinea, Havanna …

Hinter der Theke half ihm heute ein junger Mann, dessen Wangen von der Hitze der Gasflamme rosarot gefärbt waren. Den Schlapphut verwegen schief auf dem Kopf, brutzelte und servierte René seine Crêpes und Galettes in präzise konstantem Rhythmus, wie von einem Metronom vorgegeben. Er sah dabei tatsächlich wie ein Schiffskapitän aus. Zur Stunde war er in stürmischer See unterwegs, denn die Crêperie war brechend voll und die Wärme suchenden Gäste brachten einen Riesenhunger, aber wie immer nur wenig Zeit mit. Deshalb arbeitete René hoch konzentriert, ohne mit seinen Gästen zu reden, obwohl er fast jeden hier gut kannte. Nur wenn er ausdrücklich um Auskunft über einzelne Zutaten gebeten wurde, gab er kurz und knapp Antwort.

Als ich Pertusiello vorstellte, von dem ich ihm schon so viel erzählt hatte, sagte er nur: »Ich schätze, Sie könnten ein guter Kunde werden. Beehren Sie mich ruhig öfter.«

»Zeigen Sie mir erst mal, was Sie zu bieten haben, Monsieur«, gab der Commissario zurück.

Wir bestellten zwei Galettes mit Bianchetti. Sobald zwei Platten frei waren, nahm der *Capitano* zwei der bereits vorbereiteten und zu einem Turm aufgestapelten Buchweizenfladen und legte sie auf die glühend heißen Platten. Er belegte sie mit einer Handvoll gallertartiger roher Sardinen, gab Öl, Zitronensaft, Salz, Pfeffer und etwas

Petersilie hinzu. Mit einem hölzernen Spatel klappte er die Galettes zusammen und ließ sie garen. Kaum hatte er uns die fertigen Galettes auf kleinen Papptellern serviert, biss ich herzhaft hinein. Wie das auflaufende Wasser bei Flut breitete sich der intensive Meeresgeschmack des noch fast rohen Fischs langsam über den Gaumen aus. Pertusiello verschlang seine Galette wortlos, mit der für ihn typischen Gier. Zum Hinunterspülen goss er zwei Gläser bretonischen Cidre hinterher, den er sich zuvor aus der Dreiviertelliter-Flasche eingeschenkt hatte.

Schließlich seufzte er zufrieden und sah mich erwartungsvoll an. »Erzählst du mir jetzt, was passiert ist?«

»Heute Morgen war ich bei Lagrange im Sender. Manzi und seine Truppe waren auch da und haben alles durchsucht. Er hat mich provoziert und wir sind aneinandergeraten. Seine Leute haben munter mitgemischt.«

»Wen hatte Manzi dabei?«

»Keine Ahnung. Einer hieß Musumeci.«

Pertusiello nickte anerkennend: »Guter Mann, einer der besten, den sie haben.«

»Ohne sein Dazwischengehen wäre ich im Krankenhaus gelandet. Aber Manzi hat es auch erwischt. Wahrscheinlich habe ich ihm die Nase gebrochen.«

Der Commissario lächelte kopfschüttelnd, eine gewisse Genugtuung konnte er aber nicht verbergen. »Na, bei den Zuständen, die heute bei uns herrschen, hast du dir aber ordentlich Ärger eingehandelt.«

»Darum gehts jetzt nicht.« Ich rückte näher an ihn heran und sprach jetzt ganz leise, damit unsere Nachbarn nicht mithören konnten. »Ich habe einen Verdacht, wer den Karabiner gestohlen haben könnte.«

Er horchte auf und griff nach der Flasche, um uns nachzuschenken. Ich fuhr fort: »Es könnte der Typ sein, über den immer wieder gesprochen wurde, als ich vor vielen Jahren im Knast saß. In den Achtzigern schrieben sogar die Zeitungen über ihn. Er wurde damals mit einem rechtsradikalen Attentat in Verbindung gebracht. Er hat ein besonderes Kennzeichen …«

»Raus damit.«

»Er hinkt.«

»O Gott!«

Es folgte eine beängstigende Stille. Abgrundtief. Zentnerschwer. Pertusiello starrte auf den Boden seines Glases, als ob er dort die Zukunft lesen könnte. Das Räderwerk in seinem Kopf hatte sich in Gang gesetzt. Nervös nahm er sein Glas mal in die eine, mal in die andere Hand, als ob es ihm zu heiß wäre. Dabei schüttelte er immer wieder den Kopf und schaute mich mit stummem Vorwurf an. Ich hätte doch die Finger davon lassen sollen. Hatte er mich nicht gewarnt? Er hatte mir doch erzählt, dass Lagrange die Warnzeichen ignorierte und dass diese Schnapsidee mit dem Gewehr unabsehbare Folgen nach sich ziehen würde. Wer Wind sät …

Nach einer Weile, die mir allerdings wie eine Ewigkeit vorkam, bohrte ich nach: »Ja und?«

»O Gott!«

»Das hab ich verstanden. Aber was willst du damit sagen?«

In seinem Blick lagen jetzt Ohnmacht und Hoffnungslosigkeit, und ich spürte, dass er jetzt nicht mehr als Polizist, sondern als mitfühlender Freund reagierte. »Damit will ich sagen, dass jemand das Tor zur Hölle aufgestoßen hat.«

Ich wartete auf eine Erklärung, stattdessen aber wandte er sich an den *Capitano.*

»Hut ab, Monsieur. Diese Galette mit Bianchetti – ein echter Genuss. Ich komme bestimmt bald wieder, und zwar mit meiner Frau. Sie weiß gutes Essen ebenso zu schätzen wie ich. Aber jetzt zu etwas anderem: Ich brauche eine kleine Aufmunterung. Eine süße Crêpe wäre jetzt genau das Richtige.«

René nickte verständnisvoll und zeigte auf die Tafel neben der Tür. »Irgendwelche besonderen Vorlieben?«

Pertusiello vermied die Anstrengung, sich auf dem Barhocker umzudrehen. »Sehen Sie mich doch an. Ich wiege hundertfünfunddreißig Kilo. An besonderen Vorlieben mangelt es mir offensichtlich nicht. Was empfehlen Sie?«

»Eine Crêpe Suzette? Die klassische Variante mit Zucker und Grand Marnier? Oder steht Ihnen der Sinn nach etwas Besonderem? Mit Butter, Banane und Cognac? Genau das Richtige bei dieser Kälte.«

»Dann das Besondere. Mit viel Cognac, bitte.«

René behandelte den Commissario bereits wie einen Stammgast, was bestimmt nicht daran lag, dass ich ihn mitgebracht hatte. Der *Capitano* war ehrlich und konsequent, bei ihm hatte der Kunde nicht immer recht. Kein Zweifel, die beiden waren sich sympathisch und hatten sich gefunden. Ich schloss mich meinem Freund an und bestellte ebenfalls eine süße Crêpe, aber meine Gedanken waren ganz woanders. Ich hoffte, dass Cognac und Banane auch mich ein wenig aufmuntern würden. Nachdem auch der Nachtisch verspeist und die Cidre-Flasche geleert waren, zahlte Pertusiello bei einer der Kellnerinnen und verabschiedete sich von René. Er versprach, Freitagabend zusammen mit seiner Frau wiederzukommen.

Draußen, im blendenden Licht der Stradone Sant'Agostino, bliesen uns die eisigen Böen des Mistrals entgegen. Die Kälte ging mir durch und durch. Alles tat mir weh. Besondere Sorge machte mir ein äußerst schmerzhaftes Stechen im Rippenbereich, genau auf der Höhe der Leber. Ich setzte meine Sonnenbrille auf, in der Hoffnung, die getönten Gläser könnten mich gegen Kälte und Schmerzen schützen. Junge Leute, meist Studenten, hasteten durch die Straße, um einen Unterschlupf zu finden, irgendein geschütztes Plätzchen, wo sie sich stärken und dem grellen Sonnenlicht entfliehen konnten.

Pertusiello blickte mich fragend an: »Wo können wir reden?«

Ich war mit den Kräften am Ende. Nur noch weg von diesen Straßen und diesem Wind. »Lass uns zu mir hochgehen. Ich mach dir einen Kaffee.«

In meiner Wohnung empfing uns angenehme Wärme, alles strahlte Sauberkeit und Frische aus. Dieses Gefühl gab mir meinen Frieden zurück. Zainab, meine nubische Putzfrau, hatte gründlich aufgeräumt, und die Wohnung sah ordentlich und einladend aus. So viel Dreck und Mist blieb bei meinen tagtäglichen Streifzügen durch die Carruggi an mir kleben – kaum zu glauben, dass dies wirklich mein Zuhause war. Manchmal schien mir, ich gehöre gar nicht zu diesem Haus. Hier war mein Rückzugsraum, meine schützende Höhle, hier fühlte ich mich sicher und geborgen. Mit einem alten Cognac, Mozart und einem guten Buch. Wie in Genua üblich, hatte auch meine Wohnung einen großzügigen Eingangsbereich, der teilweise als Esszimmer und teilweise als eine Art Wohnzimmer genutzt wurde. Im Hintergrund konnte man ein altes Sofa und einen Nussbaumtisch erahnen, die sich im Halbdunkel wie zwei große Wachhunde abzeichneten. Ein Streifen Sonnenlicht, das durch eine Ritze im Rollladen ins Zimmer flutete. Dann kam das eigentliche Wohnzimmer, das Herzstück meines Zuhauses. Hier reihte sich Bücherregal an Bücherregal. Meine Wohnung quoll förmlich über vor Büchern. Seit frühester Jugend waren sie Zuflucht und Rettungsanker für mich. Auch während der fünf Jahre in einer Zelle des Hochsicherheitsgefängnisses waren sie mein einziger Halt gewesen. Zwei Meter fünfzig auf zwei Meter fünfzig. Ein Tisch, ein Stuhl, eine Kloschüssel, ein Waschbecken und ein Feldbett. Sonst nichts. Außer Bücher, Bücher, Bücher. Sie ließen mich meine Verzweiflung und meine Einsamkeit ertragen, sie hielten mich am Leben.

Meine heutige Wohnung erinnerte in nichts an damals. Sie war ganz auf mich zugeschnitten. Eine halbhohe gemauerte Wand mit einer Schieferplatte trennte das Wohnzimmer von der kleinen Küche, an deren Rückwand ein winziges Fenster auf die kleine Gasse hinausging. So blieb es nicht aus, dass meine Bücher mehr und mehr den Duft von Küche und gutem Essen annahmen. Das störte mich aber überhaupt nicht. Im Gegenteil! Es brachte mich meinen Büchern noch näher, und jedes Mal, wenn ich in einem Buch blätterte, wurde ich an einen Geruch oder Geschmack aus meiner Vergangenheit erinnert. Gutes Essen nährt unseren Körper, ein gutes Buch unseren Geist: Beides ist Genuss, und Genuss ist für mich der Sinn des Lebens.

Pertusiello kannte den Weg ins Büro, er bog sofort in den Flur ab. Ich folgte ihm, ging aber zuerst ins Bad. Danach fühlte ich mich erleichtert: Trotz der Tritte in die Nieren hatte ich kein Blut im Urin. Ich durchquerte erneut das Wohnzimmer, dabei stolperte ich über den Teppich vor dem Sofa. Mein Blick fiel auf ein farbenfrohes Bild neben dem Fenster. Erinnerungen an Afrika. Ein großes Gemälde auf Jute, das ich Ende der Achtzigerjahre auf einer meiner Kenia-Reisen in einem Massai-Dorf gekauft hatte. Ein echtes Schnäppchen für drei Dollar sechzig, plus meine alte Swatch und ein Röhrchen Formitrol. In der Bildmitte eine Stammesmaske aus Holz, um sie herum stilisierte Menschen, Tiere und Hütten, alles in grellen Farben gehalten. Szenen von Jagd, Krieg und Alltagsleben in der Savanne. Daneben ein Geflecht aus Linien, die in einem blauen Fleck zusammenliefen. Im diffusen Licht erschien dieser Fleck jetzt fast schwarz. Zainab sagte, dies sei der Nil, der Fluss, der ihr Haus und ihre Felder überschwemmt hatte. Die ganze verfahrene Situation, in der ich steckte, fand sich in diesem Bild, schien mir jetzt.

In der Küche setzte ich den Espresso auf, dann ging ich zu Pertusiello zurück, dieses Mal aber durch den Flur. Das Büro war vom Rest der Wohnung durch eine Tür abgetrennt, die aber meist offen stand. Wie es sich für eine respektable Detektei gehörte, hatte sie auch einen separaten Zugang. Draußen neben der Eingangstür war auf einem glänzenden Messingschild zu lesen: *Dott. G. B. Pagano, Ermittlungen.* Meine eigene Wohnungstür, durch die der Commissario und ich gekommen waren, hatte kein Namensschild und machte einen völlig neutralen Eindruck.

Pertusiello saß auf meinem Drehstuhl hinter dem Schreibtisch und hatte sich eine Zigarette angezündet. Auch hier waren wir von Büchern umgeben, die sich rechts und links in zwei langen Regalen aufreihten. Wie ein Schattenriss zeichnete sich Pertusiellos Profil gegen das blendende Licht des frühen Nachmittags ab. Ich nahm eine Pfeife deutschen Fabrikats aus dem Futteral, stopfte sie mit englischem Dunhill-Tabak und setzte mich ihm gegenüber in den Lehnstuhl. Dann strich ich ein schwedisches Streichholz an. Genau von diesem Lehnstuhl aus hatten mich letzten Samstag die kurzsichtigen grauen Augen Samuele Lagranges fixiert, voller Unruhe und Angst. Jetzt war ich es, den Unruhe und Angst gepackt hatten, was man mir auch deutlich ansah. Auch Pertusiello wirkte alles andere als souverän.

»Ich denke beim Hinkenden an einen ganz bestimmten Mann. Wenn es so ist, mein lieber Bacci, dann steckt ihr ernsthaft in Schwierigkeiten, du und deine Freunde vom Radio.« Er überlegte einen Augenblick, dann breitete er mit priesterlicher Würde seine Arme aus und fuhr mit Nachdruck fort: »Das ist ein Typ, der sich nicht mit Kleinigkeiten abgibt.«

»Vielleicht meinen wir wirklich den gleichen. Ende der Siebzigerjahre, als ich in Novara im Hochsicherheitsgefängnis saß, erzählte man mir von einem Mitglied der Roten Brigaden, das bei einer Schießerei verletzt worden war. Seitdem hinke er, hieß es.«

»Ja, das ist er. Die Festnahme schlug fehl.«

»Einige Jahre später habe ich in einem Artikel wieder von einem Hinkenden gelesen. Dieses Mal ging es um einen Bombenanschlag in Venetien.«

»Ein Attentat von Faschisten. Der Täter wurde nie gefasst. Wieder er.«

»Seitdem habe ich nichts mehr von ihm gehört.«

Pertusiello seufzte tief, dann begann er, mir seine Sicht der Dinge zu erläutern. »Ich weiß nicht viel über ihn, aber das Wenige zeigt deutlich genug, dass die Sache gewaltig stinkt. Ich glaube, niemand kennt seine wahre Identität, weil er immer wieder unter anderen Namen in Erscheinung tritt. Einer ist mit Sicherheit Annibale Draghi. Dieser Name taucht auf dem Haftbefehl eines venezianischen Staatsanwalts auf, der ihn in den frühen Achtzigern wegen des versuchten Bombenattentats auf ein Gericht in Venetien angeklagt hatte. Die Bombe ist nur deshalb nicht explodiert, weil er das gar nicht wollte. Es genügte ihm zu zeigen, was hätte passieren können. So richtig begonnen hat seine kriminelle Karriere erst nach der versuchten Festnahme und seiner Verletzung. Doch der springende Punkt ist ein ganz anderer.«

Die Luft im Büro stand jetzt vor Rauch. Aus der Ferne war das Brodeln der Kaffeemaschine zu hören. Ich stand auf, ging in die Küche und füllte den heißen Kaffee in eine kleine Tontasse, gab reichlich Rohrzucker dazu und stellte sie auf ein Tablett. Dann ging ich ins Büro zurück. Pertusiello legte seine brennende Zigarette auf den Rand des Schreibtischs. Während er seinen Kaffee schlürfte, hielt er die Tasse in der einen, den Unterteller in der anderen Hand.

Er fuhr fort. »Entscheidend ist, dass Draghi schon bei den Roten Brigaden ein Spitzel des Geheimdienstes war. Einer der ganz üblen Sorte. Angeheuert von einer Organisation, die von niemandem kontrolliert wird. In den Neunzigerjahren verschwand Draghi von der Bildfläche. In Polizeikreisen kursierte allerdings das Gerücht, er wäre in Mittelamerika untergetaucht, um dort für die wirklich großen Bosse zu arbeiten. Nur von ihnen würde er widerspruchslos alle Aufträge übernehmen.«

»CIA?«

»Sagen wir, eine zwielichtige Organisation. So zwielichtig, dass sich ihre Spuren immer im Nichts verloren haben. Aber eines ist sicher: Falls tatsächlich er das Gewehr gestohlen hat, ist äußerste Vorsicht geboten. Doch egal, was passiert: Die Zeche werden deine Freunde zahlen.«

»Und ich stecke mittendrin.«

Auf seinem geröteten Gesicht machte sich ein beschwichtigendes Lächeln breit. »Du hast schon genug Schwierigkeiten, weil du Manzi verprügelt hast. Sie brauchen nur noch irgendeinen Vorwand und schon bist du deine Lizenz los.«

»Da ist es doch gut, dass ich einen Freund bei der Polizei habe.«

»Aber wenn Draghi im Spiel ist, heißt es aufpassen. Der bringt jeden um, der sich ihm in die Quere stellt.«

»Das nenne ich wahre Freundschaft: Immer ein aufmunterndes Wort, auch wenn die Situation völlig verfahren ist.«

»Jetzt mal nicht gleich den Teufel an die Wand. Vielleicht ist er gar nicht unser Mann.«

»Und wenn …?« Ich brachte den Satz nicht zu Ende, denn in meinem Kopf lief gerade ein Horrorfilm ab.

Der Commissario war dicht neben mich gerückt und brachte meinen Gedanken zu Ende. »Und wenn doch? Das ist es doch, was du denkst?«

»Genau.«

»Da sage ich eins: Scheiße.«

»Scheiße!«

»Richtig. Und zwar genug, um uns alle darunter zu begraben. Samt diesem ganzen verfluchten Land und seiner unfähigen Regierung. Stell dir die folgende Schlagzeile vor: *Anschlag in Genua. Heute Morgen hat ein Unbekannter mit einer dem links-alternativen Radio Baba Yaga zugeschriebenen Waffe …*«

Pertusiello führte den Satz nicht zu Ende. Sein Gesicht war jetzt feuerrot, er schnaubte wie eine Lokomotive unter Dampf. Er strich sich mit der Hand den Schweiß von der Glatze und suchte verzweifelt nach einem Aschenbecher, um seine Zigarette auszudrücken. Man sah ihm an, wie wütend es ihn machte, die Situation nicht beeinflussen zu können. Auch diese Ohnmacht wäre er gerne losgeworden. Doch Zainab hatte die Aschenbecher in die Küche gebracht, um sie sauber zu machen. Ich zeigte auf die leere Tasse, wenn er wolle, könne er sie auch gerne als Spucknapf benutzen. Der Commissario hielt die Zigarette zwischen Daumen und Zeigefinger und schnippte mit dem Nagel des kleinen Fingers die Asche in die Tasse.

»Totò, meinst du, sie haben wirklich vor, auf jemanden zu schießen?«

»Wenn wir es tatsächlich mit Draghi zu tun haben, kannst du darauf wetten.«

»Und wer kommt als Opfer in Frage?«

In diesem Augenblick hörte man durch das Fenster das Geräusch eines Hubschraubers, der über die Stadt flog. Wir sahen uns wortlos an und begriffen sofort. Ein Hubschrauber der Polizei. Immer wenn sie die Altstadt überflogen, konnte man sicher sein, dass wichtige Persönlichkeiten nach Genua kamen. Damals, vor dem G8-Gipfel, war es besonders schlimm gewesen, man fühlte sich wie auf einem Kriegsschauplatz. Wie Hornissen waren die Helikopter ununterbrochen über die Stadt geschwirrt, um, wie es hieß, die öffentliche Sicherheit zu gewährleisten. So sicher war die Öffentlichkeit allerdings nicht: Sie wurde später mit Schlagstöcken niedergeknüppelt.

Pertusiello ging, seine Wut auf Lagrange hatte sich nicht gelegt. Ich blieb mit meinen Sorgen alleine. Erst jetzt, beim ruhigen Sitzen, kamen die Schmerzen. Wellenartig durchströmten sie mich immer wieder. Als hätte sich ein tobsüchtiger Hund in meine von den Tritten und Faustschlägen schmerzenden Muskeln verbissen. Bei jeder noch so kleinen Bewegung spürte ich die malträtierten Knochen und Gelenke. Ich musste etwas tun, die stechenden Schmerzen wurden unerträglich. Ich ging ins Bad, durchstöberte meine Hausapotheke und fand eine Schachtel Aulin. Hastig steckte ich mir eine Tablette in den Mund, hielt den Kopf unter den Wasserhahn und schluckte sie mit etwas Wasser hinunter.

Wie ein Zombie wankte ich ins Schlafzimmer. Zainab hatte die Rollläden heruntergelassen, um die blendende Helligkeit dieses eiskalten Nachmittags auszusperren. Das angenehme Dämmerlicht war genau richtig zum Lesen. Vorsichtig zog ich mich aus, nur das T-Shirt behielt ich an. Wieder durchlief meinen Körper ein schmerzhaftes Zittern. Auf dem Nachttischschränkchen lag *Der Spieler* von Dostojewski, den ich gerade zum dritten Mal zu lesen begonnen hatte. Kennengelernt hatte ich den Roman in Novara. Ohne Bücher wie dieses wäre ich damals wohl vor die Hunde gegangen. Ich streckte mich so gemütlich wie möglich aus, zog die Bettdecke bis unters Kinn, und eingehüllt in den tröstlichen Lavendelduft der sauberen Laken, versank ich in der Traumwelt der Literatur.

Offen gestanden: dieser Auftrag war mir sehr unangenehm; denn, wenn ich auch fest beschlossen hatte, zu spielen, so wollte ich es doch für mich und nicht für andere tun.

Viel weiter kam ich nicht. Zudem spielte und arbeitete auch ich für andere, und auch mir war mein Auftrag unangenehm geworden.

Der Cidre und die Schmerztablette ließen mich rasch einschlafen. Wie ein beruhigender Schleier legte sich der Schlaf auf meinen schmerzgeplagten, ausgelaugten Körper. Doch die Gedanken an meinen Fall ließen mich nicht los. Die Situation schien immer bedrohlicher und meine Angst lag mir wie ein Albdruck auf der Seele.

Tausend Farben. Menschen über Menschen. Hinter mir ein verwinkeltes Gässchen, das in das Dunkel der Altstadt hinabführt. Wahrscheinlich ist es die Salita Pollaiuoli, denn vor mir öffnet sich eine weitläufige, leicht abschüssige Piazza, an deren Ende sich ein prunkvoller Palazzo mit majestätischem Portal befindet, das man über eine Freitreppe erreicht. Die Piazza Matteotti und der Palazzo Ducale. Die Menschen in festlicher Stimmung, vielleicht wird sogar Musik gemacht. Bunte Luftballons steigen vor einem eigenartig bleiernen Himmel auf, mächtige schwarze Wolken ziehen in Richtung Meer.

Mir ist, als wehe auf der Piazza ein kalter Wind, vielleicht fühle ich die Kälte aber auch nur, weil mir unwohl ist. Die Tore des Palazzo sind verschlossen. Aber ich weiß: Hinter dem geschlossenen Tor des Palazzo Ducale wartet etwas, eine Verheißung, ein Symbol.

Ich spüre, dass etwas Bedrohliches in der Luft liegt. Etwas Fürchterliches wird unaufhaltsam über diese froh gestimmten Menschen hereinbrechen, da bin ich mir sicher – doch die Menschen achten nicht auf die Warnzeichen am Himmel. Ein Knallkörper wird gezündet und eine Familie beginnt lauthals zu lachen. Modisch gekleidet, topfit und gut aussehend wirken sie alle: eine Familie wie aus einem Werbespot. Die Eltern strahlen, dass sie mit ihren Kindern an diesem Fest teilnehmen können.

Jetzt bemerke ich einen etwa dreißigjährigen, gut gekleideten Mann in Zweireiher und Krawatte, der von seiner umwerfend aussehenden Freundin begleitet wird. Sie trägt ein knöchellanges schwarzes Kleid, das die Schultern frei lässt, der Rückenausschnitt reicht fast bis zum Po. Das strahlende, selbstsichere Paar ist bester Laune. Auch sie lassen das Tor nicht aus den Augen, das nun bald aufgehen wird. Auch sie scheinen nichts von der drohenden Katastrophe zu ahnen. Unter all den Menschen auf der Piazza fühle ich mich wie ein Ausgestoßener, befleckt und gemein. Warum bin ich der einzige Pessimist in diesem Freudentaumel? Warum kann ich nicht genauso unbeschwert, fröhlich und ausgelassen sein wie die anderen auf dem Platz, voller Hoffnung und Optimismus? Warum zermartere ich mir das Hirn, warum muss ich mich mit diesen düsteren Gedanken belasten? Ist es Neid auf die heile Welt dieser glücklichen Familien und verliebten Paare?

Was Beziehung und Familie angeht, bin ich gescheitert. Meine Frau konnte ich nicht halten, meine Tochter habe ich seit zehn Jahren nicht mehr gesehen und selbst Mara, meine Freundin nach der Scheidung, ist nicht bei mir geblieben. Das ist die bittere Realität. Ich bin nicht etwa einsam und allein, weil sich das Glück gegen mich verschworen hat: Nein! Es ist mein verquerer Charakter, der jedem anderen das Leben zur Hölle macht. Gescheitert als Ehemann, als Vater, sogar als Freund und Geliebter. Du bist nichts weiter als eine Ratte aus den Carruggi, Bacci Pagano. Unfähig zur Liebe, ein Nichtsnutz. Vielleicht tut dir aber auch deine verfluchte Angewohnheit nicht gut, überall herumzuschnüffeln und die Ruhe der braven Bürger zu stören. Diese krankhafte Besessenheit, immer und überall etwas Unrechtes zu vermuten. Dieses Gift zerfrisst deinen Körper und deinen Geist.

Aber in diesem Fall bin ich mir ganz sicher: Dieses Mal irre ich mich nicht. Über all diese glücklichen, gepflegten Menschen wird ein Inferno hereinbrechen. Statt sich vor den Fernsehkameras zu drängeln, sollten sie lieber wachsam sein, denn irgendwo im Hintergrund lauert eine Katastrophe.

Eine junge Frau kommt mir entgegen. Sie ist ganz in Rot gekleidet und erinnert mich an Alma. Auf den Lippen ein herausforderndes Lächeln, üppige, straffe Brüste. Sie spricht Englisch und wiederholt immer wieder: »Irresistible! Irresistible!« Ein Junge mit weit aufgerissenen Augen in einem Trainingsanzug der italienischen Fußballnationalmannschaft klatscht wie besessen in die Hände, dabei hüpft er auf und ab und schreit zum Portal hinüber: »Forza Italia!«

Ein Fernsehmonitor ist auf einem schwenkbaren Arm hoch über den Köpfen der wartenden Menge angebracht. Auf dem Bildschirm erscheint ein souverän wirkender Ansager im Smoking mit listigem Gesichtsausdruck, seine Hände wirbeln durch die Luft, als wäre er ein Pokerspieler. Er scheint nur darauf zu warten, endlich ein Ass nach dem anderen aus dem Ärmel zu ziehen. In feierlichem Ton verkündet er immer wieder einen bizarr anmutenden, unverständlichen Satz. »Setzt voll und ganz auf die Mediengesellschaft! Werdet Mitunternehmer in Sachen Volksverdummung!«

Seinen Worten folgt donnernder Applaus. Die Menge auf der Piazza jubelt frenetisch. Sie startet eine gigantische La-Ola-Welle, die sich von der Chiesa del Gesù bis zur Kathedrale San Lorenzo erstreckt. Dann plötzlich wieder Stille. Eine unnatürliche Stille, als hätte man mit einer Fernbedienung den Ton ausgeknipst. Als ob ein Regisseur die Anweisung gegeben hätte, die Mitwirkenden mögen innehalten. Einen Augenblick lang kommt mir der Platz wie eine riesige Marionettenbühne vor. Aus dem Inneren des Palazzo dringen dumpfe, metallische Geräusche. Riegel werden zurückgeschoben, Eisengitter hochgezogen, Schlösser aufgesperrt. Ehrfurcht gebietend und feierlich öffnet sich das Portal, die wartende Menge hält ahnungsvoll den Atem an und verharrt in gespannter Erwartung. Ich bleibe weiter im Hintergrund, in einem engen, feuchten Gässchen, wo der Müll aus den Tonnen quillt und es die Sonne nicht einmal um die Mittagszeit schafft, bis zum Pflaster durchzudringen. Ich registriere die uniformierten Polizisten, Carabinieri und Finanzpolizei, die sich unter die Menge gemischt haben, auch sie glückselig wie alle anderen. Selbst sie spüren die Gefahr nicht, nehmen nichts Bedrohliches wahr, scheinen völlig ahnungslos. Einer der Polizisten kommt auf mich zu und schaut mich vorwurfsvoll an. Es liegt wohl an meinem vergammelten und dreckigen Aussehen, das an einen Landstreicher erinnert. Es ist Ispettore Musumeci. Er stellt sich neben mich, scheint aber zu zögern, ob er mich berühren soll oder nicht. Vielleicht fühlt er sich von meinem Äußeren abgestoßen. Ich zeige auf das Portal und schreie: »Nicht hier! Dort drüben!«

Musumeci dreht sich in Richtung Palazzo. Man hört ein »Ooh« durch die Menge gehen. In diesem Augenblick taucht ER auf, der Ministerpräsident höchstpersönlich. Er schreitet durch das weit geöffnete Portal. Mit Zahnpastalächeln und einstudierten Gesten begrüßt er huldvoll die Menge. Wie eine Aufziehpuppe. Groß ist er nicht. Er tritt heraus auf den kleinen Vorplatz, wo am Rand der Treppe ein Mikrofon aufgebaut ist. Die Regie ist perfekt, genau jetzt taucht er auf dem Fernsehmonitor auf, der Ansager ist verschwunden. Da geschieht das Unerklärliche. Ich allein weiß Bescheid. Ich packe Musumeci am Arm und fordere mit Nachdruck seine Aufmerksamkeit.

»Glauben Sie mir, es ist mir äußerst unangenehm«, entschuldige ich mich, lasse seinen Arm aber nicht los. »Ich bin entschlossen mitzuspielen, aber auf keinen Fall werde ich den Anfang für andere machen.«

Er schaut mich verblüfft an. Vielleicht schrecke ich ihn auch ab. Aber ich möchte ihn überzeugen, dass ich keinerlei böse Absichten habe. Mit dem, was gleich passieren wird, habe ich nichts zu tun. Urplötzlich verdunkelt sich der Himmel, ein lauter Knall lässt die Fenster und Schaufenster ringsum erzittern. Eine Detonation. Vielleicht ein Donnerschlag? Nein, kein Donner – da bin ich ganz sicher. Es war ein Schuss.

Ein Schrei durchschneidet die Luft: Der Schrei der Menge, der mit einem Schlag klar geworden ist, was eigentlich passiert ist. Der Monitor wird schwarz, und oberhalb der Treppe, wo das Mikro steht, sieht man, wie der Ministerpräsident zusammenbricht. Tot. Niedergestreckt von einer Kugel aus einem Präzisionsgewehr. Er stürzt zu Boden und mein Instinkt sagt mir, dass es keine Rettung gibt. Wenn ich könnte, würde ich mich in einer der Mülltonnen verkriechen. Musumeci ist verschwunden. Ich sehe nur noch, wie er die Treppe hocheilt. Aber der leblose Körper braucht keine Hilfe mehr, Tote müssen nicht mehr bewacht werden. Diese Dilettanten können jetzt Däumchen drehen oder spazieren gehen. Sie werden nicht mehr gebraucht. Keine Arbeit mehr. Personenschützer ohne Schutzbefohlene. Niemand hat etwas gesehen. Gehört ja, aber wer wird jemals zweifelsfrei sagen können, aus welcher Richtung der Schuss kam? Ein Ding der Unmöglichkeit.

»Einen Arzt, schnell!«

»Platz da, Platz da!«

»Sofort einen Krankenwagen!«

Alles sinnlos. Hier braucht man keinen Krankenwagen mehr. Ich raffe mich auf und gehe langsam quer über den Platz zur Treppe. Ein eigenartiges Gefühl, denn ich bahne mir einen Weg durch das Gedränge entsetzter Frauen und Männer und verängstigter Kinder, ohne dass mich jemand wahrnimmt. Als ob wir alle durchsichtige, körperlose Hüllen wären. Virtuelle Personen an einem virtuellen Ort. Vielleicht irre ich mich aber auch. Vielleicht bin nur ich es, der durchsichtig und körperlos ist. Dort ist die Familie von vorhin. Die Eltern halten ihre in Tränen aufgelösten Kinder schützend im Arm. Ein bewegendes Bild von Elternliebe und Fürsorge. Das Bild wird allerdings jäh gestört, als der Vater plötzlich aufspringt und seine Frau anschreit: »Pass doch auf, du dumme Kuh! Deine Wimperntusche hat mir den Anzug ruiniert!«

Ich sehe das junge Paar wieder. Wie zwei verängstigte Welpen klammern sie sich aneinander. Hypnotisiert starren beide auf den schwarzen Monitor über ihren Köpfen. Ich gehe weiter, die Treppe hoch, noch einige Stufen trennen mich von dem Platz, wo die Leiche des Ministerpräsidenten am Boden liegt. Ich trete näher und bemerke Musumeci. Er zeigt auf die Einschussstelle. Genau in die Brust, mitten ins Herz. Ich bin überrascht, denn ich hatte erwartet, auf den Gesichtern der Umstehenden Entsetzen, Wut und Verzweiflung zu lesen. Stattdessen wirken sie ruhig und souverän, wie Profis, die ganz genau wissen, was zu tun und was zu lassen ist. Ich schaue genauer hin und … mein Gott! Das darf nicht wahr sein! Tatsächlich … Genau auf der Höhe des Herzens sieht man eine Einschusswunde von erschreckenden Ausmaßen. Durch den Anzug, die Weste und das Hemd bis tief ins Fleisch. Das Projektil eines großen Kalibers, kein Zweifel. Aber aus dem tiefen Loch, das die Kugel ins Fleisch gerissen hat, quillt kein Blut. Nichts. Als ob man in eine Schaufensterpuppe aus Plastik geschossen hätte.

Alle scheinen jetzt auf irgendjemanden, irgendetwas zu warten.

Aus der Ferne nähert sich ein Geräusch. Was kann das sein? Eigenartig, monoton. Drei verschiedene Töne, die sich ständig wiederholen. Als ich erkenne, woher dieses Geräusch kommt, weiß ich Bescheid. Von der Piazza De Ferrari nähert sich ein kleiner Mann mit einem dünnen Schnurrbart, auf dem Kopf eine sizilianische Bauernmütze. Er schiebt sich durch die Menge und arbeitet sich bis ins Zentrum des Platzes vor. Er zieht einen bunt bemalten sizilianischen Handkarren hinter sich her, auf dem eine große Abfallkiste untergebracht ist. Der Boden ist mit roten, gelben, violetten und rosafarbenen Blüten bedeckt. Auf dem Wägelchen sitzt ein zweites, dem ersten bis aufs Haar gleichendes Männchen, das in einem festen Rhythmus die Hand zum Mund führt. Er hat eine Maultrommel zwischen die Zähne geklemmt, ihre seltsamen Töne hallen über die Piazza. An den Außenseiten des Karrens sind Schilder, darauf steht: *Annahmestelle für recycelbare Wertstoffe.*

Am Fuß der Treppe kommt der Wagen zum Stehen. Die Maultrommel verstummt. Der Mann steckt sie in seine Jackentasche und springt leichtfüßig zu Boden. Dann eilen die beiden kleinen Kobolde die Treppe hinauf. Die Menge verharrt regungslos. Auf den Gesichtern der Menschen auf der Treppe und auch derjenigen, die in unmittelbarer Nähe der Leiche stehen – ob sie wohl noch warm ist? –, ist nicht ein Hauch von Bestürzung und schon gar keine Trauer zu erkennen. Man hat den Eindruck, dass sie sich als Mitwirkende eines Verwaltungsaktes sehen. Als handle es sich um eine bürokratische Prozedur. Die beiden kleinen Männer nähern sich der Leiche des Ministerpräsidenten. Sie packen ihn an Armen und Beinen und tragen ihn hinunter zu ihrem Karren. Ohne Gefühlsregung, ohne Ergriffenheit.

Jemand wagt es, ihnen eine Frage zu stellen, die ich aber nicht hören kann, wohl aber die Antwort: »Hat man die Gnade empfangen, wird der Heilige betrogen.«

Am Fuß der Treppe legen sie den Leichnam auf das Blumenbett auf dem Karrenboden. Die Menschen auf dem Platz aber sind aufgewühlt. Ein Sturm der Entrüstung bricht los, plötzlich spürt man ihren Abscheu, ihren Protest, die Angst in ihren Herzen. Sie fühlen sich eines Traumes beraubt. Und nichts kann die abrupte, brutale Zerstörung eines Traumes wieder gutmachen. Alte Frauen schlagen immer wieder wehklagend die Hände vor die Brust. Eine weinende junge Frau bahnt sich einen Weg durch die Menge und streckt den Arm aus, um den Körper des Toten noch einmal zu berühren: »Leb wohl, mein Präsident.« Gebete werden gesprochen, Menschen bekreuzigen sich. Eines der beiden Männchen nimmt seine Mütze ab und fährt sich andachtsvoll mit der Hand über die Stirn. Dann steigt er auf den Karren und öffnet die Abfallkiste. Geschmeidig wie eine Katze springt auch der andere auf. Die Leiche des Ministerpräsidenten wird hochgehoben und in die Abfallkiste geworfen, der Deckel wieder geschlossen. Das eine Männchen hüpft vom Karren herunter, greift nach der Deichsel und hebt den Wagen an. Der andere holt die Maultrommel aus der Tasche, setzt sie an die Lippen und beginnt wieder zu spielen. Das Gefährt setzt sich in Bewegung. Die beiden Erfüllungsgehilfen aus Sizilien haben ihren Auftrag erledigt. Sie fahren durch die wehklagende, immer noch wie gelähmt wirkende Menge, in Richtung San Lorenzo. Mitsamt der Abfallkiste, dem toten Ministerpräsidenten, den bunten Blumen, den Schildern. Die leisen Klänge der Maultrommel begleiten sie.

8
Alma

Schweißgebadet schreckte ich hoch. Alles war so konkret, so echt gewesen, als hätte ich es tatsächlich erlebt … und so unaufhaltsam. Das Handy klingelte ungeduldig. Um mich war stockfinstere Nacht. Ich blickte auf meine Armbanduhr, konnte aber nichts erkennen. Dann griff ich nach dem Handy auf dem Nachttisch. Das erleuchtete Display zeigte eine mir unbekannte Nummer und die Uhrzeit an. Halb acht.

»Bacci Pagano.«

»Guten Abend. Ich bins.« Eine angenehm raue Frauenstimme.

»Ich wer?«

»Erkennen Sie mich denn nicht? Alma Montello! Wo sind Sie? Ihre Stimme klingt so dumpf.«

Eine jugendlich frische, fröhliche Stimme, zwitschernd wie ein herumflatterndes Vögelchen. Ich registrierte mit Erleichterung, dass mein Körper jetzt keine Alarmsignale mehr aussandte. Ich war also wieder auf dem Damm. Greisenalter und Rente konnten noch ein bisschen warten. Bestimmt hatten die Schmerztablette und der Schweißausbruch nach dem Albtraum die Schmerzen einfach weggespült.

»Ich bin gerade erst aufgewacht. Ich hatte einen grauenhaften Albtraum …«

»Dann werden also auch Detektive von Albträumen heimgesucht, genau wie kleine Kinder.«

»Auch Detektive waren mal kleine Kinder.«

»Das kann ich mir nur schwer vorstellen. Wie sahen Sie damals aus? Zeigen Sie mir mal ein Foto?« Sie plapperte munter drauflos, offensichtlich wollte sie etwas von mir. Aber nach diesem Tag voller Angst, Fußtritte und Schmerzen waren ihre Fröhlichkeit und Neugier – Absicht hin oder her – Balsam für meine Wunden.

»Wenn Sie unbedingt wollen.«

»Ich will. Wann?«

»Warum nicht gleich? Ich gehe schnell unter die Dusche und lade Sie dann zu einem Drink oder zum Abendessen ein, ganz wie Sie möchten.«

»Zu einem Drink gerne. Gustavo Camillo wäre sicherlich nicht gerade begeistert, wenn er wüsste, dass ich mit einem anderen Mann essen gehe.« Sie hatte offenbar meine Gedanken gelesen und war mir zuvorgekommen. »Sie denken sicher, Gustavo Camillo weiß ja so vieles nicht ...«

»Ich habe schon einmal gesagt, dass mich das nicht interessiert.«

»Aber natürlich, Dottor Pagano. Affären interessieren Sie ja nicht. Trotzdem hatte ich den Eindruck, Sie waren Donnerstagnacht nicht abgeneigt, auch in diese Richtung zu ermitteln.«

Wenn eine Frau einen solchen Satz formuliert, dann führt sie etwas im Schilde.

»Möchten Sie mit mir darüber sprechen? Kein Problem.«

»Nein danke, dazu habe ich nichts zu sagen. Ich komme von der Arbeit und bin gerade in der Via Venti. Wo wollen wir uns treffen?«

Wir verabredeten uns im Caffè degli Specchi, meinem Stammlokal in der Salita Pollaiuoli.

Pünktlich um acht stand ich vor dem Specchi, die Hände in den Taschen, und blickte auf die Piazza Matteotti und den Treppenaufgang zum Palazzo Ducale. Da war er wieder, mein Albtraum. Er klebte an mir wie ein übler Geruch, selbst die heiße Dusche hatte ihn nicht abspülen können. Doch jetzt war die Piazza Matteotti hell erleuchtet, darüber wölbte sich der dunkle, sternenlose Himmel, unergründlich und geheimnisvoll. Offensichtlich waren Wolken aufgezogen, der Wind hatte gedreht und der Mistral war dem Schirokko gewichen. Die Luft war wärmer und feuchter geworden. Um diese Uhrzeit wechselte in den Carruggi das Publikum. Die Menschen, die hier Weihnachtseinkäufe gemacht hatten, verließen die Altstadt und machten einem anderen, bunteren und weniger leicht einzuordnenden Publikum Platz. Junge Leute nahmen die Carruggi zwischen Sarzano, Le Erbe und San Bernardo in Besitz. Bars und Lokale wechselten alle paar Monate die Besitzer, schlossen und öffneten wieder. Hier traf man strebsame, aber auch weniger strebsame Studenten und solche, die nie einen Abschluss machen würden. Dazu die »neuen Werktätigen«, die zwischen verschiedenen Jobs pendelten und unter chronischer Geldnot litten und bis zu ihrem vierzigsten Lebensjahr den Eltern auf der Tasche lagen. Arbeitslose ohne Perspektive und voller Wut auf Gott und die Welt, unbelehrbare Nostalgiker, Menschen am Rande des Wahnsinns und der Gesellschaft. Lauter schillernde Figuren, die sich an der Piazza Ferretto ein Stelldichein gaben, wo ab acht Uhr abends das Bier in Strömen floss, die Musik dröhnte und man die Zeit bis zum Morgengrauen mit Smalltalk, Blödeleien, Scharmützeln, Liebesgeschichten und sogar ein bisschen Politik totschlug. Dieses bunte Völkchen war das Stammpublikum von Radio Baba Yaga gewesen, bevor es verstummt war. Zu diesen gestrandeten Nachtschwärmern gesellten sich die Immigranten aus Nicht-EU-Staaten. Albaner, Marokkaner, Senegalesen, Lateinamerikaner und selbst die zielstrebigen Chinesen. Menschen mit und ohne Papiere. Arme Hunde, die bereit waren, sich für einen Hungerlohn zu schinden, und kühle Killer, die für wenig mehr sogar töteten. Diebe, Dealer, Zuhälter.

Alma kam schnellen Schrittes über die Piazza Matteotti. In ihrer knallroten Winterjacke war sie nicht zu übersehen. Der warme Schirokko hatte sie wohl veranlasst, die Jacke offen zu lassen. Bei jedem Schritt konnte man unter dem schwarzen Rundhalspullover ihre vollen Brüste wippen sehen. Sie trug Jeans und flache sportliche Schuhe, über der Schulter eine helle Ledertasche. Selbst in diesem saloppen Aufzug war sie höchst attraktiv, und mancher herumstehende Marokkaner verschlang sie förmlich mit Blicken. Als sie mir gegenüberstand und die Hand reichte, wehte mir angenehm vertraut ihr

Parfüm entgegen. Das perfekte Make-up konnte selbst mir nicht entgehen. Eine feine Schicht Rouge, Wimperntusche, Lidschatten und Lippenstift, Ton in Ton mit ihrer Jacke. Doch ihre Hand war kalt und mir schien, als ob in ihren Augen ein Hauch Schüchternheit und Unbehagen liege.

Das Caffè degli Specchi war proppenvoll. Die Gäste drängten sich an der Theke, auch die Tische im Erdgeschoss waren alle besetzt. Glücklicherweise wurde gerade ein Tisch mit Blick auf die Salita Pollaiuoli frei.

Bevor wir Platz nahmen, fragte ich sie, ob ihr dieser Tisch recht wäre. »Wenn Sie meinen, dass wir hier zu sehr auf dem Präsentierteller sitzen, können wir auch gerne nach oben gehen.«

»Warum? Wir tun doch nichts Verbotenes.«

»Wissen Sie eigentlich, dass an diesem Tisch Vittorio Gassman und Agostina Belli saßen, als sie *Der Duft der Frauen* drehten?«

»Wirklich?«

»Ja, das Specchi war einer der Schauplätze des Films. Sie sitzen auf dem gleichen Platz wie Agostina Belli.«

Auf ihrem Gesicht zeigte sich eine Mischung aus Genugtuung und Ironie. »Welche Ehre. Aber wenn ich mich nicht täusche, war Gassmann in diesem Film blind. Es muss wirklich ein großes Kompliment für eine Frau sein, wenn sich ein Blinder in sie verliebt.«

»Ist das Ihr Ernst?«

»Sicher. Ein Blinder verliebt sich nicht in die äußere Hülle, sondern in das Wesen einer Frau.«

Aus dem Mund dieser immer perfekt gestylten Verkäuferin hätte ein solcher Satz kokett klingen können, aber so war es nicht, offensichtlich hatte sie über vieles nachgedacht. Wir bestellten zwei Bellavista. Einen Augenblick lang schwiegen wir, sahen uns dabei aber gefährlich tief in die Augen. Zu gefährlich. Alma war die Erste, die zur Seite blickte. Sie warf ihre Haare nach hinten und stellte die gebotene Distanz wieder her. »Also, wo ist es?«

»Wo ist was?«

»Das versprochene Bild.«

Ich zog ein altes Schwarz-Weiß-Foto aus der Brieftasche und reichte es ihr. Sie musterte es eingehend. Das Foto kannte ich bis ins letzte Detail. Ein Junge von etwa fünf Jahren in einem gestreiften T-Shirt mit kurzen Ärmeln. Im Hintergrund das Meer. Die Eltern stehen links und rechts von ihm, auch sie in Sommerkleidern. Die Szenerie erinnerte an Pinocchio, an die Stelle, an der die beiden Polizisten die kleine Holzfigur in ihre Mitte nehmen. Mit verklärten Blicken halten sie den Jungen an der Hand. Die perfekte italienische Arbeiterfamilie der Sechzigerjahre. Ihr zufriedenes Lächeln lässt keinen Zweifel daran, dass sie stolz sind, zur Arbeiterklasse zu gehören. Das war ihr Schicksal, aber auch ihre Mission. Zu ihrem Klassenbewusstsein gesellte sich die wohltuende Erkenntnis, dass man sich auf Kredit inzwischen allerlei leisten konnte. Eine Wohnung mit Bad und heißem Wasser, eine Zentralheizung, Kühlschrank und Fernseher und schließlich der brandneue Fiat 600 vor dem Haus. Die drei auf dem Foto stehen kerzengerade, doch der Vater muss sich ein bisschen nach vorne beugen, um die Hand seines Sohnes umfassen zu können. Die störrischen dunkelbraunen Haare des Jungen sind geglättet und brav gescheitelt, sein trauriger Blick scheint an der Kamera vorbei ins Leere zu gehen. Vielleicht fixiert er aber auch den Fotografen oder er stellt sich die Enttäuschungen vor, die das Leben noch für ihn bereithält. Er wirkt überaus brav und fügsam, scheint sich aber seiner Rolle als Kind des Aufschwungs und des Wirtschaftswunders sehr wohl bewusst. Eines Tages wird er aus der heilen Welt einer einigermaßen glücklichen Kindheit erwachen und feststellen müssen, dass der Glaube an den grenzenlosen Fortschritt der Menschheit nichts als eine Illusion ist.

»Waren Sie ein glückliches Kind?«, fragte Alma nach einer Weile.

»Glückliche Kinder wissen nicht, dass sie glücklich sind. Ich glaube, ich war nicht unglücklich.«

Unwirsch gab sie zurück: »Hören Sie mit diesen schlauen Sprüchen auf und verzichten Sie zumindest einen Moment lang auf diese arrogante Distanziertheit. Das macht Sie nur unsympathisch… Diese Augen gehören keinem glücklichen Kind.«

»Sie wirken auch nicht gerade glücklich.«

Das war ein Schlag unter die Gürtellinie und sie zuckte zusammen. Ihre Wangen glühten purpurrot vor Wut und Scham. »Ich bin nicht hier, um mir von Ihnen mein Leben diagnostizieren zu lassen. Trotz Ihrer geheuchelten Toleranz haben Sie Ihr Urteil über mich doch längst gefällt.«

»Warum sind Sie also hier?«

»Das weiß ich selbst nicht. Weil ich es einfach wollte, basta. Muss es für alles im Leben einen Grund geben?«

»Ich habe keine Vorurteile, nicht einmal einem Kriminellen gegenüber, der mir ans Leder will. Warum sollten ausgerechnet Sie eine Ausnahme sein?«

Sie fiel mir ins Wort und schlug wütend mit der Faust auf den Tisch. »Wirklich nicht? Wissen Sie noch, was Sie mir beim ersten Mal gesagt haben? *Um alles Weitere wird sich dann Ihr Verlobter Gustavo Camillo Pellegrini kümmern …«* Bei diesen Worten versuchte sie mich nachzuahmen. »Damit haben Sie Ihr Urteil doch bereits gefällt. Wissen Sie, was Sie sind? Ein elender Heuchler!«

So flucht man nur in Genua. Selbst Alma musste jetzt lächeln. Auch sie hatte es als Kind bestimmt nicht leicht gehabt, und ihre Worte kamen mir vor, als hätte sie ebenfalls eine Fotografie aus ihren Kindertagen auf den Tisch gelegt. Bereits zum zweiten Mal zitierte sie mich nun wortwörtlich. Offensichtlich hatte sie intensiv über meine Worte nachgedacht, die für sich genommen gar keinen tieferen Sinn hatten. Das konnte doch nur bedeuten, dass Alma sich nicht über meine Worte, sondern über mich als Person Gedanken gemacht hatte, und zwar schon seit Donnerstag.

»Wie wäre es, wenn Sie mir endlich sagen, was Sie wollen?«

Ihr Lächeln verschwand. Plötzlich keimte ihr Misstrauen wieder auf. »Wenn Sie glauben, ich würde nach der Pfeife der Alten tanzen, nur um an ihr Geld zu kommen, irren Sie sich gewaltig.«

»Was heißt da ›nur‹? Ich gebe zu, dass ich Sie auch gerne nach meiner Pfeife tanzen lassen würde, allerdings aus einem ganz anderen Grund …«

»Hören Sie doch endlich mit dieser Wortklauberei auf! Das ist doch alles fauler Zauber!«

»Haben Sie in letzter Zeit mit Losurdo gesprochen?«

»Allerdings. Und nicht nur das.«

»Hat er sich bei Ihnen gemeldet?«

»Nein, die Initiative ging von mir aus. Ihre Spürnase hat Sie dieses Mal nicht betrogen. Glückwunsch!«

Die junge Kellnerin kam mit einem voll beladenen Tablett an den Tisch: zwei Gläser Prosecco, eine Schale Pistazien sowie die üblichen Häppchen wie Fusilli al Pesto, Tartine mit Olivenpaté und mit Speckstreifen umwickelte Melonenstücke. Alma griff nach ihrem Glas und schüttete den Prosecco in einem Zug hinunter – genießen konnte man das nicht nennen.

»Das nächste Mal bestelle ich Ihnen ein Glas Wasser.«

»Es wird kein nächstes Mal geben.«

»Was zum Teufel hat Losurdo Ihnen erzählt, dass Sie so aggressiv sind?«

»Alberto hat mir gar nichts erzählt. Abgesehen davon, dass Sie ihn fast umgebracht hätten. *Ich bin Privatdetektiv und kein Killer.* Das waren doch Ihre Worte. Erinnern Sie sich?« Wieder verzog sie das Gesicht. »Wissen Sie, was Sie sind? Ein Arschloch!«

»Deshalb sind Sie so aufgebracht? Weil ich dafür gesorgt habe, dass Ihr Liebhaber ein wenig zittert?«

»Glauben Sie wirklich, dass mich das interessiert? Von mir aus hätten Sie ihn ruhig von der Mauer fallen lassen können.«

»Was habe ich Ihnen denn getan?«

»Überhaupt nichts. Mich stört nur Ihre Arroganz.«

»Da kann ich Sie beruhigen. Ich bin nur ein mittelmäßiger Ermittler, der sich seine Kröten damit verdient, in den Löchern und Ecken nachzusehen, vor denen andere Leute Angst haben. Und im Privatleben kann ich nicht einmal das.«

»Was soll denn das schon wieder heißen?«

»Das heißt, sobald Gefühle im Spiel sind, verwandle ich mich in einen kopflosen Idioten. Ich habe meine Gefühle einfach nicht im Griff. Aber zurück zu Ihnen. Ich hatte bisher den Eindruck, dass Sie großen Wert auf mein Urteil legen.«

»Ihr Urteil? Vergessen Sies. Für mich sind Sie ein Schnüffler, der sich von der alten Hexe bezahlen lässt.«

»Sie haben offensichtlich ein kurzes Gedächtnis, Signorina. Donnerstagnacht waren wir in dieser Beziehung noch einer Meinung. Erst nach Ihrem Gespräch mit Losurdo …«

Sie biss sich auf die Unterlippe und zuckte zusammen, wie von der Tarantel gestochen. »Ach, jetzt auf einmal bin ich die Signorina. Dann erklären Sie mir doch bitte, warum der edle Ritter Pagano, der die Signorina vor bösen Männern beschützen soll, alles versucht hat, ebendiese Dame ins Bett zu bekommen?«

Jetzt galt es Farbe zu bekennen, was in Anbetracht der geballten Macht der Emotionen nicht einmal besonders schwer war. »Hören Sie, Alma, ich habe keine Ahnung, was Ihnen Ihr Liebhaber erzählt hat. Und ich weiß auch nicht, warum Sie so wütend auf mich sind. Eines aber ist klar: Ich habe Sie nicht verraten. Ich habe weder mit Donna Assunta noch mit sonst jemandem über Ihre Affäre gesprochen. Das werden Sie mir doch wenigstens glauben?«

»Aber sicher doch. Glauben Sie, ich habe Sie nicht längst durchschaut? *Machen Sie sich keine Sorgen. Gustavo Camillo wird ohne den Hauch eines Verdachts mit Ihnen vor den Altar treten und Sie werden glücklich und zufrieden leben bis ans Ende Ihrer Tage …* Das haben Sie doch gesagt, oder?«

»Ich glaube ja.«

»Aber weil Sie mich mit Losurdo erwischt haben, dachten Sie, dass da auch noch was für Sie rausspringen würde. Stimmts? Von einer wie mir kann doch jeder alles haben: Die alte Hexe will einen Enkel, Gustavo Camillo eine Frau, die ihm das Bettchen wärmt, und Alberto …« Weiter kam sie nicht. Ihre Augen bekamen einen feuchten Glanz und eine einzelne Träne rollte ihre Wange herunter. Dabei starrte sie mich unverändert wütend an.

»Verstehe.«

»Nein, Sie verstehen gar nichts.«

»Was Sie mir da erzählen, wussten Sie doch Donnerstagnacht auch schon. Mich interessiert, was danach passiert ist.«

»Überhaupt nichts, jedenfalls nichts, was Sie etwas angeht.«

»Ach so. Jetzt hätten Sie wohl gerne, dass ich mich aus Ihren Angelegenheiten heraushalte?«

»Allerdings. Vergessen Sie nicht, dass ich in Kürze heiraten werde und dass ich seit zehn Jahren eine Affäre mit einem Mann habe, die ich noch nicht beenden will. Das ist ganz allein meine Entscheidung. Weder Sie noch die Alte werden mir in dieser Sache hineinreden.«

»Hören Sie, es war doch wohl Ihr Wunsch, sich heute Abend mit mir zu treffen. Ich mache nur meine Arbeit.«

»Aber gewiss doch, diesen Spruch kenne ich schon von der alten Hexe.«

Auf diesen Satz hatte ich gewartet. Donna Assunta hatte endlich die Karten auf den Tisch gelegt. »Was hat sie Ihnen erzählt?«

»Dass Sie weiter für sie arbeiten werden, allerdings nur in geschäftlichen Angelegenheiten. Ich bin nicht mehr Objekt Ihrer Ermittlungen. Korrekt?«

»Korrekt. Anders wäre ich aus der Sache nicht wieder rausgekommen.«

»Die Alte steckte aber auch in der Klemme. Nachdem wir beide am Donnerstag miteinander gesprochen hatten, konnte sie mir ihre

Machenschaften nicht mehr länger verschweigen. Sie hat mir versichert, dass Sie nur noch in Sachen Pellegrini & Co. ermitteln werden, das heißt, um mich kümmern Sie sich nicht mehr.«

»Richtig.«

Ihre Stimme klang jetzt befreiter. Sie lächelte mit feinem Spott und setzte zum Angriff an: »Darf ich Sie noch etwas fragen, Dottor Pagano?«

Ich führte eine Handvoll Pistazien zum Mund und nickte zustimmend.

»Haben Sie diese Entscheidung als Mann oder als Detektiv getroffen?«

»Der Detektiv war wohl nicht ganz auf der Höhe, denke ich. Ihre Beziehung zu Losurdo zu verschweigen, zeugt nicht gerade von Pflichtbewusstsein und Professionalität. Und was Sie mir gerade erzählt haben, bestätigt meine Einschätzung – Sie wollen auf Losurdo nicht verzichten.«

»Ist Ihnen wirklich daran gelegen, dass ich ihn nicht wiedersehe?«

»Was heißt da mir? Das liegt doch in Ihrem eigenen Interesse.«

»Sie weichen mir aus, aber was solls. Hören Sie auf einen gut gemeinten Ratschlag, Dottor Pagano. Sozusagen als Dank für Ihre Loyalität. Unterschätzen Sie Losurdo nicht, nur weil Sie einmal das Glück hatten, ihn auf dem falschen Fuß zu erwischen. Alberto ist ein Mensch, der nie etwas vergisst, und er hat beste Beziehungen zu einflussreichen Leuten. Er wird alles daran setzen, es Ihnen heimzuzahlen. Und ich würde mich nicht darauf verlassen, dass Ihnen dann irgendjemand helfen kann. Ich nicht und die Alte auch nicht.«

Mit ihren letzten Worten wollte sie ihre Selbstsicherheit wiedergewinnen. So wie man sich das Make-up auffrischt, um Schäden zu beseitigen und wieder perfekt auszusehen. Vielleicht wollte sie sich aber auch nur an dem Blödmann rächen, der sie zum Weinen gebracht hatte. Sie erhob sich, griff nach ihrer Ledertasche und hängte sie sich über die Schulter. Nachdem sie sich verabschiedet hatte, schon auf dem Weg zum Ausgang, fügte sie knapp hinzu: »Und danke für den Bellavista.« Aber sie konnte mich nicht täuschen. Ohne Zweifel gab es noch etwas Wichtiges, das Alma mir verschwiegen hatte.

9
Jasmine

Ein feiner Sprühregen bringt die Schieferdächer der Altstadt zum Glänzen und legt sich wie Lack über die verwaisten Terrassen. Der feuchte Nebel dringt auch in die Carruggi, die heute vorwiegend von alten Leuten mit aufgespannten Schirmen bevölkert sind, die sich mit Einkaufstüten bepackt ihren Weg durch die Gassen bahnen. Auch die zum Meer abfallende Via San Bernardo ist eine dieser tristen Altstadtgassen. An allen Ecken lassen Schwarze und Marokkaner unruhig ihre Blicke umherschweifen, als seien sie ständig auf der Flucht. Auf dem desolaten Straßenpflaster, in dem hie und da eine Baugrube gähnt, sammelt sich das Regenwasser und mischt sich mit Moder und Urin. Ein stinkendes Gemisch, das auch aus den Ritzen des maroden Mauerwerks der eleganten Palazzi tropft. Zu Zeiten der Seerepublik Genua war die Piazzalunga, wie die Straße damals hieß, einer der zentralen Verkehrswege der Stadt, natürlich breiter und in besserem Zustand. Die angrenzenden Häuser waren seit dem 16. Jahrhundert Zug um Zug durch Loggien und Laubengänge erweitert worden, um zusätzlichen Wohnraum zu schaffen.

Ich ächze unter der Last meiner Einkaufstüten. Erst war ich im Supermarkt, dann beim Fleischer, beim Bäcker und schließlich beim Gemüsehändler in der Via Canneto. Meine Haare triefen vor Nässe, Regen läuft mir übers Gesicht, fast wie Tränen. Echte Tränen kann ich schon lange nicht mehr weinen. »Männer weinen nicht«, hatte mir mein Großvater Baciccia immer wieder eingebläut. Bis zu dem Tag, als er mich ins Kino mitnahm. *Vom Winde verweht* wurde gezeigt, und ich erwischte ihn dabei, wie er heimlich schluchzte. Dieses Schlüsselerlebnis lehrte mich, dass den meisten Menschen etwas fehlt, was ich mir bewahrt habe: den Mut zur Inkonsequenz.

Schließlich stehe ich wieder vor dem Hauseingang, in dem sich die Wege von Samuele Lagrange und Jasmine Kilamba nach langen Pilgerjahren und Tausenden von Kilometern schicksalhaft gekreuzt haben. Vor der Tür haben zwei Prostituierte älteren Semesters Position bezogen, offensichtlich Italienerinnen, die es sich unter dem Schutz ihrer Zuhälter erlauben können, am helllichten Tag vor einem von der Digos beobachteten Haus ihrem Gewerbe nachzugehen. Ob eine von ihnen auch in der Nacht hier war, als das Gewehr gestohlen wurde?

Es scheint fast, als wollten sich einige schüchterne Sonnenstrahlen ihren Weg durch die Wolken bahnen, um zumindest den oberen Stockwerken der Häuser einen Hauch von hellem Tageslicht zu schenken. Ein Hoffnungsschimmer an diesem tristen Dezembermorgen, dem der gleiche dumpfe Beigeschmack anhaftet wie dieser ganzen üblen Geschichte. Einer Geschichte, in der Lagrange, Jasmine und auch ich Gefahr laufen, von Ereignissen überrollt zu werden, die wir nicht beeinflussen können.

Wenn ich schon nicht mehr aus dieser Geschichte herauskomme, denke ich, während ich die Treppe hochsteige, will ich dabei zumindest nicht die Rolle des Schlächters übernehmen. Aber wer weiß? Vielleicht ist unser ganzes Land ein riesiges Schlachthaus, nur sind es in diesem Fall Menschen, die durch den Fleischwolf gedreht werden.

Glücklicherweise ist das Treppenhaus menschenleer. Vor Jasmines Wohnung im dritten Stock klopfe ich leise an die Tür und flüstere: »Mach auf, Jasmine, ich bins, Pagano.«

Es dauert lange, bevor sich die Tür öffnet – jedenfalls kommt es mir so vor. Schließlich leuchten mir zwei große Augen aus der Dunkelheit entgegen und ein auf die Lippen gelegter Finger bedeutet mir, leise zu sein. Mit einer raschen Geste zieht mich Jasmine hinein und schließt sofort die Tür. »Psst, leise. Sie haben schon zweimal geklopft und glauben jetzt, die Wohnung wäre leer.«

Sie trägt einen schwarzen Wollpullover und schwarze Jeans, als ob sie sich tarnen und mit der Dunkelheit der Wohnung verschmelzen wollte. Ihre gekräuselte Haarpracht ist zu einem dicken Pferdeschwanz zusammengebunden. Sie schiebt mich vor sich her, zieht mir den nassen Regenmantel aus und lässt ihn an irgendeinem geheimnisvollen Ort verschwinden. Schließlich betreten wir einen Raum, der wohl als Küche dient. Ein alter Formica-Tisch, vier zusammengewürfelte Stühle, ein hölzerner Küchenschrank vom Trödler, ein brandneuer Kühlschrank und ein marmornes Spülbecken, in dem sich die dreckigen Teller stapeln. Kein Herd. Ich frage mich, wie Jasmine die Steaks und das Gemüse zubereiten will, die ich für sie eingekauft habe. Das geschlossene Fenster weist auf den Innenhof, das spärlich hereinfallende blasse Licht verleiht dem Ganzen einen düsteren und erbärmlichen Eindruck.

Ich will gerade erzählen, dass es keine guten Neuigkeiten gibt, als sie mir zuvorkommt.

»*Tu es mouillé comme un poussin. Attends-moi.*« Sie verlässt die Küche und kommt mit einem trockenen Handtuch zurück. Dann fängt sie an, mir die Haare abzurubbeln. Ich stelle die Plastiktüten auf den Tisch, setze mich hin und lasse sie machen. Vielleicht ist es in unserer hektischen Welt, in der Egoismus dominiert und auch die Frauen im beruflichen Konkurrenzkampf munter mitmischen, das Privileg von Müttern und Huren, für andere da zu sein und ihnen zu helfen.

Jasmines Stimme verrät die Angst, unter der sie in den letzten einsamen Stunden gelitten hat. »Aber sie werden wiederkommen. Sie waren überall und haben Fragen gestellt. Damit sie mich nicht entdecken, habe ich kein Licht gemacht.«

»Sie kommen ganz sicher wieder. Gestern, als ich von hier wegging, bin ich zwei Polizisten begegnet. Sie gehen bestimmt davon aus, dass im Haus Sympathisanten des Senders wohnen.«

»Was machen deine Verletzungen? Fühlst du dich besser?«

Ich spüre den sanften Druck ihrer Finger, die durch mein Haar streichen. Trotz ihrer eigenen Notlage macht sie sich Sorgen um mich. In ihrer Stimme liegt plötzlich eine vertraute Zärtlichkeit, so als würden wir uns schon zwanzig Jahre lang kennen.

»Ja, viel besser. Ich fürchte nur, du kannst hier nicht länger bleiben.«

»Das haben die auch schon gesagt, als sie mich angerufen haben.«

»Wer *die?*«

»Die von der Organisation. Ich solle mich bloß nicht erwischen lassen und sofort abhauen. Wahrscheinlich werden sie bald die Tür aufbrechen.«

»Die von der Organisation?«

»Nein, die Polizei!«

Ich frage mich, ob die Organisation wirklich so scharfsinnig kombiniert oder einfach nur gut informiert ist, weil sie einen Maulwurf in den Reihen der Polizei sitzen hat.

»Wohin willst du denn gehen, Jasmine?«

»Weiß ich noch nicht. Ich werde bei den Freundinnen fragen, die Chérie und Dorothy aufgenommen haben. Die haben bestimmt noch ein Plätzchen für mich.«

»Du kannst gerne einige Tage bei mir wohnen, bis alles wieder im Lot ist.«

»Bist du verrückt? Ich kann nicht einfach verschwinden! Erst werden sie nach mir suchen und dann bringen sie mich um. Und dich wahrscheinlich auch.«

»Aha. Hier bleiben sollst du nicht, aber wohin du stattdessen gehen sollst, haben sie dir nicht gesagt.«

»So ist das eben. Ich gehöre zu ihnen und muss für sie anschaffen. Soll ich das etwa bei dir zu Hause machen?«

»Warum eigentlich nicht? So verschieden sind unsere Jobs doch gar nicht. Wir ergründen beide die dunklen Seiten der anständigen Leute …«

»Ist das dein Ernst?«

»Na ja, ehrlich gesagt möchte ich aus meiner Wohnung kein

Bordell machen. Ich lebe schon ziemlich lange dort, alle in der Umgebung kennen mich, und der Gedanke, dass man mich für einen Zuhälter halten könnte, gefällt mir ganz und gar nicht. Aber du könntest bei mir wohnen. Arbeiten könntest du ja woanders.«

Auf ihrem Gesicht wechseln Erstaunen und Verwirrung. Sie wirkt fast gerührt. »Das würdest du für mich tun?«

»Klar. Aber nur für dich, für keine andere.«

»*Mais pourquoi?*«

»Du hast mir sehr geholfen. Ohne dich wäre ich bei meinen Nachforschungen nicht weitergekommen.«

»Das habe ich doch für meine Freunde vom Radio gemacht … Du brauchst dich nicht verpflichtet zu fühlen …«

Ich spüre, dass Jasmine auf keinen Fall jemandem etwas schuldig sein will. Für ihren Traum, endlich ein freier Mensch zu sein, hat sie sich verpflichtet, für zehn Jahre auf den Strich zu gehen. Weitere Verpflichtungen sind für sie tabu.

»Du bist auch zu nichts verpflichtet.«

»Wenn ich bei dir wohne, schon.«

»Du musst Miete bezahlen.«

»Keine Frage. Wie viel verlangst du?«

»Dreißig Euro die Woche. Ist das in Ordnung für dich?«

»Im Voraus?«

»Im Voraus, am Ende oder während der Woche, hängt ganz davon ab.«

»Wovon?«

»Davon, wann ich Lust habe.«

Sie prustet vor Lachen und zieht schelmisch die Augen hoch, während sie mich von der Seite anblickt. »Ich soll in Naturalien zahlen? *Bon.* Einmal die Woche scheint mir nicht übertrieben.«

»Man tut, was man kann. Alles, was darüber hinausgeht, zahle ich natürlich extra. Geschäft ist Geschäft. Ich finde es nicht fair, wenn man Freundschaft ausnutzt.«

»Oui, mon ami. Une putaine est une putaine. Et une reine est une reine.«

Sie geht ins Schlafzimmer, dorthin wo sie sich am ersten Abend um meine Wunden gekümmert hatte – und zwar um alle meine Wunden, nicht nur um die von der Schlägerei mit den Polizisten. Als sie zurückkommt, zieht sie mühsam einen schwarzen Koffer hinter sich her. »Ich bin fertig, gehen wir.«

Ich fingere mein Handy aus der Hosentasche. »Hör zu. Ich werde jetzt mit dem Koffer runtergehen, und wenn die Luft rein ist, rufe ich dich an. Bis dein Handy klingelt, rührst du dich nicht. Wir treffen uns oben an der Via San Bernardo, vor der Chiesa di San Donato. Und vergiss die Einkaufstaschen nicht.«

Ich speichere ihre Nummer in meinem Handy. Als ich ins Freie trete, stelle ich fest, dass es nicht mehr regnet und die Zahl der Schwarzen und Marokkaner in den Gassen noch angewachsen ist. In diesem Völkergemisch wird Jasmine kaum auffallen. Kein Polizist weit und breit. An der Tür stehen wieder die beiden alten Huren. Sie beobachten neugierig, wie ich mit dem großen Koffer das Haus verlasse. Ob Jasmine die beiden wohl kennt?

Ich frage sie danach, während wir nebeneinander die Stradone Sant'Agostino hochlaufen.

»Ja, sicher«, antwortet Jasmine, zufrieden, mir vielleicht noch einmal helfen zu können. »Wir sind befreundet. Die eine wird die Generalin genannt. Sie hat in der Gegend das Kommando über die Mädchen. Sie ist schon ewig im Geschäft.«

»Ihr entgeht sicher nichts.«

»Nein. Nutten, Freier, Absteigen – die Generalin weiß alles.«

»Meinst du, ich kann ihr ein paar Fragen stellen?«

»Sicher. Was willst du wissen?«

Wir sind vor meiner Haustür angekommen, wieder genau zur Mittagszeit. Die Straße ist überschwemmt von Studenten und Studentinnen der Architekturfakultät, die ihre Pause zwischen zwei

Vorlesungen im Freien genießen wollen. Es herrscht Verkehrschaos pur. Endlose Autoschlangen verstopfen die Straßen, die Fahrer hupen ohne Unterlass, weil ihnen die jungen Leute im Weg stehen. Ein gigantischer Laster auf dem Weg zur Baustelle an der Piazza delle Erbe steht mitten auf der Kreuzung zwischen der Stradone Sant'Agostino und der Piazza Sarzano. Wie ein riesiger Drache spuckt er seine stinkenden Abgase aus, eingekeilt zwischen der Metrobaustelle und der langen Schlange von Autos, die sich die Stradone Sant'Agostino hochquälen.

»Ich suche einen hinkenden Mann.«

»Der diese … diese Bratsche gestohlen hat?«

»In diesem Koffer war keine Bratsche, sondern ein Gewehr.«

Sie zwinkert mir verschmitzt zu und gleitet durch die Tür. »Wusste ich doch längst.«

»Wie das?«

»Dodi, einer der Jungs vom Radio, hat es mir erzählt.«

»Und wann?«

»Gestern. Ich habe ihn angerufen, nachdem ich mit Chérie gesprochen hatte. Ich wollte ihn fragen, ob ich dir überhaupt vertrauen kann. Sonst hätte ich dir gar nichts von dem hinkenden Mann erzählt. Ich konnte mir einfach nicht vorstellen, dass das ganze Theater mit der Polizei nur wegen eines Musikinstruments veranstaltet würde.«

»Warum hast du das nicht gleich gesagt?«

Wir steigen in den altertümlichen Aufzug, der uns zu meiner Wohnung bringt. Jasmine schaut mich nicht an und zuckt nur mit den Schultern. »Das hat mir Chérie vorgeschlagen. Ich wollte testen, ob du mir auch die Wahrheit sagst.«

Carruggio ist nicht gleich Carruggio. Die Altstadt von Genua ist ein dichtes Spinnennetz miteinander verwobener Gassen. Je tiefer man eindringt, desto finsterer, feuchter und muffiger wird es. Zwischen Piazza Cavour, Sottoripa, Via Gramsci und den für das Bürgertum des 19. Jahrhunderts gebauten verkehrsreichen Prachtstraßen mit ihren luxuriösen und gut besuchten Geschäften schlängeln sich verwinkelte Gässchen, so düster, dass sie außer Ratten nur solchen Menschen Zuflucht bieten, die sich ganz am Rande der Gesellschaft durchschlagen. Sie fürchten die Stadtplaner wie das Ungeziefer den Kammerjäger, vor ihnen haben sie mehr Angst als vor der Polizei. Viele Häuser stammen noch aus dem Mittelalter. Die Vergangenheit ist hier geradezu körperlich zu spüren, man kann sie riechen und schmecken. Das alte Herz der Stadt schlägt noch, aber seine Tage sind gezählt, denn das alte Genua sieht sich mit Immobilienspekulanten konfrontiert, die sich selbst gerne als Stadterneuerer darstellen. Nach den Feierlichkeiten zum fünfhundertjährigen Kolumbus-Jubiläum im Jahr 1992 wurde die Altstadt zur attraktiven Wohngegend einer finanzkräftigen gehobenen Mittelschicht. Mieten und Kaufpreise – dreieinhalbtausend Euro pro Quadratmeter bei Meerblick – stiegen in astronomische Höhen. Bei diesem Boom blieb natürlich auf der Strecke, wer sich solche Preise nicht leisten konnte. Es gibt aber auch Carruggi, deren Bewohner das »Glück« haben, dass ihre Wohnhäuser nicht mehr zu sanieren sind. Auf sie wartet nur noch die Abrissbirne. Das verlängert immerhin ihre Schonzeit, denn es braucht nun mal seine Zeit, bis die Baukonzerne anrücken, um diese Viertel im großen Stil plattzumachen. Manchmal geht das auch nur scheibchenweise, ein Haus hier und eines da, schwarze Lücken in den Straßen wie Flecken auf einem Leopardenfell. Auf diese Weise erhalten die übrig bleibenden Häuser mehr Licht und Luft – auch wenn es um sie herum aussieht wie nach einem Bombenangriff. Schlauchförmige enge Gassen, in die sich »Normalbürger« nicht einmal am helllichten Tag wagen würden und wo es passieren kann, dass dir ein Latino indianischer Herkunft ein Messer an die Kehle hält und dir mit der gleichen Selbstsicherheit die Taschen leert, als wäre er zu Hause in den Wäldern des Amazonasgebiets.

Die Pension Grotta Azzurra lag genau in einem dieser Carruggi nahe der Piazza San Giorgio und der Piazza Stella. Eine triste, heruntergekommene Absteige, die sich mit staatlichen Mitteln für die Versorgung geistig behinderter Menschen über Wasser hielt. Einige der Zimmer waren mit psychisch Kranken belegt, die von ihren Familien vor die Tür gesetzt worden waren. Daneben hatten ein paar Huren ihre Stundenzimmer, die restlichen Räume wurden von illegalen Einwanderern bewohnt, die mit Kleindiebstählen und Haschisch-Dealen gerade so über die Runden kamen. Die Pension nahm das gesamte obere Stockwerk eines nach Mief und Moder stinkenden mehrstöckigen Hauses ein, das im Krieg schwer beschädigt worden war. Die Mauern waren von Schimmel befallen und wurden langsam von im Laufe der Jahrhunderte entstandenen Salzablagerungen zerfressen. Wahrscheinlich hatte der Besitzer der Grotta Azzurra einen Typen von der Stadtverwaltung bestochen, sonst hätte diese Ruine schon gar nicht mehr bewohnt werden dürfen. Das einzig Sehenswerte war das Portal, jedenfalls aus dem Blickwinkel desjenigen, der sich für Architekturgeschichte interessiert. Ein massives Eisenportal mit frischem grünem Anstrich, das jedem Ansturm der Polizei standhalten könnte. Daneben hing eine in die Jahre gekommene Gegensprechanlage, darunter ein Schild mit der Aufforderung: *Pensione Grotta Azzurra. Läuten.*

Ich drückte die Klingel und eine krächzende Stimme, die an ein gestörtes Radio erinnerte, fragte: »Wer ist da?«

Ich streckte mich und presste den Mund gegen die Sprechanlage: »Haben Sie ein Zimmer frei?«

Keine Antwort, aber das Tor sprang so ruckartig auf, dass ich zusammenzuckte.

Auch im Hof stank es nach faulen Eiern und Moder. Mit einem dumpfen Knall fiel das Tor hinter mir wieder ins Schloss. In diesem Augenblick fühlte ich mich wie eine Maus in der zugeschnappten Falle. Ich griff reflexartig an den Gürtel unter meinem Regenmantel und fühlte die harten Konturen der versteckten Pistole im Halfter. Der Griff an die Pistole, der Griff an die Hoden, es ist das Gleiche.

Ich blickte mich um. Der Hof spiegelte auf verblüffende Weise den Namen der Pension wider. Man kam sich tatsächlich wie im Bauch einer Grotte vor. Der seit ewigen Zeiten nicht mehr erneuerte Verputz war bis auf das nackte graue Mauerwerk abgebröckelt. Das hohe, aus Lehmziegeln gemauerte Tonnengewölbe wurde mehr schlecht als recht von einer seltsamen Deckenlampe erhellt, die eher an eine Toilettenbeleuchtung erinnerte. Wo man auch hinsah, in allen Ecken und an den Stellen, wo die Gewölbebogen auf die glitschig-feuchten Wände trafen, hingen dichte Spinnweben. Der Boden war in desaströsem Zustand. Unter einer Schicht aus Erde, Schutt und Sand ließ sich jedoch ein etwa zehn Meter langer Marmor- und Schieferbelag erahnen, der ein eleganteres Umfeld verdient gehabt hätte. Das Marmorgeländer der breiten Schiefertreppe am Ende des Gewölbes war eingestürzt und durch eine notdürftige Holzkonstruktion ersetzt worden. Daneben befand sich eine kleine Holztür. Die Treppe führte ins Nichts, denn der ehemals sicher prächtige Palazzo war heute eine Bruchbude. Mit viel Fantasie allerdings konnte man über ebendiese Treppe den hochherrschaftlichen Räumen in den kriegszerstörten Stockwerken einen imaginären Besuch abstatten, vorausgesetzt, man störte sich nicht am rauen Geländer aus Tannenholz. Links neben der Eingangstür hingen verrostete Metallbriefkästen, einer jämmerlicher als der andere. Durch diese Unterwelt musste man durch, um zum eigentlichen Eingang der Pension zu gelangen. Über drei Marmorstufen erreichte man die Eingangstür. Auch hier ein glänzendes Metallschild mit der Aufschrift: *Pensione Grotta Azzurra. Läuten.*

Ich klingelte, die Tür ging auf und ich befand mich in einem kleinen, finsteren Empfangsraum. Ätzender Gestank nach Reinigungsmitteln, Moder und Schimmel nahm einem fast den Atem. Auch hier war nichts mehr zu retten. Die tiefen Risse im Fußboden versuchte man so gut es ging mit einem abgenutzten Perserteppich zu verdecken, auf dem ein Sessel mit senfgelbem Stoffbezug und abgewetzten Armlehnen stand. An der Wand hinter dem linoleumüberzogenen Empfangstresen war eine dunkle Spanplatte angeschraubt, an der die Zimmerschlüssel hingen. Hinter dem Tresen stand ein kleiner, kahlköpfiger, schlecht rasierter Mann um die sechzig, mit einem spitzen Gesicht, das an einen Steinmarder erinnerte. Auf der Nase saß eine Brille mit Schildpattgestell, über dem gelben Flanellhemd trug er eine alte grünliche Strickjacke – ein Padrone wie aus dem Bilderbuch. Vor ihm lag ein aufgeschlagenes Taschenbuch, das auf den ersten Blick als Krimi zu erkennen war. Die Ellbogen auf die Theke, das Kinn auf die Hände gestützt, wartete er gelassen darauf, dass ich etwas sagte.

Ich ließ meinen Blick durch die Halle schweifen, bis ich schließlich wieder an dem aufgeschlagenen Buch hängen blieb. »Guten Tag. Haben Sie ein Zimmer frei?«

Er fixierte mich mit einem wissenden Blick. Offensichtlich nahm er mich nicht ganz ernst.»Kommt darauf an, was Sie mit dem Zimmer vorhaben.«

»Wichsen, bis ich blind werde.«

Er lachte, bewegte sich aber keinen Millimeter. »Wenn Sie blind sind, können Sie das herrliche Panorama nicht genießen.«

»Kein Problem. Das Panorama lasse ich mir von einem der Mädchen beschreiben, die hier in der Gegend unterwegs sind.«

Der Padrone richtete sich auf und wurde jetzt ernst. »Hätten Sie wohl gerne. Sind Sie von der Sitte oder von der Einwanderungsbehörde? Wen suchen Sie?«

»Lola la Mosca.«

»Okay. Die ist im Augenblick nicht da. Aber erst Ihren Ausweis.«

»Welchen Ausweis?«

»Den Polizeiausweis.«

»Wer hat denn gesagt, dass ich Polizist bin?«

»Jetzt tun Sie doch nicht so. Wenn einer wie Sie hier auftaucht und nach Lola fragt, ist er entweder Polizist oder … ein Lustmolch.« In seinen Blick mischte sich eine Spur Boshaftigkeit. »Kein Polizist … bleibt also nur Möglichkeit zwei.«

Wir hatten beide ausreichend Zeit, dieses alberne Wortgeplänkel fortzusetzen, bis entweder Lola auftauchen oder sonst irgendetwas Interessantes passieren würde. Ganz offensichtlich war ihm langweilig und er genoss die Abwechslung. Was mich betraf, so fühlte ich mich wie ein Fallschirmspringer vor seinem ersten Sprung. Zeit zu vertrödeln, schien mir eine gute Methode, meine Angst zu verdrängen.

»Es geht mich ja nichts an, aber ich wüsste schon gerne, was Sie von der Mosca wollen. Glauben Sie mir, sie ist ein anständiges Mädchen. An ihrer Stelle hätte ich mich längst zur Ruhe gesetzt. Aber sie sagt, wenn sie nur daran denkt, zu Hause zu sitzen und zu stricken, bekommt sie Depressionen.«

»Keine Sorge. Ich will ihr keinen Ärger machen, ich brauche nur einige Informationen.«

»Also hatte ich doch recht: Sie sind Polizist.«

»Tut mir leid, Maestro, aber da liegen Sie völlig falsch. Ich suche meine Frau, die letzte Woche mit einem Flamencotänzer durchgebrannt ist.«

»Wirklich?«

»Leider ja.«

»Und was hat Lola mit Ihrer Frau zu tun?«

»Mit meiner Frau gar nichts, aber mit dem Tänzer. Er ist ihr Neffe.«

»Ich wusste gar nicht, dass Lola einen Neffen hat.«

Er tat so, als würde er mir die Geschichte abnehmen, allerdings nur, damit unser Gespräch weitergehen konnte. Ganz offensichtlich war der Krimi langweilig. Unterdessen hatte ich mich dem Tresen genähert, mich dort aufgestützt und stand dem Padrone jetzt direkt gegenüber. Die Manschetten und der Kragen seines Flanellhemdes wirkten abgetragen. Sein nach wie vor unergründliches Gesicht zeigte ein schwaches Lächeln, das seine offensichtlich künstlichen Zähne enthüllte. Unser zähes Wortgeplänkel kam zum Erliegen. Ich hatte die Nase voll von diesem Spiel, aber der Padrone schien sich weiter über mich lustig machen zu wollen.

»Hier müsste mal gestrichen werden, was?«

»Vielleicht wäre eine Planierraupe besser. Aber die kriegen Sie nicht hierher.« Er wurde wieder ernst. »Sie kommen nicht zufällig von der Steuerfahndung?«

Um möglichst überzeugend zu wirken, erwiderte ich: »Sie und Ihr verdammtes Misstrauen! Sitte, Einwanderungsbehörde, Steuerfahndung ... Sind Sie nicht ein bisschen paranoid, Maestro?«

»Überrascht Sie das? Bei der Umgebung, bei den Leuten, mit denen ich es hier zu tun habe? Ich mache nur meine Arbeit. Wer mir Papiere vorlegt, bekommt ein Zimmer. Aber natürlich habe ich Augen und Ohren.«

»Immer mit der Ruhe. Ihre Augen und Ihre Ohren interessieren mich nicht. Aber Sie müssen doch auch ein paar ganz normale Gäste haben, solche, die nicht auf den Strich gehen oder irgendwelche krummen Geschäfte machen?«

»Sie müssten mir erst mal erklären, was Sie unter normal verstehen. Aber wenn Sie damit ein anständiges Einkommen meinen – glauben Sie im Ernst, so jemand käme auf die Idee, hier abzusteigen?«

An diesem Punkt musste ich ihm recht geben. Aber es hätte sicher wenig genützt, ihm das zu sagen. Wenn ich meine Spur weiterverfolgen wollte, musste ich nachbohren. Nur eine ganz vage Spur – mehr hatte mein Mann nicht hinterlassen, und sie hatte mich in diese abgetakelte Absteige geführt.

»Zu meiner Zeit wohnten an einem Ort wie diesem Künstler – Maler, Dichter, Musiker ...«

»Warten Sie mal ... Sie haben recht. Im Augenblick wohnt wirklich ein Musiker hier. Ein komischer Kauz. Stumm wie ein Fisch, Klamotten wie ein Penner und immer unrasiert ...«

Er registrierte, wie ich provozierend auf sein ebenfalls unrasiertes Kinn starrte, und zuckte mit den Schultern. Dann fügte er brummelnd hinzu: »Ich hatte ihn fast vergessen. Und ihn als normal zu bezeichnen, wäre doch etwas übertrieben …«

»Woher wissen Sie, dass er Musiker ist?«

Endlich konnte er seinem Frust Luft machen. Wie befreit antwortete er: »Den lieben langen Tag sitzt er in seinem Zimmer und spielt Cello. Er spielt nicht schlecht, das muss man ihm lassen, aber den anderen Gästen raubt er den letzten Nerv. Und die kommen dann zu mir und meckern. Zum Glück geht er manchmal morgens mit seinem Instrument aus dem Haus und kommt erst abends zurück. Wo er auftritt, weiß ich allerdings nicht.«

»Ein Cello? Könnte es nicht zum Beispiel auch eine Bratsche sein?«

Er verdrehte die Augen und zog geräuschvoll die Luft ein. »Cello, Bratsche … woher um alles in der Welt soll ich das wissen?«

Ich ahmte die Haltung eines Bratschenspielers nach, den rechten Ellbogen auf Schulterhöhe, den linken in Richtung Boden abgewinkelt. »Spielt er so?«

»Nein, so«, antwortete er und hielt sich die linke Hand unter das Kinn und die rechte auf Taillenhöhe.

»Dann spielt er wirklich Cello.« Ich versuchte, Begeisterung in meine Stimme zu legen. »Ich bin ein glühender Mozart-Verehrer. Seine Streichquartette und -quintette sind wirklich atemberaubend, Musik wie aus einer anderen Welt. Spielt Ihr Musiker auch Mozart?«

»Da hab ich keine Ahnung, ehrlich gesagt«, murmelte er, als wolle er sich für seine Unwissenheit entschuldigen.

»Ist er da? Meinen Sie, er würde mir etwas vorspielen?«

Der Padrone wandte sich um und warf einen Blick auf das Schlüsselbrett. »Das kann ich nicht sagen. Er ist so verschlossen und ziemlich unfreundlich.«

Ich war fast am Ziel, jetzt hieß es dranbleiben. »Sagen Sie mir doch, welches Zimmer er hat. Er wird sich bestimmt freuen. Musiker fühlen sich geschmeichelt, wenn sie einem echten Musikliebhaber etwas vorspielen können. Außerdem, was habe ich schon zu verlieren? Im schlimmsten Fall schmeißt er mich raus.«

Ich löste mich vom Tresen und ging nach rechts in Richtung Tür. Sie war angelehnt. Ich öffnete sie und blickte in einen nur spärlich beleuchteten langen Flur. Auf dem grobkörnigen Steinboden lag ein schmutzstarrender, zerschlissener roter Läufer. Die Zimmer lagen alle auf der rechten Seite.

»Ich will nicht, dass er sich belästigt fühlt.«

»Aber nein. Wo finde ich ihn?«

»Zimmer neun, ganz hinten.«

»Bleiben Sie bitte hier, bis ich zurückkomme, und wenn Sie Lola sehen, richten Sie ihr aus, dass ich sie dringend sprechen muss.«

Ich ging langsam den Korridor entlang und atmete tief durch. In der verwaist wirkenden Pension war kein Laut zu hören, was für diese Uhrzeit nicht ungewöhnlich war. Um elf Uhr morgens ging man auswärts seinen illegalen Geschäftchen nach. Ich tastete nach meiner Pistole und vergewisserte mich noch einmal, dass sie geladen und entsichert war. Ich war darauf vorbereitet, sie auch zu benutzen – aber beruhigt war ich deshalb noch lange nicht.

10
Auf Tuchfühlung

Nummer neun war tatsächlich das hinterste Zimmer auf dem Gang. Ich presste mein Ohr an die Tür, vielleicht konnte ich ja hören, was drinnen vor sich ging. Nichts. Doch durch den Spalt unter der Tür fiel Licht auf den dunklen Fußboden des Flurs.

Ich klopfte zaghaft und eine dünne, heisere Stimme antwortete: »Herein, es ist offen.«

Ein gefährlicher Attentäter, der seine Tür unverschlossen lässt? Verblüfft drückte ich die Klinke herunter und betrat ein hell erleuchtetes Zimmer. Ein alt und gebrechlich wirkendes Männchen mit Brille saß in einem Ledersessel und hielt ein Buch in der Hand. Ein Bein hatte er angewinkelt, das andere ausgestreckt. Der Sessel stand am Fußende eines penibel gemachten Bettes beim Fenster. Auf einer Wolldecke mit Schottenkaromuster lagen ein Cello und ein Bogen.

Der Mann musterte mich über die Brillengläser hinweg und bat mich herein. »Bitte, was kann ich für Sie tun?«

»Ich hoffe, ich störe nicht. Ich sprach gerade mit dem Padrone. Er hat mir verraten, dass Sie ausgezeichnet Cello spielen …«

»Der versteht nun wirklich nichts von Musik. Ich spiele Cello, richtig, aber das ist auch alles. Ausgezeichnet zu spielen, ist etwas anderes.«

Er sprach mit unverkennbar venezianischem Akzent. Mit einer einladenden Geste forderte er mich auf, die Tür zu schließen. Er zeigte sich erfreut über meinen unerwarteten Besuch und schien sogar entschlossen zu sein, mich so lange wie möglich bei sich zu behalten. Nachdem er ein Eselsohr in die Seite gefaltet hatte, klappte er das Buch vorsichtig zu und legte es auf die Sessellehne. Dann erhob er sich mühsam und kam mir entgegen, dabei zog er das linke Bein nach. Er trug einen abgetragenen, veilchenblauen Morgenmantel, darunter einen gestreiften Schlafanzug. Dazu dicke Wollstrümpfe und abgewetzte schwarze Lederpantoffeln. Das Zimmer war sauber und ordentlich aufgeräumt. In dieser heruntergekommenen Absteige wirkte es fast wie die gute Stube, wie ein Raum, der nur an Festtagen benutzt werden darf und dessen Möbel den Rest des Jahres mit Plastikhauben abgedeckt werden. Die Wände waren frisch gestrichen. Trotz seiner Schlichtheit strahlte das alte Mobiliar eine gewisse Würde aus, die Zeit schien spurlos an ihm vorübergegangen zu sein. Ganz offensichtlich war Nummer neun ein Zimmer, das der Padrone nur an ganz besondere Gäste vermietete. Es wirkte gut gelüftet, alles roch frisch, die Luft war nicht so verbraucht und stickig wie in Halle und Flur.

Als wir uns schließlich gegenüberstanden, streckte mir der weißhaarige Mann die Hand entgegen. »Sehr erfreut, Genio Baseggio, früher Beamter im Landwirtschaftsministerium, heute Pensionär und Freizeit-Cellist.«

Sein Händedruck war erstaunlich kräftig. »Giovanni Battista Parodi«, stellte ich mich vor, um nicht gleich alle Karten auf den Tisch zu legen. Wahrscheinlich kannte er mich sowieso nicht, aber mein richtiger Name tauchte in letzter Zeit oft in der Zeitung auf und bei einem solchen Mann war ich lieber vorsichtig.

»Legen Sie den Mantel ab und machen Sie es sich bequem.« Er wies auf einen Stuhl neben der Tür.

Ich schlüpfte aus dem Mantel und warf ihn aufs Bett. Dann knöpfte ich die Jacke auf, aber vorsichtig, sodass er die Pistole nicht sehen konnte.

»Und unser Padrone Sior Paride hat Ihnen erzählt, ich sei ein guter Musiker.« Er lachte und schlug sich mit der Hand auf den Oberschenkel. Dann wandte er sich langsam ab und hinkte schwerfällig zu seinem Ledersessel. »Und ich wette, Sie wollen mich spielen hören.«

»Wenn es Ihnen nichts ausmacht.«

Er musterte mich aufmerksam über den Rand seiner Brille. Seine blassblauen Augen unter fast weißen Brauen wirkten hellwach. Er war unrasiert, die strähnigen, fettigen Haare waren nach hinten gekämmt. Er wirkte verwahrlost, sein Äußeres bildete einen starken Kontrast zu der peniblen Ordnung im Zimmer und der Sorgfalt, mit der er seine Sachen behandelte. Irgendwie passte das alles nicht zusammen. Sein hageres Gesicht, die durchscheinende Haut, seine gesunden Zähne, der von unzähligen bläulichen Adern durchzogene faltige Hals. Seine Finger waren kräftig und knotig, an seinem rechten Ringfinger blitzte ein Goldring: mit Sicherheit waren das keine Cellistenhände. Trotzdem konnte ich beim näheren Hinsehen erkennen, dass die Fingerkuppen seiner linken Hand Hornhaut hatten, was darauf hindeutete, dass der Mann tatsächlich Cello spielte.

»Und was möchten Sie hören?«

»Boccherini? Haydn? Dvořák?« Mir fiel kein anderer Komponist ein, der Stücke für Cello geschrieben hatte.

»Wie wäre es mit Bach, das ist leichter für mich. Reichen Sie mir bitte das Instrument?«

Er griff nach dem Cello, nahm den Bogen und begann ohne weitere Vorbereitung das Air aus dem zweiten Satz des Konzerts für zwei Violinen. Für mich eine der anrührendsten Melodien Bachs. Der Bogen strich sicher und geschmeidig über die Saiten, der Ton war sauber, voll und rund. An einigen Stellen lief mir ein eiskalter Schauder den Rücken hinunter. Diese Musik berührte mich tief in meinem Innersten. Sollten das die letzten Klänge sein, die ich in meinem Leben hörte? Dieser Gedanke überraschte mich. In meinen fünfzig Lebensjahren hatte ich schon über vieles nachgedacht, aber noch nie hatte ich den Tod mit etwas so Wundervollem in Verbindung gebracht. Dieser Gedanke ließ mich nicht mehr los und stürzte mich in noch größere Verwirrung.

Ein Tipp hatte mich in die Grotta Azzurra geführt. Ob er wirklich etwas wert war, musste sich erst noch zeigen – schließlich war die Information über viele Umwege zu mir gelangt. Die Generalin hatte Jasmine erzählt, dass ihr Zuhälter vor einigen Tagen von einem hinkenden Musiker gehört hatte, der in einer Pension in der Altstadt wohnte. Das hatte er von einer Prostituierten erfahren, die in der Pension Grotta Azzurra stundenweise Zimmer mietete. Sie hieß Lola, genannt *la Mosca,* die Fliege. So weit, so gut. Daraufhin hatte Jasmine die Generalin gebeten, Lola auszurichten, dass ich zu ihr kommen und ihr als Gegenleistung für diesen Tipp einmal den üblichen Tarif bezahlen würde.

Jetzt, wo ich dem Gesuchten endlich gegenüberstand, die Hände am Gürtel, die Pistole schussbereit, fühlte ich mich genau so unsicher wie ein verliebter Jüngling, der die Blütenblätter einer Margerite abzupft, um herauszufinden, ob ihn seine Angebetete auch wirklich liebt. »Sie liebt mich, sie liebt mich nicht.«

Hier saß dieser warmherzig und sanftmütig wirkende alte Herr, dem die schmeichelnden Töne des *largo ma non troppo* von Bach aus den Fingern flossen und der mich mit seiner Musik fast zu Tränen rührte. Ich hatte Zweifel.

Ja, er ist es. Nein, er ist es nicht …

Wie viele hinkende Männer gab es wohl in Genua? Verdächtig war eigentlich jeder von ihnen. Und ausgerechnet dieser Mann vor mir sollte die Absicht haben, Italien ins Chaos zu stürzen? Sicher, er hinkte und aus Venetien kam er auch, das war aber auch schon alles. Warum sollte sich ein internationaler Top-Agent mit einem mächtigen Geheimdienst im Rücken ausgerechnet ein Loch wie dieses als Operationsbasis aussuchen? Nur weil es in der Nähe des Radiostudios lag? In James-Bond-Filmen war das anders. Da residierten die Agenten im Hilton, dinierten bei Maxim's und verbrachten ihre freie Zeit im Metropolitan Museum. Mein Gegenüber schien einfach nur ein etwas verwahrloster, verknöcherter alter Mann zu sein, der so wunderbar Cello spielen konnte, dass ich ihn am liebsten geküsst hätte. Oder waren die fettigen Haare, der struppige Bart und die abgetragene Kleidung nur Inszenierung? Dafür würde auch die

Tatsache sprechen, dass seine Zähne sorgfältig gepflegt waren, was nicht so recht zu seinem ansonsten eher verlotterten Erscheinungsbild passte. Aber wie konnte jemand, der seine Zimmertür nicht abschloss und den Erstbesten, der bei ihm anklopfte, ohne Weiteres eintreten ließ, ein abgebrühter Killer sein, der mit einem gestohlenen Sturmgewehr ein Attentat plante? Und noch dazu so herrlich musizierte … so rührend …

Der Cellist beendete das Stück und sah mich erneut aufmerksam über den Rand seiner Brille hinweg an. Auf der Kante des alten Sessels sitzend, das Gesicht ausdruckslos, schweigend. Das Cello in der einen, den gesenkten Bogen in der anderen Hand. Das linke Bein hatte er vorgestreckt, mit dem angewinkelten rechten fixierte er liebevoll das Instrument. Das Buch lag noch immer auf der Sessellehne, ganz so, als ob gar nichts geschehen wäre. Ich brachte vor Rührung kein Wort heraus.

»Sie haben ja ganz glänzende Augen. So groß ist Ihre Liebe zur Musik, mein junger Freund?«

Mein Hals war wie zugeschnürt. Ich konnte nur nicken.

»Was machen Sie überhaupt hier? Sind Sie auf der Durchreise?«

Ich schüttelte den Kopf.

»Was machen Sie beruflich? Was hat Sie an einen Ort wie diesen verschlagen?«

Meine Sentimentalität hatte seine Neugier geweckt. Während er mir eine Frage nach der anderen stellte, ließ er mich nicht aus den Augen. Ich hätte meine Gefühle gerne unterdrückt, doch sein Spiel hatte eine tiefe Rührung in mir ausgelöst, die ich nicht verbergen konnte. Darauf war ich nicht vorbereitet gewesen. »Ich bin wegen Ihnen hier, Signor Draghi.«

Mit einem Schlag war alles anders. Das freundliche Gesicht wurde ohne Übergang hart und bösartig, die hellblauen Augen wirkten zuerst erstaunt, dann angriffslustig. Sein Mund verzog sich zu einem breiten Lächeln, das Souveränität zum Ausdruck bringen sollte. Das

Lächeln eines Mannes, der alles unter Kontrolle hat und viel, viel Zeit, um mit der Situation fertig zu werden.

Unvermittelt sprang ich auf, zog die Beretta und drückte sie ihm an die Kehle. Mit der anderen Hand packte ich ihn an der Schulter und presste ihn gegen den Sesselrücken. »Keine Bewegung! Ein Zucken und ich blas dir das Hirn weg.«

Er blieb völlig unbeeindruckt, seine Augen blinzelten nicht einmal. Mit metallisch klingender Stimme erwiderte er: »Ich glaube, Sie unterliegen einem Irrtum, Sior Parodi.«

»Bestimmt nicht. Du bist Annibale Draghi, der Mann, der das Gewehr von Radio Baba Yaga geklaut hat.«

»Junger Freund, Sie sprechen in Rätseln.«

»Warten wirs ab. Du rührst dich nicht vom Fleck, während ich mich ein wenig umsehe. Sollte ich mich geirrt haben, werde ich mich vielmals entschuldigen und gerne auch eine Anzeige akzeptieren.«

»Meinetwegen, nur zu. Was ist mit dem Cello? Soll ich das die ganze Zeit in der Hand halten?«

Ich nahm ihm das Instrument ab und legte es aufs Bett. Er warf den Bogen daneben. Rechts von mir an der Wand stand ein dreitüriger Schrank im Fünfzigerjahre-Stil, mit zwei Schubfächern und vergoldeten, leicht gewölbten Türgriffen. Ich öffnete eine der Türen. Im Schrank hingen nur zwei dunkle Anzüge. Auf dem Boden fiel mir allerdings ein hoher Zeitungsstapel auf, alles Tageszeitungen, alle neueren Datums. Seltsam – ein Musiker, der so viele Zeitungen las?

Ich war gerade dabei, die mittlere Schranktür zu öffnen, als er mich fragte: »Darf ich neugierig sein? Wie kommen Sie überhaupt auf die Idee, dass gerade ich es bin, den Sie suchen?«

Ich blickte ihn schräg von der Seite an, die Pistole nach wie vor auf ihn gerichtet. »Du weißt doch ganz genau, um wen es mir geht, oder?«

Er zuckte nur mit den Achseln. Ich hatte keine Lust, ihm alles zu erklären: Wäre er nicht Annibale Draghi, hätte ich die Situation sicher besser im Griff gehabt. Dieses Konzert von Bach hatte ich schon Hunderte Male gehört, aber noch nie war es mir so unter die Haut gegangen. Hinter der mittleren Tür lag eine alte graue Militärdecke auf dem Boden. Sie war nicht zusammengefaltet, sondern sollte wohl etwas verdecken, etwas, das von der Größe her an einen Bratschenkasten erinnerte … Oder an einen Gewehrkoffer …

»Wenn es Ihnen nichts ausmacht, lese ich weiter, während Sie hier alles durchsuchen«, sagte er mit leiser, betont ruhiger Stimme. Ich legte den Kopf schief und warf einen Blick auf den Umschlag des Buches, das er wieder zur Hand genommen hatte. Es war ein Buch in englischer Sprache mit dem Titel *What Went Wrong?*

Er schlug das Buch in der Mitte auf und klappte es urplötzlich wieder zu. Es klang wie ein Schuss. Im gleichen Augenblick hörte ich ein Zischen, als würde Luft aus dem Ventil einer Luftmatratze entweichen. Ich nahm einen scharfen Geruch nach Krankenhaus wahr, Äther oder Chloroform, versuchte noch zu reagieren, da wurde mir schon schwarz vor Augen. Ich konnte nichts mehr sehen, nichts mehr fühlen, auch meine Beine nicht. Dann verlor ich das Bewusstsein.

Ein Wasserschleier legte sich wie Nebel über das fast durchsichtige Gesicht und ließ es ins Nichts zerfließen. Von ganz weit weg, wie von fernen Ozeanen, drangen gedämpfte, undeutliche Geräusche an mein Ohr, die ich weder lokalisieren noch definieren konnte. Dann ein zweites Gesicht. Ich registrierte vage, dass jemand sprach, und zwar mit mir. Hinter den beiden Gesichtern ein Schatten, der sich nach und nach in das Antlitz einer Frau verwandelte, die Kaugummi kaute. Weit aufgerissene riesige Augen dominierten das ausgezehrte Gesicht. Die Erinnerung kehrte zurück. Natürlich: »die Fliege«. Um mich herum ein Feuermeer, mein Gehirn war ein einziger Schmerz, dumpf und quälend. Nur langsam kam ich wieder zu mir. Das hagere

Mardergesicht, das ich zuerst gesehen hatte, gehörte dem Padrone. Die zweite Person kannte ich nicht. Doch als sie mich fragte: »Hören Sie mich jetzt?«, wurde mir klar, dass es ein Arzt sein musste.

»Darf man bitte erfahren, was passiert ist?«, erkundigte sich der Padrone besorgt.

»Fühlen Sie sich jetzt besser?«, wollte der Arzt wissen.

»Sie hätten mir ruhig sagen können, dass Sie Privatdetektiv sind.«

»Versuchen Sie tief durchzuatmen.«

»Was haben Sie mit ihm gemacht?«

Nach und nach kehrte auch mein Sprachvermögen zurück: »Was habe ich mit wem gemacht?«

»Mit Signor Baseggio. Er hat die Grotta Azzurra verlassen und alle seine Sachen mitgenommen. Stinksauer.«

Statt dem Cello lag ich auf dem Bett, und der hinkende Mann war verschwunden.

»Stinksauer?«

»Und wie! Er hat sich beschwert, in dieser Pension hätte man nie seine Ruhe. Er hat die Rechnung bezahlt und ist gegangen. Ich rufe die Polizei.«

»Das ist nicht nötig, das ist das Ganze nicht wert. Vergessen wir es einfach.«

Der Arzt, ein Inder oder Afrikaner, wusste ganz offensichtlich, was in der Pension vorging: »Sie wurden mit einem starken Gas betäubt.«

»Das ist mir klar. Aber wie hat er es gemacht?«

»Wahrscheinlich ganz simpel. Er hat so lange die Luft angehalten, bis Sie ohnmächtig zusammengebrochen sind. Logisch. Dann hat er eine Gasmaske aufgesetzt und das Fenster geöffnet.«

»Seit wann ist er weg?«

Das Mardergesicht schaute auf seine Armbanduhr. »Seit einer Stunde ungefähr. Danach bin ich ins Zimmer, um nach Ihnen zu sehen, und da lagen Sie auf dem Boden. Das Fenster stand offen. Dann habe ich den Doktor gerufen.«

»Sind Sie der Typ, den die Generalin geschickt hat?«, fragte die Frau, die mit Sicherheit Lola la Mosca war. An eine Frau erinnerte an ihr allerdings nur wenig, von ihrem schäbigen Fummel einmal abgesehen, der von Ärmlichkeit zeugte. Unscheinbar, klapperdürr, und mit fünfundvierzig Jahren sah sie doppelt so alt aus. Sie war so bleich, dass man sich nicht vorstellen konnte, dass Blut in ihr floss. Sie trug weit geschnittene schwarze Hosen, schwarze hochhackige Stiefel und einen aprikosenfarbenen Wollpullover, der ihr ebenfalls zu weit war. Ihre Worte kamen schleppend, als würden sie an ihrem Kaugummi kleben, dazu eine fremdartige heisere, fast atemlose Stimme aus einem grellrot geschminkten Mund. Es klang, als ob ein Bauchredner statt ihrer spräche. Sie war wie eine Puppe, die dieser tristen, faden Umgebung wenigstens ein bisschen Farbe einhauchte.

Ich nickte wortlos.

»Und was ist das für eine Geschichte mit meinem Neffen und Ihrer Frau? Ich hab gar keinen Neffen.«

»Und ich keine Frau.«

Ich erklärte ihr, das sei nur ein kleiner Scherz gewesen, und versicherte, dass sie so bezahlt würde, wie mit der Generalin ausgemacht. Dann versuchte ich auf die Beine zu kommen. Das Zimmer begann sich zu drehen wie ein Karussell. Der Arzt musste mich an den Schultern packen, damit ich nicht wieder umkippte. Mit Mühe konnte ich mich auf den Beinen halten.

»Haben Sie Ihr Gleichgewicht wiedergefunden?«, fragte der Arzt.

»Ich stehe. Das Gleichgewicht wiederfinden ist etwas anderes, daran ist noch nicht zu denken.«

Ich griff in meine Gesäßtasche, um nach meiner Brieftasche zu suchen, doch dort war sie nicht. Der Padrone reichte sie mir. Der Cellospieler hatte mir die Brieftasche aus der Hose genommen, um sich meine Papiere anzusehen. Ich gab Lola die versprochenen zwanzig Euro, und der Padrone erinnerte mich daran, dass ich auch noch den Arzt zu bezahlen hatte, den er ja extra für mich gerufen hatte. Ich beglich alle Schulden, die ich mit Geld bezahlen konnte. Die Antworten auf ihre neugierigen Fragen blieb ich aber schuldig. Genau wie diese Menschen, die einfach verschwinden. Sie schließen die Tür hinter sich und lassen alles zurück. Dann schlich ich mich still und leise aus dem Haus, mit der festen Absicht, diesen Ort nie wieder zu betreten.

11
Musica!

Der junge Mann hat aschblondes Haar, das in unendlicher Kleinarbeit zu winzigen Zöpfchen geflochten ist. Eine Haarwäsche muss für ihn ein meditativer Akt sein, mit der gleichen Wirkung wie ein Tranquilizer. Alles, was dieser Typ für sein Äußeres tut, konzentriert sich auf die hingebungsvolle Pflege seiner tausend Rastazöpfe. Denn ansonsten riecht er nach Kernseife, sieht aus wie ein Punk, trägt zerfetzte Jeans und einen farbigen, zerschlissenen Schaffellmantel, den ihm vielleicht mal jemand aus Tibet oder Nepal mitgebracht hat.

In den Carruggi ist es wieder Nacht geworden. Wie immer riecht die Dunkelheit nach Bier, Joints und billigem, süßlichem Parfüm. Es ist Freitag, oder besser gesagt, es war Freitag, denn Mitternacht ist bereits vorbei. Die Luft ist klar und beißend kalt und der blassgelbe Halbmond hängt über den Palazzi der Via San Donato. Aus den engen Gassen schlägt den Passanten die Begleitmusik des Genueser Nachtlebens entgegen – eine unablässige Flut, wie das Brodeln in einem abgedeckten Kochtopf. Diese Geräuschkulisse begleitet die sterbende Nacht bis zum Morgengrauen. Von der Piazza delle Erbe aus zieht ein Schwarm friedlicher junger Menschen durch die Via dei Giustiniani und die Via San Bernardo in Richtung Meer oder nach Sarzano hinauf.

Auch wir gehören zu den Nachtschwärmern und biegen gerade in die Stradone Sant'Agostino ab. Über die Straße sind Lichterketten gespannt, deren Leuchtsterne in der Brise sanft hin und her schaukeln. Wir haben uns den Abend mit einem amerikanischen Actionschinken im Cineplex vertrieben, dessen Handlung wir sicher schnell vergessen werden. Danach ein Snack in der Expo und ein Bier im Moretti in der Via San Bernardo. Dort haben wir den Typen mit den Rastazöpfchen getroffen.

Lagrange ist guter Laune. Mein Unglück scheint ihn zu beflügeln. Als ich ihn mit den neuesten Informationen versorgte, blühte er sichtlich auf, denn er erkannte, dass er endlich ernst genommen wurde. Ein Amphetaminschub ganz ohne Pillen. Er hat sich einen Joint gedreht und raucht genüsslich. Den kahlen Kopf hat er mit einer Baskenmütze gegen die Kälte geschützt, auf seinen geröteten Wangen breitet sich ein zufriedenes Lächeln aus. Der Joint weckt seine Lust am Philosophieren: »Genua erobert sich sein verloren gegangenes Territorium zurück und findet in seinen Altstadtvierteln wieder zu sich selbst.«

Er murmelt selbstzufrieden vor sich hin. Dabei blickt er wohlgefällig um sich, als sei er nach langem Exil endlich heimgekehrt. Die vorweihnachtliche Stimmung inspiriert ihn zu poetischen Höhenflügen, denen die vielen Enttäuschungen all der Jahre nichts anhaben konnten. Dodi, einer seiner Kollegen aus dem Radio, und der junge Typ mit den Zöpfen hören ihm voller Bewunderung zu.

»Es wurde aber auch Zeit. Von den Sechziger- bis in die Achtzigerjahre hatte Genua die Altstadt schon fast aufgegeben. Mit Ausnahme der wenigen im Zuge der Stadtsanierung im 19. Jahrhundert errichteten Palazzi wurden die Altstadtviertel mehr oder weniger von Diebsgesindel, Dealern und Huren beherrscht. Erinnerst du dich an die Diskussionen von damals, Bacci?«

»Wovon sprichst du eigentlich? Von den Carruggi?«

»Von den Carruggi als Symbol für den Verfall des Proletariats. Hoffen wir, dass die unsägliche Ära der gesichtslosen Mietskasernen und Schlafburgen für immer ein Ende hat. Diese monströsen Gebäudekomplexe, die verantwortungslose Stadtverwaltungen, egal welcher politischen Couleur, ohne Sinn und Verstand aus dem Boden gestampft haben. Diese Kasernen hat man nur hochgezogen, um die Vertriebenen aus der in Schutt und Asche zerfallenden Altstadt aufzunehmen. Seit dem Kolumbus-Jubiläum hat die Stadt sich gewandelt. Genua hat sich das Meer zurückerobert. Früher galt das Hafengebiet als unzugänglich, es lag hinter den geschlossenen Toren der Zollbehörde. Heute ist das Expo-Gelände für jedermann frei zugänglich.«

Ich erinnere ihn an die alten Hafengassen wie zum Beispiel die Via Prè. Natürlich waren sie ein Tummelplatz für Seeleute, Kriminelle und Prostituierte. Gleichzeitig aber kauften die Genueser in den dortigen Läden und auf den Märkten gerne ein. Man kam miteinander zurecht. »Heute sollte man bestimmte Viertel besser meiden. Alles ist fest in Händen der Immigrantenmafia. Die kennen die Spielregeln nicht. Heute sind wir doch so weit, dass wir unserer guten alten Mafia regelrecht nachtrauern. Mit der konnte man sich wenigstens arrangieren.«

»Das will nichts heißen. Denk an die Konsequenzen der Globalisierung: Heute müssen wir in ganz anderen Dimensionen denken.«

»Nein, Lagrange. Man darf sich nicht blenden lassen, wenn es um die sogenannte Sanierung Genuas geht. Auf der einen Seite wird die Kleinkriminalität in die Vorstädte verlagert, dorthin wo die sozial Schwachen leben. Auf der anderen Seite werden die weniger Gutbetuchten aus der Altstadt vertrieben. Diejenigen also, die dort geboren und aufgewachsen sind. Das sind Menschen, die ich seit Langem kenne, gute Bekannte. Weißt du, dass man sich mit den abgewirtschafteten Hafen- und Industrieanlagen eine goldene Nase verdienen kann? Schau dir doch Campi, das Einkaufszentrum Fiumara oder den neuen Hafen Darsena an.«

Dieser Einwand scheint ihn nicht weiter zu erschüttern. Er setzt bei seinen Gedankenspielereien noch einen drauf: »Und darüber wunderst du dich? Die Finanzbourgeoisie hält eine Grabrede auf die Staatsbetriebe, die fünfzig Jahre lang die Geschicke der Stadt dominiert haben. Und natürlich auch auf die Arbeiterklasse, für die Genua früher eine Vorzeigestadt war. Die Arbeiter haben Genua ein soziales Wertesystem gegeben, haben Kultur, Zusammengehörigkeit und Solidarität vorgelebt. Das war vorher nur in der Blütezeit Genuas so, damals, als die Schiffseigner und die Kaufleute der Banco di San

Giorgio die Stadt beherrschten. Aber dieses Wir-Gefühl ist jungen Leuten heute fremd, auch wenn es ihnen als waschechten Genuesern in die Wiege gelegt wurde.«

Ich denke, dass die meisten jungen Leute keinen Schimmer von der Arbeiterbewegung haben. Sie wissen höchstens, was ihnen ihre Väter erzählt haben, Männer, die man viel zu früh in Rente geschickt hat. Eine Zeit lang nannte man sie fälschlicherweise Vorruheständler, was den Eindruck erweckte, sie würden noch gar keine Pension beziehen. Tatsächlich kamen sie schon weit vor Erreichen der Altersgrenze in den Genuss ihrer Rente. Anders als ich. Ich muss mich von morgens bis abends abrackern, um mehr schlecht als recht über die Runden zu kommen, und gehe dabei das Risiko ein, in ein Komplott verwickelt zu werden, das mich eigentlich gar nichts angeht. Ein undurchsichtiger Fall, der urplötzlich die Vergangenheit wieder aufleben lässt, die ich längst für abgeschlossen hielt …

Lagrange hat recht. Ich bin verbittert.

»Was habe ich eigentlich hier verloren?«, frage ich mich, während wir die Treppen zum Quaalude hinuntergehen. Ein Wirbel aus Rauch, Lichteffekten und ohrenbetäubender Musik erfasst uns. Ist man verpflichtet, einem Freund zu helfen, wenn der sich selbst in die Scheiße geritten hat? Dieser blinde Glauben an die moralischen Werte einer dahingegangenen Generation. Die Arbeiterbewegung – welch ein Anachronismus! Gott hab sie selig. Eines ist sicher, das gleiche Geld hätte ich leichter verdienen können, und zwar ohne Gefahr zu laufen, die Lizenz und vielleicht sogar mein Leben zu verlieren. Dieser verdammte Mistkerl hätte mich in aller Ruhe um die Ecke bringen können, wenn er gewollt hätte. Warum hat er es nicht getan? Wollte er nicht noch mehr Staub aufwirbeln? Dieser Mann hat nur sein Ziel im Auge, ich bin ihm scheißegal. Wenn ich der Digos erzähle, dass ich den Mann gefunden habe, der das Gewehr gestohlen hat, werden sie mich auslachen. Und wenn ich sie dann noch überzeugen will, er sei ein Agent des Geheimdienstes, haben sie mich sofort wegen Behinderung laufender Ermittlungen und wegen Unterstützung einer terroristischen Vereinigung am Wickel. Das weiß er ganz genau. Ich mache ihm lebend weniger Ärger als tot, mein Glück, sonst würde ich mir jetzt nicht das Hirn zermartern. Nur Pertusiello hat mich sofort ernst genommen. Als ich ihm am Telefon alles berichtete, sicherte er mir zu, er würde einige seiner Männer auf die Sache ansetzen, inoffiziell natürlich.

Das Quaalude ist ein Club, der aus einem Flur und zwei Räumen besteht, nicht viel größer als eine Privatwohnung. In der Bar im ersten Raum herrscht Schummerlicht, einzige Lichtquelle ist eine spärliche Weihnachtsbeleuchtung, die von der Decke herabhängt. Im zweiten Raum wird getanzt. Das Stroboskop schleudert seine Blitze in die Menge, die Lichtanlage flackert im Rhythmus. Die Menschen stehen dicht an dicht, ein Glas in der Hand, den infernalischen Lärm im Ohr. Tische gibt es nicht. Es herrscht Chaos pur: Alles drängelt, rempelt und schiebt. Zur Orientierung verlässt man sich besser auf den Geruchs- und Tastsinn – erkennen kann man hier sowieso niemanden. Jede Bewegung führt zwangsläufig dazu, dass du irgendjemandem auf die Füße trittst oder umgekehrt, schlimmer als im Bus zur Stoßzeit. Der Wahnsinnslärm macht jedes Wort sinnlos. Gegenüber der Bühne des Tanzraums stehen Hocker, an der Wand zieht sich ein schmales Bord entlang. Hier ist auch der Durchgang zur Bar.

Wir arbeiten uns dorthin vor und sichern uns mit Mühe einen Platz an der Theke. Neben mir und dem Rastatypen steht Dodi, der ehrfürchtig dem Marihuana-getränkten Wortschwall seines Meisters lauscht. Dodi ist kaum älter als zwanzig, lange Haare, Pferdeschwänzchen, Nasenpiercing, Ring im Ohr. Er bemüht sich, ein Bärtchen heranzuzüchten, und sieht aus wie ein russischer Revolutionär aus den Dreißigern, dabei säuft er wie ein Loch. Er hat auch den Rastaboy mitgebracht. Lagrange hat mir erklärt, dass ich für meinen Job einen Internetspezialisten bräuchte, eines dieser Monster, die sofort nach der Geburt eine Computertastatur bedienen können und erst danach sprechen lernen, denn genau da liegt mein Problem. Um die Kapitaltransfers auszukundschaften, mit denen die Malfattis ihre Aktivitäten finanzieren, brauche ich Einblick in die Rechner der Banken. Und dazu wiederum brauche ich eines dieser Wunderkinder, einen Internetpiraten, im Klartext: einen Hacker.

Rastaboy ist dafür genau der Richtige. Er führt seine Konversationen auch dann weiter, wenn die Musik mit einem Dezibel-Tornado jedes Gespräch unter Normalsterblichen niederwalzt. Ich vermute, er liest von den Lippen ab und versteht deshalb mehr, als ich überhaupt sagen will. Ich versuche mechanisch ein Wort an das andere zu reihen, abgelenkt und betäubt durch das akustische Trommelfeuer. Es ist ein Rap, synkopisch, ruppig, mit englischem Text, der sich im Rhythmus durch die Membrane der Boxen drückt. *One, two, three, four. One, two, three, four.*

Unerträglich. Einige halten dieses Stakkato für Musik und verrenken sich wild zuckend auf der Tanzfläche. Schweißgebadete junge Leute in freizügigem Outfit, die sich gegenseitig einladende Signale zusenden, die Nacht irgendwo gemeinsam enden zu lassen. Jetzt passen sich auch die Lichteffekte des Stroboskops dem Rap an, was die Tänzer wie eingefroren wirken lässt. Die ganze Szenerie wirkt wie die Aneinanderreihung einzelner Standfotos. Das Weiß und Blau der zuckenden Lichter erinnert an einen Operationssaal. Wallender, wabernder Rauch brennt in den Augen und nimmt einem die Luft zum Atmen. Ich weiß nicht, wie der Junge das aushält. Vielleicht ist er schon immun dagegen, denn es scheint ihm richtig gut zu gehen. Er konzentriert sich ganz auf meine Lippen, als wolle er die tiefgründigsten Geheimnisse eines Hieroglyphen-Alphabets entziffern. Manchmal wirkt er fast wie ein Autist, hin und wieder nickt er mir aufmunternd zu, um zu signalisieren, dass ich mit meinen Ausführungen fortfahren kann. Er hat einen Birnensaft bestellt, während Lagrange und ich in kleinen Schlucken an unserem Rum pur nippen und Dodi bereits den dritten Manhattan in Angriff nimmt.

Mein Hacker erklärt mir, dass er zum Einstieg einen Anhaltspunkt braucht, die Nummer eines Kontos, auf das Geld geflossen ist. Irgendein Konto, egal von welcher Gesellschaft, egal von welcher Bank. Nur mit diesen Hintergrundinformationen könne man die Kontobewegungen verfolgen. Ich kann seine Worte sogar verstehen, denn in diesem Moment gibt es eine kurze Pause zwischen zwei Musikstücken. Ich antworte ihm, das sei kein Problem, diese Nummer würden mir meine Auftraggeber bestimmt beschaffen können.

»Gut«, meint er. »Das reicht. Kommen wir zu meiner Bezahlung.«

»Was stellen Sie sich denn vor?«

»Das kommt darauf an, wie viel Zeit ich brauche. Aber mindestens hundert pro Stunde.«

Mir fällt das Lied von Gianni Morandi ein. *Andavo a cento all' ora per trovar la bimba mia.* Ich fahre hundert Sachen, um meinen Schatz zu treffen. Mein Nachbar allerdings spricht von Euro, nicht von Stundenkilometern. Ich rechne um, zweihunderttausend Lire in der Stunde. Für ihn ist der Euro natürlich eine Selbstverständlichkeit. Er denkt mindestens zehnmal schneller als ich.

Um nicht ganz und gar als Dinosaurier dazustehen, passe ich mich an. »Auf hundert pro Stunde könnte man sich einigen.«

Lagrange hatte mich darüber aufgeklärt, dass dieser Junge zwar aussieht wie ein Grünschnabel, der gerade die mittlere Reife bestanden hat und stolz auf seine blonden Rastazöpfe ist, in Wirklichkeit aber Ingenieurwesen an der Technischen Hochschule studiert. Der Stundenlohn für einen zukünftigen Diplomingenieur konnte ja wohl nicht unter hundert Euro liegen.

»Solange es nicht hundert Stunden dauert ...«

Er verzog das Gesicht zu einer Grimasse, die bei einem anderen durchaus als Lächeln durchgehen könnte. »Meine Zeit ist teuer – immerhin verschwende ich sie mit Geldverdienen. Ich denke aber, sechs, sieben Stunden dürften genügen.«

Es scheint, er wolle das Thema wechseln. Im Laufwerk seines

Computerhirns wird jetzt eine neue Disc eingelegt. Er trinkt einen Schluck Saft und wendet sich Dodi zu, um ihn etwas zu fragen, was ich nur mit Mühe verstehen kann.

»Bankfiles zu knacken, ist illegal. Das ist eigentlich nicht mein Ding. Bist du sicher, dass er die Infos nicht für eigene Finanzspekulationen oder so was in dieser Richtung benutzen will?«

»Mensch – Bacci ist ein Kumpel«, antwortet Dodi mit schwerer Zunge, »wenn er diese Daten braucht, dann nur, um irgendeiner Kapitalistensau in den Arsch zu treten.«

»Riesenkapitalistendrecksau«, füge ich mit einem leicht nachsichtigen Lächeln hinzu.

Die brüllend laute Musik schneidet meine Worte ab, sie verschwinden in der Dunkelheit des Raumes, durchbohrt vom grellbunten Licht, das im Rhythmus der Musik flackert.

»Was hast du gesagt?«, schreit Dodi in meine Richtung.

»Ich werde einer Riesenkapitalistendrecksau in den Arsch treten«, brülle ich zurück.

Der Rastaboy lehnt neben mir am Tresen. Ernst bohrt er nach: »Das Ganze klingt für mich immer noch nicht überzeugend. Für wen arbeitest du?«

»Darf ich dir nicht sagen. Schweigepflicht. Nur so viel: Es geht um Geldwäsche und Mafiakontakte.«

»Und da haben die Malfattis ihre Finger drin?«

»Genau.«

Dodi bleibt hartnäckig, auch wenn ihm das Sprechen immer schwerer fällt: »Du musst Vertrauen haben, verdammt. Der gibt nicht auf.«

»Wenn das so ist, dann ist meine Hilfe natürlich gratis.«

Ich schüttle den Kopf. »Nichts da. Ich brauche einen Profi, und Profis kosten.«

Lagrange, dessen Äuglein hinter den dicken Brillengläsern jetzt noch winziger aussehen, spricht weiter, aber keiner hört ihm mehr zu. Sein Gesicht hat den zufriedenen Ausdruck eines satten Säuglings, und ich bekomme große Lust, ihn zu ohrfeigen. Er hat mich doch in diesen Schlamassel hineingezogen. Jetzt sitzt er hier als unser aller Sonnenschein und hat die meterhohe Scheiße, in der wir abzusaufen drohen, schon fast vergessen. Von allen wird er herzlich begrüßt: Er kennt jeden und jeder kennt ihn. Mehr braucht er nicht, um sich wohlzufühlen.

Das Quaalude ist ein Hexenkessel aus Finsternis, Qualm, grellbunten Lichtblitzen, harten Drinks und Hormonen. Aufgeheizte Menschen, die sich auf ihrem Weg von der Tanzfläche zur Bar und zurück suchen, finden, verlieren und wieder finden. Junge und weniger Junge, Mädchen, die auf reife Frau machen, und reife Frauen, die sich auf jugendlich getrimmt haben. Man kann sich kaum bewegen, ein einziges Aneinanderreiben von Hinterteilen, Brüsten und, je nachdem, ob man sich mit Alkohol oder Haschisch bedröhnt hat, von harten oder schlaffen Gliedern. In diesem infernalischen Chaos die Übersicht zu behalten, ist nahezu unmöglich. Wer will schon unterscheiden, ob ein Körperkontakt Zufall ist oder ob mit Absicht hingelangt wird und die drangvolle Enge nur die Ausrede liefern soll?

Vielleicht bin ich zu müde, vielleicht ist es der Rum, aber irgendwie empfinde ich das bizarre Geschehen hier als so betont unkonventionell, dass jeder »normale« Gast fast unkonventioneller ist als all die schrillen Gestalten zusammen. Trotz Bier, Haschisch und hartem Rap – ob einer sich die Nacht in den Carruggi um die Ohren schlagen will, weil es »hip« ist oder um »anders« zu sein, man sieht es ihm nicht an. Hier verschwimmen alle Unterschiede. In diesem Durcheinander ist Anderssein ganz normal. Ein Samstagabend in den Carruggi ist schon längst kein Statement mehr. Selbst Eltern sehen es gelassen. Man geht hin wie ins Fußballstadion.

Darüber sinniere ich gerade, als mein Blick auf einen Mann am Eingang fällt, der mich stark an Alberto Losurdo erinnert. Und wenn schon – hier wundert mich gar nichts. Ich bin nicht einmal besonders verblüfft, als mir bei näherem Hinsehen klar wird, dass es wirklich Alberto Losurdo ist.

Er blickt sich suchend um und mustert die im Stroboskoplicht gespenstisch wirkende Tanzfläche. Er ist nicht alleine, sondern wird von einem massigen rothaarigen Mann mit Bürstenschnitt begleitet, der einen gelassenen und friedlichen Eindruck macht. Seine enorme Körperfülle scheint Losurdo regelrecht zu erdrücken. Losurdo hat den Kamelhaarmantel zu Hause gelassen und trägt heute eine dunkle Lederjacke und eine sportliche Hose. Jackett und Krawatte sind hier genau wie im Fußballstadion tabu. Auch die weit geschnittene, trendige Windjacke der Marke mit der norwegischen Flagge entspricht ganz und gar diesem sportiven Freizeitlook.

Damit er mich nicht erkennen kann, drehe ich mich etwas ab. Losurdo starrt unentwegt auf die Tanzfläche und zeigt auf jemanden, der sich außerhalb meines Blickfelds befindet. Schulter an Schulter mit seinem Begleiter bahnt er sich einen Weg über die Tanzfläche. Jetzt bin ich doch neugierig geworden. Wen haben sie im Visier? Um näher an sie heranzukommen, verlasse ich die Bar und verzichte auf die weitere Beteiligung an den tief schürfenden Gesprächen meiner alten und neuen Freunde. Jeden sich bietenden Sichtschutz nutzend, beziehe ich Position an einem strategisch günstigen Platz, von dem aus die ganze Tanzfläche einzusehen ist. Um mich in dieser dunklen Ecke auszumachen, bräuchte man schon ein Infrarotgerät. Jetzt kann ich sehen, wohin die beiden Männer gehen. Sie werden von einer attraktiven Blondine erwartet, die allein auf einem Barhocker neben der Tanzfläche sitzt. Alma Montello! Das verblüfft mich dann doch. Sie hat einen Longdrink vor sich stehen und wirkt ein bisschen genervt, denn an Bewunderern fehlt es nicht. Doch als die beiden Männer näher kommen, ziehen sich die jungen Männer hastig und mit verlegenem Lächeln zurück. Sie ist offenbar ungehalten und zuckt mit den Achseln, während sie die beiden Männer in die Mitte nehmen. Der kleine Losurdo rechts und der XXL-Mann links. Sie begrüßt sie betont kühl, ganz offensichtlich ist sie sauer, weil sie so lange warten musste. Ihr Schmollen ist nicht zu übersehen. Losurdo redet mit nervösen, ruckartigen Gesten, die seine ganze Verärgerung über Gott und die Welt zum Ausdruck bringen, auf sie ein. Alma hat sich noch immer nicht beruhigt. Ganz offensichtlich ist das Quaalude nicht ihre Welt, sie scheint sich ganz und gar nicht zu amüsieren. Wie immer ist sie geschmackvoll gekleidet, heute jedoch mit einem Hauch provozierender Sinnlichkeit. Ein schulterfreies weißes Top, weit genug ausgeschnitten, um den Ansatz ihrer Brüste mehr als nur erahnen zu lassen, unter dem Top ein trägerloser BH. Mehr kann ich in diesem Gedränge leider nicht von ihr sehen, aber ich habe ja alle Zeit der Welt. Losurdo wirkt immer noch aufgeregt, wodurch die selbstgefällige Trägheit seines Begleiters noch stärker zum Ausdruck kommt. Ungeduldig wartet er auf eine Bedienung. In diesem Tohuwabohu stehen die Chancen, dass ihm jemand Beachtung schenkt, gleich null, und so bleibt ihm wohl nichts anderes übrig, als selbst etwas zu trinken zu holen. Er ist schon fast auf dem Weg, als Alma etwas zu dem Dicken sagt, der sich daraufhin etwas mühevoll in Richtung Bar aufmacht. Dabei kommt er ganz nah an mir vorbei, sodass ich ihn genauer in Augenschein nehmen kann. Mit seinem makellos rasierten runden Gesicht und den rosa angehauchten Wangen sieht er aus wie die personifizierte Gesundheit. Sein Gang wirkt tapsig und schaukelnd. Er schwitzt. Aber selbst dabei scheint er sich wohlzufühlen, so als würde ihn der Speck auf den Rippen wie ein Panzer vor allen Gefahren schützen. Er trägt seine Kilos mit der gleichen würdevollen Selbstsicherheit wie seine Jacke mit der norwegischen Flagge. Schade, dass man sich dieses kleine Markenzeichen nicht auch auf die Seele kleben kann. Er kommt mir bekannt vor. Vielleicht habe ich ihn auf einem der Fotos gesehen, die mir Donna Assunta gezeigt hat, um Losurdo zu identifizieren.

Alma und Losurdo sind jetzt ungestört. Er beugt sich plötzlich vor und haucht ihr einen zärtlichen Kuss auf die nackte Schulter, doch sie wendet sich brüsk ab und weist ihn unwirsch zurecht. Losurdo reagiert mit einem dünnen Lächeln, wirkt aber enttäuscht. Alma gibt sich weiterhin unversöhnlich. Sie schweigt beharrlich und spielt mit ihrem Longdrinkglas, trinkt aber nicht. Da kommt der Dicke zurück, in jeder Hand einen hohen Kelch, aus dem ein bunter Trinkhalm emporragt. Erst jetzt scheint Alma zum Leben zu erwachen. In einem Zug stürzt sie ihr Glas herunter, lacht und kokettiert, wobei sie Losurdo aufreizend ins Gesicht starrt. Sie schnurrt wie ein Kätzchen und lässt sich zu einem frivolen Lachen hinreißen. Losurdo ist jetzt vollends verunsichert und sieht seinen Begleiter verlegen fragend an. Alma rutscht vom Barhocker und stürmt auf die Tanzfläche. Erst jetzt fällt mir auf, dass es vielleicht damit zusammenhängt, dass sie einen alten Elton-John-Song spielen, eine langsame und gefühlvolle Melodie … Schließlich folgt ihr Losurdo nach. Der Dicke nimmt auf dem Barhocker Platz und sieht ihnen mit unbeteiligtem Gesichtsausdruck nach.

Blue eyes, baby's got blue eyes …

Alma kommt Losurdo entgegen und legt ihm zärtlich die Arme um den Hals. Sie umarmt ihn, presst sich an ihn. Ganz so, als habe sie nichts dagegen, wenn er sie gleich hier auf der Tanzfläche nehmen würde. Aus ihr spricht ein einziges Ja, sie gibt sich keine Mühe, ihre Begierde zu verbergen. Losurdo dagegen bleibt kühl und beherrscht, von Zärtlichkeit ist bei ihm nichts mehr zu spüren. Elton Johns warme Stimme fließt sanft dahin, doch Losurdo bleibt hölzern und steif wie ein Stockfisch, als er Alma über die Tanzfläche führt.

When the morning comes
I'll be far away …

Das Paar fällt auf, denn der Herr Studienrat tanzt *Blue Eyes* wie einen Wiener Walzer. Almas sehnsüchtiger Umarmung und dem hypnotisierenden Duft ihres Parfüms entkommt er dennoch nicht. Ihr schwarzer, knapp über den Knien endender Rock sitzt wie eine zweite Haut, darunter zeichnen sich provozierend ihre sinnlichen Umrisse ab, während sie sich sanft hin und her wiegt. Leichtfüßig gleitet sie über die Tanzfläche. In ihren hochhackigen, schmal geschnittenen Schuhen überragt sie ihren Partner um Haupteslänge. Losurdo wirft unruhige Blicke zu seinem Begleiter, der das Treiben nach wie vor mit stoischer Ruhe verfolgt. Die eingängige Melodie und die samtene Stimme Elton Johns nimmt die Tänzer gefangen. Almas weiche Hüften und ihre langen Beine in den schwarzen Strümpfen sind geradezu prädestiniert, die Sinnlichkeit dieser Musik zu verkörpern. Sie blickt Losurdo ganz tief in die Augen, auf ihren Lippen liegt ein aufreizendes, fast grausames Lächeln. Es macht ihr offenkundig Spaß, ihn zu provozieren und weichzukochen. Eisigblaues Laserlicht zerfetzt in unregelmäßigen Abständen das Dunkel des Raumes. Der Laser an der Decke beginnt über der Tanzfläche zu kreisen, sucht nach den Körpern der Tanzenden und scheint sie wie Jupiters außer Kontrolle geratener Blitz zu durchbohren. Oder ist es Amors Pfeil? Wer weiß. Ein letztes Aufbäumen des DJs und Losurdos Qualen haben ein Ende. Das Paar kehrt an seinen Platz zurück.

Alma wirkt jetzt wie elektrisiert, während sich die beiden Männer offensichtlich keinen Reim auf ihr Verhalten machen können. Sie lacht spöttisch und macht spitze Bemerkungen, wie ein Kind, dem es gefällt, andere zu ärgern. Der Dicke hat sich aus Verlegenheit seinem Drink zugewandt und saugt am Strohhalm, als wäre es Mutters Brust. Etwas anderes bleibt ihm auch nicht übrig, die Situation ist ihm sichtlich unangenehm. Losurdos Bewegungen werden immer hektischer. Verlegen betrachtet er seine Fingernägel, nippt an seinem Getränk und versucht die Fassung wiederzugewinnen, indem er sich scheinbar interessiert umblickt. Dann will er seinem Begleiter etwas sagen, der allerdings abgelenkt ist: Alma hat sich eng an ihn herangedrückt und flüstert ihm etwas ins Ohr, als wären sie enge Vertraute. Losurdo wirkt in diesem Augenblick wie der störende Dritte. Wie ein Spielzeug, mit dem sich Alma im Bett amüsiert und das sie jetzt in aller Öffentlichkeit blamiert. Losurdo unternimmt irritiert einen zweiten Versuch, mit Erfolg. Der Dicke hört jetzt zumindest zu. Alma ist aufs Neue beleidigt, schüttelt missbilligend ihre Haarpracht und steuert zielstrebig auf die Bar zu. Einen Augenblick lang bin ich versucht, mein Versteck zu verlassen, auf sie zuzugehen und zu fragen, was dieser Auftritt zu bedeuten hat. Aber ich bin nicht sicher, ob das klug wäre, im Moment habe ich wirklich die Schnauze voll von unüberlegten Aktionen. Es ist höchste Zeit, mich zusammenzureißen. Erst denken, dann handeln, das sollte zukünftig meine Devise sein. Ich muss nur noch herausfinden, was ich eigentlich will. Eines allerdings ist unübersehbar: Das weiße Top und der schwarze Rock sind Realität, und das schwingende Hinterteil ist nicht aus Pappmaschee. Was passiert, wenn mich Alma jetzt erkennt? Ich weiß es nicht. Lieber nicht darauf ankommen lassen. Ich habe nicht die geringste Lust, ein weiteres Spielzeug in den Händen dieser Frau zu werden, die gerade im Begriff ist, mit ihren kindischen Provokationen eine goldene Zukunft aufs Spiel zu setzen.

Ich gehe zu Lagrange und seinen Freunden zurück und stelle die Frage, die ich den ganzen Abend schon hatte stellen wollen: »Wie heißt du eigentlich, Rastaboy?«

»Giovanni«, antwortet der Junge.

Lagrange und Dodi versinken zwischen Rum, Whisky und Marihuana nach und nach in Lethargie, die sich bald in tiefe Melancholie steigern wird. Es ist an der Zeit, sie dabei nicht länger zu stören.

»Ich bin kaputt, Kinder. Ich gehe schlafen.«

Den Rum muss ich nicht einmal bezahlen – Getränke sind im Eintrittspreis inbegriffen.

12
Zainab

Der Staubsauger läuft auf vollen Touren und reißt mich aus dem Schlaf. Eine Premiere – denn wenn ich schlafe, schläft auch der Staubsauger. Außerdem ist Samstag und an diesem Tag bleibt der Staubsauger in der Besenkammer. So war es bisher immer. Was ist heute hier los? Aus der Dunkelheit höre ich ein verärgertes Grummeln, das vom Kopfkissen neben mir kommt. Jasmine hat die ganze Nacht gearbeitet und will jetzt schlafen. Das Zimmer ist stockdunkel, erkennen kann ich Jasmine nicht. Ich nehme nur ihre Atemzüge und den würzigen Geruch ihres Körpers wahr. Nach der Arbeit gönnt sie sich zunächst eine Dusche, danach reibt sie sich mit einem Öl ein, das nach Zimt und Nelken duftet – vielleicht ihre Art abzuschalten und in eine neue Haut zu schlüpfen.

Ich taste in der Dunkelheit nach meiner Hose, ziehe sie über und öffne die Tür. Ein Schwall eiskalter Luft und blendend helles Licht schlagen mir entgegen. Im Wohnzimmer wirbelt Zainab mit dem staubsaugenden Monster herum. Sie wendet mir den Rücken zu. Alle Fenster sind aufgerissen, ohne Vorwarnung überfällt mich der tosende Straßenlärm. Meine nubische Haushaltshilfe in ihrem geblümten Arbeitskittel steht leicht nach vorne gebeugt und präsentiert ihren strammen Hintern. Deine fünfzig Jahre sieht man dir nicht an. Alle Achtung, Zainab.

»Darf man erfahren …«

Sie hört mich nicht oder tut zumindest so. Wie eine Furie fegt sie durch den Raum und setzt ihren Kampf gegen den Staub fort, der sich unter dem Sofa und auf dem Teppich eingenistet hat.

»Was fällt Ihnen eigentlich ein, Zainab?«

Erst jetzt schaltet sie den Staubsauger ab, und ohne sich umzudrehen, knurrt sie: »Um was geht es, Signor Bacci?«

»Das fragen Sie noch? Das ist ja wohl kaum der richtige Zeitpunkt, um …«

»Es ist nie der richtige Zeitpunkt.«

»Was soll das heißen?«

Zainab dreht sich zu mir um, wischt sich die Hände an der blendend weißen Schürze ab und sieht mich vorwurfsvoll an. »Das soll heißen, dass man hier morgens nicht mehr richtig arbeiten kann, seitdem die da im Haus ist.«

Dabei deutet sie auf die Schlafzimmertür. »Da die Signorina ja nachts arbeitet, muss sie morgens schlafen. Möchten Sie, dass ich die Wohnung vergammeln lasse? Wenn Sie das wollen, brauchen Sie es nur zu sagen. Es ist ja schließlich Ihre Wohnung, und wenn Sie lieber in einem Saustall leben wollen …«

Dieser Satz zuckt aus ihr heraus wie der Blitz bei einem afrikanischen Gewitter. Ihre Worte machen mir schlagartig klar, in welch prekäre Situation ich mich hineinmanövriert habe. Sie offenbaren aber auch den wunden Punkt dieser so tapferen ägyptischen Einwanderin, den sie hinter einer Fassade aus Zuverlässigkeit, Diskretion und Pünktlichkeit zu verbergen sucht.

»Schon gut, Zainab. Wegen einer solchen Lappalie muss man doch nicht gleich eine Eifersuchtsszene machen.«

Hätte ich bloß meinen Mund gehalten.

»Eifersucht? Welche Eifersucht? Bin ich etwa jemals eifersüchtig auf Signora Mara gewesen? Ich habe in diesem Haus schon allerhand erlebt, Sie hatten doch noch nie Skrupel, mir irgendwelche Frauen zu präsentieren. Blondinen, Schwarzhaarige, Verlobte, Freundinnen und Geliebte – aber dieses Mal sind Sie zu weit gegangen. Eine schwarze Hure! Was zu viel ist, ist zu viel!«

Warum habe ich bloß davon angefangen? Wenn ich nur etwas wacher wäre … eine Riesendummheit. »Was haben Sie gegen schwarze Huren?«

»Immerhin kommt auch mein Sohn ab und zu in diese Wohnung.

Ich will nicht, dass Essam mit einer Frau wie dieser in Kontakt kommt …«

»Wovor haben Sie Angst? Jasmine ist eine tolle Frau. Sie hat mir bei meiner Arbeit sehr geholfen. Außerdem hat sie eine ganze Menge Ärger am Hals …«

Sie wirft mir einen glühenden Blick zu und kommt näher. Von Angesicht zu Angesicht richtet sie drohend einen Finger auf mich wie eine Pistole. »Jetzt rede ich Klartext, Signor Bacci. Solange die Hure im Haus ist, lasse ich mich nicht mehr blicken. Das heißt, außer ihren eigenen Unterhosen wird sie auch noch die Hosen und Hemden von Ihnen waschen müssen.«

Sie löst den Knoten ihrer Schürze, dreht sich um und geht schnurstracks in Richtung Bad. Dort legt sie normalerweise ihre Kleider ab, wenn sie ihre Arbeitskleidung anzieht.

»Es geht doch nur um einige Tage …«

Wortlos schlägt sie mir die Badezimmertür vor der Nase zu.

In diesem Augenblick öffnet sich die Schlafzimmertür und Jasmine taucht auf. Hundemüde, aber mit einem verschmitzten Lächeln auf den Lippen. Sie hat meinen roten Bademantel übergestreift, der ihr natürlich viel zu groß ist und am Boden schleift. Sie fröstelt und kuschelt sich tief in den Mantel.

»Ich habe alles gehört. So wie sie mit dir spricht, könnte man meinen, sie sei deine Geliebte. Habt ihr was miteinander?«

»Nein, sie kümmert sich nur um die Wohnung. Das heißt … also manchmal schon.«

Sie gähnt ungeniert und fährt sich mit der Hand durchs Haar. »Und warum siezt ihr euch dann?«

»Weil …«

Diese Frage kann in der kurzen Zeit, in der Zainab im Bad ist, nicht beantwortet werden. Da ist sie auch schon, fix und fertig angezogen, schwarzer Mantel und Schuhe mit flachem Absatz. Mit ihrer imposanten Gestalt wirkt sie wie eine afrikanische Giraffe. Ihr

Gesichtsausdruck allerdings erinnert mehr an eine gereizte Löwin, auf dem Sprung, eine Gazelle zu reißen. »Wie ich sehe, ist die Signorina jetzt wach. Ab jetzt werden Sie sich um den Hausherrn kümmern müssen, denn ich gehe.«

»Was hast du gegen mich, Schwester? Du putzt Wohnungen und ich gehe auf den Strich. Aber sonst unterscheidet uns wenig, oder?«

»Sie wissen ja nicht, was Sie da sagen.«

»Ach nein? Wir haben vieles gemeinsam.«

»Sie müssen mich offensichtlich mit jemandem verwechseln.«

»Wir kommen beide aus Afrika, unsere Zukunftsaussichten sind mies und wir sind Frauen.«

Jetzt gibt Zainab ihre distanzierte Selbstsicherheit auf und stürzt sich auf ihre Beute. »Du bist eine Schande! Eine Schande für Afrika und eine Schande für uns Frauen. Und übrigens: Ich habe zwei gesunde hübsche Kinder und eine gute Arbeit, mit der ich ehrliches Geld verdiene. Du bist verzweifelt – ich nicht. Möge Allah dir verzeihen!«

»Das ist ja alles schön und gut, aber das bedeutet doch nur, dass du mehr Glück hattest als ich. Ich hatte keine andere Wahl. Entweder auf den Strich gehen oder in meinem Dorf verhungern. Das ging dort allen Frauen so. Aber das gibt dir noch lange nicht das Recht, mir eine Moralpredigt zu halten, weder im Namen Allahs noch im Namen irgendeines anderen.«

Einen Augenblick lang lässt Zainab ihren Blick über den Kopf der jungen Frau hinweg in die Ferne schweifen. Durch das offene Fenster auf die sonnenbeschienenen Dächer. In den Himmel, über das Meer, über die Wüsten und Savannen ihrer afrikanischen Heimat. Vielleicht jagt sie einer Vision oder einem Traum hinterher, was sie aber nie zugeben würde. Dann geht sie zur Tür und verlässt wortlos die Wohnung.

Aber sie drückt die Tür leise ins Schloss, als habe sie noch einmal über alles nachgedacht und wolle der jungen Frau nicht noch mehr wehtun.

Dieser tüchtigen jungen Frau, die als Prostituierte arbeitet und bei der man erkennt, dass sie die wichtigsten Lektionen im Leben schon gelernt hat. Sie fuchtelt aufgeregt mit den Armen und schreit Zainab nach: *»Merde d'une bonne!«,* winkt dann aber resigniert ab.

Das Telefon klingelt. Ich steige über den Staubsauger, der mitten im Wohnzimmer steht, der Stecker noch in der Steckdose. Es ist Pertusiello, der vom Büro aus anruft, um mir zu erzählen, dass er einen seiner Leute in die Grotta Azzurra beordert hat, um dort im Zimmer von Baseggio alias Draghi Fingerabdrücke zu nehmen. Im Schrank habe noch das Cello samt Koffer gestanden, aber vom Gewehr natürlich keine Spur. Er bittet mich, in die Questura zu kommen, um eine genaue Beschreibung des Mannes abzugeben.

»Er kann noch nicht weit sein. Vielleicht erwischen wir ihn noch.«

In seiner erregten Stimme schwingt ein Hoffnungsschimmer mit. Es ist das erste Mal, dass er nicht resigniert von Draghi spricht. Ich versichere ihm, um die Mittagszeit vorbeizukommen. Dann rufe ich Donna Assunta Pellegrini an.

Zuerst habe ich einen Butler oder Sekretär an der Strippe, dann werde ich mit der Alten verbunden. Obwohl wie immer kurz angebunden, liegt in ihrer kurzatmigen Stimme eine gewisse Freude, von mir zu hören. »Also, junger Freund, gibt es Neuigkeiten oder bezahle ich Sie fürs Nichtstun?«

»Unter Umständen gibt es eine Spur. Aber Sie müssen mir helfen. Ich brauche die Nummern der Bankkonten der Malfattis, am besten so viele wie möglich.«

»Das lässt sich machen. Bis heute Abend haben Sie die Nummern. Ich habe aber auch etwas für Sie. Gestern war Signor Bardi bei mir, der Geschäftsführer der Blue Sea Lines. Er war sehr beunruhigt, ja fast ängstlich. Es scheint, als wolle man ihn unter Druck setzen, möglicherweise wird er sogar bedroht. Ich habe heute Mittag einen Termin mit ihm, danach weiß ich mehr.«

Die Alte hat weder Zeit noch Lust auf förmliche Höflichkeiten.

Unser Gespräch ist schon fast zu Ende, als ich ihr unvermittelt noch eine Frage stelle: »Wie geht es eigentlich Gustavo Camillo?«

»Was geht denn Sie das an?«

»Ich wette, er liegt noch im Bett und schläft.«

»Genau so ist es. Woher wissen Sie das?«

»Heute Nacht waren er und Alma lange unterwegs, oder?«

»Das kann gut sein. Wollen Sie damit andeuten, dass Sie sie weiterhin beobachten? Nach all diesem Hickhack, Affäre ja oder nein … Welche Rolle haben Sie eigentlich in diesem Spiel, junger Freund?«

»Gar keine. Aber Alma ist sehr wütend auf mich, und ich verstehe nicht, warum.«

Donna Assunta schweigt. Sie scheint nachzudenken, und wenn eine Frau wie sie nachzudenken beginnt, muss man mit allem rechnen. »Gut, ich habe mit ihr gesprochen, ich konnte nicht anders. Aber ich habe ihr nichts erzählt, weswegen sie wütend auf Sie sein könnte … Sicher, sie war nicht gerade begeistert, als sie erfuhr, dass ich einen Privatdetektiv auf sie angesetzt habe. Aber so negativ hat sie das gar nicht aufgenommen.«

»Trotzdem ist sie außer sich vor Wut.«

»Soll ich mich mal darum kümmern?«

»Bloß nicht. Ach ja, ich muss Sie noch um etwas anderes bitten. Etwas sehr Wichtiges.«

»Und zwar?«

»Niemand darf etwas von meiner Recherche bezüglich der Bankkonten erfahren, nicht einmal Ihr Sohn.«

»Und warum?«

»Das kann ich Ihnen jetzt nicht erklären. Vertrauen Sie mir?«

»Ich vertraue Ihnen genauso viel wie jedem anderen auch. Aber versprochen, ich werde mit niemandem darüber reden.«

»Sehr gut. Rufen Sie mich auf dem Handy an, sobald Sie die Nummern haben. Bis bald.«

Jetzt erst wird mir bewusst, dass es in der Wohnung eiskalt ist und ich nur eine Hose anhabe. Eine schöne warme Dusche und einen heißen Kaffee, das ist es, was ich jetzt brauche. Ich bin allein. Jasmine hat sich in die Dunkelheit des Schlafzimmers geflüchtet und sucht Trost in der wohligen Wärme meines Bettes. Ihr nächtlicher Liebesmarathon fordert seinen Tribut. Das ist der Preis für ihre Freiheit. Diese Frau hat mehr Würde als alle Putzfrauen dieser Welt.

Wenn keine neue Entwicklung eintrat, hatte ich zwei Tage Freiheit vor mir. Ich konnte faulenzen, alles tun und lassen, was ich wollte. Mir kam die Idee, Jasmine zum Mittagessen einzuladen, und ich hinterließ ihr eine Nachricht, die ich auf den Wohnzimmertisch neben eine Kaffeetasse legte: *Lust auf ein gemeinsames Mittagessen? Ruf mich auf dem Handy an.*

Schon kamen mir wieder Zweifel. Es wäre ja möglich, dass ich in zwei Stunden gar keine Lust mehr dazu haben und mich die Verabredung belasten könnte. Freiheit bleibt Freiheit. Genau deshalb lebte ich allein. Keine Entschuldigungen. Besser abwarten und dann spontan entscheiden. Ich warf den Zettel mit der Nachricht in die Mülltüte, die ich später mit nach unten nehmen wollte. Leise strömten die sanften Klänge des Konzerts für Flöte und Harfe KV 299 von Wolfgang Amadeus Mozart durch den Raum. Die Harfentöne perlten über die Klangfülle des Orchesters, wie das heiße Wasser über meinen Körper. Ich rasierte mich, zog ein frisches blaues Hemd und eine Cordhose an, streifte mir noch einen Pullover und eine Jacke über und verließ das Haus. Es war mild geworden. Die Sonne warf ein mattes Licht auf die vor meiner Tür geparkten Autos. Die laue Brise des Schirokkos brachte den Geruch des Meeres mit, den Geruch nach Heimat.

Nur wenige Menschen waren unterwegs, Einheimische beim Einkaufen und eine Handvoll Touristen mit Stadtplänen vor der Nase. Und natürlich ich mit der Mülltüte. Die Straße, in der ich wohnte, war im 17. Jahrhundert gebaut worden und ist kaum zehn Meter breit. Man nannte sie Stradone, die breite Straße, da alle anderen

Gässchen damals noch enger waren. Heute wirkt dieser Name wie ein Witz, zumal die linke Seite durch parkende Autos noch weiter verengt wird. Der Müllcontainer stand ganz am Ende der Stradone. Dort parkten die Autos auf der rechten Seite, direkt neben den Mauern des Klosters San Silvestro und der Architekturfakultät der Universität, die samstags allerdings geschlossen war. Auch auf der Metrobaustelle, diesem fürchterlichen Höllenschlund, den die Gegenwart in die tausendjährige Geschichte des Sarzano gerissen hat, ruhten samstags die Maschinen.

Wer wie ich die absolute Freiheit sucht, muss den Zustand des Gleichmuts erreichen. Und das bedeutet auch, keine Pläne zu machen. Mit diesen Gedanken überquerte ich jetzt die Piazza und ging zum Zeitschriftenkiosk. Mal sehen, was es Neues gab. Ich kaufte *La Repubblica* und *Il Decimonono,* sogar *L'Unità* und *Il Manifesto.* Falls ich in der Via San Bernardo auf Manzi treffen würde, könnte ich ihm die Schlagzeilen unter seine wahrscheinlich noch arg ramponierte Nase reiben. Ich sah seine Visage schon vor mir: »Pagano, dieser verfluchte kommunistische Schnüffler, ein Schläger, der immer provozieren muss.«

Nachdem ich meine Zeitungen bezahlt hatte, nickte ich dem alten Steva zu und ging weiter zur Focacceria Ravecca. Jetzt zog ein verführerischer Duft nach Brot und Pizza durch die modrige Luft des Carruggio. Ich betrat die weihnachtlich geschmückte Bäckerei und reihte mich in die Warteschlange ein, um zwei Stück Focaccia zu kaufen. Die berühmte Focaccia von Ravecca, duftend und knusprig, soeben aus dem Ofen gezogen. Die feuchte, nach Brot duftende Wärme der Bäckerei weckte in mir die gleiche Sehnsucht wie ein warmes Bad. Meine Focaccia in der Hand, schlenderte ich anschließend weiter über den Sarzano, an der Metrobaustelle vorbei, die Stradone hinunter. Dabei musste ich sehr darauf achten, wo ich hintrat, einmal wegen der losen Pflastersteine, aber vor allem, um den Hundehaufen auszuweichen, von denen die Straße und die Bürgersteige übersät waren. Die Stradone, das war Heimat, aber auch ein einziger riesiger Scheißhaufen. Hundescheiße, Taubenscheiße. Am Ende der Straße angekommen, warf ich wie üblich einen flüchtigen Blick auf den prächtigen Campanile von San Donato, der in der lauen Morgenluft wie ein lichtüberfluteter uralter Eichenstamm aussah. Schließlich erreichte ich die Via San Bernardo. Die Zeitungen in der Jackentasche, die Hände hinter dem Rücken verschränkt, blickte ich nach oben. Der Himmel war blassblau, durchscheinende Wölkchen lösten sich in ein transparentes Nichts auf. Von ihnen blieb nichts als ein weißlicher Hauch, eine Farbe, die mich an Mandelmilch erinnerte. Anfangs waren die Palazzi mit ihren ausgemauerten Bögen noch khaki- und ockerfarben gestrichen, doch je weiter ich ging, desto mehr gewann Grau die Oberhand. Als ich mich auf der Höhe der alten Osteria Pintori befand, begannen die Glocken der umliegenden Kirchen zu läuten: San Donato, San Cosimo, San Giorgio. Ich sah auf die Uhr, es war Punkt zehn. Auf der Piazza San Bernardo konnte ich für einen Augenblick ein Stück blauen Himmel erkennen, dann wurde ich wieder von der modrigen Enge des Carruggio verschluckt. Ein Gewirr aus Holzplanken, mit denen man die Baustellenlöcher notdürftig abgedeckt hatte. Haustür an Haustür. Alle grün und abgenutzt, aber alle aus massivem Holz. Alle verschlossen. Vor der Tür des Hauses, wo sich der Radiosender befand, war es ruhig. Keine Spur von der Generalin und ihren Kolleginnen. Mühsam zwängte ich mich durch die Menschenmassen, die sich langsam durch die holprige, enge Gasse quälten. Über den penetranten Moder- und Uringestank legte sich ein würziger Duft nach Schokolade und Muskatnuss. Vor der altehrwürdigen Drogheria Torrielli drängten sich die Menschen, die ihre Weihnachtseinkäufe erledigen wollten. Das Gewimmel war fast undurchdringlich. Junge Marokkaner boten den wartenden Frauen rote Rosen an. Drei Rosen, ein Euro. Einige schauten die Rosen nicht einmal an, andere lehnten höflich ab. Als die Verkäufer aber nicht lockerließen, wurden die Leute sauer. Ein

Junge mit kohlrabenschwarzen Augen kam auf mich zu und warf mir den traurigsten Blick zu, zu dem er fähig war. Ich hielt ihm fünfzig Cent hin, wollte aber keine Rose. Das übliche Palaver begann.

»Schau mal, wie schön. Für deine Freundin. Nur ein Euro.«

»Sag mal, was machst du eigentlich hier?«

Ich tat so, als ob ich das Geldstück wieder in die Jackentasche stecken wolle, als er es mir auch schon aus der Hand riss und ohne ein weiteres Wort verschwand.

Ich lugte verstohlen durch ein Eisengitter zu meiner Rechten, hinter dem sich der düstere Innenhof eines alten Palazzo öffnete. Der stark abgebröckelte Putz ließ großflächige gelblich-feuchte Stellen im Mauerwerk erkennen. Eine Schiefertreppe führte zu Wohnungen, die Sonne und Wind ungeschützt ausgesetzt waren. Die schießschartenähnlichen Fenster öffneten sich auf tennisplatzgroße Terrassen. Ich bog nach rechts auf die Piazza San Giorgio ein und blickte hinauf zum Campanile. Ein Zwischending aus Uhren- und Kirchturm, sakral und profan zugleich. So viele Kirchen gab es hier, doch so wenig Gläubige, zumindest wenn man den Klagen der Priester glaubte. Ob das wirklich stimmte? Während ich meinen Weg in Richtung Via San Giorgio fortsetzte, mischte sich plötzlich der Geruch nach Frittiertem in die laue Luft. Er drang aus einer Backstube, in der Gemüsekuchen und *farinata* hergestellt wurden. Inzwischen war ich am Ende des Carruggio angekommen. Mit den Zeitungen unter dem Arm und der Hoffnung, damit die sich in mir ausbreitende Leere füllen zu können, ging ich weiter Richtung Meer. Aber so unangenehm war das Gefühl der Leere gar nicht, denn es hatte die Angst der letzten Tage völlig vertrieben. Es ging mir gut.

Durch das Tor an der Piazza Cavour betrat ich das Expo-Gelände, schlenderte am überdachten Fußballstadion und dem Quartiere del Molo entlang und näherte mich langsam den Magazzini del Cotone. Hier strömte mir salzgeschwängerte, feuchte Luft entgegen. Ein intensiver, alles durchdringender Geruch nach Meer, der Atem des Schirokkos, der die saubere Luft der offenen See herüberwehte und den Modergeruch des Brackwassers am Hafen vertrieb. An den Hafenkais herrschte reges Treiben, darunter auffallend viele dunkelhäutige Männer und mandeläugige Frauen. Die Expo war das Reich der Hispanos, hier war ihr Treffpunkt. Vor allem Immigranten aus Guayaquil in Ecuador, aber auch aus Peru, Chile, Kolumbien und Venezuela sowie aus Mittelamerika. Die »guten« Einwanderer also, Katholiken und deshalb »Menschen wie wir«. Aber wirklich gleich nun auch wieder nicht. Viele sähen es lieber, sie wären nicht hier. Aber immerhin galten diese Immigranten als kleineres Übel. Die Frauen arbeiteten als Hausangestellte und Altenpflegerinnen, die Männer soffen wie die Löcher, hingen herum und ließen sich häufig von ihren Ehefrauen und Schwestern aushalten.

Ich setzte mich auf eine leere Bank und bewunderte den berühmten Meerwasserzoo. Die Ausstellungshallen des Acquario erinnern an riesige Container, wie in einem Trockendock. Mächtige weiße Wolken zogen über den blassblauen Himmel. Auf dem stehenden Gewässer des Porto Antico spiegelten sich die Sonnenstrahlen. Die Stille wurde durch die Geräusche der vor Anker liegenden Boote durchbrochen. Das Singen der Wanten und das Schaben der um die Poller geschlungenen Leinen war die Begleitmusik zum sanften Schwanken der Masten der Segelboote, nicht laut, aber unaufhörlich. Ich musste an den *Capitano* denken. Wahrscheinlich angelte er gerade mit seinem kleinen Boot auf dem Golf vor der Stadt.

Ich wollte gerade die Zeitung aufschlagen, als das Handy klingelte. Ich warf einen Blick auf das Display. Es war die Nummer der Villa Pellegrini. Die Stimme von Donna Assunta. In diesem Zustand hatte ich sie noch nie erlebt. Sie war außer sich und in Tränen aufgelöst. »Es ist etwas Furchtbares passiert. Ingeniere Bardi ist tot. Er wurde heute Morgen erschossen, als er ins Büro ging, direkt vor dem Eingang der Blue Sea.«

13
Mordkommission

Die Büroräume der Blue Sea Lines lagen geradezu ideal, um jemandem eine Falle zu stellen und ihn danach um die Ecke zu bringen. Ganz besonders an einem Samstagmorgen. Die Viale Aspromonte ist eine von Bäumen gesäumte Straße, hier liegen das Istituto Tecnico Femminile und die Tennisplätze des Sportclubs Andrea Doria. In Richtung Meer mündet die Allee auf den Corso Aurelio Saffi, in der Gegenrichtung führt sie zum gleichfalls von Bäumen gesäumten Corso Mentana, der wiederum an die Westseite des Ospedale Galliera grenzt. In diesem Koloss von Krankenhaus werden die Patienten wie am Fließband behandelt. Auf der Straße herrscht deshalb meist dichtes Gedränge von Besuchern, Krankenschwestern und Schwesternschülerinnen, die im Galliera ein und aus gehen. Die Viale Aspromonte hingegen ist eine eher ruhige Straße. Hier sind nur die Anwohner unterwegs, hin und wieder trifft man jemanden, der sich verfahren hat. Aber an diesem Samstagmorgen war jemand vor der Hausnummer drei gestanden, der weder hier wohnte noch sich verirrt hatte. Mit schussbereiter Pistole, sein Ziel fest vor Augen.

Ich hatte die Vespa genommen, weil Eile geboten war. Es galt einen Auftrag zu erledigen, und von diesem armen Christenmenschen, der gerade umgebracht worden war, wusste ich rein gar nichts. Zahlreiche Fiat Marea der Polizei blockierten die Straße, ihre blauen Lichter flackerten zwischen den kahlen Bäumen hindurch. Ich war genervt, das psychedelische Zucken tat mir in den Augen weh und erinnerte mich an die Nacht im Quaalude. Ansonsten war die Viale genau so, wie ich sie in Erinnerung hatte. Ein Nebeneinander aus modernen Gebäuden und gut erhaltenen Häusern aus dem späten 19. Jahrhundert. Dazwischen auch schlichte Wohnblocks, jedoch frisch renoviert, um das bürgerliche Gesamtbild des Viertels nicht allzu sehr zu stören. Der Eingang Nummer drei gehörte zu einem relativ neuen Gebäude unweit des Vereinshauses des Sportclubs Andrea Doria.

Die Mordkommission war nahezu komplett vor Ort. Ich war beruhigt: Das würde ein Heimspiel, ich würde mich frei bewegen können. Ich bemerkte Ispettore Levrero in seinem beige Trenchcoat à la Inspector Columbo, den jungen und etwas beleibten Cecchi, die stets korrekte Ispettrice Mariella Esposito und natürlich den Chef der Truppe, meinen Freund Commissario Salvatore Pertusiello. Er kauerte etwas gequält und ratlos auf dem Bürgersteig und begutachtete den aufgemalten Umriss der Leiche. Man hatte sie schon weggebracht. Von Ingeniere Bardi war nichts als diese weiße Linie auf dem Asphalt geblieben. Kalt und leblos wie sein toter Körper. Der Platz vor dem Hauseingang war mit einem rot-weißen Band abgesperrt, nur ein kleiner Durchgang war offen. Dort hatte sich eine kleine Schar Neugieriger versammelt, meist Journalisten und Fotografen. Die Blitzlichter ihrer Fotoapparate machten dem Blaulicht der Polizeiautos Konkurrenz. In der Nähe parkte ein Transporter der regionalen Fernsehstation RAI Liguria. An den Fenstern der umliegenden Häuser standen alte Frauen, die das Geschehen neugierig beobachteten. Der wachhabende Polizist kannte mich und ließ mich passieren, ohne dass ich mich ausweisen musste. Ich ging auf Pertusiello zu und begrüßte ihn.

Er hob kaum den Kopf und blickte mich schräg von unten an. »Was zum Teufel machst du denn hier?«

»Ich arbeite für die Firma Pellegrini.«

»Kümmerst du dich nicht mehr um diese Gewehrgeschichte?«

»Wenn ich nur an einem Fall arbeiten würde, ginge es mir wie Philip Marlowe.«

»Und wie erging es Philip Marlowe?«

»Immer pleite.«

Mit einem Kraftakt stemmte er seinen Hundertfünfunddreißig-

Kilo-Körper in die Höhe, dabei sah er aus wie ein Elefant, der sich aus einem Schlammloch quält. Wenn es um Mord und Totschlag geht, mangelt es nie an Schlamm und Dreck.

Eine vorwitzige Journalistin näherte sich der Absperrung und sprach ihn an. »Dottor Pertusiello, darf ich Ihnen eine Frage stellen?«

Er musterte ihre gefällige Gestalt von oben bis unten, aber er tat es mit einer Miene, als könne er kein Wässerchen trüben. Seine Antwort war höflich, ja fast mitfühlend. Wenn er gute Laune hatte, vergaß Pertusiello nie, dass wir alle nur unseren Job machten. »Nur zu. Aber ich kann Ihnen noch nichts sagen. Wir warten noch auf den Staatsanwalt.«

»Warum wurde er Ihrer Meinung nach umgebracht?«

»Ich habe nicht die geringste Ahnung.«

Seine Offenheit war so entwaffnend, dass die Fragestellerin noch nicht einmal enttäuscht sein konnte. Dann wandte sie sich an mich. »Und was machen Sie hier, Dottor Pagano?«

Ich antwortete nicht, sondern ging zum Hauseingang, wo ein weiterer Polizist postiert war. Weil er mich nicht kannte, hielt ich ihm meine Visitenkarte hin. Er blickte zum Commissario, wartete dessen zustimmendes Nicken ab und ließ mich passieren. Die Büros befanden sich im Erdgeschoss. Ich bemerkte, dass Ispettore Cecchi mir gefolgt war. Durch eine mit dem Logo der Firma geschmückte Glastür betrat man einen kleinen, fensterlosen Empfangsraum, der von Neonröhren erhellt wurde. Drei Plastikstühle, ein kleiner, mit Zeitschriften übersäter Tisch sowie ein Kleiderständer bildeten die spartanische Einrichtung. In Genua hält man sich eben nicht mit Äußerlichkeiten auf. Der Teppichboden war neu und an den Wänden hingen einige Querschnittszeichnungen von Frachtschiffen. Von hier aus gelangte man in ein Großraumbüro, das durch eine lange Metalltheke unterteilt war. Inmitten der Schreibtische und Computer hatten drei uniformierte Polizisten Position bezogen, die auf die Spurensicherung warteten. Sie bewegten sich ganz langsam und vorsichtig, als liefen sie auf rohen Eiern, und versuchten die beiden weiblichen Angestellten zu beruhigen, die sich auf der Theke abstützten. Ihre Gesichter waren kreidebleich, die Augen und Nasen rot vom Weinen, die Mäntel hatten sie noch gar nicht ausgezogen. Ein Mann um die vierzig in Sakko und Krawatte irrte orientierungslos durch das Büro, als wüsste er nicht wohin mit sich. Er ging erst auf die eine, dann auf die andere Frau zu und versuchte ihnen Mut zuzusprechen, fand aber nicht die richtigen Worte. Auch er selbst schien untröstlich. Eine der Frauen fing hemmungslos an zu weinen. Sie schluchzte so verzweifelt, dass es selbst mir ans Herz ging. Ihre Tränen steigerten die Verwirrung noch mehr. Mit Cecchi im Schlepptau näherte ich mich den beiden. Ich wollte etwas Angemessenes sagen, aber im Angesicht des Todes war es vielleicht besser zu schweigen.

Allerdings kann Schweigen auch als Ausdruck von Gleichgültigkeit missverstanden werden. Einige Worte, und seien sie noch so banal, waren vielleicht doch angebacht. Von zwei Übeln das kleinere zu finden, ist immer schwer. »Beruhigen Sie sich, Signora. Sie waren die Sekretärin des Ingeniere?«

Sie nickte und schnäuzte sich diskret die Nase. Ich reichte ihr meine Visitenkarte. »Mein Name ist Bacci Pagano, ich bin Privatdetektiv. Die Firma Pellegrini hat mich mit Ermittlungen beauftragt. Sind Sie in der Lage, mir einige Fragen zu beantworten?«

Wieder nickte sie. Eine hagere Frau um die sechzig, mit einem strengen Gesicht und sehr kurz geschnittenen weißen Haaren. Obwohl sich der Schmerz wie eine Maske auf ihr Gesicht gelegt hatte und alle anderen Gefühle überdeckte, verströmte sie die Energie und Tatkraft einer modernen Johanna von Orleans. Ganz die fleißige, pflichtbewusste Sekretärin, der das Büro über alles ging. Sie trug keinen Ehering, möglicherweise war sie unverheiratet. Haarschnitt und Kleidung verliehen ihr etwas Maskulines, ein Eindruck, der noch verstärkt wurde, als sie jetzt die Hände in die Hosentaschen steckte. Nun stellte sich auch der Mann in Sakko und Krawatte vor, der nach wie vor einen verwirrten Eindruck machte. »Dottor Carlisi. Ich bin Verwaltungsdirektor der Blue Sea. Furchtbar, was hier passiert ist.«

Ich nickte und wandte mich wieder der Frau zu. »Vor Kurzem habe ich mit Signora Pellegrini gesprochen. Sie hat mir erzählt, dass Ingeniere Bardi sehr beunruhigt war. Er fühlte sich bedroht und hatte dringend um ein Treffen gebeten. Hat Bardi mit Ihnen darüber gesprochen?«

»Nach dem Besuch dieses unsympathischen Mannes war er nicht mehr derselbe. Früher war der Ingeniere immer gut gelaunt, immer einen launigen Spruch auf den Lippen ...«

Wieder begann sie zu weinen. Cecchi sah mich an. In seinem gutmütigen Gesicht stand Mitleid. Trotz der langen Zeit des täglichen Umgangs mit dem Tod hatte er sich dieses Gefühl erhalten können, es war noch nicht in Zynismus und Teilnahmslosigkeit umgeschlagen. Die andere Frau nahm die Sekretärin in den Arm und versuchte sie zu trösten. Sie warf mir einen strengen, vorwurfsvollen Blick zu. Doch jetzt kam es auf klare Aussagen an. Tränen zählten nicht. Ich hätte ihr erklären müssen, dass Sensibilität nicht gerade die starke Seite eines Privatdetektivs ist. Eine noch warme Leiche verdient natürlich Respekt, aber die Zeit läuft immer für den Mörder.

Deshalb hakte ich nach: »Und wer war dieser unsympathische Mann?«

»Er hat sich als Terlizzi vorgestellt«, antwortete die Sekretärin. Sie war weniger ablehnend als ihre Kollegin und offensichtlich froh, helfen zu können. »Er sagte, er sei Treuhänder einer großen Finanzierungsgesellschaft, aber ich habe ihm nicht geglaubt. Er sah einfach nicht danach aus.«

»Wann war er hier?«

»Vor einer Woche. Von da an wurde der Ingeniere von Tag zu Tag unruhiger. Gestern Nachmittag kam der Mann wieder.«

»Versuchen Sie ihn zu beschreiben.«

»Um die fünfzig, mittelgroß, ein bisschen übergewichtig. Provozierend selbstsicher. Elegant gekleidet, dunkler Mantel, Hut und Lederhandschuhe. Die hat er immer anbehalten, sogar als er vor dem Schreibtisch des Ingeniere gesessen hat. Aufdringliches Parfüm. Wahrscheinlich gefärbte schwarze Haare, schwarzer Backenbart, dunkler Teint. Mediterraner Typ. Er sprach mit süditalienischem Akzent, sizilianisch, würde ich sagen. Er trug eine Brille mit Metallgestell und rauchte dünne Zigaretten. Der Mann hatte etwas Herrisches an sich, etwas Überhebliches, das mich wütend machte. Er wollte sofort vorgelassen werden, obwohl er gar keinen Termin hatte. Doch der Ingeniere hat ihn genauso höflich behandelt wie alle anderen auch …«

An dieser Stelle unterbrach ein erneuter Schluchzer ihre Schilderung. Auch wenn der Geschäftsführer unerreichbar hoch in der Firmenhierarchie stand: Diese Frau hatte weit mehr verloren als einen Chef. So weint man nur um einen Ehemann, einen Bruder oder einen sehr guten Freund. Chefsekretärinnen verbringen ja mehr Zeit mit dem Chef als mit dem eigenen Ehemann, den Kindern oder den Freunden, sofern sie überhaupt welche haben. Mit dem Ingeniere hatte sie mehr Zeit als mit irgendwem sonst verlebt. Und mit der Zeit kommt die Wärme, in der die Gefühle sprießen. Ihre Beziehung zu Bardi schien von bedingungsloser Ergebenheit, Hochachtung und freundschaftlicher Zuneigung geprägt gewesen zu sein.

»Der Ingeniere hat Ihnen nichts von seinen Ängsten erzählt?«

»Nein, nie. Das hat mich gewundert und auch ein bisschen verletzt. Er hat mir all die Jahre immer vertraut und vieles mit mir besprochen. Erst jetzt wird mir klar …«, sie schluchzte, »… dass er mir nichts erzählt hat, um mich aus der Sache herauszuhalten.«

»Dieser Kerl ist gestern Nachmittag wieder hier gewesen?«

»Ja, so gegen fünf.«

Mit einem Blick signalisierte mir Cecchi sein Einverständnis, und ich fragte sie, ob sie uns ins Büro ihres Chefs führen könnte. Wir folgten ihr durch einen düsteren Korridor. Rechts und links gingen Türen ab, einige waren geschlossen, durch andere blickte man in verwaiste Büros, deren Schreibtische, Stühle und Computer vom matten Licht beleuchtet wurden, das durch die Fenster einsickerte. Sie öffnete die Tür zu Bardis geräumigem Büro, das trotz seiner herausragenden Position und Machtfülle eher bescheiden wirkte.

Die Sekretärin drückte auf den Lichtschalter und der Raum wurde in eisig-grelles Licht getaucht, als ob man einen Vorhang zur Seite gezogen hätte. Cecchi ließ mir freie Hand bei der Suche nach einer Spur in diesem verzweifelten Fall. Wortlos ging er im Zimmer umher. Er hatte die Hände in die Taschen seines altmodischen blauen Dufflecoats gesteckt und erinnerte eher an einen Gymnasiasten in den Ferien als an einen Polizisten. Er schien sich ganz der Rolle eines Schutzengels für Privatdetektiv Pagano zu widmen, geduldig und stets aufmerksam, wie es sich für einen Schutzengel gehört. Immerhin hatte der Schutzbefohlene einen offiziellen Auftrag für seine Ermittlungen. Und ein guter Freund seines Chefs war er noch dazu. Trotzdem, ich blieb und war nichts als ein Schnüffler, der seine Nase in Dinge steckte, die nur die Polizei etwas angingen.

Der massive Nussbaumschreibtisch des Ingeniere war nicht besonders groß und hatte eine schwere Glasauflage, wie man sie heute nur noch selten sieht. Am Rand klemmte eine dieser handelsüblichen Halogenleuchten, die auch irgendeinem anderen beflissenen Büroangestellten hätte gehören können. Der schwarze Ledersessel mit hoher Rückenlehne, den man unter den Schreibtisch geschoben hatte, war zwar bequem, hatte aber gar nichts vom herrschaftlichen Prunk anderer Managerthrone, die nur dazu dienten, die Macht derjenigen zur Schau zu stellen, die ihren breiten Arsch hineinpflanzten. Schreibtisch und Chefsessel sagen mehr über die Persönlichkeit eines Geschäftsführers aus, als er je auf der Couch eines Psychoanalytikers erzählen könnte. Der Schreibtisch war sorgfältig aufgeräumt, alles lag am richtigen Platz. Eine Uhr, eine Grafitschale mit einem Kugelschreiber und einem Bleistift und ein Exemplar des Strafgesetzbuchs. Dem Sessel direkt gegenüber lag eine braune Ledermappe.

»Wurde hier schon sauber gemacht?«, fragte ich und zog ein unbenutztes Taschentuch aus der Hosentasche.

»Die Putzfrau kommt jeden Abend kurz nach neun. Aber sie hat nie etwas angefasst. Alles ist genau so, wie er es hinterlassen hat. Der Ingeniere wollte das so.«

Aus der Innentasche der Jacke nahm ich meine Brille und setzte sie auf. Mit dem Taschentuch öffnete ich die Mappe und verteilte ihren Inhalt auf dem Schreibtisch: Geschäftsbriefe, die noch unterzeichnet werden mussten, ein internes Rundschreiben an die Belegschaft, ein goldener Füllfederhalter der Marke Parker und ein Notizblock, von dem die ersten Blätter abgerissen waren. Ich griff mit dem Taschentuch nach dem Notizblock, um keine Fingerabdrücke zu hinterlassen, knipste die Schreibtischlampe an und hielt ihn gegen das Licht. Dabei drehte und wendete ich den Block hin und her, damit das Licht aus verschiedenen Winkeln darauffallen konnte. Obwohl die ersten Blätter fehlten, ließ sich eine Nummer mit acht Ziffern erahnen, die sich auf die verbliebenen Blätter durchgedrückt hatte. Ich hielt mir den Block näher an die Augen, um die Zahl besser lesen zu können. Mit Mühe entzifferte ich: 65982/331. Ich schrieb die Nummer mit dem Füller des Ingeniere in mein Notizbuch und legte alles wieder in die Mappe zurück.

Dann klappte ich die Mappe zu und zeigte die Nummer der Sekretärin, die mich neugierig ansah. »Sagt Ihnen diese Nummer etwas?«

»Sieht aus wie eine Kontonummer.«

»Genau. Ein Firmenkonto?«

»Auf den ersten Blick nein, ich müsste aber nachsehen.«

»Notieren Sie die Nummer und überprüfen Sie das bitte. Obwohl ich darauf wetten würde, dass dieses Konto nichts mit der Blue Sea zu tun hat. Von mir aus können wir gehen. Die Kriminaltechnik wird alle weiteren Ermittlungen vor Ort übernehmen. Ich danke Ihnen für alles und bitte nochmals um Entschuldigung, Signora …«

»Dottoressa Landolfi. Ich habe Ihnen zu danken, Signor Pagano.«

»Ich mache nur meine Arbeit.«

Zum Abschied reichte sie mir die Hand. Dabei sah sie mich mit ihren traurigen dunkelgrünen Augen an, in denen jetzt keine Tränen, dafür aber viele offene Fragen standen. Augen unergründlich tief wie ein Bergsee. »Spielt die ganze Welt plötzlich verrückt? Warum? Warum gerade er?«

»Ich weiß es nicht. Ich habe nur einige Vermutungen, aber damit kann ich auch komplett danebenliegen.«

»Er war eine feinfühlige, liebenswürdige Persönlichkeit, außerordentlich engagiert und pflichtbewusst. Die persönliche Karriere war zweitrangig, das Wohl der Firma ging ihm über alles. Er hatte ständig Zweifel, ob er der Aufgabe gewachsen war und das Vertrauen der Pellegrinis rechtfertigen konnte. Deshalb arbeitete er bis zur Erschöpfung, erfüllte jede Aufgabe mit besonderer Sorgfalt. Er war bei allen geschätzt und beliebt. Jeder, der näher mit ihm zu tun hatte, begriff sofort, dass … der Ingeniere … ein ehrlicher Mensch war.«

Ihre letzten Worte klangen wie eine Inschrift für seinen Grabstein. Ein ehrlicher Mensch. Vielleicht war Ehrlichkeit eine zu schwere Bürde für einen Mann, der es bis zum Geschäftsführer eines bedeutenden Unternehmens gebracht hatte, das sich im internationalen Wettbewerb behaupten musste. In diesen Zeiten ist Ehrlichkeit ein Luxus, den sich kaum jemand leisten kann, besonders nicht in einer exponierten Stellung.

»Wie lautete sein voller Name?«

»Bardi. Ludovico Bardi.«

Wir traten gerade auf den Korridor hinaus, als wir erregtes Stimmengewirr hörten, das aus dem Großraumbüro drang. Deutlich war das Knurren von Pertusiello zu vernehmen. Diese Stimmlage kannte ich nur zu gut. Sie verhieß nichts Gutes. Cecchi ging schneller und ich folgte ihm auf dem Fuß. Das Büro wimmelte von uniformierten Polizisten. Mittendrin die beiden Vicequestori Pertusiello und Manzi, die sich wie zwei Kampfhähne gegenüberstanden. Der Digos-Chef hatte heute einen hellen Mantel an. Der Regenmantel und sein Prince-of-Wales-Anzug samt Weste waren wahrscheinlich in der Wäscherei gelandet. Manzi sprach ziemlich nasal, er hatte einen auffälligen Verband um die Nase. In dieser Tonlage klang seine Stimme noch unangenehmer. Hinter ihm versuchte der arme Musumeci wie üblich beruhigend auf ihn einzuwirken.

»Muss ich dir das wirklich erklären? Wenn eine leitende Persönlichkeit eines Unternehmens erschossen wird, besteht immer der Verdacht eines politischen Hintergrunds«, wiederholte Manzi mit hochrotem Gesicht und wedelte aufgeregt mit den Armen. »Genua hat in dieser Beziehung eine Sonderstellung. Hast du schon vergessen, was hier in letzter Zeit passiert ist, Pertusiello?«

»Bis jetzt weiß ich nur, dass es Mord war. Und Mord fällt in mein Ressort, die Spekulationen überlasse ich dir. Du gehst mir auf den Geist, Manzi. Hau ab und kümmere dich um diejenigen, die das Gewehr geklaut haben, bevor noch ein Unglück geschieht …«

»Erzähl das dem Polizeipräsidenten. Ich habe ihn übrigens hergebeten. Wenn eine leitende …«

»Ich habe verstanden. Dann besteht der Verdacht, dass es die Roten Brigaden waren. Wenn wir ein Bekennerschreiben finden, rufen wir dich natürlich an. Aber jetzt steh uns nicht im Weg rum, bald kommt die Spurensicherung und die muss hier ungestört arbeiten können. Und mach dir keine Sorge um den Polizeipräsidenten. Ich werde ihm erklären, dass es sich hier keinesfalls um einen politischen Mord handelt.«

»Ach nein? Du bist dir also ganz sicher! Hast wohl Vertrauensleute in bestimmten Kreisen?«

Dieser Satz war die reine Provokation, und Manzi hätte bestimmt nicht den Mut gehabt, sich so beleidigend zu äußern, wenn er nicht in der Zwischenzeit meine Anwesenheit bemerkt hätte. Mit einem verächtlichen Lächeln starrte er mich an und fügte hinzu: »Wie ich sehe, Commissario, lässt du Exterroristen für dich ermitteln. Hältst du das für eine gute Idee?«

»Er hat einen offiziellen Auftrag von der Blue Sea Lines.«

Manzi zuckte mit den Schultern und machte eine unbewusste Geste in Richtung seiner gebrochenen Nase. »Er hat mir mit offiziellem Auftrag das Nasenbein zertrümmert. Weißt du, mit wem du es da zu tun hast? Ein kommunistischer Schläger. Der Helfershelfer einer asozialen Terroristenbande, die den Ministerpräsidenten erschießen will. Und dieses Subjekt nennst du deinen Freund? Und lässt ihn in deine Arbeit hineinpfuschen? Du hast den Verstand verloren. Deine linke Gesinnung hat dir den Sinn für die Realität geraubt. Du bist ein Staatsbeamter, vergiss das nicht.«

»Das Wort Staat aus deinem Mund stinkt nach faulem Fisch und Rizinusöl und erinnert mich an Sondergerichte und ähnliche Einrichtungen. Und jetzt zisch ab und lass mich in Ruhe arbeiten.«

In diesem Augenblick betrat ein kleiner, abgehetzt wirkender Mann den Raum und blickte sich leicht irritiert um. Sein abgetragener Lodenmantel wirkte auf den ersten Blick, als stamme er aus Armeebeständen. Offenbar sah er schlecht, denn er kniff die Augen zusammen, als ob es ihm schwerfiele, die Personen im Raum zu erkennen. Seine dünnen rötlichen Haare waren so ungeschickt gekämmt, dass sie wie ein schlecht sitzendes Toupet wirkten. In der Hand hielt er eine braune Ledermappe.

»Dottor Capuana, endlich. Wir haben Sie schon erwartet«, sagte der Commissario, als sei er über sein Erscheinen erleichtert. Capuana war offensichtlich der mit den Ermittlungen in diesem Fall beauftragte Staatsanwalt. Er war Pertusiellos Ass im Ärmel, um die Digos aus der Sache herauszuhalten.

»Wann ist es passiert?«, fragte Capuana.

»Um halb neun. Zu dieser Zeit war nur Dottoressa Landolfi im Büro, die Sekretärin. Sie hat bereits bei Levrero ihre Aussage gemacht. Sie berichtet, sie habe Schüsse gehört und sei dann nach draußen gerannt.«

Der Staatsanwalt sprach der Frau sein Beileid aus. »Es tut mir sehr leid, Dottoressa … Gab es Zeugen? Hat jemand etwas gesehen?«

»Bisher hat sich noch niemand gemeldet«, fuhr Pertusiello fort, »wir befragen gerade die Nachbarn. Es sind fast alles alte Leute. Einer hat ausgesagt, er habe Schüsse gehört und danach das Geräusch eines davonfahrenden Motorrads.«

Der Staatsanwalt kniff kurzsichtig die Augen zusammen. »Wer sind Sie denn?«

»Vicequestore Manzi von der Digos. Wir haben den Verdacht, dass es sich um ein politisches Verbrechen handeln könnte.«

Erst jetzt schien er Manzi zu erkennen, der direkt neben Pertusiello stand. »Ich danke Ihnen, dass Sie gekommen sind. Falls entsprechende Hinweise auftauchen, werde ich Sie informieren.«

Pertusiello zog die Augenbrauen hoch und fixierte Manzi mit verächtlichem Blick. Im Büro herrschte plötzlich eine bleierne Stille. Alles starrte auf Manzi. Wieder einmal sah es nicht gut für ihn aus. Fast alle der anwesenden Polizisten gehörten zur Mordkommission, die wenig Sympathie für den Vicequestore und seine Abteilung hatten.

Wieder einmal musste Musumeci die Kastanien für seinen Chef aus dem Feuer holen. Nachdem ihm Pertusiello einen komplizenhaft-ironischen Blick zugeworfen hatte, ergriff er die Initiative und sagte: »Nun, dann können wir ja gehen. Halten Sie uns auf dem Laufenden.«

Manzi schäumte vor Wut, als er den Raum verließ. Man hatte ihn gedemütigt. Der Abgang dieses überheblichen Kleingeistes, der noch dazu mit bandagierter Nase daherkam, wurde von einigen mit einem Lächeln begleitet, süffisant, aber diskret. Diese Männer waren abgebrüht, aber sensibel genug, dem Tod, der ihre Anwesenheit erforderte, Respekt zu zollen. An einem Ort, über den plötzlich und ohne erkennbaren Grund Tod und Schmerz hereinbrechen, lacht man nicht.

14
Action!

»Gospel.«

»Was ist das denn?«

»Der Name der Gesellschaft.«

»Klingt bescheuert.«

Im Hintergrund läuft *Radio Gaga* von Queen. Dieser Junge kann wirklich zaubern. Ich hatte ihm die Kontonummer gegeben, die ich vom Notizblock abgeschrieben hatte, und zwei Stunden später rief er mich zurück. Er hatte das Konto ausfindig gemacht und sich in den Bankcomputer gehackt, ein echter Profi. Jetzt geht er gerade den verschiedenen Spuren nach, die von diesem Konto ausgehen, und ich bin per Telefon live dabei.

In einer Hand den Telefonhörer, die andere auf der Tastatur, die Augen starr auf den Bildschirm gerichtet, gibt er mir seine Informationen durch. »Das Konto 65982/331 gehört den Malfattis. Die Gesellschaft heißt Transcontinental Shipping. Ein satter Saldo, zweiundvierzig Millionen Euro. Erst kürzlich wurde eine große Summe von einer Londoner Bank überwiesen, eingezahlt von der Raphelson Ltd. Inhaber ist ein gewisser Ralph Raphelson. Dessen Konto wiederum wird von einem Konto in Gibraltar gespeist, Nummer HS231366654, das ebenjener Gospel gehört. Die Gospel hat ihren Geschäftssitz auf den Virgin Islands. Woher das Geld auf dem Konto dieser Gesellschaft kommt, sehe ich allerdings nicht.«

Seine Stimme klingt kalt und leblos wie der Computer, mit dem er in Symbiose lebt.

»Das kann zweierlei bedeuten«, erklärt er mir. »Entweder das Geld wird bar eingezahlt – die berühmte Geschichte mit dem Geldkoffer – oder sie sind geschickt genug, die Banktransfers zu verschleiern. Egal, wie sie es machen: Die Summen sind enorm.«

Es wird allmählich Abend. Das schnurlose Telefon in der Hand, die Pfeife zwischen den Zähnen, stehe ich auf dem kleinen Balkon des Arbeitszimmers. Hinter dem modernen Glas- und Betongebäude der Architekturfakultät erkenne ich das Meer. Der Tag verabschiedet sich mit einem von der untergehenden Sonne in blutrotes Licht getauchten Abendhimmel. Ein Samstag, den ich eigentlich genießen wollte, ganz ohne Verpflichtungen und Ärger. Nun war er ausgefüllt von der Hektik um einen Mord und von einem Toten, den ich zu Lebzeiten nie gesehen hatte. Nur mithilfe einer klugen Frau, die ihn sehr geschätzt hatte, konnte ich mir ein Bild von ihm machen. Manchmal hat das Leben eine makabre Dramaturgie. Nach jeder Grausamkeit bleibt jemand übrig, der den anderen von den Grausamkeiten erzählen kann. Denen, die nicht dabei gewesen sind. Manchmal wecken diese Erzählungen tiefe Gefühle, manchmal sind sie auch furchtbar banal. Nur wer zum Zeitpunkt seines Todes gute Zeugen in der Nähe hat, bleibt in würdiger Erinnerung.

Ich hatte weder wie geplant mit Jasmine noch mit jemand anderem zu Mittag gegessen. Als ich nach Hause kam, war sie schon gegangen. Jetzt liegt sie bestimmt in irgendeinem Bett und macht ihren Job, denn sie muss ja Geld verdienen, um den Wechsel einzulösen, den man auf ihre Freiheit ausgestellt hat. Das Meer liegt da wie eine Schieferplatte, dunkel, schwer, grenzenlos weit und glatt. Im Osten ist der Himmel bereits tiefschwarz, über dem Lichtermeer der Stadt leuchtet ein einzelner Stern. So ist das in Genua. Bei schönem Wetter kommt der Wind vom Land und das Meer ist spiegelglatt. Sturm und Sonne gleichzeitig – in Genua unmöglich.

»Da ist noch was«, fährt Giovanni fort. »Vom Londoner Konto aus gibt es einen Überweisungsauftrag über hundert Millionen Euro auf ein nicht näher bezeichnetes Konto bei einer Bank hier in Genua. Der Auftrag ist schon vorbereitet, nur der Empfänger fehlt noch.«

»Hundert Millionen?«

»Ja, eine Zahl mit acht Nullen, sogar mit zehn, wenn man die Cent mit angibt.«

»Etwas anderes würde mich noch interessieren. Gibt es vom Konto dieses Mr. Raphelson, beziehungsweise von Gospel, noch weitere Überweisungen nach Italien, vor allem nach Genua?«

»Augenblick.«

Ich höre ihn tippen. *Radio Gaga* ist zu Ende, jetzt ist die Stimme eines DJs zu hören. Giovanni hört Radio – das enttäuscht mich. Er scheint einer von denen zu sein, die immer musikalische Berieselung brauchen, egal womit sie gerade beschäftigt sind. Auf der einen Seite ist er hochintelligent. Bei ihm dreht sich alles um mathematische Abstraktion, lineare Logik, das heißt, um die Funktionen der linken Hirnhälfte. Auf der anderen Seite kann er einen Châteauneuf-du-Pape nicht von einem Fusel und stupiden Rap nicht von der *Kleinen Nachtmusik* unterscheiden.

»Hier, ich habs gefunden. Eine Überweisung über fünfzigtausend Euro von einem Konto in Gibraltar mit der Nummer HS231366654 direkt auf das Konto 36658/80 bei der Banca Carige in Genua. Ausgeführt vor genau zehn Tagen.«

»Kannst du den Kontoinhaber ermitteln?«

»Ich versuchs.«

Wieder das Stakkato der Tasten. Im Hintergrund jetzt Rapmusik, vielleicht ein Titel, den ich schon im Quaalude gehört hatte. Diese Rapstücke sind für mich alle gleich, genau wie Japaner – die kann ich auch nicht unterscheiden.

»Da haben wirs. Agenzia Numero 15. Cortéz Esteban, Via Lodi 302, Genua.«

»Was läuft da im Hintergrund?«

»*Hot Fudge* von Busta Rhymes. Cooles Stück. Kennst du Busta Rhymes? Einer der besten, was harten Rap angeht. Kein Gesülze wie R&B oder Hip-Hop.«

Ich hatte mich geirrt. Er versteht durchaus etwas von Musik – von wegen nur linke Gehirnhälfte. Und überhaupt: Hat nicht auch Bach seine Stücke nach mathematischen Prinzipien aufgebaut?

Ich schlucke. »Ich kann nur erkennen, dass es Rap ist, mehr nicht.«

»Das ist keine Schande, jeder fängt mal klein an.«

Je weiter ich ins Val Bisagno hinauffahre, desto kälter wird die Abendluft. Die Vespa macht Tempo, und trotz der Windschutzscheibe schlägt mir ein eisiger Windhauch ins Gesicht und fährt wie Nadelstiche in die Haut. Ich habe den Friedhof Staglieno, das Gasometer und die Mülldeponie Volpara hinter mir gelassen, und wieder einmal wird mir bewusst, wie schön das Val Bisagno ist.

Stadtauswärts herrscht wenig Verkehr, auf meiner Spur ist der Lungobisagno fast leer. Durch das gelbe Licht der Laternen ist die Straße fast taghell erleuchtet. Zu meiner Rechten erkenne ich verwaiste Fabrikhallen, die dem Verfall preisgegeben sind. Hinter den jetzt nutzlosen Neonschildern erhebt sich ein dicht bewaldeter Berghang, ein Meer aus Stille und Dunkelheit.

Die kurvenreiche, schmale Straße führt bis ins Dörfchen Preli. Ich überquere die Brücke über den Torrente Bisagno und komme zum Arbeiterviertel San Gottardo. In die Jahre gekommene gesichtslose Wohnblocks ohne Balkone mit Aussicht auf den Fluss. Wer hier wohnt, weiß genau, dass er weder die Seine noch den Hudson, ja nicht einmal den Tiber oder den Po vor sich hat. Ein ausgetrocknetes Kiesbett mit verdorrter Vegetation, voller Geröll und wild entsorgtem Müll. Hier überleben selbst die Enten den ständigen Wechsel zwischen Hochwasser und Trockenheit nur wenige Wochen: Mehr hat der Torrente Bisagno nicht zu bieten. Man hört das Plätschern des Wassers, vom dunklen Flussufer zieht feuchtkalte, modrige Luft herauf und mein Atem zeichnet kleine Wölkchen in die klirrend kalte Luft.

Die schmale Straße nach Preli zieht sich den Hang hinauf, vorbei an schlichten Landhäusern, die mit ihren Bauerngärten auch heute noch an Dorfidylle und Landausflug erinnern. Frisch renoviert, in lebhaften Farben gestrichen, ocker, gelb und grün. Hier oben riecht die kalte Luft intensiv nach feuchter Erde. Auch Nummer 302 ist eines dieser Häuschen. Zweistöckig, ohne Vorgarten. Eingangstür und Straße trennt nur eine niedrige Treppenstufe. In unmittelbarer Nähe macht die Straße einen Knick. Vor dem Haus steht ein funkelnagelneuer Opel Tigra. Schon die Art, wie sein Eigentümer den Flitzer direkt hinter der Kurve geparkt hat, spricht Bände. Im zweiten Stock brennt Licht. An der hölzernen Eingangstür weder Namensschild noch Klingel. Zu Hause hatte ich das Telefonbuch von Genua studiert. Kein Cortéz Esteban. Ich parke die Vespa auf der gegenüberliegenden Straßenseite und gehe zum Haus. Aus dem zweiten Stock dringen Gelächter und der Ton eines Fernsehers. Mit der Faust hämmere ich an die Tür, doch das Gelächter geht unvermindert weiter, es wird sogar noch lauter. Wahrscheinlich hat mich keiner gehört. Ich versuche es noch einmal, dieses Mal kräftiger. Jetzt bricht das Gelächter ab, nur der Fernseher ist noch zu hören. Das erleuchtete Fenster wird geöffnet und eine sehr junge Frau taucht auf. Eine vielversprechende zarte Schönheit, die noch nicht voll erblüht ist, ein junges Mädchen in den Jahren zwischen Teddybär und heißem Flirt.

»Waren Sie das an der Tür? Was wollen Sie?« Sie ist offensichtlich Italienerin und spricht mit leicht südlichem Akzent.

»Wohnt hier Esteban Cortéz?«

»Ja. Das ist mein Freund. Was wollen Sie von ihm?«

»Ist er zu Hause?«

Sie zögert. »Wer hat Sie geschickt?«

»Niemand. Ich muss ihn einfach sprechen.«

»Er ist nicht da. Kommen Sie morgen oder besser übermorgen wieder. Morgen ist nämlich Sonntag.«

Sie lacht ein wenig albern und schließt das Fenster. Sie wirkt ziemlich aufgekratzt, vielleicht ist sie angetrunken oder high. Außerdem habe ich den Eindruck, dass ihr jemand aus dem Hintergrund zugeflüstert hat, was sie antworten soll. Wieder Gelächter. Wahrscheinlich lachen sie über mich. Einen Augenblick lang bin ich unsicher, wie ich mich verhalten soll, dann gehe ich zur Vespa zurück, setze den Helm auf, starte den Motor und gebe Gas. Schon zwei Kurven später halte ich wieder an, mache den Motor aus und verstaue den Helm unter dem Sitz. Denn gehe ich den gleichen Weg zu Fuß wieder zurück. Dabei spüre ich, wie mir meine Beretta Cougar 9 Millimeter in die linke Seite drückt – hart, bedrohlich, entschieden. Ich ziehe die Waffe heraus und lade sie, entsichere sie aber nicht. Vielleicht bin ich übervorsichtig, denn wenn dieses kleine Luder wirklich die Freundin von Esteban Cortéz ist, dürfte ich keine Probleme mit ihm haben.

Vom Straßenrand her beobachte ich das erleuchtete Fenster. Falls jemand herausschaut, kann er mich aus dieser Position nicht sehen. Dann gehe ich wieder zur Eingangstür hinüber und lausche. Wieder höre ich Gelächter, nun ist auch eine männliche Stimme klar zu erkennen, eine Stimme mit deutlich spanischem Akzent. Ohne Zweifel der Besitzer des Tigra, der so rücksichtslos vor dem Haus geparkt hat. Nach den Geräuschen zu urteilen, ist außer den beiden niemand mehr im Haus. So leise wie möglich mache ich mich am Schloss zu schaffen. Keine zwei Minuten später ist es geknackt. Direkt vor mir führt eine schmale, steile Treppe zu einer kleinen Galerie hinauf, wo eine Deckenleuchte brennt. Dort oben liegt das Zimmer, in dem sich das Pärchen aufhält, das so außerordentlich gut gelaunt scheint. Das Schlafzimmer im Erdgeschoss liegt im Halbdunkel, nur erhellt vom Dämmerlicht, das durch das Fenster einsickert. Alle anderen Türen sind geschlossen. Das ganze Haus ist renoviert, alles riecht noch nach Kalk und frischer Farbe. Von oben dringen Stimmen an mein Ohr, die Luft im Flur ist rauchgeschwängert. Vorsichtig schließe ich die Haustür hinter mir und schleiche die Treppe hoch. Flüstern, Stöhnen, hin und wieder Gelächter. Ich überrasche die junge Frau mit ihrem Freund, die beiden vergnügen sich auf dem Sofa des hell erleuchteten Zimmers. Hinter dem Sofa ein Tisch mit einer Flasche Champagner, zwei Gläsern und zwei Tellern mit den Überresten des Abendessens. Auf dem Bildschirm sind leicht bekleidete Tänzerinnen zu sehen, was den beiden aber völlig egal zu sein scheint. Sie haben offensichtlich Besseres zu tun. Er küsst sie. Jeans und Strumpfhosen hat er ihr schon heruntergezogen, jetzt macht er sich gerade an ihrem weißen Slip zu schaffen. Neben dem Sofa noch eine Flasche Champagner mit orangefarbenem Etikett. Veuve Cliquot Ponsardin: Der heutigen Jugend ist nur das Beste gut genug. Aber die Einrichtung macht einen billigen Eindruck, Dutzendware, allerdings alles brandneu.

Anfangs bemerken sie mich gar nicht. Doch die Zuschauerrolle liegt mir nicht, deshalb räuspere ich mich laut und deutlich. Das Mädchen sieht mich zuerst, denn ihr Freund dreht mir den Rücken zu. Sie schreit erschrocken auf, er fährt herum und ich blicke in ein erstauntes Jungengesicht, keine zwanzig Jahre alt, ein echter *niño.* Hübsch, schwarzer Pagenkopf, leicht geschlitzte Mandelaugen, mahagonifarbene Haut. Das Mädchen ist vor Angst wie versteinert, sie kommt nicht einmal auf den Gedanken, sich Strumpfhose und Jeans wieder hochzuziehen. Nur die Hände hält sie in der Schamgegend schützend über ihren Slip. Beide sehen ein bisschen zerzaust aus. Wangen und Ohren sind feuerrot, denn im Zimmer ist es warm, sicher haben auch Champagner und Erregung dazu beigetragen. Kaum hat der Junge mich gesehen, hechtet er nach vorne, vielleicht will er nach einem versteckten Revolver greifen. Doch als ich die Jacke öffne und den Pullover nach oben schiebe, damit er die Beretta im Halfter an meinem Gürtel sehen kann, hält er abrupt inne.

»Keine Bewegung, sonst gehts dir schlecht.«

Er ist wie gelähmt. Sein verwirrter Blick verrät Unsicherheit und Angst, die seine Wut überdecken.

»Wohin solls denn gehen? Zum Handy oder zur Pistole?«

»Was wollen Sie von uns?«

»Ihr habt wohl ein bisschen gefeiert, was? Nur ein, zwei Fragen, mehr nicht.«

»Sind Sie Polizist?«

Ich komme näher, dabei ziehe ich eine Visitenkarte aus der Brieftasche und halte sie ihnen unter die Nase. Der Junge wendet sich provokativ zur Seite, während das Mädchen einen flüchtigen Blick daraufwirft. Sie will wissen, woran sie ist.

»Bacci Pagano, Privatdetektiv. Du bist Esteban Cortéz?«

»Ja.«

»Gut, mein Junge, dann wollen wir uns mal ein bisschen unterhalten. Bei meinen Ermittlungen passt einiges noch nicht zusammen, vielleicht kannst du das klarstellen.«

Die junge Frau beginnt sich endlich anzuziehen, weicht dabei aber nicht von seiner Seite. Ich ziehe meine Jacke aus, nehme mir einen Stuhl und pflanze mich direkt vor dem Pärchen auf. »Ich nehme an, der Opel Tigra vor der Tür gehört dir?«

Er nickt. Langsam scheint er die Fassung wiederzugewinnen. Er versucht seinem zarten Jungengesicht einen entschlossenen Ausdruck zu verleihen.

»Das nächste Mal rufe ich die Polizei, damit sie dich abschleppen. So lernst du wenigstens, wie man anständig parkt. Dieses hübsche Häuschen gehört auch dir?«

»Was geht dich das an? Wer schickt dich? Von wem wirst du bezahlt?«

Ich umklammere mit der Hand zangenartig seinen Oberschenkel und drücke zu. »Und wer bezahlt dich, mein hübscher junger Freund? Wie kannst du dir das hier alles leisten?«

»Lassen Sie mich los, das tut weh. Ich habe hart dafür gearbeitet.«

»Tatsächlich? Du wirst sehr gut bezahlt, wie es scheint. Zu gut für einen sauberen Job.«

»Ich arbeite für einen Schrotthändler. Der zahlt gut.«

»Unsinn. Erzähl mir lieber, in was für eine üble Sache du da reingerutscht bist, dann werde ich bei der Polizei ein gutes Wort für dich einlegen.«

Er versucht aufzustehen und mich dabei wegzudrücken, aber ich packe seine Handgelenke und drehe sie so weit nach hinten, bis er sich wieder setzen muss.

»Lass ihn los, du Schwein«, schreit mich das Mädchen an. Das Lachen ist ihr inzwischen vergangen.

»Schieß los. Ich will alles ganz genau wissen.«

»Leck mich doch.«

Jetzt wende ich mich an die junge Frau. »Weißt du, dass mir dein Freund langsam den letzten Nerv raubt? Vielleicht kannst du ihn ja überzeugen?«

»Warum sollte ich?«, antwortet sie. Ihre Stimme klingt angespannt wie eine Gitarrensaite. Ihr Mund ist trocken. »Und wenn ich das nicht will? Schlägst du ihn dann zusammen? Bist du ein solches Schwein, dass du dich an Schwächeren vergreifst?«

»Dazu gibt es gar keinen Grund. Heute Morgen hat man einen Mann umgebracht, während gleichzeitig auf das Konto dieses netten jungen Mannes fünfzigtausend Euro überwiesen wurden. Wofür? Dafür, dass er einen Menschen umgebracht hat, verstehst du?«

Das Mädchen wirft ihrem Freund einen fragenden Blick zu. Der lächelt selbstgefällig. »Du bist auf der falschen Fährte, Schnüffler. Ich kann gerne meinen Anwalt anrufen, wenn du willst.«

Meine Ohrfeige trifft ihn mitten ins Gesicht. Er schwankt. Auf der samtenen Haut seiner Wange zeichnet sich der feuerrote Abdruck meiner fünf Finger ab. Diese Ohrfeige hätte ihm seine Mutter zu einer Zeit verpassen sollen, als es noch nicht zu spät war. Doch das hat sie höchstwahrscheinlich versäumt. Sein Blick ist voller ohnmächtiger Wut. Er spuckt mich an. Eine weitere Ohrfeige trifft ihn auf der anderen Gesichtshälfte und wirft seinen Kopf herum. Das Mädchen ist vor Angst wie versteinert und bekommt kein Wort heraus. Sie schluckt, dann beginnt sie zu weinen. Auch dem Jungen stehen jetzt die Tränen in den Augen, er weiß nicht mehr weiter. Plötzlich wirft er sich zur Seite, streckt einen Arm aus und packt die Flasche Veuve Cliquot vom Boden, um damit auf mich einzuschlagen. Aber er ist nicht schnell genug, meine Faust trifft ihn wie ein Säbelhieb. Es fehlt nicht viel und ich hätte ihm den Arm gebrochen. Die Flasche fällt klirrend auf den Fliesenboden, wo sich rasch eine kleine Pfütze ausbreitet.

»Der gute Champagner. Eine Schande, ihn so zu verschwenden.« Ich hebe die Flasche auf, trinke einen Schluck und stelle sie neben mei-nen Stuhl. Er hält sich den verletzten Arm und wimmert vor Schmerz.

»Ich habe dir gesagt, du sollst die Finger davon lassen, Esteban. Du bist wirklich ein sturer Hund.«

Tränen laufen ihm die Wangen hinunter, aber sein Mund bleibt hart und verkniffen. Er will nicht aufgeben.

»Mach nur so weiter. Man wird dich wegen Mordes anklagen und für ein Verbrechen verurteilen, das du vielleicht überhaupt nicht begangen hast.«

»Natürlich habe ich nichts damit zu tun. Ich bin kein Mörder.«

»Aber ganz unschuldig bist du sicherlich auch nicht. Fünfzigtausend Euro sind eine Stange Geld, die bekommt man nicht einfach so geschenkt. Also, wie kommt so viel Geld auf dein Konto?«

»Das ist nicht mein Konto.«

»Aber es läuft auf deinen Namen. Willst du mir etwa erzählen, das weißt du nicht?«

»Mein Chef wollte das so. Sobald ich volljährig war, habe ich in seinem Auftrag ein Konto eröffnet. Er hat mir erzählt, da wäre nichts dabei, es sei nur wegen der Steuer. Da habe ich mitgemacht. Das Konto gehört ihm, ich bin nur ein Strohmann.«

»Wie es scheint, lässt sich dein Chef diesen Gefallen einiges kosten. Ich nehme an, das Haus, das Auto und der Champagner sind von ihm?«

Er schaut mich wütend an und schüttelt den Kopf. »Für all das habe ich hart gearbeitet.«

»Viele Jungs arbeiten nicht weniger hart als du. Als Barkeeper, Kellner oder Bauarbeiter, überall. Sie werden ausgebeutet bis auf die Knochen und können sich nicht einmal einen Roller leisten. Du arbeitest für einen ganz Großen, Esteban. Und dafür, dass du dir das hier alles leisten kannst, hast du deine Seele verkauft.«

Er ballt die Fäuste und versucht verzweifelt zu leugnen: »Das ist nicht wahr. Ich arbeite!«

Als ich ihn nach dem Namen seines Chefs frage, schüttelt er erneut trotzig den Kopf und starrt auf den Boden. Seine dunklen Augen kleben an meinen Schuhen, als ob sie das Interessanteste wären, was die Welt zu bieten hat. Gut, meine Schuhe sind warm und bequem, aber sie sind nichts weiter als stinknormale Wildlederschuhe aus dem Schlussverkauf. Achtzig Euro in einem Geschäft in der Via Soziglia. Er ignoriert meine Frage und macht weiter auf beleidigt. Klar, er darf nicht reden. Das beharrliche Schweigen ist sein letzter Trumpf, um mir zu beweisen, dass man kein Mörder sein muss, um mutig zu sein.

»Merkst du immer noch nicht, dass ich recht habe? Du machst dir doch vor Angst in die Hose. Du hast Angst, an die Kasse zu kommen, wenn du mir den Namen verrätst.«

Die junge Frau mustert mich von oben bis unten. Noch immer steht sie wie festgewachsen dicht neben ihrem Freund. Sie wirkt wie ein kleines Kind, das ausgeschimpft wurde.

Weil Esteban so hartnäckig schweigt, ändere ich meine Taktik und wende mich an sie. »Was hat dir dein Esteban denn erzählt? Dass er das alles hier mit ehrlicher Arbeit verdient hat? Sag bloß nicht, dass du dich mit diesem Typen eingelassen hast, ohne zu ahnen, woher das Geld für diesen ganzen Luxus stammt. Ich vermute, du weißt über alles Bescheid und findest es einfach schick, ein bisschen Bonnie und Clyde zu spielen.«

Die Kleine beginnt zu schluchzen und bettelt: »Esteban ist unschuldig. Lass ihn in Ruhe. Tu ihm nicht weh.«

»Ihm wehtun? Wo lebst du denn? Du hast ja keine Ahnung, was sie mit ihm machen werden, wenn sie merken, dass ihm die Polizei auf der Spur ist. Die machen ihn kalt, ohne mit der Wimper zu zucken, damit er nicht mehr reden kann. Und wer weiß? Vielleicht blüht dir das Gleiche.«

Sie wendet sich von mir ab und blickt zu Esteban.

»Nur wenn die Polizei den wahren Täter fasst und er für mindestens zwanzig Jahre wegen Mordes hinter Gitter kommt, habt ihr eine Chance. Ich verspreche dir, dass niemand erfahren wird, woher ich den Namen habe. Informationsquellen gibt es genug.«

Das Mädchen verharrt in verzweifeltem Schweigen. Ihr Schluchzen klingt wie ein Gebet. »Sag ja, Esteban. Sag es ihm.«

Esteban jedoch markiert weiter den starken Mann und gibt mir zu verstehen, dass er dichthalten wird.

»Dein kleiner Lover will ein Held sein. Auf ihn kann man sich verlassen, er verrät niemanden. Nur schade, dass das seinen Freunden scheißegal ist. Die wollen nur ihre Ruhe. Sie werden ihn erschießen und mit einem Stein um den Hals im Hafen versenken.«

»Nein, nein«, schreit sie und umklammert ihren Freund, als stünden die Killer schon mit gezogener Waffe vor ihm. »Er heißt Russo. Sein Chef heißt Russo.«

Esteban ist wütend. Er stampft mit den Füßen auf den Boden und ballt die Fäuste. »Verdammt, Sabrina, verdammt noch mal!«

»Und was macht dieser Signor Russo? Wo finde ich ihn?«

»Ihm gehört eine Autoverschrottung in Prato. Da arbeitet Esteban. Er zahlt wirklich gut.« Dann bricht sie erneut in Tränen aus und wirft sich ihm an den Hals. »Sei mir nicht böse, Esteban. Ich habe es nur für dich getan. Ich will nicht, dass sie dir etwas tun …«

Er bleibt stur und bockig wie ein Esel. »Du bist ja so was von blöd. Die hätten mir nie etwas getan.«

»Da irrst du dich gewaltig, mein Junge. Du wärst gewiss nicht der Erste, der ohne es zu wissen in die Scheiße geritten wird. Kannst du dir nicht vorstellen, dass hinter deinem Chef ganz andere die Fäden ziehen? Leute, die nicht einmal er kennt? Hier geht es um ein ganz dickes Ding, dagegen ist dein Leben ein Nichts. Glaub mir, *niño*. Wenn sie nur einen Hauch von Gefahr spüren, werden sie keine Sekunde zögern, dich umzubringen. Eiskalt.«

Er sieht mich nicht an, aber es ist offensichtlich, dass auch er sich Sorgen macht. Er hat Angst. Besser so, dann wird er in Zukunft vielleicht nicht mehr so leichtsinnig sein. Ich nehme sein Gesicht in meine Hände, blicke ihm tief in die Augen und sage eindringlich: »So, Engelsgesicht. Überlege ganz genau, was du jetzt sagst. Was gab es heute hier zu feiern?«

»Lass mich in Frieden!«

»Wir haben meinen Geburtstag gefeiert, ich bin heute sechzehn geworden.«

»Was du nicht sagst. Glückwunsch, Kindchen. Wenn ich das gewusst hätte, wäre ich nicht mit leeren Händen gekommen. Und wo warst du heute Morgen gegen acht?«

»Er war hier, bei mir. Wir haben die Nacht zusammen verbracht und sind erst spät aufgestanden.«

»Du bist noch minderjährig, mein gutes Kind. Deine Eltern lassen dich auswärts übernachten? Einfach so, irgendwo?«

»Meine Eltern sind geschieden. Ich wohne bei meiner Mutter. Sie hat angenommen, dass ich bei meinem Vater übernachte, und meinem Vater habe ich erzählt, dass ich mich nicht wohlfühle und zu Hause bleibe. Ich bin dann zu Esteban gegangen.«

»Die Kommunikation zwischen deinen Eltern scheint nicht gerade perfekt zu funktionieren. Gut für dich. Bedank dich bei Sabrina, Esteban. Ihrem Alibi hast du es zu verdanken, dass sie dir keinen Mord anhängen.«

Ich stehe auf und gehe vorsichtig in Richtung Treppe, wer weiß, ob der Junge nicht doch nach einer Waffe greift. Aber Esteban sitzt einfach da, am Boden zerstört. Er starrt lethargisch auf den Fernseher, wo gerade ein routinierter Entertainer die halbe Fernsehnation dazu verführt, ihm ins Schlaraffenland zu folgen.

15
Erinnerungen

Der Schrottplatz liegt am linken Ufer des Bisagno. Er erinnert an einen riesigen Müllhaufen direkt am Kiesbett des Flusses. Der Platz ist rundherum von einem etwa zwei Meter hohen Metallzaun umgeben, am vergitterten Eingangstor prangt eine auffällige blaue Fahne mit gelber Aufschrift.

Autoverschrottung Giuseppe Russo.

Eine identische Fahne hängt auf der gegenüberliegenden Seite des Platzes am Bisagno in Richtung der Ortschaft Prato, deren Häuser sich am anderen Flussufer aneinanderreihen.

Ein prachtvoller, aber bitterkalter Sonntagmorgen, kurz nach acht. Die Sonne strahlt vom Himmel, aber leider wärmt sie nicht. Von Nordosten bläst ein eisiger Wind, der aus den Weiten Russlands kommt und halb Europa mit Schnee und Eis überzieht. Heute Nacht war es in der Stadt nahe null Grad und hier im Val Bisagno ist es bestimmt noch kälter. Mutterseelenallein umkreise ich den abgesperrten Schrottplatz. Ich weiß selbst nicht so genau, was ich eigentlich suche. Das Eingangstor, ein mit Draht bezogenes Gestell aus verschrotteten Auspuffrohren, ist fest verschlossen. Keine Menschenseele weit und breit. Ich hatte zwar insgeheim gehofft, einen alten Platzwächter oder herumstreunenden Zigeuner zu finden, aber eigentlich wusste ich von vornherein, dass ich kein Glück haben würde. Eingemummelt in meine dicke Schaffelljacke streife ich unruhig hin und her. Meinen Kopf schützt meine schwarze Baskenmütze, die ich immer aufhabe, wenn ich mit dem *Capitano* aufs Meer hinaus zum Fischen fahre. Gefütterte Lederhandschuhe, dicke Cordhosen und ein Skipullover komplettieren meine Winterausrüstung. Ich habe das Auto genommen, für die Vespa ist es mir einfach zu kalt.

Ich atme tief aus und blicke meinem Atem nach, der in der eiskalten Morgenluft weiße Zuckerwattewölkchen bildet. Wir Genueser sind durch und durch Südländer, wenn das Thermometer unter zehn Grad fällt, verfluchen wir den Winter und wünschen uns den Sommer zurück. Auch weil Kälte bei uns immer von einem schneidenden Wind begleitet wird, der einem wie eine scharfe Klinge direkt in die Knochen fährt. Das tut richtig weh.

Die Stille des Wintermorgens wird immer wieder vom Pfeifen der Windböen durchbrochen, die durch den Metallzaun ziehen. Es klingt wie das Jaulen eines Hundes. Im Hintergrund hört man das Wasser des Flusses rauschen. Ich gehe noch etwa hundert Meter den Zaun entlang und werfe einen Blick auf die dahinter aufgetürmten Autowracks. Sie scheinen sich in ihr Schicksal ergeben zu haben. Eines nach dem anderen wird eingestampft. Die Schrottpresse, das Ende der Individualität. Einst der ganze Stolz ihrer Besitzer, vielleicht unter großen Opfern in Raten abgestottert – bald sind sie alle plattgemacht und alle gleich. Egal, ob man sie gut oder schlecht behandelt hat, mit ihnen zur Arbeit oder in den Urlaub gefahren ist, ob man darin mit der Freundin oder der Geliebten eine schnelle Nummer geschoben hat. Eines Tages haben sie ausgedient und landen hier im Abseits. Wie auf einem Friedhof. Diese ausgeschlachteten, verrosteten Karosserien – ohne Sitze, ohne Motor, ohne all die Extras – halten uns den Spiegel vor. Auch wir werden einmal so enden. Namenlose, verrottende Überreste. Nur in der Erinnerung der Hinterbliebenen werden wir noch ein Weilchen weiterleben. Erinnerungen, die immer mehr verblassen, bis schließlich nichts mehr übrig bleibt. Gar nichts. Vielleicht ist das der Grund, weshalb ich seit zehn Jahren die gleiche Vespa fahre und seit zwanzig Jahren meinen Käfer pflege, als wäre er ein Heiligtum. Das gute Stück ist in einer Garage an der Piazza Sarzano untergebracht, gut geschützt gegen salzige Luft und Taubenscheiße. Meine Illusion: Solange ich für die beiden sorge, werden sie auch für mich sorgen. Wir drei stehen auf der anderen

Seite des Zauns. Du kannst mich mal, du Schrotthändler. Dieses Mal pfeife ich noch auf dich.

Ich verlasse den schmalen Weg neben dem Schrottplatz und kehre auf die Straße zurück, wo ich meinen Käfer geparkt habe. Auf der anderen Straßenseite steht ein altes Mietshaus mit einem frischen braunen Anstrich und typischen Genueser Fensterläden. Keine Balkons. Früher war die Eingangstür sicher aus Holz, heute hat man sie durch eine geschmacklose Glastür ersetzt. Die Rollläden der benachbarten Geschäfte sind geschlossen, doch das etwas abseits liegende Lokal ist geöffnet. Über dem Eingang hängt ein Schild mit der abgeblätterten Aufschrift *Osteria.* Daneben ein altes Blechschild, das für Seven-Up wirbt, jene Limonade, die ich als Kind immer im Sommer getrunken habe. Wenn mein Vater gegen sechs aus der Fabrik nach Hause kam, konnte man mich noch dreckig und verschwitzt auf dem Bolzplatz am Sarzano finden. Damals gab es kaum Autos auf den Straßen, aber dafür viele Kinder. Auf der Piazza war viel Platz zum Spielen. Nach seiner Schicht duschte mein Vater noch in der Fabrik, aber die Rückfahrt im Bus aus Sampierdarena war lang, und wenn er zu Hause ankam, war er wieder völlig verschwitzt. Wie ich auch. An sein Gesicht kann ich mich nicht mehr erinnern, aber sein Geruch und seine Stimme sind mir geblieben. Er rief nach mir und gemeinsam gingen wir in die Bar. Er trank einen *bianco amaro* und für mich bestellte er ein Seven-Up.

Die Glastür der Osteria ist mit einem Weihnachtsmann auf seinem Schlitten geschmückt. *Fröhliche Weihnachten.* Ich gehe hinein, ziehe aber sofort die Tür hinter mir zu, um dem kalten Wind keine Chance zu lassen, der heulend versucht, in das Lokal zu drängen. Der düstere Raum ist miefig und rauchgeschwängert, es riecht nach billigem Wein. Nur durch das Seitenfenster und die Glastür dringt ein wenig Licht. Vier Tische aus grobem Holz, an der hinteren Wand ein alter gusseiserner Ofen, der aber nicht befeuert wird. Das lange Ofenrohr verschwindet in einem Loch in der Wand. Mein Blick fällt auf einen dickbäuchigen Mann in einem warmen Rippenstrickpullover und einer blauen Küchenschürze. Glatzköpfig, mit hervorstechenden, geschwollenen Augen und üppigem Stalinbärtchen, herrscht er hinter dem hölzernen Tresen. Er ist gerade dabei, gespülte Gläser mit einem Tuch abzutrocknen. Er wirft mir einen Blick zu, in dem die unausgesprochene Frage liegt, was ich wohl um diese Zeit an einem Sonntagmorgen hier zu suchen habe. Ich bin der einzige Gast.

»Guten Morgen, verdammt kalt«, brummle ich, ziehe die Handschuhe aus und hauche meinen warmen Atem gegen die klammen Finger.

Auf dem Tresen sehe ich einige schon leicht altbacken wirkende Streifen Focaccia. Ich bestelle mir eine, dazu ein Glas trockenen Weißwein.

Der Wirt zieht eine Flasche unter dem Tresen hervor und gießt ein. Er stellt die Flasche zurück und trocknet ungerührt weiter seine Gläser ab.

»Wenn der Wind nachlässt, haben wir an Weihnachten Schnee.«

Ich setze die Mütze ab, öffne die Jacke und sehe mich um. Die Focaccia zieht sich wie Kaugummi. Mühsam kaue ich auf dem trockenen Teig herum. Sojafleisch, Sojakäse – sollte es jetzt auch Soja-Focaccia geben? Der Geschmack jedenfalls stimmte.

»Dieses Lokal haben Sie wohl schon ziemlich lange?«

Sein Gesicht hellt sich auf, sofort beginnt er zu erzählen. »Seit 1953. Ursprünglich hat es meinem Vater gehört, dann habe ich übernommen. Als wir von Torriglia hierherkamen, waren wir noch Kinder. Meine Geschwister und ich sind quasi im Lokal aufgewachsen. Mein Bruder arbeitet heute in Mailand, meine Schwester hat einen Arzt aus Pegli geheiratet und wohnt jetzt dort. Und ich stehe hier hinter der Theke und rackere mich ab. Sie haben ein feines Leben, mit allem Komfort, aber neidisch bin ich nicht. Ich mag keine Veränderungen und lasse die Dinge lieber, wie sie sind.«

Wie nicht anders zu erwarten, genügte schon eine hingeworfene

Bemerkung, um seine Erinnerungen sprudeln zu lassen. Erinnerungen sind offensichtlich das Wertvollste, was sein Lokal zu bieten hat. »Auch die Gäste sind die gleichen geblieben. Von denen, die gestorben sind, einmal abgesehen. In dieser Osteria wird auch heute noch *scopa* und *cirulla* gespielt. Bis nachts um elf. Die Alten aus dem Viertel sitzen hier, spielen Karten, rauchen ihre Toscano und trinken ihr Gläschen Roten. Viel Geld haben sie nicht, aber das stört mich nicht. Wenn es diesen Ort nicht gäbe, würden sie vor dem Fernseher verblöden und man würde sie ins Altersheim stecken.«

Jetzt ist mein Interesse geweckt. Ich nippe an meinem trockenen Weißen, so übel ist er gar nicht. Ein kerniger Wein, mit einem etwas herben Nachgeschmack, der im Magen ein angenehmes Gefühl von Wärme verbreitet.

»Nicht schlecht. Schmeckt wie ein Franzose …«

»Ein Kenner, was?«

»Ein Sauvignon?«

»Genau. Er kommt von einem befreundeten Winzer aus dem Friaul. Ich schenke ihn nur an Fremde aus, er ist nämlich nicht ganz billig, wissen Sie …«

»Prato ist noch immer wie ein Dorf. Deshalb ist es hier auch so schön.«

»Da haben Sie allerdings recht. Von wo kommen Sie?«

»Ich wohne in der Altstadt, am Sarzano. Dort bin ich geboren und aufgewachsen, und dort lebe ich heute noch. Da bin ich genau wie Sie.«

Als er lacht, kann man endlich auch seinen Mund unter dem Bart erkennen. Er nimmt sich ein Glas und schenkt sich zwei Fingerbreit Wein ein. »Das kann man nicht vergleichen. In der Altstadt wohnen die besseren Herrschaften. Meiner Schwester und meinem Bruder würde es dort sicher gefallen, dorthin wollten sie immer.«

»Da irren Sie sich gewaltig. Früher war die Altstadt wie jedes andere Viertel Genuas auch: ein großes Dorf. Die Plätze, wo wir in meiner Kindheit herumgetollt sind, die Bars, in denen ich Milch gekauft und Tischfußball gespielt habe – da war kein großer Unterschied zu Prato. Auch die Menschen, die mir damals begegnet sind – Hafenarbeiter, Handwerker, Fabrikarbeiter, darunter viele Einwanderer aus dem Süden –, alles genau wie hier. Gut, vielleicht ein paar Prostituierte und Drogenabhängige mehr, aber der Rest war gleich. Aber heute ist alles anders. Manche Straßen, die Via San Lorenzo zum Beispiel, sind wahre Flaniermeilen geworden, und die sanierten Häuser sind jetzt dreimal so teuer wie noch vor wenigen Jahren, von den Mietpreisen ganz zu schweigen. Für Alte, die Karten spielen, ihr Viertel Wein trinken und wenig Geld in der Tasche haben, ist da kein Platz mehr.«

»Heißt das, man hat sie vertrieben?«

»Noch nicht, jedenfalls noch nicht alle. Aber das ist nur eine Frage der Zeit.«

Er kommt mit der Flasche unter dem Arm und einem Glas in der Hand hinter dem Tresen hervor. Ächzend kniet er sich vor den Ofen, augenscheinlich ist ihm der dicke Bauch im Weg. Mit einer Zange versucht er die erloschenen Holzscheite neu aufzuschichten. Nach kurzer Zeit brennt das Feuer wieder. Er richtet sich auf, wischt die Hände an der Schürze ab und setzt sich an meinen Tisch. Dann füllt er unsere Gläser und mustert mich aufmerksam. »Das geht aufs Haus. Darf ich Sie etwas fragen? Was machen Sie um diese Zeit in Prato, noch dazu an einem Sonntag?«

Ich habe meine Pfeife und ein Päckchen Balkan Sobranie aus der Tasche gezogen, stopfe den Tabak sorgsam in den Pfeifenkopf und drücke ihn mit dem Stopfer fest. Ich deute mit dem Zeigefinger auf die Tür und die Straße. »Ich bin wegen des Schrotthändlers hier.«

Er nippt an seinem Glas und runzelt die Stirn. »Wollen Sie Ihr Auto verschrotten lassen?«

Ich zünde meine Pfeife an und schüttle den Kopf. Die Streichholzflamme tanzt durch die Finsternis und der herbe Geruch des

Balkan Sobranie verbreitet sich bis in den letzten Winkel des Raumes. Die weißen Rauchwölkchen mischen sich mit dem harzigen Duft aus dem Ofen. Meine Pfeife knistert, der Ofen prasselt, dazu das zweite Glas Wein und das Gespräch – all das vermittelt mir ein Gefühl von Wärme. Die verklumpte Melancholie löst sich, ein tröstliches Gefühl nach der Hoffnungslosigkeit und Kälte dieses Wintermorgens. Durch die Hitze spüre ich, wie das Blut durch meinen Körper pulsiert. Ich fühle mich durch und durch lebendig. Nur guter Wein und schöne Frauen können ein solches Wunder vollbringen, und hin und wieder gelingt es auch der Musik des großen Wolfgang Amadeus Mozart.

»Ich habe mit Signor Russo etwas zu besprechen. Kennen Sie ihn?«

Er verzieht das Gesicht. »Vom Sehen.«

»Darf ich daraus schließen, dass Sie ihn nicht besonders mögen?«

»Wenn Sie so wollen. Wie schon gesagt, ich bin in dieser Gegend tief verwurzelt. Als der alte Carlin noch die Geschäfte geführt hat, war alles besser. Gott sei seiner Seele gnädig. Er war lange krank. Nach seinem Tod kam dieser aufgeblasene Kerl, winkte mit den Geldbündeln und hat alles für einen Spottpreis gekauft. Wie ein Aasgeier ist er hier eingefallen, genau um die Weihnachtszeit vor fünf Jahren.«

Ich hake nach. »Es sind üble Gerüchte über ihn im Umlauf.«

Er zuckt mit den Schultern, und während er einen tiefen Schluck Sauvignon nimmt, betrachtet er mich mit einem zufriedenen Ausdruck von Einverständnis. »Kein Wunder. Die Kerle, die bei ihm arbeiten, sind mit Sicherheit nicht ganz koscher. Windige Typen in schicken Klamotten, überwiegend Italiener, aber auch Albaner und Südamerikaner. Einer so arrogant wie der andere. Sie erinnern eher an eine Bande von Kriminellen als an rechtschaffene Arbeiter. Die Taschen voller Geld, dicke Autos, zu jeder Schandtat bereit. Leider sind die Jungen aus dem Dorf fasziniert von ihnen. Sie stehen bei Russo Schlange, um auch dort arbeiten zu können. Eine üble Geschichte.«

»Das ist nun mal der Lauf der Welt. Mit Geld kann man sich alles kaufen, sogar Italien, wie man sieht. Wie sollte ein einfacher Junge da anders denken?«

Er schaut mich traurig an, wie ein großes Kind sieht er jetzt aus. Er hat auf so vieles verzichtet, um seine Lebensphilosophie nicht ganz aufgeben zu müssen und wenigstens ein paar seiner naiven Ansichten gegen den vermeintlichen Fortschritt zu bewahren, dem man auf Gedeih und Verderb ausgeliefert ist. Auch eine Methode, einigermaßen unbeschadet in unserer Welt zu bestehen.

»Die Seelen unserer Kinder sind doch die Basis für die Zukunft. Wenn wir sie an diese Leute verlieren, bleibt uns nichts mehr, dann verschwindet auch die letzte Hoffnung.«

Ich blicke gedankenverloren in mein Glas, wo ein letzter Rest golden schimmernder Wein mich lockt, ihn mit einem Zungenschnalzen und einem tiefen Zug verschwinden zu lassen. »Meinen Sie wirklich? Ich weiß es nicht.«

Was gibt es da noch zu reden? Wir sind uns einig. Ich denke an Esteban und an seine Freundin. Sind die beiden schon verloren, oder taucht doch noch ein Hoffnungsschimmer auf, der ihnen Halt gibt? Vielleicht wachen sie noch auf und sind klug genug, vom Leben mehr zu erwarten als den Handlangerjob einer kriminellen Organisation. Ich meine nicht einmal die Entscheidung zwischen rechtschaffener Arbeit oder Kriminalität. Diebstahl kann ja sinnvoll sein – wenn es den Richtigen trifft. Nein, alte Leute zu beklauen, die ihre Rente von der Post abholen, ist damit nicht gemeint. Aber eine Bank ausrauben, die sich auf Kosten ihrer gutgläubigen Kunden bereichert, das schon eher. Die größten Gauner mit ihren eigenen Waffen schlagen. Finanzgesellschaften und Versicherungen – Betrüger gehören betrogen. Ohne Blutvergießen, ohne jemandem wirklich wehzutun. Kein Geld der Welt wiegt ein Menschenleben auf. Nur für die Mafia gibts kein Pardon. Arme Schlucker einzuschüchtern, zu erpressen und sogar zu töten, damit diese außer Rand und Band geratenen Financiers noch reicher und mächtiger werden … Die stampfen unser Land ein und verhökern die Reste – sie verschrotten Italien. Besondere Intelligenz oder Mut braucht es dafür nicht. Den Weg der Mafia zu gehen, ist so bequem und so dumm …

Auf dem Rückweg nehme ich die alte Straße rechts vom Fluss. In Richtung Genua herrscht reger Verkehr, denn im Stadtzentrum sind die Geschäfte auch sonntags geöffnet, eine gute Gelegenheit, bei den letzten Weihnachtseinkäufen noch einmal richtig zuzuschlagen. Ich erreiche schließlich den Cimitero di Staglieno. Auf dem kleinen Platz vor dem Friedhofseingang stehen nur wenige Autos. Ohne lange nachzudenken, fahre ich mit meinem Käfer in eine Parklücke. Ich steige aus, knöpfe mir die Jacke zu und kaufe am nächstgelegenen Blumenkiosk einen Strauß roter Nelken. Nach fünf Minuten Fußweg entlang den dicht an dicht stehenden Gräbern und Kreuzen erreiche ich mein Ziel. Die Wipfel mächtiger Zypressen wiegen sich vor dem bleigrauen Himmel im Wind. Schon von Weitem erkenne ich die Galerie mit den Urnengräbern. Hier haben zwei Menschen ihre letzte Ruhe gefunden, ohne die ich nicht existieren würde: meine Mutter und mein Vater, vereint bis in den Tod. Durch die feuchten Gänge pfeift der Wind und bringt den süßlichen Geruch verwelkter Blumen mit. Unter dem weißen Stein vor der Nische meiner Eltern hängt eine bronzene Vase, in der noch der vertrocknete Blumenstrauß des letzten Besuchers steckt. Vielleicht ist es sogar meiner? Ich bin jahrelang nicht hier gewesen. Den Stängelskeletten und den verdorrten Blüten nach zu urteilen, müssen es einst Chrysanthemen gewesen sein. Ich nehme sie aus der Vase und werfe sie in den Müllcontainer am Ende des Ganges. Dort hole ich mir eine Gießkanne, fülle sie mit Wasser, gehe zurück und gieße die Vase voll. Als ich die frischen Nelken sorgsam so hineinstelle, dass die Fotografie nicht verdeckt wird, verschütte ich ein wenig Wasser.

Ich stehe vor der Gedenktafel, die Hände tief in den Taschen vergraben. Jetzt wäre Gelegenheit, tief in mein Inneres einzutauchen. Aber finde ich die verschütteten Gefühle für meine Eltern wieder? Dieses Foto weckt Erinnerungen, die ich längst vergessen glaubte. Es stammt aus etwa der gleichen Zeit wie das Foto, das ich Alma im Caffè degli Specchi gezeigt habe. Die beiden wirken so lebendig, dass sie mir wie Fremde vorkommen. Ich erinnere mich nur noch an zwei ängstliche alte Menschen, ausgezehrt von einem mühsamen Leben. Ein grausames Leiden hat die beiden innerhalb weniger Monate dahingerafft. Ihre zermürbten Körper waren zum Schluss nur noch Haut und Knochen. Sie ähnelten verletzten, verängstigten Vögelchen, voller Verzweiflung, dass sie nur noch die Schatten ihres Selbst waren. Die kleinen, hilflosen Gesten, die sich bis zum Ende tagtäglich wiederholten: eine Apfelschale lutschen, die Brillengläser mit dem Ärmel des Bademantels putzen, auf dem Sofa einschlafen, mit der Zeitung über dem Gesicht. Die ohnmächtige Wut, keinen Stockfisch, kein Kaninchenragout oder gefüllte Kalbsbrust mehr zubereiten zu können. Ganz zu schweigen vom Entkorken einer Korbflasche Dolcetto Giovane. Die Wut, sich selbst nicht mehr zu genügen, und die Halsstarrigkeit, sterben zu wollen, um den Verwandten nicht zur Last zu fallen. Vor allem dem Sohn nicht. Natürlich weiß ich, dass sie davor ganz anders gewesen sind. Ihre Kraft und ihre Lebensfreude haben mich zu dem gemacht, der ich bin. Aber das Wissen allein genügt nicht, wenn die innere Verbundenheit verloren gegangen ist.

Völlig ausgekühlt gehe ich zum Auto zurück. Selbst aus meinem Herzen ist alle Wärme gewichen. Wortlose Stille. Noch ganz in Gedanken starte ich den Motor und fahre los. Im Rekorder steckt eine Kassette mit dem Konzert für Klavier und Orchester KV 175. Geza Anda und die Camerata Academica Salzburg. Das Orchester setzt ein, machtvoll und entschlossen, doch sofort schafft das Klavier das Gegengewicht. Wer gewinnt die Oberhand? Wer ist sanfter, zärtlicher, hingebungsvoller? Mozarts Musik hilft meinen Gedanken auf die Sprünge. Jetzt weiß ich, wen ich suche. Giuseppe Russo gehört zur Mafia. Ein kleiner Capo im Dienst der großen Bosse. Sie haben ihm fünfzigtausend Euro gezahlt, damit er Ingeniere Bardi aus dem Weg räumt, der mit Sicherheit irgendeinem schmutzigen Geschäft bei der Blue Sea Lines auf die Spur gekommen war. Einem Geschäft, bei dem die Malfattis ihre Finger im Spiel hatten. Aber warum hat der Ingeniere einen Tag vor seinem Tod die Kontonummer der Transcontinental Shipping notiert? Und wer ist der mysteriöse Empfänger der vom Gospel-Konto überwiesenen Millionen?

Als ich wieder in Sarzano angekommen bin und den Käfer in die Garage gefahren habe, spuken mir all diese Fragen immer noch im Kopf herum. Aber Denken und Handeln: Jedes hat seine Zeit. Jetzt muss ich erst mal handeln, dann werde ich auch eine Lösung finden. Über die Piazza fegt ein eisiger Wind und wirbelt Papiermüll und Plastikbecher auf, Hinterlassenschaften der nächtlichen Besucher. Ich setze die Baskenmütze auf und gehe langsam die Via Ravecca entlang bis zum Piano di Sant'Andrea. Es sind viele Leute unterwegs, die Geschäfte proppenvoll. Es ist inzwischen halb elf, und auf der Piazza Dante herrscht Verkehrschaos. Im Tunnel haben sich die von Osten kommenden Autos gestaut, die in die Via Fieschi fahren, um im Piccapietra-Viertel zu parken.

Vielleicht kann mir ein alter Bekannter weiterhelfen. Mein Informant für alles, was die Mafia betrifft. Im kriminellen Milieu finden sich immer Informanten, die einigermaßen zuverlässig sind. Ein Informationsnetz wächst sachte, Zug um Zug. Ich habe Jahre gebraucht, um für alle möglichen kriminellen Vereinigungen geeignete Quellen zu finden. Die Mafia, die Camorra, die Albaner und Araber, sie alle führen permanente Auseinandersetzungen untereinander, aber allen ist eines gemeinsam: die *omertà,* das ungeschriebene Gesetz des Schweigens. Als ich vor dem Barbarossa ankomme, ist der Rollladen nur halb hochgezogen. Ich schaue durch den Spalt in die Bar, sehe aber nur einen Jungen, der sauber macht. Ich frage ihn, ob er Gegè gesehen hat. Er schüttelt den Kopf. »Bei der Kälte liegt der noch im Nest.«

Ich gehe zur Piazza delle Erbe hinunter. Ein Ende der Arbeiten auf dieser ewigen Baustelle ist immer noch nicht abzusehen. Auf der Piazza herrscht bereits geschäftiges Treiben. Die Kunden im vorweihnachtlichen Kaufrausch sind auf der Jagd nach letzten Geschenken. Ich kann diesen Trubel kaum mehr ertragen. Ich versuche es in der Bar Berto, wo ich am Tresen einige bekannte Gesichter sehe. Wie üblich frühstücken sie hier ihre Focaccia und trinken ihren Cappuccino. Renzo, der Wursthändler, ist da und auch Carletto, ein Hafenarbeiter im Ruhestand, heute Seniorenstudent der Literaturwissenschaften im dritten Jahr. Natürlich darf auch die Besitzerin der Papierwarenhandlung an der Piazza delle Erbe nicht fehlen, von allen nur »Señorita« genannt. Eine gut aussehende Frau Ende vierzig mit funkelnden, kohlrabenschwarzen Augen. Ob sie ihre wohlgeformte Gestalt vornehm verhüllt oder sich dafür entscheidet, mit ihren Reizen zu locken – ihre beiden Begleiter verehren sie. Und dabei wird es auch immer bleiben.

»Habt ihr Gegè gesehen?«, frage ich.

Carletto antwortet als Erster. Ich habe den Eindruck, dass er mich schnell wieder loswerden möchte. »Es ist viel zu kalt. Der hat sich im Bett verkrochen.«

Die Señorita lädt mich ein, mich zu ihnen zu setzen, doch ich lehne ab – ich hatte immerhin schon zwei Sauvignon zum Frühstück. Was Gegè betrifft, habe ich eine ganz andere Vermutung: »Heute ist verkaufsoffener Sonntag. Die beste Zeit für gute Geschäfte.«

»Versuch es doch mal auf der Piazza Campetto«, schlägt Renzo vor.

Die Señorita zuckt mit den Achseln und nickt mir freundlich zu. Ihr hätte es bestimmt gefallen, wenn ich noch geblieben wäre. Vielleicht hatte sie auf etwas Abwechslung gehofft und auf Unterstützung bei ihrem Bemühen, sich die beiden alten Böcke vom Leib zu halten. Aber ich mache mich schleunigst aus dem Staub, auch wenn ich ihr gerne zur Seite gestanden hätte. Mehr noch: Zu gerne hätte ich sie wieder mal in ihr elegantes Geschäft begleitet, das mit seinen pastellfarbenen Wänden wie eine riesige Bonbonniere aussieht. Inmitten der zarten Farben kommen ihr olivenfarbener Teint und ihre dunklen Augen noch eindrucksvoller zur Geltung, sie wirken wie zwei Feuer in der Nacht. Und wem sie gestattet, sich in die Tiefen ihrer ebenfalls pastellfarbenen Kleidung vorzuwagen, den erwarten mit Sicherheit noch weitere Schätze.

Ich steige zur Piazza Matteotti hinauf, der letzten Piste des pulsierenden Verkehrs, nachdem die Via San Lorenzo in eine elegante Flaniermeile verwandelt wurde. Auch hier ist die Hölle los. Ein Wirrwarr aus Personen- und Lieferwagen, die Polizisten kommen mit dem Strafzettelschreiben kaum nach. Über die Via Tommaso Reggio und die Salita dell'Arcivescovato gelange ich schließlich zur Piazza San Matteo. Ein ständiges Auf und Ab durch enge Gassen und kleine Plätze, eingerahmt vom Einheitsgrau der alten Palazzi. Über allem liegt ein modriger Geruch, vom Wind durch die Carruggi getrieben. Genua und sein Wind – hat er nicht auch all die hoffnungsvollen Menschen aus den Ländern rund ums Mittelmeer in diesen Moloch getrieben, wo Reichtum und Armut so dicht beieinanderliegen? Hier hausen Dutzende illegaler Einwanderer in elenden Absteigen auf engstem Raum, nur um nicht in ihre Heimatländer zurückkehren zu müssen. Sie versuchen ihre Hilflosigkeit mit den Aromen ihrer Heimatländer zu betäuben, die man in den kleinen Läden kaufen kann, die sich im Gassengewirr der historischen Altstadt angesiedelt haben. Man muss nur in eine der düsteren Gassen eintauchen und schon ist man im Revier der Sklavinnen unserer Zeit: junge Frauen aus Nigeria und Albanien, die ihren Körper vermieten, weil irgendeine der vielen neuen mafiösen Organisationen sie im Griff hat. Nur wenige Meter weiter sitzen die alten Huren auf ihren angestammten Plätzen, auf Stühlen, die von der alten Mafia eigens zu diesem Zweck gemietet wurden. Jetzt hat er mich wieder eingeholt: der vertraute Geruch der Erinnerung, der vom modrigen Gassenpflaster bis in die noblen oberen Stockwerke der Häuser hinaufsteigt, durch deren große Fenster um diese Zeit schon das sanfte Licht der Morgensonne dringt.

Zur Piazza Campetto nehme ich meinen üblichen Weg, der mich auch an dem düsteren Palazzo der Pellegrinis vorbeiführt. Meine Auftraggeber gehören zu den wirklich Reichen. Hinter diesen Mauern wird am großen Rad gedreht, bei dem es um gigantische Summen geht. Und Alma hängt mittendrin. Und jetzt auch noch Mord. Spontan kommt mir die Idee, zu Donna Assunta raufzugehen und ein wenig mit ihr zu plaudern. Denn nach dem Mord müssen die Bedingungen meines Vertrages neu überdacht werden. In meinem Job bemessen sich die Preise nach dem Risiko. Doch dann nehme ich davon Abstand, ich weiß einfach noch zu wenig. Lieber noch etwas warten, bis ich stichhaltige Beweise habe.

Ich habe die Piazza Campetto erreicht. Die Menschen stehen in Scharen vor den hell erleuchteten Schaufenstern, schlendern weiter und bleiben vor den Auslagen des nächsten Geschäftes wieder stehen. Am Ende der Piazza teilen sich die Käuferströme. Die einen steigen die Via Luccoli hoch, die anderen biegen in Richtung Via Banchi, Via di Sottoripa und Via San Luca ab. Mitten auf dem Platz, in unmittelbarer Nähe des Springbrunnens, beginnt unvermittelt eine Gruppe Dudelsackpfeifer zu spielen, die ich in all dem Gedränge aber kaum erkennen kann. Ich gehe weiter am Palazzo degli Imperiale entlang bis zur Ecke des Kaufhauses UPIM. Dort sehe ich Gegè am Boden hocken, neben sich einen Hund unbestimmbarer Rasse. Der Hund erkennt mich. Er steht auf, wedelt freudig mit dem Schwanz und will unbedingt an mir hochspringen. Ich will ihn beruhigen, aber er scheint wild entschlossen, mich heute besonders herzlich zu begrüßen.

Gegè hebt den Kopf, schnüffelt und brabbelt: »Bacci, bist du das?

Dich erkenn ich nur schon am Geruch. Dieses Parfüm benutzt du schon seit zwanzig Jahren.«

Vor ihm steht ein Schuhkarton auf dem Boden, daran angelehnt ein Schild mit der schwarzen Aufschrift: *Italiener und von Geburt an blind. Frohe Weihnachten!*

Ich hocke mich neben ihn und flüstere ihm ins Ohr: »Das ist kein Parfüm, Gegè, sondern Guerlain Vetiver, ein Aftershave, das nach Rum duftet. Wie gehts?«

»Jämmerlich. Diese Scheißkälte. Außerdem hat die Wirtschaftskrise in diesem Jahr brutal zugeschlagen. Die Leute rücken nur noch Kleingeld raus. Wir Bettler haben nur noch Cents in der Schachtel.«

»Erklär mir eines. Von Geburt an blind, alles klar, aber warum Italiener?«

»Weil ich so etwas von allen bekomme, auch von denen, die die Araber am liebsten wieder nach Hause jagen würden.«

»Aber wo ist der Unterschied, ob ein Bettler Italiener oder Marokkaner ist?«

»Ist ja nur eine Marketingstrategie.«

Wie alt Gegè ist, kann man nicht genau sagen. Vielleicht sechzig oder siebzig, er könnte aber auch schon achtzig sein mit seinem struppigen Bart und seinen faulen, lückenhaften Zähnen. Seine wässrigen Augen lugen unter der Baskenmütze hervor und fixieren mich, nehmen mich aber nicht wahr. Sein Atem riecht nach Tabak und nach Stravecchio Branca, eine seiner Leidenschaften. Er hat einen dreckigen grauen Wintermantel an, der ihm über die Beine reicht und stinkt. Zum Glück trägt er dicke Wollstrümpfe und Winterstiefel, richtige Gebirgsjägerschuhe, die aussehen, als kämen sie aus ausgemusterten Armeebeständen. Die Hände stecken in schwarzen Wollhandschuhen, aus denen die vom Nikotin gelben Fingerspitzen herauslugen.

»Wolltest du mal nachsehen, ob es den alten Gegè noch gibt? Kommst du, um mir frohe Weihnachten zu wünschen?«

»Ja, natürlich auch deswegen und ein Geschenk habe ich dir auch mitgebracht. Aber du musst es dir erst verdienen, mein Freund.«

»Wie jedes Mal.«

»Was weißt du über Giuseppe Russo? Ihm gehört eine Autoverschrottung im Val Bisagno.«

Auf einen Schlag ist er vorsichtig geworden. Er antwortet nur zögerlich und wirkt ein wenig beunruhigt. »Russo ist ein Mafioso. Ein kleiner Capo. Er befehligt etwa ein Dutzend Leute für die schmutzigen Geschäfte. Fast alles Ausländer: Albaner, Bosnier, Kosovaren, hin und wieder auch ein Südamerikaner, aber keine Araber, die kann er nicht leiden. Alles skrupellose Typen, schnell den Finger am Abzug.«

»Wo finde ich ihn?«

»Wo er wohnt, weiß ich nicht. Aber sonntagabends ist er oft im Nada Mas beim Cineplex. Aber Vorsicht, Bacci. Er ist immer mit einem bewaffneten Leibwächter unterwegs.«

Der gute alte Gegè. Noch jemand, der sich um mich Sorgen macht, genau wie Pertusiello und Jasmine.

»Was meinst du: Wie viel ist diese Information wert, Gegè?«

Er zuckt mit den Achseln, was wie eine Geste der Bescheidenheit wirkt. Aber das ist seine Art, eine zähe Honorarverhandlung zu eröffnen. Ich mache das erste Angebot. »Sind fünfzig in Ordnung?«

»Sagen wir sechzig, Weihnachten steht vor der Tür.«

Er hustet und ich sehe, wie sich sein Körper aufbäumt. Aus seiner Lunge dringt ein Rasseln, das direkt aus der Hölle zu kommen scheint. Ich weiß, dass er in einem feuchten, dunklen Loch in der Vico Vegetti haust, wo er sich mit Stravecchio und einem Gasofen aufwärmt, den ich ihm vor zwei Jahren geschenkt habe.

»Was macht mein Ofen?«

»Funktioniert noch, allerdings nur, wenn Gas in der Flasche ist.«

Ich nehme zwei Fünfzig-Euro-Scheine aus meiner Brieftasche und drücke sie ihm in die Hand. »Dieses Jahr scheint es zu Weihnachten besonders kalt zu werden. Nicht sparen, Gegè – kauf dir zwei große Gasflaschen. Den Rest kannst du ja für deinen Brandy ausgeben.«

Er lässt die Finger über die Scheine gleiten, in seine leeren Augen schleicht sich so etwas wie ein Glänzen. Er lächelt mich zufrieden an. Dabei erhellt die blasse Sonne der Carruggi schemenhaft seine vergilbten, faulen Zähne, und mir fällt auf, dass Sonnenlicht und Zähne die gleiche Farbe haben.

»Gott sei dir gnädig, mein Sohn.«

»Nichts zu danken. Ich arbeite für reiche Leute, die können sich das leisten. Und pass gut auf dich auf. Deine Informationen sind für mich Gold wert.«

»Du kannst dich auf mich verlassen, Bacci. Frohe Weihnachten.«

»Frohe Weihnachten, mein Alter.«

Als ich wieder aufstehe, springt der Hund an mir hoch und leckt mir über das Gesicht. Genau wie sein Herrchen scheint auch der Hund gerne dem Stravecchio Branca zuzusprechen.

Allmählich schieben sich Wolken vor die Sonne, vielleicht wird es bald schneien.

16
Feuer!

Sonntagnacht im Porto Antico. Keine Menschenseele weit und breit. Eisige Windböen lassen die Wellen gegen die Kaimauern klatschen. Wo früher die Güter der vor Anker liegenden Schiffe gelöscht wurden, kann man heute herrlich spazieren gehen, direkt am Wasser. Kleine Sportboote liegen hier, schnelle Cruiser, Segelboote, Lotsenboote und Barken. Der Buran zerrt an den Ankertauen, quält die Wanten und rüttelt an den Masten, immer wiederkehrende, klagende Geräusche, die sich im Dunkel verlieren. Die Schiffe schwanken hin und her und der Widerschein ihrer abgeblendeten Lichter tanzt auf dem schwarzen Wasser. Wer heute Nacht unter Deck schläft, wird keine Ruhe finden. Klar und hell strahlt der Halbkreis des Mondes am Himmel, die wenigen Sterne wirken dagegen ganz blass. Der Mond hat die Farbe des Sauvignon, den ich heute Morgen in der Osteria in Prato getrunken habe: ein dunkles Gelb, das schon leicht in Orange übergeht. Vereinzelt ziehen schwere Wolken in Richtung Süden und der Himmel wird tiefschwarz.

Von hier unten wirkt die Stadt wie eine übergroße Weihnachtskrippe, die sich die Hügel hinaufzieht. Dort blinken Myriaden von Lichtern, die bei jedem Windstoß aufflackern und wieder verschwinden. Hoch über den Neonschildern der Magazzini del Cotone schwenkt die Lanterna, der alte Leuchtturm von Genua, ihr weithin sichtbares Licht erst über den Palazzo Millo, dann über die Stadtautobahn und die Piazza Caricamento, weiter über die Silhouette des Glockenturms von Santa Maria di Castello und die zerfallenen Zinnen des Torre degli Embriaci bis hin zum etwas abseits liegenden Campanile di San Giorgio im Westen. Der Lichtkegel des Leuchtfeuers verliert sich fast im weihnachtlichen Lichtermeer der Stadt.

An so einem Abend vergräbt man sich in den eigenen vier Wänden.

Die letzten Weihnachtskarten müssen geschrieben werden. In den Kühlschränken und Gefriertruhen türmen sich Lebensmittelvorräte wie in der Kombüse eines Kreuzfahrtschiffs. Weihnachten, Mutter aller Feste. Für jede und jeden, selbst für die Nichtgläubigen, die sicher auch gut ohne Weihnachten auskommen würden. Das Fest der Liebe ist unerbittlich. Alle Jahre wieder wird unsere Fähigkeit auf die Probe gestellt, uns selbst zu belügen. Sich einreden, dass das Leben lebenswert ist. Sich zurückversetzen lassen in die Kindheit, also auch in die Zeiten von Elend, Einsamkeit, ohnmächtige Wut und Sprachlosigkeit, selbst wenn noch so viel dahergeplappert wurde. Erinnerung an die vermeintlich glücklichen Tage, die unwiederbringlich verloren sind. Wie auch immer: Ein bitteres Gebräu aus Angst und Schmerz mischen wir uns da zusammen.

»Waren Sie ein glückliches Kind?«, hatte mich Alma Montello mit vorgetäuschtem Mitgefühl gefragt und dabei schmachtend ihre dunklen Augen aufgeschlagen. Und sie selbst? War sie ein glückliches Kind gewesen? Wie geht es ihr heute, wo die Lebensuhr in Richtung dreißig tickt? Was würde sie zu einer glücklichen Frau machen? Das würde ich zu gerne wissen. Vielleicht die Hochzeit mit diesem ständig schwitzenden, fetten, bartlosen Millionenerben? Oder der niedliche Liebhaber, ständig unter Strom, aggressiv – aber eben ein Gott im Bett? Der nur das eine und sonst gar nichts von ihr will und überdies ein Herz und eine Seele mit ihrem zukünftigen Ehemann zu sein scheint? Oder etwa ein superschickes Penthouse samt allem, was das Hausfrauenherz begehrt, mit dem Nonplusultra der Küchentechnik, das sie zur Königin hinter dem Herd machen und sie für immer aus der Krawattenabteilung bei Coin befreien würde? Lügen, nichts als Lügen. Gut ausgedacht und gefällig verpackt. Weihnachtspäckchen, die man sich unter den Christbaum legt, um das Fest unbeschadet zu überstehen. Genau wie alle anderen Feste, die da noch kommen werden.

Weihnachten ist Krieg – kein Zweifel.

Auch Alma weiß genau, dass an diesem Heiligabend sie selbst das wahre Geschenk sein wird. Gekauft und weiterverkauft. Ein luxuriöses Weihnachtspäckchen, das der Welt vorgaukeln soll, der bartlose Jüngling ist endlich ein Mann geworden und wird der Pellegrini-Dynastie bald einen Erben präsentieren. Und der fähig ist, das Firmenschiff durch die stürmischen Gewässer der globalen Märkte zu steuern, wo Piraten wie Gospel und die Malfattis nur darauf warten, das Traditionsunternehmen zu kapern. Dabei hat der Spross der Familie Pellegrini gute Kontakte zur Konkurrenz und seine Braut ist ihrerseits mit Losurdo verbandelt. Man hat den Eindruck, Alma legt es darauf an, diese Verbindung publik zu machen – aber es interessiert offenbar niemanden. Vielleicht ist sie deshalb so wütend auf mich, vielleicht dachte sie, ich könne ihr dabei helfen. Aber ich trete nur in Aktion, wenn ich einen offiziellen Auftrag bekomme und bezahlt werde. Privatdetektiv zu sein, ist keine Berufung, sondern ein Beruf wie jeder andere auch.

Ich streife durch die menschenleeren Carruggi. Der Buran fährt heulend in die Hauseingänge, rüttelt an den Mülltonnen und schlägt die Fensterläden gegen die Hauswände. Nur noch Dealer und Süchtige, die dringend einen Schuss brauchen, ohnehin immun gegen die Kälte, sind noch unterwegs. Selbst die Huren sind von der Bildfläche verschwunden.

Ich bin auf der Suche nach einem zweitklassigen Mafioso, der im Nada Mas am Porto Antico im Warmen sitzt, Paella verschlingt und Sangria in sich hineinschüttet. Mit leicht verdienten fünfzigtausend Euro kein Problem. Wem schlägt schon ein Mord auf den Magen? Peanuts. Falls ich ihn schnappe, springen für mich vielleicht fünftausend heraus, natürlich nur, wenn sie mich bis dahin nicht umgebracht haben. Unter Kriminellen wird mit Geld nicht gespart, egal, ob es sich um einen kleinen Fisch wie Esteban Cortéz oder um die ganz Großen wie die Gospel oder Malfattis handelt.

Im Nada Mas sind nur wenige Tische besetzt. Ich gehe an die Bar und bestelle einen Cardinal Mendoza bei der dunkelhäutigen Mandeläugigen hinter der Theke. Ihre rote Uniform samt Schirmmütze erinnert ein bisschen an McDonald's. Es ist ziemlich dunkel, nur die kleinen Lämpchen auf den Tischen verbreiten mattes Licht. Unauffällig blicke ich mich um. Ich nehme einen kleinen Schluck Brandy und spüre, wie er mir langsam durch die Kehle in den Magen rinnt und sich dort warm ausbreitet: ein wohliges Gefühl, gemischt mit einem Hauch Melancholie. Genau das Richtige nach Sturm, Kälte und Trostlosigkeit. An einem Tisch turtelt ein verliebtes Pärchen, an einem anderen haben sich drei Jungs mit kahl rasierten Schädeln breitgemacht, die Gesichter gepierct, die Haut mit Tattoos übersät. Am dritten Tisch ein Mann und eine Frau in vertrauter Unterhaltung. Ein Paar sind sie offensichtlich nicht. Die Frau ist einfach, fast nachlässig gekleidet, dunkler Pullover und warme Hose. Vor ihr auf dem Tisch steht ein Glas. Vielleicht ist sie die Inhaberin des Lokals, die sich zu einem Stammkunden gesetzt hat. Der Mann ist mit dem Essen fertig, hat sich eine Zigarette angezündet und bläst mit gespitzten Lippen den bläulichen Rauch in die Luft. Er hat einen dunklen Teint, einen schwarzen Bart und dicke, kurze Finger, an denen zwei protzige Ringe glänzen. Kein Zweifel, er ist der Mann, den ich suche: Giuseppe Russo. Er trägt einen eleganten dunklen Anzug, darunter ein weißer Rollkragenpullover, wie es Ende der Sechzigerjahre einmal Mode war. Er erinnert ein bisschen an einen der reichen Araber, die man in den Hotelhallen von Saint-Tropez und Cortina d'Ampezzo trifft. Russo ist bester Laune. Bardis Tod scheint ihn kalt zu lassen. Job ist Job. Wenn man sich jedes Mal durch so was das Leben vermiesen lassen würde … kommt nicht in die Tüte.

Ich suche nach seinem Leibwächter, doch niemand im Raum sieht auch nur im Mindesten danach aus. Aber ich bin auf der Hut, Gegè hat mich ausdrücklich gewarnt. Ich lasse mir Zeit, stopfe meine Pfeife, zünde sie an und gehe zur Kasse, um zu zahlen. Danach wende ich mich langsam dem Ausgang zu, die Pfeife zwischen den Zähnen und die Hände in den Jackentaschen vergraben. Ich spüre meine Beretta Cougar, die schussbereit im Halfter steckt. Auf meinem Weg zum wie verwaist wirkenden Eingangsbereich des Cineplex überkommt mich rasende Wut, ein Gefühl, das noch stärker ist als die gespannte Erwartung auf das, was nun geschehen wird. Für Angst ist in meinem Kopf kein Platz mehr. Leibwächter hin, Leibwächter her, sobald dieser Bastard das Nada Mas verlässt, werde ich ihm einen gebührenden Empfang bereiten. Sein arrogantes Verhalten im Lokal hat mich nur noch aggressiver gemacht. In diesem Moment ist mir alles egal, auch dass Esteban ihn gewarnt haben könnte. Wenn er die harte Tour fahren will, bitte schön. Und wenn ich dabei draufgehe, leicht werde ich es ihm nicht machen. Natürlich hätte ich Pertusiello verständigen können, aber dann wäre die Geschichte in den Händen der Anwälte gelandet und aus Russo wäre kein Wort mehr herauszuholen gewesen. Da war es schon besser, diesem Killer den Lauf meiner Beretta unter die Nase zu halten und ihm einige unbequeme Fragen zu stellen. Dann wird man weitersehen.

Ich tigere im Vorraum des Cineplex auf und ab und werfe hin und wieder einen Blick ins Nada Mas. Ich sehe ihn gestikulieren, trinken und lachen. Meine Uhr zeigt Viertel nach elf. Lange wird er sicher nicht mehr bleiben. Jetzt verlässt der junge Mann, der mit seiner Freundin am ersten Tisch gesessen hatte, das Lokal. Die Frau bleibt sitzen. Er wirkt wohlerzogen, aus gutem Haus. Jackett und Krawatte, klassisch geschnittener blauer Mantel, mit Gel in Form gebrachte kurze Haare und ein zartes Gesicht. Er wirft mir einen misstrauischen Blick zu und zieht dann sein Handy aus der Tasche. Beim Sprechen lässt er mich nicht aus den Augen. Mit Sicherheit ruft er den Fahrer an, der ihn und seinen Chef abholen soll, vielleicht nehmen sie auch die junge Frau mit. Gegè hatte recht: Russo hat immer einen bewaffneten Leibwächter in seiner Nähe. Auch wenn dieser Junge harmlos aussieht, eine Waffe trägt er bestimmt.

Ich pirsche mich heran und warte, bis er sein Gespräch beendet hat. In der großen Eingangshalle des Kinopalastes ist außer uns beiden niemand zu sehen. Ich weiß, dass es nur eine Frage der Zeit ist, bis sich das ändern wird. Bald wird in irgendeinem der Säle ein Film zu Ende sein oder ein ahnungsloser Besucher zufällig auf der Rolltreppe auftauchen. Jetzt stehe ich dicht vor ihm. Er sieht mich argwöhnisch an, ist auf der Hut. Ich bitte ihn um Feuer, eine lächerliche Frage, denn aus meiner Pfeife steigt unübersehbar Rauch auf. Er zuckt verärgert zusammen, aber zu spät: Schon habe ich ihm den rechten Arm nach hinten gebogen. Der Lauf der Beretta zeigt auf seinen Hals. Ich rieche sein Eau de Cologne, das sich jetzt mit Angstschweiß mischt. Dann schiebe ich ihn vor mir her, auf die schmale Straße, die zwischen dem Kinokomplex und dem Parkhaus verläuft. Der eisige Buran trifft uns wie ein Schlag. Ich schubse ihn in eine Lücke zwischen zwei an der Straße parkenden Autos.

»Los, ruf ihn an. Sag ihm, er kann jetzt rauskommen.«

Er stellt sich dumm. »Anrufen? Wen denn?«

Ich presse ihm die Pistole so fest gegen den Kiefer, dass es schmerzt. »Noch einmal. Ruf Russo an und sag ihm, er kann jetzt rauskommen. Und zwar ein bisschen plötzlich, sonst knalle ich dich ab.«

Ich spüre, wie er vor Angst zittert.

»Ist ja schon gut, ich rufe ihn an, ich rufe ihn sofort an. Aber tu mir nicht weh.«

»Ich tu dir nichts. Und ihm krümme ich auch kein Haar, versprochen, ich habe nur einige Fragen.«

Mit der freien Hand greift er zitternd nach seinem Handy und ruft seinen Chef an. »Alles klar. Du kannst jetzt rauskommen.«

Seine Stimme zittert nicht, er spricht wie ein Roboter. Sein Italienisch ist akzentfrei. Er klappt das Handy zu. In diesem Moment versetze ich ihm mit dem Pistolenknauf einen präzisen Schlag in den Nacken. Er bricht zusammen und ich ziehe ihn wie ein Bündel Lumpen hinter einen breiten Van. So sieht ihn keiner. Hastig taste ich seine Jacke ab. Ich spüre eine Waffe und ziehe sie heraus, um sie mir genauer anzusehen. Eine Smith & Wesson, Kaliber 45. Ich lasse sie in meine Jackentasche gleiten. Dann klopfe ich die Pfeife aus und stecke sie ebenfalls in die Tasche. Der noch glühende Tabak wird vom Wind davongetragen. Dann renne ich zum Ausgang des Cineplex zurück. Genau in diesem Moment taucht Russo auf. Als ich nahe genug herangekommen bin, richte ich die Beretta auf ihn. »Stehen bleiben, sonst drücke ich ab.«

Instinktiv hebt er die Hände. Ich stelle mich neben ihn und drücke ihm die Waffe in den Bauch, dabei greife ich nach seinem Arm. »Du kommst jetzt mit. Wir müssen reden.«

Er folgt mir wutschnaubend, dabei blickt er sich verärgert nach seinem Leibwächter um, der ihn doch eigentlich schützen sollte. Stattdessen hatte er ihn in die Falle gelockt.

»Keine Sorge. Dein Schutzengel hat hinter einem der Autos eine kurze Auszeit genommen. Nur ein leichter Schlag auf den Hinterkopf, mehr nicht. Das nächste Mal solltest du dir einen kräftigeren Bewacher aussuchen. Der hier taugt nur für den Laufsteg.«

»Wer zum Teufel bist du?«

»Der Bruder von Ludovico Bardi.«

Ich spüre, wie er zusammenzuckt. Er verkrampft sich und versucht mir Widerstand entgegenzusetzen, indem er sich mit den Füßen gegen den Boden stemmt.

Ich verstärke den Druck und presse ihm die Pistole in die Seite. »Stell dich nicht blöd, Russo. Ich weiß alles über dich: das Gospel-Konto, die fünfzigtausend Euro auf dem Konto eines gewissen Cortéz und auch alles andere. Wenn du mir weiterhilfst, lasse ich dich vielleicht laufen, aber darauf würde ich mich nicht verlassen.«

Ich drehe mich um. Die junge Frau sitzt noch immer im Restaurant, auch das von ihrem Freund angeforderte Auto ist noch nicht eingetroffen. Wir stehen vor einer der Stahltreppen, die in das Parkhaus führen. Erster Stock, zweiter Stock – es geht quälend langsam. Russo leistet zwar keinen direkten Widerstand, lässt sich aber ziehen wie ein nasser Sack. Gerade an der Grenze zur Provokation. Ich drücke die Tür auf, bis sie einrastet. Im Inneren des menschenleeren Parkdecks presse ich Russo gegen die Wand, stecke ihm den Lauf meiner Pistole in den Mund und packe ihn fest am Mantelkragen. Dottoressa Landolfi hatte recht: Dieser Mann riecht wie eine Schwuchtel. Sein Atem geht schwer. Auch ich bin am Ende meiner Kräfte, einen widerspenstigen erwachsenen Mann zwei Treppen hochzuziehen, ist ein hartes Stück Arbeit. Sein Blick ist voller Panik. Zufrieden stelle ich fest, dass ihn mein Wutausbruch offensichtlich beeindruckt hat. Die Drohung, ihn umzubringen, nimmt er offenbar ernst.

»Ich werde dir jetzt einige Fragen stellen. Du brauchst nur zu nicken oder den Kopf zu schütteln. Alles klar?«

Er nickt. Alles klar.

»Vor einer Woche warst du das erste Mal bei meinem Bruder. Letzten Freitag ein zweites Mal und am Samstag hast du ihn umbringen lassen. Warum? Warum musste mein Bruder sterben? Frage verstanden?«

Er nickt wieder. Ich nehme ihm den Lauf der Beretta aus dem Mund und drücke sie ihm stattdessen gegen die Wange.

Er fängt an zu stammeln. Sein Gesicht, das im Nada Mas noch entspannt und tief gebräunt ausgesehen hatte, wirkt jetzt leichenblass, als wäre alles Blut aus ihm gewichen. Aber vielleicht ist es auch nur das Neonlicht. Unten auf der Straße ist alles still. Nur das Heulen des Windes ist zu hören, kein Auto weit und breit.

»Der Ingeniere sollte eine gewaltige Transaktion absegnen. Dadurch wäre die Blue Sea unter die Kontrolle einer ausländischen Gesellschaft geraten.«

»Und warum hat er sich die Kontonummer der Transcontinental Shipping notiert?«

Russo schüttelt bedauernd den Kopf, als wüsste er darauf keine Antwort. »Woher soll ich das wissen?«

»Willst du damit sagen, diese Nummer stammt nicht von dir?«

Wieder Kopfschütteln.

Ich verstärke den Druck. »Wer ist dein Auftraggeber?«

Erneutes Kopfschütteln, dazu ein flehender Blick. »Keine Ahnung. Die Anweisungen kamen übers Telefon. Ein Handy mit Geheimnummer.«

»Wo nimmst du die Anrufe an?«

»Auf meinem Handy.«

»Her damit.«

Er wühlt in den Manteltaschen und zieht eins dieser Modelle hervor, mit denen man auch Fotos verschicken kann. Ich nehme es und stecke es ein. »Kennst du die Malfatti-Brüder?«

»Nie gehört.«

»Und der Name Losurdo sagt dir wohl auch nichts?«

Wieder schüttelt er den Kopf. Meine Wut wächst. Dieser ganze Aufwand für Informationen, die ich ohnehin schon kenne! Eine Offshoregesellschaft erteilt den Auftrag, einen anständigen Menschen aus dem Weg zu räumen, und zwar ganz diskret und ohne Spuren zu hinterlassen, die auf die Malfattis und ihre Handlanger hindeuten könnten, Losurdo an der Spitze.

»Ich will den Namen des Mörders. Den wirst du ja wohl kennen.«

»Was soll das?«

»Ich will wissen, welcher deiner Männer am Samstagmorgen auf meinen Bruder geschossen hat!«

»Das kannst du nicht von mir verlangen.«

»Gut, du willst es nicht anders. Zieh den Mantel aus, damit ich dich erschießen kann.«

Er rührt sich nicht. Sein Gesicht ist leichenblass, sein Atem geht schwer. Gleich fällt er in Ohnmacht, denke ich und verpasse ihm eine Ohrfeige. Dann beginne ich, seinen Mantel aufzuknöpfen. Er wirkt wie paralysiert. Regungslos und mit offenem Mund steht er da. Wieder verdreht er die Augen, als ob er gleich kollabieren würde.

Ich lege meinen Mantel um die Beretta und richte die Waffe erneut auf ihn. »Also, du Scheißkerl, wer hat Ludovico Bardi ermordet?«

In diesem Augenblick höre ich Motorengeräusch auf der Straße, dazu aufgeregte Stimmen und das Klappern von Absätzen auf dem Asphalt. Die junge Frau muss das Cineplex verlassen haben.

»Rudic. Es war Rudic«, flüstert Russo kaum hörbar.

Ich lasse den Mantel fallen und schlage ihm mit voller Wucht mit dem Pistolenlauf mitten ins Gesicht. Er ist ein Mörder und hätte weitaus Schlimmeres verdient, aber ich bin kein Richter. Ich bin einfach wütend, weil ich keinen Schritt weitergekommen bin. Fast lautlos stürzt er auf den Betonboden.

Ich wähle den Notruf der Polizei. »Hier Bacci Pagano, Privatdetektiv. Schicken Sie sofort eine Streife zur Expo, vor das Cineplex. Und verständigen Sie die Mordkommission. Ich habe hier die Täter im Mordfall Bardi. Aber Vorsicht, sie sind bewaffnet.«

Die Eisentreppe vibriert unter meinen Füßen. Jemand sprintet die Stufen hoch.

»Alles in Ordnung, Signor Russo?«, ruft eine Stimme mit deutlich slawischem Akzent. Er muss schon ganz in der Nähe sein, vielleicht ein Stockwerk unter uns. Ich verstecke mich hinter der Tür.

»Rudic, bist du das?«

»Ich bin Slobo. Und wer bist du?«

»Einer, der euch die Hölle heiß macht. Ich bin bewaffnet, die Polizei wird gleich hier sein.«

»Wo ist Signor Russo?«

»Ganz in meiner Nähe. Es geht ihm gut. Keinen Schritt weiter. Nimm die Hände hoch und geh zum Auto zurück. Keine zwei Minuten und es wimmelt hier von Polizisten.«

Die Antwort ist ein Schuss, der knapp an meinem Gesicht vorbeipfeift. Wieder vibriert die Treppe unter mir. Der zweite Mann steht unten auf der Straße und feuert, was das Zeug hält. Die Kugeln zischen durch die Luft nach oben und prallen mit einem hässlichen Geräusch gegen die Eisentreppe. Der Slawe nutzt die Gelegenheit, um näher an mich heranzukommen.

»Stehen bleiben, oder ich schieße!«

Man hört die junge Frau um Hilfe rufen, wahrscheinlich hat sie ihren Freund hinter dem Auto gefunden. Von unten wird eine weitere Kugel abgefeuert, und gleichzeitig glaube ich ganz in der Nähe Slobos schweren Atem zu hören. Vielleicht steht er neben dem Pfosten der Tür, hinter der ich mich versteckt habe. Danach eine endlos scheinende Stille. Nicht einmal der Wind ist mehr zu hören. Auch kein Atmen. Die Zeit scheint stehen zu bleiben, an einem seidenen Faden zu hängen, der zu zerreißen droht. Genau in diesem Moment, meine Hand umklammert immer noch die Beretta, scheint mich ein kalter Todeshauch zu streifen. Ein Schauer läuft mir über den Rücken. In der Ferne die Sirene eines Polizeiautos. Und dann der Schrei. Grausam. Markerschütternd. Mit einem Satz taucht er im hellen Rechteck der Tür auf, die Pistole in beiden Händen auf mich gerichtet, den Finger am Abzug. Geistesgegenwärtig drücke ich ab, aus dem Lauf meiner Pistole schießt ein gleißend heller Blitz. Ich sehe Slobo nach hinten gegen das Eisengeländer torkeln. Aus seiner Waffe löst sich ein Schuss, er geht ins Leere. Slobo prallt gegen das Geländer und kippt hintenüber. Von unten kommt das durchdringende Heulen der Sirenen, quietschende Bremsen, Türenschlagen.

»Halt, Polizei!«

»Nicht schießen. Wir ergeben uns.«

Eine zweite Stimme mit slawischem Akzent. Wahrscheinlich Rudic. Eine Frauenstimme schreit um Hilfe. Hinter mir höre ich Russos Stöhnen.

Mein Hals ist zugeschnürt, mein Kopf zu keinem klaren Gedanken mehr fähig. Nur eines weiß ich genau: Ich wäre jetzt lieber woanders.

17
Unbequeme Wahrheiten

Irgendetwas hat mich geweckt. Es ist dunkel und ich bin in meinem Bett. In der Luft liegt der Duft von Zimt und Nelken. Jasmines Duft, der inzwischen zu meiner Wohnung gehört. Die Rollläden sind heruntergelassen, die Tür ist geschlossen. Wie spät mag es wohl sein? Ich taste im Bett nach ihr, doch an meiner Seite ist niemand. Das Atmen fällt mir schwer. Zwischen Gaumen und Zungenspitze klebt der widerliche Geschmack von Erbrochenem. Mit diesem Geschmack kehrt die Erinnerung zurück. Und der stechende Schmerz im Kopf. Heute Nacht, nachdem ich aus der Questura zurückgekommen war, hatte ich eine Flasche Whisky aufgemacht. Ich wollte mich nur noch betrinken, betäuben, an nichts mehr denken und einen dicken Mantel des Schweigens über das Geschehene legen. Nur noch Schweigen, kein Wort, keine Regung mehr, nichts. Aber nach dem dritten Schluck rannte ich ins Bad und kotzte. Heraus mit dem ganzen Dreck, der mir im Magen lag. Aber die Last auf meiner Seele blieb.

Seit Jahren war mir das nicht mehr passiert. Wann hatte ich das letzte Mal auf einen Menschen geschossen? Das lag bestimmt schon zehn Jahre zurück. Nicht lange genug, um mit dieser Last fertig zu werden. Wie viel Zeit braucht man dazu? Sinnlose Überlegungen. Damit fertig zu werden, dass man auf einen Menschen geschossen hat, ist keine Frage der Zeit. Schon ein einziges Mal ist zu viel. Und jetzt bräuchte ich mindestens zehn Leben. Das letzte Mal hatte ich mich zehn Tage mit fast vierzig Grad Fieber im Bett herumgequält, wie bei einer Lungenentzündung. Und mir gedacht: Was wird beim nächsten Mal? Denn in diesem Scheißjob muss man immer wieder von der Waffe Gebrauch machen, ob man will oder nicht. Da gibt es kein Wenn und Aber. Wer das nicht schafft, muss den Beruf wechseln. Entweder du weinst oder du kotzt. Wer weinen kann, muss nicht kotzen. Ich gehöre zu denen, die kotzen müssen, weil sie nicht weinen können. Zehn Leben bräuchte ich, und ich habe mit Müh und Not vielleicht noch ein Viertel eines einzigen Lebens zur Verfügung. Sicher ist: Eine Woche lang werde ich dieses Bett nicht verlassen.

Die Tür geht auf und ein Lichtstreifen wächst ins Zimmer, bis er meine Bettdecke berührt. Im lichtdurchfluteten Türrahmen erscheint Jasmine in meinem roten Bademantel. An ihr wirkt er wie eine Mönchskutte. Sie hat die Ärmel umgekrempelt und den Gürtel doppelt verknotet.

»Bacci, bist du wach?« In ihrem französischen Akzent schwingt eine sanfte Zärtlichkeit mit, als sie langsam meinen Namen flüstert: *Basci.*

»Ich glaube schon. Wie spät ist es?«

»Fast Mittag. Ich dachte mir, dir geht es nicht gut und habe dich schlafen lassen. Im Wohnzimmer sitzt eine junge Frau, die dich sprechen möchte.«

»Eine junge Frau?«

»Oui, mon ami«, fügt sie mit einem verschmitzten Seitenblick hinzu, *»une jeune dame très belle et très charmante …* Alma Montello.«

Dieser Name klingt fremd, wie ein fernes Echo. Seine erregende Wirkung auf meine Sinne hat er verloren. Gestern noch wäre das anders gewesen. Besser so. Alma in die Augen blicken zu können, ohne ihrer Faszination zu erliegen, wird mir helfen, objektiv zu bleiben und das Versteckspiel zu beenden. Inzwischen hat es zwei Tote gegeben und die Zeit der taktischen Spielereien ist vorbei.

Jasmine geht quer durchs Zimmer, und erst jetzt bemerke ich, dass sie keine Schuhe trägt. Ihre nackten Füße huschen lautlos übers Parkett. Sie zieht den Rollladen hoch, fahles Licht fällt ins Zimmer.

»Was ist heute Nacht passiert?«, fragt sie. »Vor einer Stunde hat dein Freund, der Commissario, angerufen.«

»Pertusiello? Warum hast du mir nicht Bescheid gesagt?«

»Er wollte nicht. Er meinte, ich solle dich schlafen lassen und dir alles ausrichten, wenn du wieder wach bist.« Sie denkt kurz nach und wiederholt dann sorgfältig alles, was der Commissario ihr berichtet hat. »Der Slawe hat überlebt. Du hast ihn in die Schulter getroffen. Beim Sturz hat er sich ein Bein gebrochen. Aber er lebt und die Ärzte im Krankenhaus meinen, er kommt wieder auf die Beine.«

Dann fährt sie mit veränderter Stimme fort: »Du hast auf jemanden geschossen?«

Da ist sie wieder, die Faust in meinem Magen, just in dem Moment, als ich dachte, es sei an der Zeit, das Ganze zu vergessen. Gerade als sich in meinem Hirn ein Glücksgefühl ausbreiten wollte. Jetzt könnte sogar ich weinen.

»Komm her, Jasmine«, mehr bringe ich nicht über die Lippen.

Sie beugt sich über mich und nimmt mich in den Arm, wie ein Kind. Ich drücke sie fest an mich. Ich atme ihren würzigen Duft tief ein. Ein Moment intimer Vertrautheit – nach einem Schuss und vor dem schwierigen Zusammentreffen mit einer schönen Frau, bei der ich mir nicht mehr sicher bin, mit wem ich es zu tun habe. Als ich diese Frau das letzte Mal sah, ging es um eine banale Liebesaffäre. Jetzt ist sie in Machenschaften verwickelt, bei denen mehrere Millionen Euro, ein Mord und die Mafia im Spiel sind.

Jasmine streicht mir durchs Haar. Ganz sanft. »Willst du sie hier empfangen?«, fragt sie mich und hebt die Bettdecke hoch. Dabei wirft sie einen Blick auf meine Genitalien, die unter dem T-Shirt hervorschauen.

»Ja. Genau hier und genau so.«

Sie mustert mich halb belustigt, halb ernst und zeigt auf den Schrank. »Dann solltest du dir besser etwas anziehen.«

»Du wirst doch nicht etwa eifersüchtig werden ...«

Ich fasse nach einem Zipfel des Bademantels und versuche ihn auseinanderzuziehen. Jasmine jedoch hält ihn mit beiden Händen fest zusammen. Für einen kurzen Moment ist unter dem roten Stoff ihre rasierte Scham zu erkennen. Sie löst sich vom Bettrand und läuft lachend aus dem Zimmer, während sie den Bademantel wieder fest zusammenknotet. Aus dem Wohnzimmer hört man leise ihre Stimme, und dann taucht Alma Montello im Türrahmen auf. Die Arme hält sie vor der Brust verschränkt, ihr Gesichtsausdruck verheißt nichts Gutes. Sie trägt denselben Pelzmantel wie in der Nacht, als ich ihr in ihre Wohnung in der Via Fereggiano gefolgt bin. Darunter trägt sie Schwarz. Spitze, hochhackige Stiefel, eng anliegende warme Hosen und einen weichen Wollpullover. In einer Hand hält sie ein Paar Wollhandschuhe, ebenfalls schwarz. Sie ist kaum geschminkt. Ich nehme an, so geht sie zur Arbeit. Offensichtlich ist es draußen wirklich hundekalt.

Sie schließt die Tür und sagt missbilligend mit ihrer rauen Stimme: »Ich sehe, Sie sind in guter Gesellschaft.«

Wie ein Windstoß ist sie ins Zimmer eingedrungen. Dass es mein Schlafzimmer ist, scheint sie nicht im Geringsten zu stören. Sie kann ja nicht wissen, durch welche Tiefen ich gegangen bin. Zimt und Nelken, meine Schuldgefühle und dass ich mir die Seele aus dem Leib gekotzt habe, was interessiert sie das … Ich spüre, wie Ärger in mir hochsteigt. Immerhin gibt es Wichtigeres auf der Welt als sie und ihr chaotisches Gefühlsleben.

»Das ist Jasmine. Sie arbeitet als Prostituierte und wohnt im Augenblick bei mir.«

Alma zuckt zusammen und giftet: »Ich wusste gar nicht, dass der Privatdetektiv Bacci Pagano auch als Zuhälter arbeitet.«

»Tut er nicht. Jasmine zahlt hier ganz normal Miete. Manchmal schlafen wir miteinander und dafür zahle ich ihren üblichen Tarif. Wir wollen Freundschaft und Geschäft nicht vermischen.«

»Schön für Sie. Aber ich bin nicht hier, um mich über Ihr Sexualleben zu unterhalten.«

Sie hat ihren Pelzmantel anbehalten und geht rastlos von der Tür zum Fenster und wieder zurück. Hin und her, hin und her. Dabei schlägt sie mit den Handschuhen abwechselnd gegen ihren Handrücken und ihren Mantel.

»Schön für mich? Dieses Mal sind Sie es, die urteilt!«

Sie hält kurz inne, dann geht sie weiter auf und ab. Sie scheint einen bestimmten Plan im Kopf zu haben. »Es geht um eine Sache, die mir sehr am Herzen liegt. Bei unserem ersten Kennenlernen haben Sie etwas zu mir gesagt, das mich nicht mehr ruhig schlafen lässt. Ich fordere jetzt eine klare Antwort.«

»Fordern? Ein großes Wort. Diese Vokabel habe ich schon als Kind aus meinem Wortschatz gestrichen.«

»Lassen Sie Ihre Spielchen. Ich fordere es, weil Sie es waren, der Alberto Losurdo unterstellt hat, gegen die Firma Pellegrini zu arbeiten. Jetzt müssen Sie auch dafür geradestehen.«

»Soll ich auf die Bibel schwören?«

Sie beißt sich wütend auf die Unterlippe und ballt die Fäuste. Wenn sie keine hochhackigen Schuhe trüge, würde sie wahrscheinlich auch noch mit den Füßen stampfen.

»Warum um alles in der Welt wollten Sie mir einreden, dass Alberto mich nur benutzt hat, um meinem Verlobten zu schaden?«

»Die Firma Pellegrini hat mich engagiert, weil Ihr Lover mit den Malfattis Geschäfte macht. Nur darum geht es hier.«

»Sie wissen ganz genau, was ich meine.«

»Nicht wirklich. Gut, ich dachte, ich hätte das Ganze durchschaut, aber jetzt kommen mir Zweifel, denn ganz zufällig habe ich entdeckt, dass Losurdo und Ihr Verlobter offensichtlich gute Freunde sind. Das kompliziert die Sache erheblich, finden Sie nicht auch? Natürlich wussten Sie das, auch wenn Sie es mir leider verschwiegen haben … So viel zu Tricks und Spielchen.«

Ihr Gesicht läuft feuerrot an, vielleicht aus Scham, vielleicht aber auch nur aus Wut. »Worauf wollen Sie hinaus?«

»Oh nein, meine liebe Signorina Montello – es ist genau umgekehrt. Worauf wollen Sie hinaus? Sie platzen in mein Schlafzimmer und verlangen Klarstellungen von mir – als ob ich für Ihre Schwierigkeiten verantwortlich wäre! Welche Erklärungen erwarten Sie denn von mir? Ich habe meine Ermittlungen beendet und warte nur noch auf einen einzigen Anruf.«

»Was für einen Anruf?«

»Den Anruf von Donna Assunta oder von irgendeinem Schuhabtreter ihres Sohnes, der mich davon in Kenntnis setzt, dass mein Auftrag offiziell erledigt ist.«

Jetzt mustert sie mich verblüfft. Ihre anfängliche Ablehnung ist Zweifel gewichen. Nicht einmal meine despektierliche Bemerkung über ihren Verlobten weckt ihren Protest. Aber einfach aufgeben kommt für sie auch nicht in Frage. Wenn man Alma Montello in die Enge treibt, dann knurrt und beißt sie. Das macht sie mir sympathisch, auch wenn ich sie jetzt am liebsten zum Teufel schicken würde.

»Ich glaube, Sie wollen mir etwas verheimlichen.«

»Wenn hier jemand etwas verheimlicht, dann ja wohl Sie.«

Sie senkt den Blick und schlägt die Stirn in Falten. Unter dem schwachen Rouge ist ihr schönes Gesicht purpurrot angelaufen. Ich bin sicher, sie schämt sich. Und als ob sie meine Vermutung bestätigen wollte, murmelt sie etwas, das wie eine Entschuldigung klingt: »Und wenn ich Ihnen versichere, dass ich das mit Alberto und Gustavo Camillo selbst erst seit einigen Tagen weiß …«

»Dann sind wir schon zu zweit. Wie es scheint, haben die beiden ein übles Spiel mit uns getrieben.«

Wie ein dickköpfiges Kind stampft sie jetzt wütend mit dem Fuß auf. Trotz der hohen Absätze. »Müssen Sie immer so geschraubt daherreden? Immer und überall nur das Schlechte sehen? Wissen Sie, was ich glaube, Dottor Pagano? In ihrem Innersten sind Sie zutiefst verdorben.«

Dabei schlägt sie sich die Faust gegen die Brust. Dann nimmt sie ihre Wanderung durch mein Schlafzimmer wieder auf. Fast flehentlich fragt sie: »Warum denken Sie nicht zur Abwechslung mal an eine naheliegende Erklärung?«

»Und die wäre?«

»Sie haben sich beruflich kennengelernt und dann angefreundet …«

Hoppla! Selbst für ein Gemüt wie sie ist das zu naiv. Als ich in schallendes Gelächter ausbreche, wendet sie den Blick ab und versucht sich zu korrigieren.

»Angefreundet ist vielleicht übertrieben, sagen wir, sie sind gute Bekannte geworden.«

»Wer hat Ihnen denn dieses Märchen aufgetischt? Losurdo oder Gustavo Camillo?«

»Alle beide.«

»Das bedeutet, die beiden waren sich einig, als es darum ging, Sie zu verarschen.«

Sie hält sich wütend die Ohren zu. »Ich kann es nicht mehr hören! Sie … Sie sind nichts weiter als ein kaputter Kerl, einer, der mit Nutten ins Bett gehen muss. Immer im Dreck der anderen wühlen und in schmutzigen Fantasien schwelgen. Einfache und naheliegende Erklärungen passen nicht zu Ihren Moralvorstellungen.«

»Mein Auftrag ist rein geschäftlicher Natur. Die Firma Pellegrini fühlte sich von der Konkurrenz bedroht. Mit Moral hat das alles nichts zu tun. Ich hätte genauso gut auch von den Malfattis engagiert werden können, und zwar aus genau dem gleichen Grund. Um Moral geht es nur insoweit, als ich mich nicht an die Konkurrenz verkaufen darf.«

»Moral spielt also nur eine kleine Rolle.«

»Richtig. Aber Losurdo scheint noch weniger Rücksicht auf die Moral zu nehmen.«

»Was wollen Sie damit sagen?«

»Als er noch in Diensten der Pellegrinis stand, hatte er keinerlei Skrupel, Firmengeheimnisse an die Malfattis zu verkaufen. Dafür gibt es Beweise. Hat Ihnen das Gustavo Camillo nicht erzählt?«

»Nein.«

Sie schweigt. Wieder ein Tiefschlag. Aber Alma bleibt wachsam und voller Argwohn.

Aus taktischen Gründen wechsle ich das Thema und frage: »Haben Sie schon mit Donna Assunta gesprochen?«

Sie schüttelt den Kopf.

»Dann wissen Sie auch nicht, was sie von der Freundschaft zwischen ihrem Sohn und diesem Betrüger hält?«

Achselzucken. »Wahrscheinlich ist sie zutiefst misstrauisch, wie immer. Wie auch über die Beziehung zwischen Gustavo Camillo und mir. Darum hat sie Sie ja engagiert, um mir nachzuspionieren.«

»Da irren Sie sich gewaltig. Es ging einzig und allein darum, die Firma vor den Attacken der Konkurrenz zu schützen. Und die arbeitet mit allen Tricks, selbst mit den schmutzigsten, glauben Sie mir.«

»Vielleicht ist im Interesse aller dieser Krieg jetzt ja ein für alle Mal beendet?«

»Aber sicher. Und alle leben glücklich und zufrieden.«

Ihre Blicke spießen mich auf wie Pfeile. Sie kommt näher. So nahe, dass ich ihren wohltuend warmen Atem auf meinem Gesicht spüren und ihr schweres Parfüm riechen kann. Ich dagegen stinke immer noch wie ein Penner.

»Wollen Sie wissen, was ich wirklich von Ihnen halte, Pagano? Ich habe mich in Ihnen getäuscht. Sie vermuten nicht nur überall Dreck, selbst dort, wo gar keiner ist. Nein, bei Ihnen ist alles noch viel raffinierter, viel perfider … Sie brauchen diesen Dreck, sonst verdienen Sie kein Geld. Ohne diesen Dreck müssten Sie einen richtigen Beruf erlernen und arbeiten, wie jeder andere auch. Sie sind wie ein Aasgeier: Wenn es keine toten Tiere gäbe, könnte er nicht überleben, er müsste verhungern. Genau wie Sie. Gefühle und Moral können Sie sich gar nicht leisten! Sie leben … ach was, Sie vegetieren am Abgrund des Lebens dahin, in Gesellschaft von Kriminellen, Mördern und Prostituierten, und schlagen sich mehr schlecht als recht auf deren Kosten durch. Das Unglück anderer füllt Ihre Taschen. Sie leben gar nicht selbst, sie schauen bloß anderen beim Leben zu. Deshalb sind Sie neidisch auf alle anständigen Leute und ihr geregeltes Leben. Das macht Sie aggressiv …«

Es ist das erste Mal in meinem Leben, dass ich mir aus einem schönen Mund solche Beleidigungen anhören muss. Aber jetzt übertreibt sie. Ihren Zeigefinger hat sie anklagend auf mein T-Shirt gerichtet, wohl wissend, dass ich mich nicht wehren kann, weil bei jeder Bewegung meine Genitalien enthüllt würden. Diese Situation nutzt sie schamlos aus, denn es geht ihr nur um eines: Sie will mich bloßstellen. Doch ich kann dieses wirre Gerede nicht mehr ertragen.

Ich blicke sie ernst an. In meinem Ton liegt jetzt eine schonungslose Härte, aber ich versuche ruhig zu bleiben. »Zwischen uns gibt es einen entscheidenden Unterschied. Mir ist egal, was Sie denken. Sie jedoch wollen mich auf Teufel komm raus von Ihren absurden Ideen überzeugen. Sie laufen Illusionen hinterher, mit der Realität hat das alles nichts zu tun. Aber das scheint Sie ja nicht zu stören …«

Sie beißt sich wütend auf die Lippen und scheint zu einer Ohrfeige auszuholen, doch dann verharrt ihre Hand in der Luft.

Es wird Zeit, die letzte Karte auf den Tisch zu legen. »Haben Sie heute schon Zeitung gelesen?«

»Die Zeitung?«

»Ja, und zwar die Schlagzeile auf der ersten Seite. Samstagmorgen wurde der Geschäftsführer der Blue Sea Lines ermordet. Hat Gustavo Camillo Ihnen nichts erzählt?«

»Ich habe es im *Secolo* gelesen. Was sollte er mir denn erzählen?«

»Ihr Verlobter hat offensichtlich allerlei vor Ihnen zu verbergen, und zwar weit mehr, als Sie es ihm gegenüber mit Ihren harmlosen Seitensprüngen tun … Er hätte Sie darüber informieren sollen, dass die Blue Sea Lines eine Tochtergesellschaft des Pellegrini-Imperiums ist und dass Bardi sterben musste, weil er verhindern wollte, dass die Firma in die Hände einer mächtigen kriminellen Organisation gerät. Die gleiche Organisation übrigens, die das schmutzige Geld der Malfattis wäscht. Mit wem Sie ein Verhältnis haben, ist allein Ihre Sache. Aber Sie sollten wenigstens wissen, in welche dunklen Geschäfte Alberto Losurdo verwickelt ist.«

In ihrem Gesicht stehen Verwirrung und Angst. Jetzt würde sie mir alles glauben. »Was hat Gustavo Camillo mit alldem zu tun?«

Ich zucke mit den Schultern und lasse die Antwort offen.

»Wahrscheinlich hat er keine Ahnung davon, anders kann es nicht sein ... Da bin ich mir ganz sicher.«

»Sie sind ein freier Mensch, Sie können denken, was Sie wollen.«

Sie lässt den Kopf hängen, in ihren dunklen Augen steht Hilflosigkeit, diese blühende Frau scheint zu einem Kind geworden. Sie atmet tief durch und blickt mich an, als hätte ich ihr ein Märchen erzählt. »Das alles ist wirklich wahr?«

»Der Mörder hat es mir gestern Abend selbst bestätigt. Mit meiner Waffe an der Schläfe war er sicher nicht zu Scherzen aufgelegt.«

»Was werden Sie jetzt tun?«

»Wenn Donna Assunta will, werde ich weiterermitteln, um vor Gericht die nötigen Beweise vorlegen zu können.«

Sie wendet sich von mir ab und blickt aus dem Fenster. Der bleigraue Himmel verspricht Schnee. Ihre Stimme zittert vor Angst. »Und wie geht es jetzt weiter?«

»Ich werde mein Geld abkassieren und eine uns beiden bekannte schwarze Prostituierte zum Abendessen ausführen. Und weiter im Dreck wühlen und so leben, wie ich will.«

»Von Ihnen habe ich auch nichts anderes erwartet.« Sie hält einen Moment inne, ihr Blick sucht einen Halt, und erst jetzt bemerke ich, dass ihre Augen voller Tränen sind. »Aber was wird aus mir?«

»Jeder geht seinen eigenen Weg, Signorina Montello. Ich bin und bleibe ein Schnüffler. Sie hingegen werden eine Signora, eine feine Dame. Verlangen Sie bitte nicht von mir, dass ich mit fünfzig noch anfange, fremde Seelen zu retten.«

»Dazu haben Sie auch gar nicht das Zeug.«

»Und auch nicht den Willen. Seelen retten ist anstrengender als Verbrecher jagen. Außerdem ist es ein schlechtes Geschäft.«

»Ihr Zynismus kennt keine Grenzen.«

»Mitleid für die Toten kann man auch in aller Stille haben.«

Sie wischt sich mit dem Handrücken über die feuchten Augen und verschmiert dabei ihre Wimperntusche. »Und was ist mit dem Mitleid für die Lebenden? Das Mitleid für die Toten kommt sowieso zu spät.«

»Das stimmt, aber die Lebenden haben ihr Schicksal selbst in der Hand.«

Langes Schweigen. Ich spüre, wie sich ein Graben zwischen uns auftut. Uns ist beiden bewusst, dass alles gesagt ist. Sie nimmt einen Spiegel aus ihrer Tasche und bringt ihr Make-up in Ordnung. Ihre Schritte sind zögernd, als sie das Zimmer verlässt. Wie wenn sie nicht mehr wüsste, wo sie hingehört. Sie wirft keinen Blick zurück, sagt kein Wort mehr. Zurück bleibt nur ein Hauch Parfüm.

18
Es riecht nach Südamerika

Ich stehe auf und gehe ins Wohnzimmer, nur mit dem weißen T-Shirt auf der Haut. Aus der Küche duftet es nach Knoblauch und angebratenen Zwiebeln. Jasmine steht am Herd, immer noch barfuß, immer noch in meinem roten Bademantel. Ich gehe ins Bad, pinkle, ziehe mein T-Shirt aus und nehme eine heiße Dusche. Den Kopf in den Nacken gelegt, die Augen geschlossen, den Mund weit geöffnet. Ich muss endlich diesen ekelhaften Geschmack loswerden, muss richtig sauber werden, äußerlich und innerlich. Das Wasser umgibt mich wie eine Glocke, ich höre das Rauschen und sonst nichts.

Noch bevor ich mich einseifen kann, taucht Jasmine auf. Sie sieht ängstlich aus. »Bacci, hier ist jemand für dich.«

»Wer?«

Ich drehe das heiße Wasser ab und fröstle sofort.

»Die Polizei.«

Ich wickle mir ein Badetuch um die Hüften, schlüpfe in meine Holzpantinen und verlasse das Bad. Im Wohnzimmer erwarten mich Manzi und zwei Männer in Zivil. Der schmächtigere von beiden, ganz in Blau gekleidet, trägt eine weiße Mappe mit dem Aufdruck »Polizia di Stato« unter dem Arm. Musumeci ist heute nicht dabei. Manzi trägt den gleichen Anzug wie im Büro der Blue Sea, seine Nase ist noch immer bandagiert. Er kommt auf mich zu und wedelt mit einem Papier, das stark nach einem Durchsuchungsbefehl aussieht. Ironisch mustert er meinen halb nackten Körper von oben bis unten, während sich die beiden anderen eher für Jasmine zu interessieren scheinen, obwohl ihre Reize unter den weiten Falten des Bademantels kaum zu erkennen sind.

Der Vicequestore kann seine Genugtuung kaum verbergen. Mit

befehlsgewohnter Stentorstimme bellt er mich an: »Mitkommen, Pagano. Zieh dir was über.«

»Machen wir einen kleinen Ausflug?«

»Steht alles hier. Verhör beim Staatsanwalt.« Er reicht mir das Papier. Ich überfliege es: eine Vorladung wegen einer Anzeige gegen mich.

»Signor Alberto Losurdo, geboren am …, wohnhaft in …, vertreten durch seinen Anwalt Aurelio Favara, erklärt Folgendes: Am … gegen neun Uhr morgens hat mich der oben genannte Pagano auf dem Corso Carbonara angegriffen, gegen meinen Willen und unter Gewaltanwendung festgehalten und damit gedroht, mich von der Mauer in die Tiefe zu stoßen … Pagano gab vor, im Auftrag der Firma Pellegrini & Co. zu handeln. Auf schriftlichen Antrag des Avvocato Favara erklärt Signor Gustavo Camillo Pellegrini ausdrücklich (siehe Anlage), dass die Firma Pellegrini & Co. von den illegalen und gewalttätigen Methoden des Signor Pagano keine Kenntnis hatte …«

Es liegt auf der Hand, dass damit die Beweise, die Donna Assunta gegen Losurdo gesammelt hat, bedeutungslos geworden sind. Das Blatt hat sich zu seinen Gunsten gewendet und jetzt will er sich an mir rächen. Alma hatte recht.

»Was zum Teufel hat die Staatspolizei mit dieser Anzeige zu schaffen?«

Manzi lächelt süffisant. Wieder strömt mir sein fauliger Mundgeruch entgegen. »Personalmangel. Kein Wunder heutzutage …« Mit einer ungeduldigen Handbewegung lässt er sich ein weiteres Formular reichen. »Deine Tricks nützen dir jetzt auch nichts mehr. Die Lizenz und die Waffe, wenn ich bitten darf. Hier die Verfügung über deine Suspendierung, unterzeichnet von Richter Bassi.«

Ich reiße ihm das Blatt aus der Hand. Tatsächlich. Sie haben mir die Lizenz als Privatdetektiv und den Waffenschein entzogen.

»Als vorbeugende Maßnahme«, so die richterliche Anordnung.

Wenn dann noch bekannt wird, dass ich inzwischen mit dieser Waffe auf einen Mann geschossen und zwei weitere bedroht habe, werden sie aus meiner Lizenz Altpapier machen und meine Beretta versteigern. Dann muss ich mich tatsächlich nach einem anderen Beruf umsehen. Einem ordentlichen Beruf, wie Signorina Montello sagte. Diese Frau ist mein Schicksal.

Ich gehe ins Büro hinüber, dicht gefolgt von einem Beamten, der aussieht wie eine Bulldogge: kaum größer als einen Meter fünfzig und genauso breit. Kantiger Kopf, Hände wie Bratpfannen, grün schimmernde traurige Froschaugen. Kein Wunder bei diesem Beruf. Er weicht nicht von meiner Seite, als ob er Angst hätte, ich könnte fliehen – obwohl ich im fünften Stock wohne und leider nicht fliegen kann wie Superman. Aus der obersten Schreibtischschublade nehme ich das Halfter mit der Beretta 8000 Cougar und händige ihm dazu zwei Magazine und eine Schachtel Patronen aus. Schließlich noch die Waffenbesitzkarte.

Er blickt mich zufrieden an, dann grunzt er: »Fehlen noch die Detektivlizenz und der Waffenschein.«

Ich gehe zur Wand, hänge den Bilderrahmen mit der Lizenz ab, lege ihn mit der Vorderseite nach unten auf den Schreibtisch und löse die Metallverschlüsse auf der Rückseite. Dann nehme ich die Urkunde heraus und überreiche sie ihm. Wir marschieren ins Schlafzimmer und ich packe auch noch den Waffenschein obendrauf. Auf die Pistole, die Magazine und alles andere, was er schon in Händen hält. Soll er zur Hölle fahren. Aber er lässt nicht locker und schaut mir anzüglich beim Ankleiden zu. Dass ich keine Unterhose anziehe, scheint ihm richtig Spaß zu machen. Als wir ins Wohnzimmer zurückkehren, bin ich bereit zum Abmarsch.

In Jasmines Augen stehen Tränen. Sie zittert und wirkt verzweifelt. Diese Mistkerle müssen ihr irgendwelche Horrorgeschichten aufgetischt haben oder sind vielleicht sogar handgreiflich geworden.

Triumphierend eröffnet mir Manzi: »Die Schwarze hat keine Aufenthaltserlaubnis. Du weißt bestimmt, dass es illegal ist, sie bei dir wohnen zu lassen?«

»Mein Steuerberater leitet gerade alles Nötige in die Wege. Sie soll als Putzfrau bei mir arbeiten.«

Wieder baut er sich so dicht vor mir auf, dass ich seinem Pestatem nicht entfliehen kann. Er schnaubt verächtlich und fragt mit einem schmierigen Lächeln: »Seit wann putzen denn Huren?«

Jetzt lacht auch die Bulldogge. Sie legt alles, was sie in Händen hält, auf den Wohnzimmertisch, neben die Aktenmappe mit den Unterlagen der Staatsanwaltschaft. Die Beretta samt Halfter, Magazin und Patronen, alle Dokumente. Der zweite, ganz in Blau gekleidete Polizist steht kerzengerade da, die weiße Mappe immer noch unter den Arm geklemmt.

Ich gifte zurück: »Seitdem sich Verbrecher als Opfer verkleiden, Anzeige erstatten und mit der Digos unter einer Decke stecken.«

Manzi zuckt gleichgültig die Schultern. »Was meinst du, sollen wir die Negerin nicht doch zu ihrem Baluba-Stamm zurückspedieren? Ab sofort bist du arbeitslos, zwei Hausfeen kannst du dir kaum mehr leisten.«

»Ich sehe schon, ihr habt mich gründlich durchleuchtet.«

»Über Terroristen und ihre Handlanger wissen wir alles.«

»Scher dich zum Teufel, Manzi, und lass das Mädchen in Ruhe. Ich will sie als Putzfrau einstellen und lasse gerade die notwendigen Papiere besorgen.« Ich wende mich Jasmine zu, deren Augen mich um Hilfe anflehen. »Lass dich bloß von ihren Methoden nicht einschüchtern, mein Steuerberater regelt das.«

Ich gehe zum Telefon, um meine Anwältin Dottoressa Genoveffa Aliprandi anzurufen. Die gute Gina ist eine alte Freundin von mir, wir waren zusammen auf dem Gymnasium. Ich versuche es auf ihrem Handy, sie nimmt sofort ab. Ich schildere ihr die Situation und bitte sie, sich wegen Jasmine mit meinem Steuerberater Fusterberg in Verbindung zu setzen. Dann informiere ich sie, dass mein Anhörungstermin bei Ermittlungsrichter Bassi auf fünfzehn Uhr im Justizpalast festgesetzt ist.

Ich lege auf und rufe Fusterbergs Handy an. Auch ihn erreiche ich sofort. Bluffen ist bei ihm kein Problem, er begreift sofort.

»Guten Tag, hier Bacci Pagano. Ich rufe wegen des Mädchens an, Jasmine Kilamba. Ja, zwölf Stunden als Putzfrau. Wie weit sind Sie? Ich habe die Polizei im Haus. Meine Güte, ich habe Ihnen doch gesagt, Sie sollen sich beeilen! Ich schicke Ihnen das Mädchen heute gegen vier vorbei. Ich verlasse mich auf Sie!«

Ich grinse Manzi an, Jasmine schenke ich ein zärtliches Lächeln. Sie wirkt etwas beruhigt. Während sie Fusterbergs Visitenkarte einsteckt, erwidert sie mein Lächeln. Statt dem Kuss, den sie mir vor den Augen der Polizei nicht zu geben wagt.

Die Bulldogge öffnet die Tür und fordert mich auf, ihr zu folgen. Manzi und der andere Beamte bleiben in meiner Wohnung zurück. Erst jetzt scheint er sich wieder daran zu erinnern, dass es noch eine dritte richterliche Verfügung gibt: einen Hausdurchsuchungsbefehl. Dieser Bastard serviert mir seine Rache scheibchenweise.

Wir treten auf die Straße. Vom Forte Sperone braust ein eiskalter Wind herunter, der durch die Stradone di Sant'Agostino fährt wie durch einen Schornstein. Der trübe, perlmuttene Himmel verheißt nichts Gutes, wenn der Wind nachlässt, fängt es sicher an zu schneien. Die Weihnachtsbeleuchtung schwankt bei jedem Windstoß gefährlich und die Fahnen der Architekturfakultät stehen straff in Richtung Meer. Es ist Montag und der Alltag ist in die Stradone zurückgekehrt. Um diese Zeit gehört sie den Studenten, die nach einem warmen Plätzchen Ausschau halten, wo sie vor der nächsten Vorlesung eine Kleinigkeit essen können. Die drei Streifenwagen auf dem Bürgersteig lassen sie kalt. Die Bulldogge begleitet mich zum Auto, öffnet die hintere Tür und winkt mich hinein. Am Steuer sitzt bereits ein Polizist, auf dem Rücksitz ein zweiter, beide in Zivil. Ich steige ein, mein Aufpasser rückt neben mich und schlägt die Tür zu. Ein Zeichen mit der Lichthupe signalisiert dem Fahrzeug vor uns, dass es losgehen kann. Mit heulendem Motor setzt sich der Wagen in Bewegung und wir folgen. Die Sirenen bleiben stumm, aber das rotierende Blaulicht wird von den Mauern der Universität zurückgeworfen. Ich registriere, wie der *Capitano* in seinem kurzärmligen Polohemd aus der überfüllten Crêperie ins Freie stürzt. Ich recke mich und kann ihm gerade noch zuwinken. Dann drehe ich mich um und sehe, dass der dritte Polizeiwagen zurückbleibt. Er wartet sicher auf Manzi und den Beamten in Blau. Wenn ich mir vorstelle, wie sie jetzt meine Wohnung zurichten, könnte ich heulen. Wieder steigt mir dieser Geschmack nach Erbrochenem in den Mund.

Die Ampel an der Metrobaustelle springt auf Grün, und die beiden Fiat Marea fahren an den Studenten vorbei, die aufgereiht wie eine Perlenkette an der Mauer des Museo Sant'Agostino lehnen. Schaut her, hier wird ein Krimineller abgeführt. So sieht es aus, wenn der Staat seine Bürger schützt.

An der Auffahrt zum Justizpalast lasse ich meinen Blick über das Tal des Rio Torbido schweifen. In der Sonne leuchten die auffallend bunten Häuser von Campo Pisano surreal. Das Rubinrot, das Khaki und das Weinrot bilden einen wohltuenden Kontrast zu den gesichtslosen, von Bauspekulanten aus dem Boden gestampften Betonklötzen entlang der alten Via Madre di Dio. Der gesichtslose Rasen soll die Feigenbäume ersetzen, die früher hier wuchsen. Die Behandlung ist schlimmer als die Krankheit selbst, wie man so schön sagt. Am Parkhaus des Gerichtsgebäudes setzt der Fahrer vor uns den Blinker. Dort werden wir bereits von einem Beamten in Zivil erwartet, der einige Anweisungen gibt. Mit quietschenden Reifen rasen die beiden Polizeiwagen die engen Serpentinen der dunklen Auffahrt hoch bis zu einem verlassenen Parkdeck, auf dem nur ein paar Einsatzfahrzeuge der Polizei und der Carabinieri stehen. Zwei Reihen grauer Betonpfeiler auf grauem Betonboden, kaltes Neonlicht. Der Fahrer hält, lässt den Motor aber laufen. Der Beamte mit dem Bulldoggengesicht steigt aus, weitere Türen schlagen. In der hallenden Garage kommt einem jedes Geräusch besonders laut vor. Auf sein Zeichen hin bringt man mich in eine abgelegene Ecke des Parkhauses, wo es durchdringend nach Moder, Gummi und Autoabgasen stinkt.

In dem anderen Wagen sitzen zwei Männer, ebenfalls in Zivil. Sie haben die Türen geöffnet, das Abblendlicht angeschaltet. Nun schlendern sie zu uns herüber. Sie sprechen miteinander. Einer mit römischem Akzent, ähnlich wie Manzi, der andere scheint aus Sizilien oder Kalabrien zu kommen. Der Römer ist ganz in Schwarz gekleidet, Lederjacke, hautenge Lederhosen, dazu Camperos-Stiefel mit hohen Absätzen. Am rechten Ohr baumelt ein Silberohrring mit einem kleinen Brillanten. Er ist leicht gebräunt, strohblonder Bart, seine Haare sind zu einem Zopf gebunden. Zum perfekten Easy Rider fehlen nur das Kopftuch und die Harley-Davidson. Die Bulldogge lässt mich nicht aus den Augen, sagt aber kein Wort. Die fünf Agenten des Staatssicherheitsdienstes bilden einen Kreis um mich. Sie sind alle von kräftiger Statur, ohne Zweifel routiniert im Einsatz von Faust und Schlagstock. Ich kenne keinen von ihnen, habe keinen je zuvor gesehen. Wahrscheinlich zugezogene Spezialisten, die den Waffendiebstahl aufklären sollen.

Endlich bequemt sich die Bulldogge etwas zu sagen. »Es heißt, du hättest fünf Jahre wegen terroristischer Aktivitäten gesessen.«

»Stimmt. Hochsicherheitsgefängnis Novara.«

»Aber das war wohl noch nicht lang genug.« Das kommt vom Fahrer meines Streifenwagens, einem widerlichen Typen, dem Dialekt nach aus der Lombardei.

»Deswegen bin ich doch wohl nicht hier. Von Terrorismus war in dieser Anzeige nicht die Rede.«

Sie rücken langsam näher, ich kann die Bedrohung körperlich spüren.

»Unbescholtene Bürger auf der Straße anzugreifen, ist nichts anderes als Terrorismus«, bellt die Bulldogge.

Der Easy-Rider-Typ zieht einen Schlagstock aus seiner Lederjacke.

»Unbescholtener Bürger? Derjenige, der mich angezeigt hat, ist ein Krimineller …«

Unvermittelt trifft mich der erste Schlag. Direkt zwischen die Schulterblätter, ausgeführt von einem Polizisten hinter mir, den ich nicht sehe. Meine Schultern werden nach hinten gerissen, mein Oberkörper klappt wie ein Taschenmesser nach vorne. Die Bulldogge nutzt meine Wehrlosigkeit, um mir seine Faust in den Magen zu schlagen, noch bevor ich Zeit habe, die Bauchmuskeln anzuspannen. Die Wirkung ist verheerend, als dringe seine Faust bis in die Eingeweide und durchbohre Magen, Leber und Gallenblase. Ich spüre, wie die Knie nachgeben und die Beine wegsacken. In diesem Augenblick fixiert mich der Easy Rider finster, holt mit dem Schlagstock weit aus und trifft mich zwischen Hals und Schulter. Ein dumpfer Schlag, ich stürze wie ein Sack zu Boden und rolle mich auf die Seite. Der Beton ist hart und kalt, und plötzlich sehe ich die üppigen, weichen Brüste Jasmines vor mir. Ich fühle nichts, nicht einmal Schmerz. Als würde mein zerschlagener Körper gar nicht zu mir gehören. Ich versuche klar zu denken, aber es gelingt mir nicht. Ich brauche Zeit, aber mir bleiben nur wenige Sekunden. Mir fällt bloß ein, dass sie mich zu einem richterlichen Termin bringen müssen und deshalb nicht umbringen können – kein unnötiges Aufsehen, keine Scherereien. Diese Gewissheit gibt mir neue Energie. Die Angst ist weg, nur noch kalte Wut. Immer noch auf der Seite liegend, sehe ich ihre Füße auf mich zukommen, um mich mit Tritten zu traktieren. Ich ziehe mein rechtes Bein an und versetze dem Ersten einen präzisen Tritt gegen das Schienbein. Er knickt ein und stürzt auf die Knie. Die anderen rücken nach. Ich ziehe meine Knie unters Kinn, spanne die Muskeln an, lasse erneut den Fuß vorschnellen und treffe den zweiten

Angreifer mitten ins Gesicht. Der Mann fällt nach hinten. Aber auch ich muss jetzt tüchtig einstecken. Das Bulldoggengesicht tritt mir in den Bauch, doch dieses Mal bin ich vorbereitet. Ich kann mich etwas aufrichten und versuche seine Beine zu fassen, um ihn zu Boden zu reißen. Da trifft mich von hinten ein weiterer Hieb mit dem Schlagstock am Kopf. Ich stürze erneut, mein Ohr steht in Flammen.

Eine Stimme schreit: »Nicht ins Gesicht schlagen!«

Wahrscheinlich die Bulldogge. Dieser Befehl facht meine Wut an. Diese Drecksäcke. Ich rolle mich zur Seite, um weiteren Fußtritten zu entgehen. Es gelingt mir, auf die Beine zu kommen. Sie lassen mich gewähren. Sie wollen Katz und Maus mit mir spielen. Mein Ohr ist ein einziger brennender Schmerz. Meine Lage hat sich jetzt verbessert, da ich einen kleinen Abstand zwischen mich und meine Schläger gelegt habe. Ich konzentriere mich hauptsächlich auf Easy Rider und die Bulldogge, die mich am meisten gequält haben.

Die Bulldogge wirft mir einen verächtlichen Blick zu. »Wir werden dir eine Lektion erteilen, du dreckiges Kommunistenschwein.«

»Dann komm doch, du verfluchter Faschist.«

Während er erneut angreift, konzentriere ich mich auf die paar Karategriffe, die mir mein Lehrer Li Peng beigebracht hat. Es waren kaum mehr als vier, aber die habe ich wieder und wieder geübt, fünfmal die Woche, drei Jahre lang, bis sie mir in Fleisch und Blut übergegangen waren. Jetzt machen sich die Schmerzen bemerkbar, ich habe das Gefühl, auseinandergerissen zu werden. Ich versuche den Schmerz zu ignorieren, verlagere mein ganzes Gewicht auf das linke Bein und trete mit dem rechten zu. Der Tritt ist schnell und präzise und kommt völlig unerwartet. Ich treffe die Bulldogge mitten ins Gesicht und sie stürzt zu Boden. Wer hätte das gedacht: ein durchtrainierter Mann in den besten Jahren. Die anderen sind überrascht. Sie gehen jetzt auf Nummer sicher und ziehen ihre Schlagstöcke.

Jetzt ist Easy Rider fällig. Ich provoziere ihn: »He, dreh dich um, damit ich dir deinen Schlagstock in den Arsch stecken kann.«

Wütend wirft er sich auf mich, den Arm mit dem Schlagstock-Phallus hoch über dem Kopf. Doch seine Unbeherrschtheit macht es mir leicht. Der Schlagstock glänzt schwarz – genau wie seine eng anliegende Lederhose, und das bringt mich auf eine Idee. Ich ziehe das Knie an und ramme es in seinen Unterleib. Volltreffer! In seiner blinden Wut hat er jede Vorsicht vergessen und ich treffe ihn dort, wo es am meisten wehtut. Mit einem unmenschlichen Schrei bricht er zusammen. Sein Gesicht ist feuerrot, die Augen vor Schmerz verdreht.

»Jetzt kotzt er gleich«, denke ich.

Nun bricht es knüppeldick über mich herein. Die Meute stürzt sich auf mich. Unzählige Schläge prasseln von allen Seiten auf mich ein, auf Schultern, Rücken, Hinterkopf. Nur mein Gesicht lassen sie unversehrt, denn das könnte beim Richter den Verdacht erwecken, sie hätten mich verprügelt. Mit dem Gesicht nach unten liege ich auf dem kalten, rauen Beton. Noch einmal tritt mir jemand brutal in die Seite, dann höre ich die Bulldogge, deren Stimme vor Wut zittert: »Erst Terrorist, dann Schnüffler. Aber immer mit Pistolen spielen, was? Du elender Mistkerl.«

Natürlich bringe ich kein Wort heraus, aber mir schießt es durch den Kopf: Ich war im Knast gelandet, weil man mich bei einer Demonstration mit einer Pistole in der Hand erwischt hatte – die ich aber nur vom Boden aufgehoben hatte, um zu vermeiden, dass jemand damit etwas Schlimmeres anstellte. Ohne böse Absicht. Ganz im Gegenteil: Ich hatte ein Unglück vermeiden wollen. Eine Laune des Schicksals hatte mich ins Hochsicherheitsgefängnis gebracht. Aber solche Sachen sind in den Siebzigerjahren nun einmal passiert.

Jetzt gebe ich auf, ich habe nicht einmal mehr die Kraft, ihnen zu sagen, dass sie endlich aufhören sollen. Ich nehme den feuchtmodrigen Geruch der Garage in mir auf, den süßlichen Duft von Blut, Schweiß und Gestank. Wieder diesen widerlichen Geschmack von Erbrochenem im Mund. Aber das ist alles nicht so schlimm. Während sie mich wie eine Puppe hochnehmen und aus der Garage schleifen, rieche ich noch etwas. Etwas, das mir die Tränen in die Augen treibt und den Magen umdreht. Einzigartig und doch seltsam vertraut: Es riecht nach Südamerika.

19
Geräusche, Düfte, Schatten

Als ich nach Hause kam, war es bereits dunkel. Jede Faser meines Körpers tat weh. Die Wohnung war leer, von Jasmine keine Spur. Ohne Licht zu machen, ging ich ins Wohnzimmer und nahm eine Flasche Lagavulin und ein Glas aus der Bar. Noch in voller Montur ließ ich mich auf das Sofa fallen, füllte das Glas zur Hälfte mit Whisky, nahm einen kräftigen Schluck und stellte Glas und Flasche auf den Boden.

Dann räumte ich meine Jackentaschen aus. Pfeife, Streichhölzer, die Smith & Wesson, die ich Russos leider etwas zu weichem Leibwächter abgenommen hatte. Nach der Schießerei hatte ich die Waffe unter den Sitz der Vespa gelegt und war dann in die Questura gegangen. Später hatte ich sie ganz schlicht vergessen. Dank diesem Zufall konnten Manzi und seine Handlanger bei ihrer peniblen Durchsuchung das wichtigste Beweisstück natürlich nicht finden. Ohne es zu wollen, hatte ich sie reingelegt. Aus der anderen Tasche förderte ich Pfeifenstopfer, Handy, Vespaschlüssel, Dunhill-Tabak und ein sauberes Taschentuch zutage. Russos Handy hatte ich Pertusiello gegeben, allerdings erst nachdem ich die Nummern der ein- und ausgegangenen Gespräche notiert hatte. Keine einzige stimmte mit einer der Telefonnummern des Malfatti-Konzerns überein, auch nicht mit Losurdos Anschluss. Nur ein Anruf bei der Blue Sea Lines in der Viale Aspromonte.

Ich füllte die Pfeife, stopfte den Tabak fest, riss ein Streichholz an, schloss die Augen und nahm einen tiefen Zug. Ich wollte nicht sehen, wie sie meine Wohnung zurückgelassen hatten. Ich versuchte, die Realität einfach zu ignorieren. Erst die Prügel, dann das Verhör beim Staatsanwalt, meine Anzeige gegen Manzi und seine Leute und nun auch noch die Sorge um Jasmine. Bei Fusterberg war sie nicht gewesen, ihr Handy war ausgeschaltet.

Licht sickerte durch das Fenster und fiel auf den roten Bademantel, der über einer Stuhllehne hing. Noch immer lag ihr unverwechselbarer Duft nach Zimt und Nelken in der Luft, unter den sich jetzt der würzig-herbe Geruch des englischen Tabaks mischte.

Seit gestern Abend hatte ich nichts mehr gegessen, aber hungrig war ich trotzdem nicht. Ein schlechtes Zeichen für einen wie mich. Mich quälte nicht mein leerer Magen, wirklich schmerzhaft waren die Spuren der Prügel der faschistischen Schläger.

Seitdem waren höchstens drei Stunden vergangen. Noch vom Büro des Staatsanwalts aus, wo das Verhör stattfand, hatte ich Pertusiello angerufen und ihm alles berichtet: die Anzeige, die Hausdurchsuchung, die Prügel. Er war wie eine Furie in die Staatsanwaltschaft gerast und hatte einen sofortigen Termin bei Dottor Bassi verlangt. Mit der ganzen Autorität eines Vicequestore der Mordkommission und der Durchschlagskraft seiner hundertfünfunddreißig Kilo war er ins Zimmer gestürzt. Ohne dass ich ihn darum gebeten hätte, übernahm er vehement meine Verteidigung, anstelle der ebenfalls anwesenden Anwältin Gina Aliprandi. Er berichtete dem Staatsanwalt von Ingeniere Bardi und über meine Rolle bei den Ermittlungen, dabei wies er auf die zwanzigjährige Zusammenarbeit zwischen mir und der Mordkommission hin. Er legte ihm außerdem nahe, sich mit seinem Kollegen Capuana kurzzuschließen, der die Ermittlungen in Sachen Blue Sea Lines leitete. Dabei erfuhr ich, dass im Fall des gestohlenen Sturmgewehrs ein gewisser Ispettore Secci von der Digos aus Rom eingetroffen war, um die hiesigen Stellen zu unterstützen – das also war das Schwein mit dem Bulldoggengesicht.

Da die Folgen der Prügel auf meinem Körper unübersehbar waren, hatte Secci dem Staatsanwalt die übliche Geschichte aufgetischt. »Beim Verlassen des Autos hat Pagano plötzlich begonnen, um sich zu schlagen und zu treten, wahrscheinlich um zu fliehen. Den Beweis für dieses aggressive Verhalten sehen Sie in meinem Gesicht: Ein Karateschlag aus nächster Nähe hat meine Lippe gespalten, dazu zwei fast ausgeschlagene Schneidezähne. Mein Kollege Brandin wurde von einem Fußtritt getroffen, er hat einen Bluterguss unter dem rechten Auge. Pagano ist uns kein Unbekannter. Er ist ein gewiefter Schläger und ein Meister in asiatischen Kampftechniken. Wenn er aggressiv wird, verliert er völlig die Kontrolle über sich. Auch Vicequestore Manzi hat erst kürzlich schmerzhafte Erfahrungen mit Paganos Unbeherrschtheit machen müssen: Seine Nase ist immer noch bandagiert.«

An dieser Stelle platzte Pertusiello der Kragen. Er nannte Secci einen Faschisten und schwor, dass ich in den zwanzig Jahren, in denen er mit mir zusammenarbeitete, noch nie Gewalt angewandt hätte, es sei denn aus Notwehr. »Ihr seid eine Schande für die italienische Polizei!«, brüllte er.

Der Staatsanwalt war fassungslos. Hin und wieder warf er einen ratlosen Blick zu meiner Anwältin, die ihm achselzuckend ihre eigene Unsicherheit signalisierte. Schließlich entschloss er sich, die Entscheidung über die Anklageerhebung zunächst auszusetzen. Er bestätigte allerdings den Entzug der Lizenz und die Aufhebung des Waffenscheins.

Ich lag auf meinem Sofa und stierte an die Decke. Von der Straße drang der Lärm vorbeifahrender Autos herauf und überdeckte das stete Rauschen des Windes. Die Lichter der Scheinwerfer im Park der Architekturfakultät huschten schemenhaft über die weißen Wände meiner Wohnung. Ein Wechselspiel von Geräuschen und Stille, von Licht und Schatten: so verworren wie die Situation, in der ich mich befand.

Ich versuchte meine Gedanken zu ordnen, aber ich konnte mich auf nichts anderes konzentrieren als auf den bohrenden Schmerz in meinem Körper. Hals, Schulter, Rücken, Brustkorb, Leber, alles tat weh.

Ich schaute mich um, der Zustand meiner Wohnung war nicht länger zu ignorieren. Ein heilloses Durcheinander, das ich diesem

Mistkerl von Manzi verdankte. Er hatte in meinen intimsten Habseligkeiten herumgewühlt, nur um irgendetwas Belastendes zu finden. Einen Beweis oder zumindest einen Anhaltspunkt, um mir an den Kragen zu gehen. Aber ich hatte nichts zu verbergen und deshalb auch nichts zu befürchten – vorausgesetzt, die anderen blieben ehrlich und fair. Nur eines bedrückte mich: das Schicksal Jasmines. Sie war meine Schwachstelle. Wenn sie mich treffen wollten, dann war Jasmine ihre Trumpfkarte.

Ein quälender Gedanke, der mich nicht mehr losließ.

Eine Ewigkeit verging, vielleicht eine halbe Stunde, vielleicht eine Stunde, vielleicht mehr. Plötzlich klingelte das Telefon. Jasmine konnte es nicht sein, sie hätte mich auf dem Handy angerufen. Es lohnte sich also nicht, aufzustehen und den Hörer abzunehmen. Doch das Telefon klingelte hartnäckig weiter, als sei sich der Anrufer sicher, dass ich zu Hause war. Dann Stille. Sofort danach meldete sich das Handy, das auf dem Glastisch vor dem Sofa lag. Auf dem beleuchteten Display erkannte ich die Nummer des Anrufers. Pertusiello.

Der Commissario wollte wissen, wie es mir ging. Wo ich mich herumtrieb. Zu Hause habe niemand abgenommen. In seiner Stimme schwang außerdem eine Art Genugtuung mit, er klang fast triumphierend. »Hör zu. Er ist in Genua. Man hat ihn gesehen.«

»Wen?«

»Wen wohl? Unseren gemeinsamen Freund.«

Jetzt erinnerte ich mich daran, dass ich neben diesem ganzen Chaos noch einen zweiten Auftrag hatte.

»Er wurde von einer Blumenverkäuferin erkannt, in der Nähe der Piazza Leopardi in Albaro.«

»Mir ist durchaus klar, dass die Piazza Leopardi in Albaro liegt, Totò.«

»Ist ja schon gut, mein Freund. Ich habe zwei zuverlässige Leute auf ihn angesetzt, Cecchi kümmert sich darum.« Der Tonfall des letzten Satzes ließ darauf schließen, dass er nichts weiteres zu sagen hatte.

»Ihr Polizisten seid mir ein Rätsel. Die Mordkommission kümmert sich um eine Angelegenheit des Staatsschutzes und die Digos um einen Mordfall. Informationsaustausch? Fehlanzeige!«

»Solange Leute wie Manzi und Konsorten ihr Unwesen treiben, braucht man sich nicht zu wundern. Da müssen wir auf der Hut sein. Wer nach fünfzig Jahren Demokratie dem Faschismus noch immer nicht abgeschworen hat, ist entweder ein Dummkopf oder ein Narr.« Pertusiello hielt es für angebracht, das Gespräch an dieser Stelle zu beenden. »Pass auf und bleib möglichst im Hintergrund. Ich halte dich auf dem Laufenden.«

Bevor er auflegen konnte, bat ich ihn noch, bei der Ausländerbehörde nach Jasmine Kilamba zu suchen. Postwendend ließ er einen seiner üblichen Sprüche fallen. »Ich habe noch nie einen Vermieter gesehen, der sich so um seine Mieter bemüht. Bezahlt sie dich in Naturalien?«

Meine Frauengeschichten waren für ihn immer schon ein gefundenes Fressen gewesen.

Im Dämmerlicht war alles ringsum nur schemenhaft zu erkennen. Ich trank meinen Whisky aus und schleppte mich unter die Dusche. Mein gequälter Körper protestierte heftig gegen den schmerzhaft heißen Wasserstrahl. Mir kam der Gedanke, dass Pertusiello deshalb keine Details gesagt hatte, weil er befürchtete, dass mein Telefon abgehört werden könnte. Vielleicht sollte ich jetzt zwei Schmerztabletten nehmen, dann zum *Capitano* runtergehen, eine Galette essen und nach Jasmine fragen.

Noch etwas anderes fiel mir ein: Vielleicht hatte Draghi ein Taxi genommen …

Mein Kopf war jetzt wieder klar, meine Lebensgeister waren geweckt. Eile war angesagt. Ich ging ins Schlafzimmer und knipste bang das Licht an. Der Schrank war ausgeräumt, sein Inhalt kreuz und quer auf dem Boden verstreut. Aus dem Kleiderhaufen fischte ich rasch ein sauberes Hemd, einen Fleecepullover und eine Jeans. Die

Strümpfe hatten sie nicht angerührt, sie lagen in Reih und Glied in der Schublade. Da meine Schaffelljacke völlig verdreckt war, suchte ich nach der warmen blauen Daunenjacke. Echte Gänsedaunen – das gute Stück hatte mich einst ein Vermögen gekostet. Ich steckte alles, was ich brauchte, in die Taschen, auch die 45er Magnum, klemmte den Helm unter den Arm und verließ die Wohnung.

In der Crêperie bestellte ich eine Brokkoli-Galette mit Béchamelsoße und erzählte dem *Capitano* meine Geschichte. Seine gute Laune war unerschütterlich und er sah die Dinge viel weniger dramatisch als ich. Er meinte bloß: »Das heißt, wir sind am Ende.«

Jetzt um halb sieben war die Crêperie noch leer. Das Radio spielte *Buena Vista Social Club.* Ich fragte den *Capitano,* ob Jasmine zusammen mit den Polizisten das Haus verlassen hatte. Er hatte lediglich beobachtet, wie gegen fünf der Streifenwagen weggefahren war, Jasmine hatte er nicht gesehen. Hatten sie sie vielleicht doch laufen lassen? Er öffnete eine Flasche bretonischen Cidre, goss zwei Gläser ein, eines für sich und eines für mich, und servierte mir die dampfende Galette. Er versuchte mich aufzumuntern. »Das Mädchen scheint auf Zack zu sein. Die weiß sich schon zu helfen.«

»Aber niemand kann sie daran hindern, Jasmine in ein Flugzeug zu setzen und in ihre Heimat abzuschieben.«

Er schien zu sehr mit seinem Cidre beschäftigt, um mir direkt ins Gesicht zu sehen. Auf meinen Einwand ging er gar nicht ein. »Soweit ich mich erinnere, war Mara die letzte Frau, die du in deine Wohnung gelassen hast.«

»Sie zahlt Miete.«

»Wenn das so ist … Miete zahlen ist wie Kondome benutzen, man geht auf Nummer sicher: Man steckt sich nicht an und wird nicht schwanger.«

»Worauf willst du eigentlich hinaus?«

»Die Schwarze steht dir zu nahe. Gefühle sind gefährliche Raubtiere.«

»Sie ist mir eben sympathisch.«

»Hör doch auf, Bacci. Eine Frau, die so aussieht …«

»Zugegeben, manchmal schlafen wir auch miteinander, aber ich bezahle sie dafür.«

»Wieso denn das? Würde sie sonst wieder ausziehen?«

»Gut, vielleicht würde sie trotzdem bleiben. Aber dann hätte ich ein schlechtes Gewissen.«

»Eine Frau sympathisch zu finden und mit ihr zu schlafen, bedeutet für mich, sie zu lieben.«

»Bei ihr ist das anders.«

»Könnte es daran liegen, dass sie eine Prostituierte ist?«

»Ach was! Ihr Beruf spielt keine Rolle. Es gibt tausend Gründe, warum Frauen mit Männern ins Bett gehen. Man kann es drehen und wenden, wie man will, das ist alles schrecklich kompliziert. Mit Liebe hat es eher selten zu tun.«

In diesem Moment begannen im Radio die Nachrichten. Eine Direktschaltung zum Palazzo Chigi in Rom. Ein schleimiger Reporter kroch dem Ministerpräsidenten in den Arsch und fragte nach dessen geschätzten Meinung, ob der Irakkrieg doch noch zu vermeiden sei. Die Antwort kam prompt, gut verpackt wie ein Weihnachtsgeschenk. »Italien wird alles in seiner Macht Stehende tun, den Krieg zu vermeiden. Oberste Priorität haben dabei aber unsere freundschaftlichen Beziehungen zu Amerika. Und lassen Sie mich noch etwas aus persönlicher Erfahrung hinzufügen. Für meinen Freund George W. Bush lege ich meine Hand ins Feuer: Wenn es in unserer heutigen Zeit ein Staatsoberhaupt gibt, dessen oberstes Ziel der Frieden ist, dann Präsident Bush.«

Der *Capitano* schaltete verärgert das Radio aus. »Was haben wir nur getan, um mit einem solchen Ignoranten bestraft zu werden?«

Cidre und Galette waren ausgezeichnet. Sie hätten es verdient, genussvoll verzehrt und gebührend gewürdigt zu werden, wie alles, was ein bisschen Wärme ins Leben bringt. Hin und wieder innehalten.

Sich Zeit nehmen, auf den eigenen Atem zu horchen. Das bisschen Liebe in sich aufzuspüren, das noch nicht durch den Fleischwolf des Lebens gedreht worden ist. Das Restchen, das uns geblieben ist.

Draußen zerrte der Buran an den Fahnen und an den Mänteln der Passanten. Wie ein hungriger Wolf heulte er durch die engen Straßenschluchten. In diese Welt musste ich jetzt wieder hinaus. Ich durfte keine Zeit verlieren, denn schon bald würde die Nacht den Mann verschlucken, den ich treffen wollte.

Als es ums Bezahlen ging, begann das übliche Ritual: »Du zwingst mich, woanders essen zu gehen, wenn du mir weiterhin Sonderpreise machst. Und ich will nun mal nicht auf deine Crêpes verzichten.«

Mit einem Schluck Cidre spülte ich noch eine Schmerztablette hinunter, dann setzte ich mir den Helm auf. Ich war bereit.

Der Treff der Taxifahrer befindet sich am Ende der Via Rivoli in Carignano, kurz vor der Ampel, an der man auf die Umgehungsstraße direkt am Meer einbiegt. Einen Steinwurf von der Viale Aspromonte und nur etwa zweihundert Meter von meiner Wohnung entfernt. Bevor ich den Taxitreff durch das Gittertor betrat, warf ich einen Blick über die niedrige Begrenzungsmauer zwischen der Straße und dem Porto Turistico. Auf der Stadtautobahn Sopraelevata Aldo Moro staute sich eine schier endlose Autoschlange. Ich betrachtete die beleuchteten Werften, die vom Buran geschüttelten Masten der Segeljachten an den Kaimauern und die roten Lichter des Hafendamms. Dahinter das Meer, schwarz, still, unendlich weit. Anfang und Ende von allem. Die unermessliche Weite, in der jeder aus seiner Haut schlüpfen und wieder zum Ursprung zurückkehren kann. Das Wasser, aus dem wir kamen, bevor uns unsere Mütter geboren haben, und in das wir zurückkehren, wenn wir uns verabschieden. Meer, Wasser und Wind. Das Nichts. *Don't worry, babe. Be happy.*

Der Taxitreff war nicht mehr als ein großer Betonschuppen am Rande eines eingezäunten Platzes, der zum Teil nur geschottert, zum Teil asphaltiert war. Hier stand ein Taxi neben dem anderen. Um diese Zeit war Schichtwechsel, die Baracke proppenvoll. Es roch nach Mittagessen, nach gebratenem Fleisch und gedünstetem Blumenkohl. Ich fragte nach Marino. Marino Muras, der Taxifahrer mit dem alten gelben Mercedes. Er war hier bestens bekannt, aber heute hatte ihn noch niemand gesehen. Ich bat den Mann hinter der Bar, mich auf dem Handy anzurufen, sobald Muras auftauchte. Inzwischen wollte ich es bei ihm zu Hause probieren.

Vor dem schmutzig gelben Gebäude des Fischmarkts bog ich in das Sträßchen ab, das hinauf zur Chiesa Santa Maria di Castello und zum Torre degli Embriaci führt. Kopfsteinpflaster zwischen den alten Wohnblocks, die ursprünglich als Klöster gebaut, dann zu Arbeiterwohnungen umfunktioniert und heute als Luxusappartements verkauft werden. Meine alte Vespa 200 PX stotterte und röchelte bei diesem Anstieg und ich schaltete in den zweiten Gang zurück. Bei jedem Schlagloch durchzuckte mich ein Schmerz, als würde man mir ein Messer in den Körper rammen. Auf dem Platz vor der Kirche Santa Maria di Castello lehnte ich die Vespa an eine Hauswand. Die Kirchenfassade aus grauem Stein wurde von den Straßenlaternen nur spärlich erleuchtet, gleichwohl wirkte sie feierlich und erhaben. Sie ließ sich bewundern wie eine Frau, die sich auch ohne Schminke ihrer Schönheit bewusst ist. Im Laufe der Jahrhunderte hatte das Gotteshaus schon ganz andere Dunkelheit erlebt. Als die Nacht noch wirklich Nacht war, der die Menschen nur das Flackern einiger Fackeln entgegensetzen konnten.

Ich klingelte, ein Summen ertönte und die Tür sprang auf. Als ich im zweiten Stock des Mietshauses angekommen war, stand er plötzlich vor mir. Er trug einen Burberry-Trench, im Mundwinkel hing eine Zigarette. Er schien gerade das Haus zu verlassen. Kaum hatte er mich auf dem Treppenabsatz erkannt, setzte er ein gezwungenes Lächeln auf, als käme ich von der Steuerbehörde. Er war frisch rasiert, seine glatten, frisch parfümierten Wangen glänzten rosig – wahrscheinlich hatte er erst vor Kurzem zu Abend gegessen. Es blieb ihm nichts anderes übrig, als mich hereinzulassen. Allerdings nur mit größtem Widerwillen. Er war ein Mann, der zeit seines Lebens anderen etwas schuldig war, sich aber nur sehr ungern an diese Verpflichtungen erinnerte und seine Gläubiger am liebsten zum Teufel gejagt hätte. Der gute Marino Muras konnte unmöglich vergessen haben, dass ich ihn nicht nur einmal, sondern schon fünf- oder sechsmal aus der Scheiße gezogen hatte. Vor allem aber erinnerte sich seine Frau daran. Sie ertrug ihn, wie andere Frauen ihren trinkenden Ehemann oder ihr drogenabhängiges Kind ertragen. Das Schicksal hatte sie hart gemacht. Er war spielsüchtig und verlor beim Kartenspielen mehr Geld, als er bei seinen nächtlichen Taxifahrten verdiente. Er spielte Poker-Rommé oder Black Jack, das kam ganz auf den Abend an. Seine Partner traf er in einer Bar in der Via Maddalena. Er nannte sie Freunde, doch in Wirklichkeit waren sie Halsabschneider. Denn jedes Mal, wenn er einen Haufen Geld verloren hatte, bedrängten ihn diese Freunde und drohten, ihm die Ohren abzuschneiden. In seiner Not musste er sich dann Geld von irgendwelchen Wucherern leihen. Mehr als einmal wäre er in diesem Sumpf von Blutsaugern fast untergegangen. Glücklicherweise war seine Frau eine entfernte Verwandte des Capitano und der wiederum hatte mich empfohlen. Typischer Fall für eine Carruggi-Ratte wie Bacci Pagano. Privatdetektive haben meist gute Kontakte zu Spielhöllen und Kredithaien, und wenn man ein wenig die Muskeln spielen ließ, konnte man den einen oder anderen Glücksspieler oder Wucherer durchaus unter Druck setzen und einen akzeptablen Kompromiss aushandeln. Als Gegenleistung für meine Dienste erwartete ich von einem wie Marino, der nie Bares, aber immer Schulden hat, kein Geld und schon gar keine Dankbarkeit. Wer seine Spielschulden nicht bezahlt, dem soll man mit Moral erst gar nicht kommen. Ich wollte nur hin und wieder eine kleine Auskunft. Ein Taxifahrer ist eine gute Informationsquelle, besonders wenn er zu seinen Kollegen einen guten Draht hat und gern mit ihnen ein Schwätzchen hält.

»Oh, Pagano, welch guter Wind hat dich denn hierhergetrieben?« Er versuchte immerhin, seinen Unmut zu verbergen.

Schmierenkomödiant. Schaumschläger. Ein falscher Kerl, dieser Marino Muras.

»Der Buran, Marino. Du musst mir helfen, ich brauche eine Information.«

Aus dem Hintergrund schallte eine durchdringende Stimme. Seine Frau hatte mich gleich erkannt. Aus Sardinien wie er, im Gegensatz zu ihm aber aufrichtig. Sie behandelte mich stets ehrerbietig, wie eine Art Schutzheiligen – wer weiß, vielleicht war ich das für ihren Mann ja auch.

»Marino, bitte Signor Pagano doch herein. Was halten Sie von einem schönen Glas Rotwein? Direkt aus unserem Heimatdorf, aus dem Keller meines Bruders.«

»Woher kommen Sie?«

»Aus Lanusei, Ogliastra. Kennen Sie Sardinien?« Sie rückte mir einen Stuhl zurecht. Ablehnen kann bei ihr ein Gast nichts – da müsste schon das Haus in Flammen stehen.

»Sardinien ist mir fast so vertraut wie Ligurien. Damals in Novara hat mir ein sardischer Gefängniswärter fünf Jahre lang Tag für Tag von seiner Heimat erzählt. Seitdem mache ich fast jedes Jahr ein paar Tage Urlaub dort, eine Art Pilgerfahrt in die Vergangenheit.« Ich zeigte auf die große Weinflasche, aus der sie gerade ausschenken wollte. »Ich wette, es ist ein Cannonau.«

»Was denn sonst. Einen besseren Tropfen als den Cannonau di Jerzu gibt es auf der ganzen Welt nicht.«

Die Küche war bescheiden eingerichtet, genau wie der Rest der Wohnung. Kleine Zimmer, Möbel im Stil der Sechzigerjahre, aus der Zeit ihrer Heirat. Die Muras hatten sie auf Raten gekauft und jetzt alterten Möbel und Besitzer gemeinsam. Stumme und widerspenstige Zeugen einer Verbindung voller Schweigen, Bitterkeit und Groll. Lügen, Versprechungen, Aggressionen und Reue – so würde das bis zuletzt wohl auch bleiben. Der Tisch, der Küchenschrank und die Formica-Stühle waren in einem undefinierbaren Blau gehalten, das sich in den Vorhängen und den Kissenbezügen auf dem kleinen Sofa wiederfand. Der Tisch war noch nicht abgeräumt, auf einer rot-weiß karierten Wachstischdecke standen zwei benutzte Teller. Es war eine dieser Wohnungen, wo die Küche – und sei sie auch noch so winzig – Dreh- und Angelpunkt war. Hier bestimmte noch die Hausfrau, wer eingeladen wurde und was auf den Tisch kam.

Marino strafte seine Frau mit einem ungeduldigen Blick. Es war klar, dass er es kaum erwarten konnte, endlich aus dem Haus zu kommen, und dass ihm das übliche Ritual mit Schwätzchen, Rotwein und Gastfreundschaft gegen den Strich ging. Seine Frau bemerkte seine Ungeduld, ging aber nicht darauf ein. Sie warf mir lediglich einen verschwörerischen Blick zu, während ich einen Schluck des vollmundigen, dunkelroten Weins trank. Dann verließ sie die Küche, um uns allein zu lassen. Marino zog ein letztes Mal an seiner Zigarette und drückte sie auf dem dreckigen Teller vor ihm aus. Ein weiteres Zeichen, dass er eigentlich keine Zeit für mich hatte.

»Es handelt sich nur um eine Kleinigkeit, mein Freund. Ich muss einen Typen finden, den man in der Nähe der Piazza Leopardi gesehen hat. Zwischen sechzig und siebzig, eher klein, helle Augen, lange weiße Haare. Er spricht mit ausgeprägtem venezianischem Akzent. Am auffälligsten ist aber, dass er das linke Bein nachzieht.«

»Gut, alles klar. Ich brauche drei Tage.«

»Zu lang. Ich brauche die Informationen spätestens morgen, sonst ist es zu spät.«

»Ich versuchs. Aber versprechen kann ich dir nichts.«

»Mach mir nichts vor, Marino. Irgendeiner deiner Kollegen hat ihn bestimmt gefahren und ich will wissen, wohin. Es ist dringend.«

Wie von Zauberhand erschien gerade jetzt seine Frau wieder auf der Schwelle. Klein, mollig, nachlässig gekleidet. Rosa Strickweste über einem bunt gemusterten Morgenrock, dunkle Strumpfhosen, darüber Wollsocken, die möglicherweise ihrem Mann gehörten, dazu flache Fellpantoffeln.

»Stell dich nicht so an, Mari'. Als du Hilfe brauchtest, hat sich Signor Pagano auch nicht lange bitten lassen. Und gerade bei ihm machst du solche Schwierigkeiten?«

Marinos magerer Körper strahlte die nervöse Unruhe eines Spielers aus und schien ständig unter Strom zu stehen. Er grummelte widerwillig: »Nadia, du hast ihm schon Wein angeboten. Was willst du denn noch alles für ihn tun?«

»Was willst du damit sagen?«

»Er hat mir geholfen, das stimmt. Aber irgendwann ist Schluss! Wie lange soll ich noch für ihn die Drecksarbeit machen?«

»Stell dir vor, meine Drecksarbeit mache ich schon selber«, warf ich ein.

Die Frau schlug die Augen zum Himmel auf, faltete die Hände und rief alle Heiligen an. Dann giftete sie: »Wie lange? Du wagst es, so eine Frage zu stellen? Bis zum nächsten Mal, du Trottel. Bis sie dir das nächste Mal das Fell über die Ohren ziehen wollen und er dich wieder aus der Scheiße holen muss.«

»Das wird nicht wieder vorkommen.«

»Mach dir doch nichts vor, Mari. Männer wie du ändern sich nie. Das wäre zu schön, um wahr zu sein. Und jetzt findest du diesen Hinkefuß, und zwar ein bisschen flott.«

»So denkst du also von mir? Ist das der Respekt, den dein Ehemann verdient hat? Hast du das gehört, Pagano? Muss man sich so von der eigenen Frau behandeln lassen? Noch dazu vor einem Fremden?«

Nadia zuckte nur mit den Schultern und verließ erneut die Küche, um sich irgendwohin hinter der Tür zurückzuziehen. Dort verharrte sie aufmerksam, allzeit bereit einzugreifen, falls ihr Ehemann es wagen sollte, die eherne Regel »Eine Hand wäscht die andere« erneut zu verletzen.

»Hör mal, Marino, nach all den Jahren gehöre ich doch fast schon zur Familie …«

»Von wegen Familie. Du bist ein Geier, schlimmer noch als die Blutsauger, mit denen ich Karten spiele. Deshalb verstehst du dich auch so gut mit ihnen, du bist von der gleichen Sorte.«

»Und du bist und bleibst ein Dummkopf, Muras. Aber mach dir keine Sorgen. Geh nur, du weißt ja, wo du mich finden kannst. Und natürlich werde ich dir auch beim nächsten Mal helfen, genau wie immer.«

Wir standen auf. Er vermied es, mich anzusehen oder Fragen über den Mann zu stellen, den ich suchte. Und das nicht nur, weil er es eilig hatte. So war es schon immer gewesen. Eine Information zu liefern, war für ihn genau wie Abfall in einen Mülleimer zu werfen. Er war nicht im Mindesten neugierig, mehr über die Sache zu erfahren.

Gemeinsam verließen wir das Haus. Im matten Licht der Straßenlaternen zeigte die Chiesa Santa Maria di Castello ihr freundliches Gesicht. Hing in der glasklaren, kalten Luft nicht der Geruch von brennendem Holz? Ein Geruch aus längst vergangenen Tagen, für immer verloren. Alte Holzöfen, rissige Wände in der winzigen Küche, die oft der einzige geheizte Raum war. Küchenschränke und Tische aus Formica mit karierten Wachsdecken. Ich hatte immer gehofft, in solchen Bildern die Geborgenheit meiner Kindheit wiederzufinden. Aber all diese Erinnerungen sind unter einer dicken Schicht von Resignation begraben. Nur in Momenten wie eben glaube ich, diese Schicht durchbrechen zu können: Ich höre die Geräusche meiner Kindheit, sehe die Gestalten und Gesichter meiner Eltern, erkenne ihre Stimmen. Ich sehe sie, wie sie waren, bevor sie alt wurden. Nur für einen Augenblick. Dann verschwimmt alles wieder, und ich spüre, dass ich immer noch nicht weinen kann.

20
Geheimnisvolles Licht

Auch heute Nacht ist Jasmine nicht nach Hause gekommen. Ihr Handy ist noch immer ausgeschaltet. Auf dem Ausländeramt der Polizeidirektion spreche ich mit einem jungen Polizisten, der hinter dem Schalter auf den Tasten seines Computers herumhämmert. Ohne aufzublicken, antwortet er einsilbig:

»Ja.«

»Nein.«

»Hm.«

Hinter mir die schweigende Warteschlange der noch Hoffnungsvollen oder schon Verzweifelten. Lateinamerikaner, Araber, Schwarzafrikaner und Asiaten, zermürbt von Existenzkampf und Bürokratie.

Plötzlich erscheint eine Information auf dem Bildschirm, die die Stimmung des Polizisten spürbar aufhellt. Er hebt den Blick und mustert mich abschätzig, um seine Lippen spielt ein ironisches Lächeln. »Ihren Ausweis, bitte.«

Er hält mich offensichtlich für einen Zuhälter. Ich nehme meinen Führerschein aus der Brieftasche und lege ihn direkt vor ihm auf den Tresen. Er schaut kaum hin, mein Name scheint ihn nicht zu interessieren.

»Das Mädchen wird bei uns als Prostituierte geführt.«

»Das ist jetzt vorbei. Sie wechselt Name und Beruf, selbst die Persönlichkeit. Wo kann ich sie finden?«

»Woher soll ich das wissen? Man hat sie in irgendein Auffanglager gesteckt oder schon wieder nach Afrika abgeschoben. So macht man das heutzutage.«

»Wer kann mir da weiterhelfen?«

»Kommt ganz darauf an. Wenn man sie festgenommen hat, müssen

Sie sich an die zuständige Dienststelle wenden. Die können Ihnen sicherlich mehr sagen.«

»Das kann ich nicht.«

Er schenkt mir jetzt mehr Aufmerksamkeit, macht aber immer noch den Eindruck, als würde er mich nicht für voll nehmen. »Wieso können Sie das nicht? Sind Sie vorbestraft?«

»Noch nicht. Aber ich wurde gestern von Ihren Kollegen von der Digos zusammengeschlagen. Wenn das Mädchen von der gleichen Truppe festgenommen wurde, kann ich von dort kaum Unterstützung erwarten.«

Jetzt sieht er sich den Führerschein genauer an und liest meinen Namen, der ihm offensichtlich bekannt vorkommt. »Ach, Sie sind dieser Privatdetektiv, dieser Bacci Pagano?« Sein Ton verrät, dass er besagten Pagano für das letzte Stück Dreck hält. Ich zucke kommentarlos die Schultern.

»Tut mir leid. Versuchen Sie es doch mal bei der Sitte. Zweiter Stock.«

Auch das noch, zwei Treppen. Obwohl ich heute Morgen erneut eine der starken Schmerztabletten genommen habe, sticht es bei jeder Stufe höllisch im Knie. So kann das nicht weitergehen.

Im Büro der Sitte treffe ich auf einen älteren Polizisten mit Schnurrbart und Triefaugen, in einer leicht verblichenen blauen Uniform. Er schenkt mir den spöttischen Blick, den er speziell für Zuhälter reserviert hat, die zu ihm kommen, um nach ihren »Verlobten« zu suchen.

»Wie hieß sie noch gleich? Kilanda?«

»Kilamba.«

»Kilamba mit K?«

»Vermutlich.«

»Vermutlich? Ich denke, das ist Ihre Verlobte?«

»Nein, ich bin ein Kunde von ihr.«

»Und warum suchen Sie das Mädchen?«

»Ich möchte sie als Haushälterin einstellen. In meinem Alter muss man vorausschauend denken.«

Mit dem Anflug eines komplizenhaften Lächelns antwortet er: »Aber allem Anschein nach sind Sie noch ganz gut in Form …«

»Sie sollten mich mal morgens sehen, kurz nach dem Aufstehen. Da schmerzt jeder Knochen einzeln …«

Darauf reagiert er nicht, setzt seine Brille auf und beginnt etwas in den Computer einzugeben. »Hier ist kein Eintrag, weder unter K noch unter C. Vielleicht mit Q? Wie im Spanischen, Quilamba? Nein, auch nichts. Wann soll sie festgenommen worden sein?«

»Gestern Abend.«

»Vielleicht ist ihr Name noch nicht registriert.«

»Und wie findet man das heraus?«

»Ich schaue bei den handschriftlich eingegangenen Meldungen nach, einen Moment, bitte.«

Er verschwindet in einem Nebenraum, durch dessen Fenster mattes Winterlicht fällt. Auch heute Morgen peitscht der Buran mit ungebrochener Intensität durch die Häuserschluchten. Es ist bitterkalt. Als er zurückkommt, schüttelt er den Kopf. »Tut mir leid, aber ich finde nichts, Signor …«

»Pagano. Bacci Pagano.«

»Der Privatdetektiv?«

»Ja, genau der.«

»Warum wenden Sie sich nicht an Dottor Pertusiello? Sie sind doch befreundet?«

»Das stimmt. Aber ich möchte unsere persönliche Beziehung da raushalten.«

Das entspricht nicht ganz den Tatsachen. Sicherlich hat auch Pertusiello nichts Neues erfahren, sonst hätte er mich schon angerufen.

Als ich ins Freie trete, packt mich ein heftiger Windstoß. Der Himmel ist von undefinierbarer Farbe. Eine dünne, milchig-graue Wolkenschicht verschleiert die Sonne. Die Stadt ist in ein geheimnisvolles Licht getaucht. Straßen, Häuser und Bäume – alles wirkt wie mit feinem weißem Puder überzuckert, obwohl noch gar kein Schnee gefallen ist. Die feuchte Kälte hat die Welt mit einer Raureifschicht überzogen, die Helligkeit blendet. Ich ziehe den Reißverschluss meiner Daunenjacke hoch, streife die Handschuhe über und eile zu meiner Vespa, die ich vor dem Liceo D'Oria geparkt habe.

Bis zur Viale Aspromonte und zum Eingang der Blue Sea Lines brauche ich vier, fünf Minuten. Im Großraumbüro werde ich von einer schwarzhaarigen jungen Frau empfangen. Ihre langen Wimpern wirken wie Schmetterlingsflügel, die sich langsam auf und ab bewegen. Ihr Lächeln steht an Kälte der Außenluft in nichts nach. Ihr straffer Busen reckt sich einladend, während ich nach Dottoressa Landolfi frage.

»Die Dottoressa ist nicht im Haus. Ihr geht es nicht besonders gut. Sie verstehen, nach all den Ereignissen …«

»Ich muss sie aber dringend sprechen. Mein Name ist Bacci Pagano, ich bin Privatdetektiv und wurde von Ihrer Firma mit Ermittlungen beauftragt …«

Hinter ihr erkenne ich die Frau, die Samstagmorgen versucht hatte, der Sekretärin des Ingeniere Trost zuzusprechen. Sie fixiert den Bildschirm vor sich, als sie jedoch meinen Namen hört, hebt sie den Kopf. Ihre Verachtung schlägt mir entgegen, ihr Blick ist noch ätzender als bei unserer ersten Begegnung.

Sie erhebt sich und kommt nach vorne. »Guten Tag. Was kann ich für Sie tun?«

Ich erkläre auch ihr, dass ich dringend mit Dottoressa Landolfi sprechen muss. Statt einer Antwort nimmt sie den Telefonhörer ab. Gleichzeitig gibt sie der Dunkelhaarigen mit einem einzigen Blick zu verstehen, dass ihre Rolle als Empfangsdame ab sofort beendet ist. Pech für mich. Sie kehrt zu ihrem Platz zurück, wobei jeder Hüftschwung ihre sinnlichen Kurven unter dem Minirock betont. Sie lässt sich provozierend langsam auf ihren Stuhl gleiten, dabei versucht sie den engen Rock am Hochrutschen zu hindern. Allerdings nur so weit, dass ich noch ihre langen Beine bewundern kann, die sie lasziv übereinanderschlägt. Dann lächelt sie mir mit kokettem Augenaufschlag zu. Unsere Blicke treffen sich und ich komme mir vor wie ein Vogel, dem man einige Brotkrumen hingeworfen hat. So sieht es also aus, das Elend eines alternden Mannes.

Die ältere Frau telefoniert, dabei wendet sie mir den Rücken zu. Plötzlich dreht sie sich um und fragt: »Dottoressa Landolfi möchte wissen, ob Sie sie persönlich zu sprechen wünschen oder ob ein Telefonat genügt?«

»Ein persönliches Gespräch wäre mir lieber.«

Sie flüstert etwas in den Hörer, dann eine kurze Pause. »Ist es Ihnen möglich, die Dottoressa zu Hause aufzusuchen?«

»Sofern sie nicht am Ende der Welt wohnt, gerne.«

Sie wohnt am Ende der Welt, aber ich mache mich trotzdem auf den Weg. Während ich die Mura di San Bernadino hochfahre, peitscht mir der Buran in eisigen Böen entgegen. An der Kurve, wo die von Bäumen gesäumte Via Carso abzweigt, werfe ich einen Blick auf die Festungsanlagen. Besonders eindrucksvoll sehen das Forte Puin und das nahe Forte del Diamante aus, die sich im weichen Winterlicht dem perlmuttfarbenen Himmel entgegenrecken. Ich muss dabei an Jasmines aufgerichtete Brustwarzen denken. Die nackten Bäume der Via Carso wirken einsam und trist. Ich fahre durch eine enge, dunkle Straßenschlucht, durch die der Wind pfeift. Die feuchte Straße wirkt wie vereist, ich bin deshalb besonders vorsichtig und lasse die Füße auf dem Boden schleifen. Schließlich erreiche ich mein Ziel in der Via Domenico Chiodo. Hier wohnt Dottoressa Landolfi. Ich parke vor kleinen Mehrfamilienhäusern mit vier Stockwerken. Zwischen den Häusern und dem Eisenzaun der Stützmauer liegt ein schmaler Streifen Grün. Von hier aus hat man einen atemberaubenden Blick auf das Meer bis hin zu einem schier endlosen Horizont. Über allem liegt wieder dieses geheimnisvolle, diffuse Licht. Hier oben hat sich der Himmel aufgeklart. In der frostigen Luft durchsticht jeder Atemzug meine Lunge.

In der Wohnung der Dottoressa herrscht wohlige Wärme, die nicht nur in Celsiusgraden messbar ist. Ein Zuhause, wo Geld keine Rolle zu spielen scheint. Das beginnt schon bei der Wohnlage: Die Via Domenico Chiodo ist eine der exklusivsten Adressen in Genova Alta. Großzügig geschnittene Räume, erlesenes Mobiliar, eine Bibliothek. Alles hat Stil und Eleganz, genau wie die Besitzerin. Diesen Wohlstand hat sie gewiss nicht ihrer Arbeit bei der Blue Sea Lines zu verdanken. Er wurde über Generationen hinweg vererbt, mit der gleichen Selbstverständlichkeit, wie die Täuflinge die Namen der Großeltern bekommen. In ein solches Leben wird man hineingeboren, versehen mit der felsenfesten Überzeugung, dass man dieses Privileg nicht geschenkt bekommt, sondern dass man es sich hart erarbeiten muss. Die Einrichtung ist ein gelungener Mix aus modernem Mobiliar und antiken Stücken. Eine Louis-XV-Kommode, ein barocker Sekretär und ein alter Backtrog, dazu Stahl und Glas. Klare und strenge neben barocken Formen. Moderne Teppiche und Tapeten, ein großes, helles Ledersofa vor einer Balkontür mit halb heruntergelassenen Rollläden.

Dottoressa Landolfi bittet mich herein und bietet mir einen Kaffee an. Ihre Kleidung ist betont maskulin. Ein warmer Kaschmirpullover über einer Cordhose, dazu klassische Wildlederstiefel. Aus dem Pullover lugt der Button-down-Kragen eines blauen Oxfordhemdes hervor, das gleiche Modell, das ich selbst trage. Sie stellt das Tablett mit zwei Tassen und der Zuckerdose auf den Glastisch und nimmt auf dem gegenüberliegenden Sofa Platz.

»Was verschafft mir die Ehre Ihres Besuchs?«

Ihre Wortwahl ist ausgesucht höflich und korrekt, aber in ihrer Stimme schwingen Anspannung und Angst mit. Ich fühle mich nicht wohl in meiner Haut.

»Es ist mir gelungen, den Mörder des Ingeniere zu stellen.«

»Das ist mir bekannt. Dottor Pertusiello hat mir erzählt, was letzte Nacht auf dem Expo-Gelände vorgefallen ist. Sie sind ein mutiger Mann, Dottor Pagano.«

»Wenn Sie damit ausdrücken wollen, dass man Mut braucht, um auf einen anderen Menschen zu schießen, haben Sie sicher recht. Danach aber ist es mit meinem Mut schnell vorbei.«

»Auf diese Art von Mut wollte ich nicht anspielen.«

»Dann ist mir nicht ganz klar, worauf Sie sonst anspielen wollen. Tatsache ist: Ich habe einen schmutzigen Beruf. Es sei denn, es geht um eine gute Sache, aber das kommt höchst selten vor. Ich mache diesen Job nur, weil er gut bezahlt wird.«

»Hier geht es um eine gute Sache.«

»Wenn Sie dabei an die Aufklärung des Mordes an Ingeniere Bardi denken, mögen Sie recht haben. Bei meiner Arbeit geht es jedoch um etwas anderes. Einem Menschen eine Pistole in den Mund zu stecken, ist eine Sache, die jeden normalen Menschen mit Abscheu erfüllt.«

»Die Tatsache, dass jemand unvermittelt auf einen schutzlosen Menschen schießt, ist nicht minder abstoßend …«

»Da stimme ich Ihnen zu. Ich halte mich auch noch nicht für einen Verbrecher, aber ein Held bin ich sicher ebenso wenig. Wussten Sie eigentlich, dass ich damit drohen musste, ihn umzulegen, wenn er nicht auspackt? So sieht der Mut aus, den ich brauche, um meinen Lebensunterhalt zu verdienen.«

Sie hört mir höflich zu, ohne mich zu unterbrechen. Dabei nippt sie an ihrem Kaffee und mustert mich aufmerksam mit ihren tiefgrünen, unergründlichen Augen. Jetzt blitzt durch ihre zuvorkommende Gelassenheit die Andeutung eines mitfühlenden Lächelns.

»Warum reagieren Sie so allergisch auf Komplimente? Immerhin haben Sie dafür gesorgt, dass der Mörder verhaftet werden konnte.«

»Stimmt, Terlizzi alias Russo. Ein Mafioso. Als er sich als Bevollmächtigter einer großen Finanzierungsgesellschaft ausgab, hat er in gewisser Hinsicht sogar die Wahrheit gesagt. Der Mörder ist gefasst, aber was uns fehlt, ist der Auftraggeber.«

»Kann ich Ihnen irgendwie helfen?«

»Gut möglich. Können Sie sich daran erinnern, ob Ingeniere Bardi nach Russos Besuch noch telefoniert oder ein Gespräch entgegengenommen hat?«

»Natürlich. Er sprach mit Dottor Pellegrini.«

»Gustavo Camillo Pellegrini?«

»Ganz genau. In den letzten Monaten hatten die beiden oft Kontakt. Dottor Pellegrini war in der Pellegrini Holding für die Blue Sea zuständig. Donna Assunta hatte ihn mit allen Angelegenheiten der Südamerikalinie betraut.«

»Das heißt, die Kontonummer auf dem Notizblock könnte von ihm stammen.«

Wieder der Anflug eines Lächelns, wenn auch etwas gezwungen. Sie schloss die Augen und atmete tief durch. »Aber nein. Ich habe mir erlaubt, selbst eine kleine Recherche durchzuführen. Ich hätte noch mit Dottor Pertusiello darüber gesprochen, aber da Sie jetzt hier sind, sollen Sie es als Erster erfahren. Immerhin haben Sie Ihr Leben riskiert, damit der Mörder des Ingeniere festgenommen werden konnte. Nach dem Telefonat mit Dottor Pellegrini an besagtem Freitag hat mich Signor Bardi gebeten, Dottor Pittaluga anzurufen, einen alten Freund des Ingeniere. Pittaluga ist Finanzberater und hat beste Kontakte zu Genuas Bankenwelt. Er hat ihm die Kontonummer gegeben.«

»Woher wissen Sie das?«

»Pittaluga selbst hat es mir erzählt. Ich habe ihn gestern Abend getroffen, und er hat mir auch geschildert, wie er an die Nummer gekommen ist. Signor Bardi hatte ihn gebeten, nähere Einzelheiten über ein Konto bei einer Londoner Bank herauszufinden ...«

»Kontoinhaber ist ein gewisser Raphelson. Von diesem Konto stammten die hundert Millionen Euro zugunsten der Blue Sea Lines.«

Ihre Verblüffung ist offenkundig. »Kompliment. Schmutzige Arbeit führt also auch zum Ziel, wie ich sehe. Wie haben Sie das denn herausgefunden?«

»Nicht mit legalen Mitteln. Ähnlich wie Dottor Pittaluga, denke ich.«

»Der Ingeniere hatte ihn auch gebeten zu prüfen, ob es noch weitere Transaktionen mit anderen Genueser Unternehmen gegeben hat …«

»Und Pittaluga ist dabei auf die Überweisung einer bedeutenden Summe auf das Konto der Transcontinental Shipping gestoßen.«

»Genau. An diesem Punkt war der Ingeniere sehr aufgebracht. Er schrieb die Kontonummer der Transcontinental auf den Notizblock …«

»Und rief dann Donna Assunta an.«

Sie nickt.

»Und einen Tag später ist er tot.«

Sie blickt zur Seite und schweigt. In diesem Schweigen schwingt auch vage Hoffnung mit. Die unerbittliche strenge Aura, ihre kurzen Haare, ihre maskuline Kleidung: alles nur Fassade. Ihre Augen verraten Verletzlichkeit. Seit sie gemerkt hat, dass meine Motive in diesem Fall nicht nur finanzieller Art sind, taut sie auf. Obwohl ich Signor Bardi nie kennengelernt habe und die Blue Sea Lines für mich nur drei aneinandergereihte Worte sind. Obwohl ich schon morgen mit anderen Ermittlungen betraut und mit anderen Verbrechen konfrontiert sein werde.

»Können Sie sich vorstellen, über was sich Ingeniere Bardi und Dottor Pellegrini unterhalten haben könnten?«

»Keine Ahnung. Ich habe Ihnen doch schon gesagt, dass mich der Ingeniere aus dieser Geschichte heraushalten wollte.«

»Sicher ist: Bardi vertraute Pellegrini nicht mehr, andernfalls wäre er nicht bei Donna Assunta vorstellig geworden.«

»Das sehe ich genauso.«

Das bedeutet also: Freitagabend bekam der Ingeniere die Bestätigung für seinen Verdacht. Jemand hatte von langer Hand die Übernahme der Blue Sea Lines geplant. Jemand, der mit den Malfattis gemeinsame Sache machte. Bis zu diesem Augenblick war Ludovico Bardi schleierhaft, was sich hinter dem dubiosen Angebot von Giuseppe Russo verbergen könnte. Er hatte sich lediglich dem erpresserischen Druck eines Mafioso widersetzt, der ihn mit hundert Millionen Euro aus der Hand eines unbekannten Wohltäters ködern wollte und ihm gleichzeitig mit Gewaltanwendung drohte.

»Erzählen Sie das alles Dottor Pertusiello und bitten Sie ihn um Personenschutz. Solange diese Sache nicht aufgeklärt ist, sind auch Sie in Gefahr.«

Es ist Zeit zu gehen. Wie gerne würde ich den Rollladen hochziehen, um das Schnee verheißende Licht des Wintertages in die Wohnung fluten zu lassen und ihre Trauer etwas aufzuhellen.

»Sie haben eine wunderschöne Wohnung, Dottoressa. Glückwunsch.«

»Eine Hinterlassenschaft meines Mannes.« Es klingt wie eine Entschuldigung. »Kaum waren wir eingezogen, starb er. Er hatte keine Zeit mehr, unser neues Zuhause zu genießen. Er litt an Ischämie. Zwölf Jahre ist das jetzt her. Er arbeitete als Historiker an der Universität. Sie haben die Bibliothek ja gesehen …«

Irgendetwas reißt einem immer das Liebste aus dem Leben, denke ich, behalte den Gedanken aber für mich. Vielleicht hat sie es auch so verstanden.

Unendlich müde fährt sie fort: »Aber dieses Mal ist es anders. Natürlich ist jeder Tod schrecklich und grausam, doch eine Krankheit ist ein Schicksalsschlag. Aber wenn jemand vorsätzlich umgebracht wird, und das nur wegen Geld …«

»Dann wird nach Leuten gerufen, die im Dreck wühlen, nur wegen Geld, so wie ich.«

Ihr befreites Auflachen löst die Spannung und gibt mir Gelegenheit, mich zu verabschieden. Sie bringt mich zur Tür. Zurück bleiben ihre Dankbarkeit und ihre Trauer. Mörder entlarven und der Gerechtigkeit zum Sieg verhelfen – nichts als schöne Worte. Die Uhr lässt sich nicht zurückdrehen, und die Toten bringt man nicht wieder zu den Lebenden zurück, die sie vermissen. Wäre das möglich – ich würde alles dafür tun, selbst ohne dafür bezahlt zu werden. Aber so mache ich nur meinen Job.

An der Tür schütteln wir uns die Hand, wie unter Männern. Dann stelle ich noch eine letzte Frage, deren Antwort ich schon weiß. »Glauben Sie, dass Dottor Pellegrini wirklich nichts von diesen Machenschaften wusste?«

»Möglich ist alles, aber ich kann es mir nicht vorstellen. In den vergangenen Wochen haben der Ingeniere und der Dottore oft miteinander telefoniert. Und Dottor Pellegrini hat ihn sogar im Büro aufgesucht …«

Er hat ihn im Büro aufgesucht. Wir aber sind im noblen Genova Alta, von wo aus man einen herrlichen Blick auf die Stadt und das Meer hat und wo man für den unbequemen Anfahrtsweg reich belohnt wird mit einer unversehrten Umgebung und wohltuender Stille – und nicht im Büro der Blue Sea Lines in der Viale Aspromonte. Aber was heißt das schon. Während ich die Stufen zur Straße hinuntersteige, sage ich mir, dass wir letztendlich immer dort sind, wo unsere Gedanken und unsere Gefühle wohnen.

21
Entlassen

Geschätzter Dottor Pagano,
Mit großem Bedauern habe ich durch meinen Sohn erfahren müssen, dass Ihnen durch das Gericht die Lizenz entzogen wurde. Gustavo Camillo hat mir vorgeworfen, zumindest eine Teilschuld an dieser misslichen Situation zu tragen, weil ich Ihnen den Auftrag gab, Losurdo davon abzubringen, sich mit Alma zu treffen. Ich fürchte, damit hat mein Sohn nicht ganz unrecht, und vielleicht ist seine Wut, dass ich ihn nicht davon in Kenntnis gesetzt habe, berechtigt. Aber was hätte ich sonst tun sollen?

Es ist mir sehr wichtig, Ihnen auf diesem Wege für alles zu danken, was Sie für uns getan haben. Leider kann ich es nicht persönlich tun. Von der Polizei habe ich erfahren, dass Sie Sonntagnacht Ihr Leben riskiert haben, um die Mörder von Ingeniere Bardi zu stellen. Dafür gebührt Ihnen Anerkennung, denn der Ingeniere war ein unbescholtener Mann, dessen Kompetenz und Bescheidenheit von jedermann geschätzt wurden. Sein Tod ist eine Tragödie und hinterlässt eine Wunde in meinem Herzen, die für immer bleiben wird. Ich hoffe, dass die Angelegenheit bald geklärt wird und die Polizei in der Lage ist, sämtliche Umstände dieser üblen Geschichte aufzuklären, die uns alle tief erschüttert hat. Ihr Spürsinn und Ihre Entschlossenheit wären für uns gerade jetzt eine große Hilfe.

Ich selbst fühle mich nicht besonders wohl, denn die letzten Monate waren sehr anstrengend für mich. Daher habe ich nach der Ermordung des Ingeniere beschlossen, die Leitung unserer Holdinggesellschaft auf meinen Sohn zu übertragen. Es war an der Zeit. Wie heißt es in Genua doch so schön: Abbiamo già dato, wir haben das Unsere getan. Gustavo Camillo ist vierzig Jahre alt, und der Augenblick ist gekommen, wo er sich seiner Verantwortung stellen muss. Wenn sich herausstellen sollte, dass er dieser Aufgabe nicht gewachsen ist, dann wird es hoffentlich jemanden geben, der hellsichtig und mutig genug ist, ihn darauf hinzuweisen. Ich bedaure sehr, dass Sie bis auf Weiteres nicht mehr für uns arbeiten können. Ich hoffe aber, dass Ihnen das Wohlergehen unserer Firma auch weiterhin am Herzen liegt und Sie uns nach Klärung dieser Angelegenheit Ihre geschätzten Dienste wieder zur Verfügung stellen können. Ich habe Gustavo Camillo beauftragt, alles in unserer Macht Stehende zu tun, um Sie zu entlasten.

Mit vorzüglicher Hochachtung
Assunta Orengo Pellegrini

PS: Wegen Ihres Honorars wenden Sie sich bitte umgehend an meinen Sohn. Verlieren Sie keine Zeit, junger Freund!

Ein Blatt Papier, beschrieben mit blauer Tinte aus einem goldenen Füllfederhalter. Die Handschrift klassisch-elegant und weiblich geschwungen, aber doch klar, gradlinig und entschieden. Ich drehte und wendete den Brief in meinen Händen, hielt ihn gegen das Licht, strich ihn auf dem Wohnzimmertisch glatt und las ihn wieder und wieder, Zeile für Zeile. Aber es änderte sich nichts, nicht ein Komma verschwand aus Donna Assuntas Entlassungsschreiben, das sie mir – sicherlich schweren Herzens – per Eilpost hat zustellen lassen. Um sicherzugehen, dass der Brief am nächsten Tag ankam. Ich hatte ihn gefunden, als ich von Dottoressa Landolfi zurückgekehrt war. Einige Sätze hatten meine besondere Aufmerksamkeit erregt und ich drehte und wendete sie, als ob ich ihnen doch noch einen verborgenen Hinweis entlocken könnte.

Ihr Spürsinn und Ihre Entschlossenheit wären für uns gerade jetzt eine große Hilfe … Wenn sich herausstellen sollte, dass er dieser Aufgabe nicht gewachsen ist, dann wird es hoffentlich jemanden geben, der hellsichtig und mutig genug ist, ihn darauf hinzuweisen.

Ihre Anweisung an Gustavo Camillo, mir zu helfen, konnte man getrost vergessen. Er hatte Losurdos Spiel meisterhaft mitgespielt und alles getan, um mich kaltzustellen. Das bedeutete auch, dass

Donna Assunta längst der Überblick fehlte und sie schon geraume Zeit von wichtigen Entscheidungen ausgeschlossen war.

Vielleicht war dieser Brief ja ein verschlüsselter Hilferuf. In diesem Fall war Eile geboten.

Verlieren Sie keine Zeit, junger Freund!

Trotz allem blieb es ein Entlassungsschreiben.

Zainab machte sich wortlos und mit stolzer Haltung in der Wohnung zu schaffen. Nach nur drei Stunden war das Chaos, das Manzi und seine Männer angerichtet hatten, beseitigt. Die Wohnung sah aus wie immer. Alles war an seinem angestammten Platz – kein Buch, keine Socke, kein Löffel lag irgendwo herum. Nur Jasmine fehlte.

Das Telefon klingelte. Blitzschnell griff ich nach dem Hörer. Zainab warf mir einen verwunderten Blick zu. Vielleicht fragte sie sich, ob ich mir von diesem Telefonat berufliche Neuigkeiten oder das Lebenszeichen einer Frau erhoffte. Ich wusste es selbst nicht.

»Pagano? Ich bins, Marino.«

»Du rufst mich daheim an? Fürs Handy hats wohl nicht gereicht?«

»Ich rufe dich zu Hause an, weil ich dich nicht brauche.«

Das stimmte. Er rief nur dann auf dem Handy an, wenn er dringend meine Hilfe brauchte. Jetzt lagen die Dinge umgekehrt.

»Der Mann, den du suchst, ist von mehreren Kollegen gefahren worden. Er wohnt in der Via Parini 30. Das muss ein Kloster sein, oder zumindest so was Ähnliches.«

»Danke, mein Freund.«

»Halt, das ist noch nicht alles. Es scheint, als hätte er eine feste Route. Er lässt sich immer von der Via Parini bis zur Piazza della Vittoria fahren, und zwar an die Seite des Platzes, wo die Via Armando Diaz verläuft. Dann wieder zurück.«

»Hut ab, alter Knabe. Gute Arbeit und so schnell! Hat sich Nadia wieder mit dir versöhnt?«

»Leck mich.« Er legte auf.

Von der Via Parini bis zur Piazza della Vittoria, Ecke Via Armando

Diaz – was zum Teufel plante dieser alte Fuchs? Ich beschloss, die Angelegenheit mit Pertusiello zu besprechen.

Ich traf den Commissario in seinem großzügigen Büro, zusammen mit Cecchi und Ispettrice Esposito. Der Raum roch nach Rauch und Aktenstaub. Durch das geschlossene Fenster konnte man auf die Scalinata delle Tre Caravelle mit ihren in Schiffsform angelegten Blumenbeeten sehen. Die bunten Farben wirkten im bleichen Winterlicht seltsam blass. Ispettrice Esposito, im klassisch-blauen Kostüm, stand vor dem Schreibtisch ihres Chefs, während Cecchi mit verschränkten Armen am Besprechungstisch saß und sich aufgeregt mit dem Commissario unterhielt, wobei er wohlgefällig die Beine seiner Kollegin betrachtete. Auf seinen Lippen lag der Rest eines liebenswürdigen Lächelns, das Lächeln eines Jungen aus den Hügeln von Siena, wohlgenährt von gegrillten Steaks und Pecorino Nero aus Pienza. Proteine im Überfluss und immer gut gelaunt; der Einzige, der ihn aus der Fassung bringen konnte, war Pertusiello. Manlio Cecchi war der große Teddybär der Mordkommission. Immer einen flotten Spruch auf den Lippen, der Witzbold unter den Polizeiinspektoren. Mit ihm ins Gespräch zu kommen, war kein Problem.

»Sparen Sie sich die Mühe. Sie ist erst seit drei Jahren verheiratet und ihr Sohn erst achtzehn Monate alt. Sie ist noch im siebten Himmel. Warten Sie noch paar Jährchen, bis die Muttergefühle abkühlen und sie ihren Ehemann wie einen Bruder behandelt. Dann werden Sie bestimmt Chancen haben.«

Die junge Frau warf mir einen wütenden Blick zu. »Der übliche Machospruch, Herr Detektiv. Pardon, Exdetektiv. Haben Sie schon Arbeitslosengeld beantragt?«

»Pertusiello sammelt für mich unter den Polizisten mit demokratischer Gesinnung. Geben Sie auch etwas, Dottoressa?«

»Sind fünf Euro genug?«

»Das hängt ganz davon ab, wie viele demokratisch denkende Polizisten es gibt.«

»Sehr viele, Dottor Pagano, einige mehr, als Sie und Ihre Freunde vom Genua Social Forum vermuten.«

»Wissen Sie, dass eine Gruppe dieser ach so demokratischen Polizisten gestern auf dem Parkplatz am Gericht ihre Späßchen mit mir getrieben hat? Beamte aus Rom, Manzi von der Digos hatte sie angefordert. Auch er ist ja als wahrer Demokrat bekannt. Ein Macho ist er allerdings eher nicht – wenn er Studenten verprügelt, wird er meistens als Schwuchtel tituliert.«

»Woher wollen Sie das denn wissen?«

»Ich wohne gegenüber der Universität und kenne jede Menge Studenten.«

Das hatte mir gerade noch gefehlt: Ispettrice Esposito als Verteidigerin der Digos. Sie hatte nach der Geburt eines kräftigen Jungen nicht lange gebraucht, um wieder in Form zu kommen. Wohlproportioniert, alle Rundungen an den richtigen Stellen. Was sollte eine so begehrenswerte Frau von einem alten Mann wie mir wollen, mit seinem ausgeleierten Körper, der sich anfühlte, als sei er durch die Mangel gedreht worden?

Cecchi amüsierte sich köstlich bei diesem Geplänkel. Pertusiello dagegen hörte schweigend zu und schüttelte missbilligend den Kopf, als ob er sagen wollte: Immer das Gleiche. Kaum hat eine Frau nichts für dich übrig, wirst du polemisch.

»Welchem Umstand verdanken wir die Ehre deines Besuchs?«, fragte der Commissario.

»Ich habe herausgefunden, wo unser Mann untergetaucht ist.«

»Alle Achtung«, rutschte es Cecchi heraus, »nicht schlecht für einen Detektiv auf Kurzarbeit.«

»Sag schon, wo ist er?«, drängte Pertusiello.

»Via Parini 30, in einer Art Kloster.«

»Das müssen wir noch genauer ermitteln, gib mir zwei Stunden.«

Er wirkte jetzt wie ein Löwe im Käfig, sein gewaltiger Schädel schwang nach rechts und links, als suchte er einen Fluchtweg. Gedankenverloren kratzte er sich mit seiner Riesenpranke am Kinn, seine Augen starrten ins Nichts. Er hatte die gegerbte Haut der Süditaliener, Söhne von Fischern und Olivenpflückern, die seit zehn Generationen unter der sengenden Sonne der Amalfiküste ihrer mühevollen Arbeit nachgegangen sind. Cecchi war vom Besprechungstisch aufgestanden und wartete auf Anweisungen seines Chefs. Die beiden hätten Vater und Sohn sein können, so ähnlich sahen sie sich. Pertusiello hatte allerdings eine Glatze, die von einem pechschwarzen Haarkranz umrahmt wurde, während Cecchis blonde Locken in üppiger Fülle in die Stirn fielen. Mariella Esposito beobachtete die beiden, verstand ihre Aufregung aber nicht. Offensichtlich war sie nicht eingeweiht, doch bestimmt nicht, weil sie ihr misstrauten. Bei Pertusiello gab es keine Mitarbeiter ersten und zweiten Grades. Wenn ihm jemand nicht passte, dann ließ er ihn versetzen und Schluss.

»Was haben Sie jetzt vor?«, fragte Cecchi seinen Chef.

»Erst einmal so viele Informationen wie möglich sammeln. Das ist Hoheitsgebiet der Kirche, wir können nicht einfach mit gezückten Pistolen in ein Kloster eindringen. Und uns mit Manzi abzustimmen, bringt nichts. Vielleicht sollten wir es bei Musumeci probieren. Die Sache ist brandheiß, daran gibt es keinen Zweifel, denn morgen früh trifft sich der Ministerpräsident mit Schülern des Liceo Andrea D'Oria.«

»Wie bitte?«

Wenn er gesagt hätte, der Ministerpräsident würde im Teatro Carlo Felice den *Nussknacker* tanzen, im Acquario mit den Haien schwimmen oder als Spieler von Sampdoria Genua ins Marassi-Stadion einlaufen – ich hätte nicht weniger gestaunt.

»Liest du denn keine Zeitung?«

»Ich hatte keine Zeit.«

»Das übliche Tamtam, seit Tagen schon. Das Treffen wird morgen im humanistischen Gymnasium stattfinden, hier ganz in der Nähe.«

»Weißt du, welche Strecke unser Mann regelmäßig im Taxi fährt?

Tag für Tag? Von der Via Parini zur Piazza della Vittoria, Ecke Via Armando Diaz. Hin und zurück.«

Pertusiellos Gesicht verdüsterte sich, er ballte die Faust und ließ sie auf den Schreibtisch donnern. »Verdammt! Keine hundert Meter vom Gymnasium entfernt.«

Er klopfte nervös mit seinem Bleistift gegen die Tischplatte und schnaubte wie eine Dampfmaschine, wie immer, wenn er intensiv nachdachte. In solchen Situationen ging man ihm lieber aus dem Weg. Auch für mich war es jetzt an der Zeit zu verschwinden. Als privater Ermittler konnte ich einfach gehen, seine Mitarbeiter mussten bleiben. Ich war frei, ein Privatmann und im Augenblick ohne Lizenz unterwegs.

»Machts gut, Jungs. Ich muss unbedingt noch eine Rechnung schreiben, sonst gibts dieses Jahr keine Weihnachtsgeschenke. Wir hören voneinander.«

Pertusiello nagelte mich mit seinem berühmt-berüchtigten stählernen Blick auf der Türschwelle fest. »Vergiss nicht, dass du weder eine Lizenz noch eine Waffe hast. Von deinen Revolverheldgeschichten haben wir die Nase voll.«

Meine Lizenz war weg, da hatte er recht, aber in der Tasche meiner blauen Daunenjacke steckte noch eine 45er-Smith & Wesson. Illegal natürlich, aber mit einem vollen Magazin und einsatzbereit.

»Apropos, gibts was Neues im Mordfall Bardi?«

»Die Anwälte und Denunzianten durchsuchen die Krümel, um dir am Zeug zu flicken. Man hat den Eindruck, dass es ihnen vor allem um deinen Kopf geht. Trotzdem stehen die Chancen gut, Russo und Konsorten festzunageln. Aber mehr auch nicht. Wir haben die Anruflisten überprüft, aber ohne Ergebnis.«

Das überraschte mich nicht. Mit dem Lauf meiner Beretta im Mund hätte Russo bestimmt ausgepackt. Diese Methode war wirksamer als jeder Lügendetektor. Hätte er noch mehr gewusst, dann wäre ich garantiert der Erste gewesen, der es erfahren hätte.

Während ich die Treppe der Questura hinunterging, kam mir der alte Polizist von der Sitte entgegen. »Schon wieder hier?«

»Ich habe Ihren Rat befolgt und mit Dottor Pertusiello gesprochen.«

»Sehr gut. Hier in Italien laufen die Dinge nun mal so. Ohne Vitamin B geht nichts.«

»Genau. Aber jetzt stehe ich wieder ganz am Anfang.«

»Noch keine Spur? Das tut mir leid. Wir treten leider auch auf der Stelle.«

Er kam näher, hakte mich unter und flüsterte: »Entschuldigen Sie, aber könnte es nicht sein, dass sie sich einfach aus dem Staub gemacht hat? Das passiert öfter.«

»Sie hatte keinen Grund, auf diese Weise zu verschwinden. Sie hätte gehen können, wann immer sie wollte, niemand hätte sie zurückgehalten.«

»Wissen Sie, manchmal sind es die Schuldgefühle ... Zu verschwinden, ohne große Erklärungen abgeben zu müssen, ist oft der einfachste Weg.«

»An Ihnen ist wirklich ein Psychologe verloren gegangen. Aber in diesem Fall wären nicht noch all ihre Kleider samt Koffer bei mir im Schrank.«

Er überlegte hin und her und nickte schließlich zustimmend: »Wenn das so ist ... Ich werde die Augen offen halten.«

Ich bedankte mich bei ihm. Während ich die letzten Stufen nahm, zog ich das Handy aus der Tasche. Donna Assuntas Nummer wusste ich auswendig.

»Guten Tag, hier Bacci Pagano, Privatdetektiv. Ich möchte Donna Assunta Pellegrini sprechen.«

Am anderen Ende antwortete mir eine ungewohnte, sehr sachlich klingende Stimme: »Bedaure, aber sie ist nicht zu Hause.«

»Entschuldigen Sie, aber wenn ich diese Nummer anrufe, ist sonst immer jemand anders am Apparat.«

»Sie meinen den Sekretär der Signora? Er begleitet sie.«

»Ist sie auf Reisen?«

»Einen Augenblick, bitte.«

Er ließ mich warten. Zu den heiteren Klänge des *Frühling* aus den *Vier Jahreszeiten* von Vivaldi überschlugen sich meine Gedanken. Ich hatte den Eindruck, dass sich die Erde unter mir auftat.

Nach etwa einer Minute vernahm ich eine verbindliche, weiche, ja fast süßliche Stimme. Sie war für einen Mann ungewöhnlich hoch und ich musste sofort an ein rundes, bartloses Gesicht denken.

»Dottor Pagano? Hier spricht Gustavo Camillo Pellegrini. Endlich habe ich das Vergnügen, Sie persönlich kennenzulernen.«

»Mit solchen Komplimenten sollten Sie besser vorsichtig sein. Mich zu kennen, ist meist kein Vergnügen. Ihre Mutter ist verreist?«

»Seit gestern Nachmittag.«

»Und wohin?«

»In die Schweiz. Schon seit einigen Tagen fühlte sie sich nicht wohl. Ich habe sie überzeugen können, eine Klinik aufzusuchen und sich gründlich untersuchen zu lassen. Arme Mamma, sie hat gerade erst ihren fünfundsiebzigsten Geburtstag gefeiert.«

»Wo genau in der Schweiz?«

»Ich nehme an, Sie rufen wegen Ihres Honorars an. Meine Mutter hat mich gebeten, mich darum zu kümmern.«

»Ihre Mutter hatte Sie auch gebeten, mir in dieser Losurdo-Geschichte den Arsch zu retten. Leider hat sie die Anzeige dieses Bastards nicht selbst gelesen, sonst hätte sie sich bestimmt persönlich darum gekümmert.«

»Das Telefon scheint mir nicht der geeignete Ort …« Eine leichte, kaum wahrnehmbare Verärgerung, ein Wermutstropfen in der Zuckerwatte der üblichen Höflichkeiten.

»Richtig. Wann kann ich mir meinen Scheck abholen?«

»Wann immer Sie wollen. Ich stehe jederzeit zu Ihrer Verfügung.«

»Dann komme ich jetzt gleich vorbei.«

»Sehr gut. Wir setzen uns gerade zu Tisch. Nur ein leichtes Mittagessen, gegrillte Dorade mit gedünstetem Gemüse, dazu ein Muscadet. Darf ich Sie einladen?«

»Wir?«

»Meine Verlobte Alma, mit der Sie ja bereits bestens bekannt sind, und ein Freund, der Ihnen leider einigen Kummer bereitet hat …«

»Ich soll mich mit Alberto Losurdo an einen Tisch setzen?«

»Die Entscheidung liegt ganz bei Ihnen.«

»Wenn das so ist, ziehe ich eine Kleinigkeit in einer Bar vor. Ich hole später nur den Scheck ab.«

»Wie Sie wünschen. Ich erwarte Sie.«

Ich hätte mir in den Hintern beißen können. Vergessen wir einmal das gedünstete Gemüse, aber ich hatte mir aus lauter Wut gerade eine Dorade vom Grill und ein Glas Muscadet durch die Lappen gehen lassen. Sicherlich ein delikateres Mittagessen als das, was mich jetzt am Tresen einer Bar erwartete. Almas Ablehnung und Verbitterung waren nicht neu für mich. Ich hatte sie bereits in der Nacht zu spüren bekommen, in der wir uns kennenlernten. Meine naiven Bemühungen, ihr gegenüber ehrlich zu sein, hatte sie als Zynismus abgetan. Die Hoffnung, dass ich anders sein könnte als die anderen, hatte sie schnell ad acta gelegt. Jetzt sollte ich auf zwei aufgeblasene Nichtsnutze treffen, die nicht nur Alma als Lustobjekt benutzten, sondern darüber hinaus direkt vor meinen Augen eine köstliche gegrillte Dorade verspeisten. Dabei hatte ich seit heute Morgen noch nichts gegessen. Ich war ein Feigling.

Um mir Mut zu machen, stellte ich mir vor, dass ich gleich einen dicken Scheck in Empfang nehmen würde. Zwischendurch machte ich halt in der Bar Roger, wo ich mir einen eiskalten Negroni gönnte und dazu einen Toast aß mit *capocollo* und *involtini di prosciutto crudo* und *pancetta affumicata.*

22
Bacci Pagano und die Scheinheiligkeit

Ein streng wirkender, greisenhafter Mann in weißer Livree, der noch die Urgroßeltern Gustavo Camillos gekannt haben musste, führte mich durch den langen, dunklen Flur des Palazzo der Pellegrinis. In seinem Alter musste ihm die Strecke wie die Hälfte des New-York-Marathons vorkommen. Nachdem er angeklopft und mich angemeldet hatte, zog er sich diskret zurück und ließ mich auf der Schwelle des Esszimmers stehen. Hier in der Bel Etage drang nur gedämpftes Licht durch die dicken Vorhänge der hohen Fenster, um für die Tischgesellschaft eine angenehme Atmosphäre zu schaffen. Die elitäre Szenerie schien wie dafür geschaffen, unerwünschte Eindringlinge zu verunsichern und in die Flucht zu schlagen. Die Decke war mit barocken Stuckelementen und Malereien ausgestaltet, die einen Sternenhimmel und mythologische Szenen darstellten. Zwischen den Teppichen konnte man den strengen, mit kunstvollen Rebus-Elementen durchsetzten Marmorfußboden erkennen. An den Wänden kostbare, farbenfrohe Gemälde in strengen Goldrahmen, die im Halbdunkel besonders imposant wirkten. Die wenigen antiken Möbel strahlten Würde, aber auch Unnahbarkeit aus. Ein gewaltiger Renaissance-Esszimmerschrank aus massivem Nussbaum, eine ausladende, mit Intarsien verzierte Barockkommode und im Mittelpunkt des Raumes ein mindestens sechs Meter langer Esstisch, der stilvoll gedeckt war. Einige Möbelstücke waren gewiss an die fünfhundert Jahre alt, wahre Reliquien, und zeugten von der Macht der Pellegrini-Dynastie, die in den vergangenen Jahrhunderten die Geschicke Genuas geprägt hatte. Auf dem gewaltigen Kamin thronte eine goldene Tischuhr im Louis-XVI-Stil. Sie zeigte Viertel nach eins. Die Küche musste ganz in der Nähe sein, denn in den musealen Modergeruch mischten sich Essensdüfte, die mir das Wasser im Mund zusammenlaufen ließen. Das kalte Bier hatte mir erst recht Appetit gemacht.

Der Hausherr und seine Gäste genossen schweigend ihr Mittagessen. Der Muscadet stand griffbereit in einem Eiskübel auf dem blendend weißen Tischtuch. Gustavo Camillo saß am Kopfende, links und rechts neben ihm Alma und Losurdo. Alma wandte mir den Rücken zu. Spontan kam mir der Gedanke, dass Losurdo unter dem Tisch ohne Schwierigkeiten hätte mit ihr füßeln können.

»Bitte, so treten Sie doch näher, Dottor Pagano«, bat der Hausherr mit der ihm eigenen aufgesetzten Höflichkeit.

Es dauerte seine Zeit, bis ich den Raum durchquert und den Tisch erreicht hatte.

»Nehmen Sie bitte Platz. Ich denke, auf eine gegenseitige Vorstellung können wir verzichten.«

Da hatte er sicherlich recht. Im Übrigen machte niemand die leisesten Anstalten, aufzustehen und mir die Hand zu reichen.

»Machen Sie mir die Freude und trinken Sie wenigstens ein Gläschen Muscadet mit uns.«

Ich setzte mich auf den Platz neben Alma, der komplett gedeckt war, nahm das Weinglas und hielt es Gustavo Camillo entgegen. Er schenkte ein. Der Muscadet war goldgelb und leuchtete verführerisch. Ich schnupperte ein wenig, um das ausgeprägte Bukett zu genießen, dann nahm ich einen kleinen Schluck. Dabei suchte ich Losurdos Blick, der aber ganz damit ausgelastet schien, seine Dorade zu filetieren. Nach und nach mischten sich die Weinaromen mit Almas schwerem Parfüm, was in mir eine leichte Benommenheit auslöste.

»Wollen Sie uns nicht doch beim Essen Gesellschaft leisten? Wir haben gerade erst begonnen.«

Bevor ich darauf einging, schnalzte ich genussvoll mit der Zunge. »Ein Spitzenwein. Allerdings wird ein Muscadet gut gekühlt, aber nicht eiskalt serviert.«

»Wenn es sonst nichts ist, das haben wir gleich.«

Ich suchte erneut Losurdos Blick, der noch immer seinen Teller fixierte, dabei antwortete ich dem Tischherrn mit dem Bürstenhaarschnitt. »Machen Sie sich keine Umstände, ich bleibe nicht lange. Bei meinem empfindlichen Magen muss ich mich beim Essen ohnehin zurückhalten.«

»Schade«, entgegnete er, »diese Doraden sind köstlich. Was das Thema unserer telefonischen Auseinandersetzung betrifft, muss ich Sie bitten, sich in meine Lage zu versetzen. Ich konnte den guten Namen unserer Gesellschaft doch nicht dadurch aufs Spiel setzen, dass ich einen Privatdetektiv beschäftige, der unbescholtene Bürger mit Gewalt einschüchtert ...«

»Unbescholtene Bürger? Alle Bürger, die ich jemals eingeschüchtert habe, waren skrupellose Kriminelle, Anwesende eingeschlossen.«

Bis zu diesem Moment hatten Losurdo und Alma den Eindruck gemacht, als ginge sie das alles nichts an. Bei meinen letzten Worten jedoch schossen ihre Köpfe nach oben, sie fixierten mich, als hätte ich nach ihnen geschnappt.

»Ich habe mit meiner Mutter gesprochen, und sie hat mir bestätigt, dass die Aussage von Signor Losurdo der Wahrheit entspricht.«

»Das möchte ich schon von ihr selbst hören. Wie kann ich Ihre Mutter erreichen?«

»Im Augenblick gar nicht. Ich habe mit der Schweizer Klinik vereinbart, dass nur ich selbst mit ihr telefonieren darf, und zwar einmal am Tag. Die Klinik untersagt ihren Patienten jeden Kontakt zur Außenwelt, um absolute Ruhe zu gewährleisten. Meine Mutter hat sich in den letzten Monaten überstrapaziert und viel zu viel geraucht. Sie stand kurz vor einem Herzinfarkt. Deshalb haben die Ärzte sie vorsorglich ruhiggestellt. Sie muss sich schonen und jede Aufregung vermeiden ...«

»Sie haben ja so recht. Wenn ich Ihre Mutter davon in Kenntnis setzen würde, was hier abläuft, würde sie sich allerdings ziemlich aufregen.«

»Was wollen Sie damit andeuten?«

»Dass Ihre Mutter diesen Mistkerl vor Wut hochkant aus dem Haus befördern würde.«

Losurdo zuckte zusammen. Das Klirren seines Bestecks unterbrach abrupt die Stille im Raum. Er strafte mich mit einem giftigen Blick und wandte sich dann Gustavo Camillo zu. Der Hausherr atmete tief durch und versuchte Losurdo mit Blicken zu beschwichtigen. Aber selbst für einen behäbigen Teddybären wie Gustavo Camillo war es nicht ganz einfach, die Ruhe zu bewahren.

»Hören Sie, Pagano, ich kann Ihre Verärgerung verstehen. Wir alle haben schreckliche Tage hinter uns. Die Polizei hat uns davon in Kenntnis gesetzt, dass Sie unter Einsatz Ihres Lebens die Mörder von Ingeniere Bardi gestellt haben. Ich weiß, dass meine Mutter Ihnen dafür bereits gedankt hat, und ich hätte das Gleiche getan, wenn Sie mir etwas Zeit gelassen hätten. Mir ist auch bekannt, dass man Ihnen die Lizenz entzogen hat. Aber glauben Sie mir eines: Wenn ich Ihnen geschadet haben sollte, dann nur, um die übergeordneten legitimen Interessen der Firma zu schützen, und nicht, um Sie in Schwierigkeiten zu bringen. Pellegrini & Co. wird Sie für die Zeit des Lizenzentzugs mit einem entsprechenden Ausfallhonorar entschädigen. Auch meine Mutter hätte das so gewollt, schließlich verdient Ihr mutiger Einsatz eine Belohnung.«

Über Almas Gesicht huschte ein schüchternes Lächeln. Losurdo tat noch immer so, als ob es nichts Wichtigeres auf der Welt gäbe als Fisch und Gemüse. Nicht einmal die versöhnlichen Worte seines Freundes hatten seine nervöse Anspannung gelockert. Er lauerte.

»Wenn Sie so weitermachen, wird man Ihnen noch den Friedensnobelpreis verleihen, Dottor Pellegrini. Aber ganz ehrlich: Sind Sie wirklich so blöd oder tun Sie nur so?«

Sein schwammiger Körper zeigte kaum eine Regung, höchstens ein leichtes Zittern wie in einem Berg Götterspeise. In seinem feisten, rosigen Jungengesicht jedoch machte sich Verblüffung breit.

Als habe er nicht alles verstanden und fühle sich zu Unrecht angegriffen.

»Warum sprechen Sie so mit mir?«

»Weil es hier um Mord geht und es höchste Zeit wird, mit den Spielchen aufzuhören. Wissen Sie, für wen dieser Mann arbeitet?«

»Selbstverständlich. Die Blue Sea Lines und die Transcontinental Shipping haben sich zusammengeschlossen. Sie kennen sich in unserer Branche nicht aus, Dottor Pagano. Sie können sich nicht vorstellen, was es bedeutet, mit Schifffahrtsgesellschaften aus China, Korea und Indonesien konkurrieren zu müssen. Um in diesem Umfeld bestehen zu können, braucht man immenses Kapital. Deshalb müssen wir unsere Kompetenzen zusammenführen. Nur durch die Bündelung aller Ressourcen haben wir eine Überlebenschance.«

»Was Sie nicht sagen. Da waren Ihre Mutter und Ingeniere Bardi aber ganz anderer Meinung. Wissen Sie, warum der Ingeniere umgebracht wurde?«

»Erklären Sie es mir. Als Freund von Vicequestore Pertusiello müssen Sie es schließlich wissen.«

»Gerne. Aber zuvor möchte ich wissen, ob Sie einen gewissen Mister Raphelson kennen.«

Bevor er antwortete, warf er Losurdo einen raschen Blick zu. Der hatte seine Bulldoggenmiene aufgesetzt, wie immer, wenn er wütend war.

»Er ist Eigentümer der Raphelson Ltd., einer englischen Finanzierungsgesellschaft, die erst kürzlich einen Kooperationsvertrag mit unserer Firma abgeschlossen hat.«

»Ich bin überzeugt, dass Ingeniere Bardi gegen diese Verbindung war, vielleicht, weil ihm das Ganze suspekt vorkam. Wissen Sie, wer die Raphelson Ltd. finanziert?«

»Ich nehme an, eine ganze Reihe von Firmen auf der ganzen Welt.«

»Falsch, Dottor Pellegrini. Hier geht es nicht um eine ganze Reihe von Firmen, sondern nur um eine einzige und um organisierte Kriminalität auf internationaler Ebene. Auf den Virgin Islands existiert eine Gesellschaft, die von einem Konto in Gibraltar Abermillionen von Dollars auf das Konto von Raphelson transferiert. Die Herkunft des Geldes liegt allerdings im Dunkeln. Was glauben Sie wohl, warum?«

Er wirkte konsterniert und hilflos. In einem anderen Zusammenhang hätte ich bestimmt Mitleid für ihn empfunden. Doch jetzt machte mich seine Hilflosigkeit nur noch wütender. Einer wie er gehörte geteert und gefedert.

Er stammelte: »Ich wüsste nicht …«

»Schmutziges Geld ist das. Es wird mithilfe von Tarnfirmen in Umlauf gebracht, und für eine davon arbeitet Ihr Tischgenosse hier.«

Endlich hatte sich Losurdo wieder gefangen. Er unterbrach mich und blaffte: »Pass bloß auf, was du sagst, du Kommunistenschwein. Hat dir deine Lektion noch nicht gereicht?«

»Diese Tarnfirmen brauchen real existierende Firmen wie die Blue Sea. Hier nisten sie sich ein und legen ihr gewaschenes Kapital an. Das hat Ihnen Ingeniere Bardi gewiss erklärt!«

»Können Sie diese Behauptungen beweisen?«

»Auf das Konto des Mafioso, der den Ingeniere erschießen ließ, haben die Hintermänner von Raphelson fünfzigtausend Euro überwiesen. Ist das nicht ein eigenartiger Zufall?«

Gustavo Camillo war verwirrt. Er blickte erst zu Alma, dann zu Losurdo hinüber. Der schnellte hoch, als wolle er jetzt das Heft in die Hand nehmen. Doch diese theatralische Geste verfehlte ihre Wirkung und brachte erst die ganze Jämmerlichkeit seiner Gestalt zum Ausdruck, an der auch der blaue Zweireiher und das kokette Bärtchen nichts ändern konnten. Er lächelte mir verächtlich zu, die Arme herrisch auf den Tisch gestützt. Wie gerne hätte ich ihm jetzt eine runtergehauen!

»Dummes Geschwätz. Unterstellungen. Nichts als heiße Luft. Ist das alles, was du in der Hand hast, du billiger Schnüffler? Du wirst keine deiner Unterstellungen beweisen können. Nicht eine. Weißt du überhaupt, dass man ein internationales Rechtshilfeersuchen braucht, um bei einem Prozess vor Gericht diese Transaktionen nachweisen zu können? Das funktioniert bis heute nicht. Woher, behauptest du, soll das Geld kommen? Gibraltar? Virgin Islands? Steuerparadiese, die sogar den mächtigen Nationen im Kampf gegen den Terrorismus keinerlei Auskünfte geben. Unser Land ist ein freies Land. Die Zeiten, als die Justiz diejenigen verfolgte, die unsere Wirtschaft ankurbeln wollen, sind längst vorbei. Unser Land ist für Investoren wieder interessant geworden, gerade weil man sich hier von der erdrückenden Kontrolle der Bürokratie befreit hat. Soll ich dir sagen, wie das funktioniert? Diese vor Neid zerfressenen Beamten, diese Hungerleider wie du, hatten ja nur eine Möglichkeit, den Erfolgreichen eins auszuwischen: die Bilanzen auf Herz und Nieren zu prüfen, um irgendwelche Schwachstellen zu finden. Und die finden sie natürlich immer, solange man sie lässt. Gut möglich, dass Mr. Raphelson sich ab und zu am Rande der Legalität bewegt, aber was geht uns das an? Das Wichtigste ist, dass er in unserem Land investieren will. Investieren heißt Wohlstand schaffen und Arbeitsplätze sichern – das ist es doch, was gerade unsere Stadt so dringend braucht. Deine billigen Moralpredigten kannst du dir für schlechte Zeiten aufsparen … und versuche dann mal, an der Supermarktkasse damit zu bezahlen.«

»Mord ist doch wohl ein ausreichend guter Grund für ein internationales Rechtshilfeersuchen.«

»Was zum Teufel hat Raphelson mit dem Mord zu tun?«

»Falsche Frage, Losurdo. Die richtige Frage lautet: Was hast verdammt noch mal du mit dem Mord zu tun?«

Das verschlug ihm die Sprache. Alma sah ratlos und bang zwischen Losurdo und Camillo hin und her. Gustavo Camillo hatte nun den gleichen unergründlichen Gesichtsausdruck aufgesetzt, der mir schon im Quaalude aufgefallen war, als Alma und Losurdo zu *Blue Eyes* getanzt hatten. Sein Hirn arbeitete mühsam. »Signori, wir sollten es nicht übertreiben! Schließlich sind wir hier unter Ehrenmännern ...«

»Ich habe niemanden umgebracht«, rechtfertigte sich Losurdo flüsternd.

»Mit Verlaub, Dottor Pellegrini. Ich weiß, dass sich der Ingeniere nach Russos Besuch mit Ihnen in Verbindung gesetzt hat. Was hat er Ihnen denn da erzählt?«

»Dass er um sein Leben fürchtet, dass er bedroht wird.«

»Und hat er Ihnen auch gesagt, warum? Was wollte Russo von ihm?«

Gustavo Camillo lief jetzt feuerrot an und wollte gerade etwas erwidern, als Losurdo dazwischenfuhr: »Die Polizei hat alles aufgeklärt.«

»Du bist jetzt still«, fauchte ich Losurdo an.

Wieder zuckte Pellegrini zusammen. »Dottor Pagano, in meinem Haus bestimme immer noch ich, wer das Wort hat und wer nicht.«

»Aber nicht mehr lange. Deine Firma ist wirtschaftlich gesund. Warum um alles in der Welt musstest du dich mit der Mafia einlassen? Wer mit diesen Leuten Geschäfte macht, ist am Ende nicht mehr Herr in seinem eigenen Haus, weißt du das nicht?«

»Und wenn schon? Was geht Sie das an?«

Alma war aufgestanden. Sie trug einen schwarzen, weit ausgeschnittenen Pullover und darüber eine bunte Lederweste, die mich an die farbenprächtigen Westernfilme aus meiner Kindheit mit ihrer heilen Indianerwelt in Technicolor erinnerte. Alma kombinierte dazu eine weite Hose mit tief sitzender Taille, ebenfalls in Schwarz. Die Füße steckten in robusten Kroko-Stiefeln. Sie sah aus wie eine Kreuzung aus US-Marinesoldat und Guerillakämpferin. Sie stellte sich hinter ihren Verlobten, der auf seinem Stuhl sitzen geblieben war, und legte ihm beschützend die Hände auf die Schultern. Schützte sie ihn vor mir, vor Losurdo, vor der Mafia, vor seiner Mutter oder vor sich selbst?

Ich suchte ihren Blick, stieß aber gegen eine undurchdringliche Mauer. Wie ein waidwundes Tier war sie entschlossen, sich mit Zähnen und Klauen zu verteidigen.

Ich setzte mein Gespräch mit Pellegrini fort. »Geht es dir nicht in den Kopf, dass auf diesem Wege der Wohlstand, den deine Familie über fünf Jahrhunderte lang ehrlich erarbeitet hat, von einer Bande von Drogenhändlern verschlungen wird, die sich als Ehrenmänner in Anzug und Weste ausgeben? Genau wie dieser hier. Die nehmen dir alles, Gustavo Camillo, wirklich alles.«

»Was glauben Sie eigentlich, wer Sie sind? Wie können Sie es wagen, so mit uns zu sprechen?«, schrie Alma mit vor Zorn bebender Stimme.

»Ich bin ein Niemand, da hat dieser Verbrecher recht. Ein Hungerleider, der nur über die Runden kommt, weil er im Müll anderer Leute wühlt. Ich überlebe nur, weil ich eure Scheiße fresse. Aber die Toten, die mein Gewissen belasten, waren allesamt Verbrecher, die zuvor ihre Waffe auf mich gerichtet hatten.«

Losurdo befand sich noch immer auf der anderen Seite des Tisches und deutete mit dem Zeigefinger auf mich. »Wir wissen ganz genau, mit wem wir es zu tun haben. Du bist ein Kommunist und hast fünf Jahre lang wegen Terrorismus im Knast gesessen.«

»Da irrst du dich. Ich bin nicht einmal das. Um Kommunist zu sein, fehlte es mir schon immer an Disziplin und Idealen. Mein Vater war ein Kommunist. Er hat als Partisan gekämpft und war dann zwanzig Jahre lang Gewerkschaftler in der Waffen- und Munitionsfabrik Ansaldo. Eines aber habe ich von den Kommunisten gelernt: niemals Sympathien für den Terrorismus zu haben. Ich habe fünf Jahre gesessen, das stimmt. Aber ich versichere dir: Du wirst viel, viel mehr kassieren. Und zwar für Mord.«

Losurdo blickte erst Alma und dann Gustavo Camillo an, bevor er mit gewohnt verächtlichem Lächeln antwortete: »Gib ihm sein Geld, Pellegrini. Dann lässt er uns in Ruhe.«

Der Hausherr zog einen bereits ausgefüllten und unterschriebenen Scheck aus der Innentasche seiner Jacke und warf ihn vor mir auf den Tisch. Bis jetzt hatte er sich beleidigen lassen, ohne auch nur einmal mit der Wimper zu zucken, und auch die Auseinandersetzung zwischen Losurdo und mir hatte er ohne sichtbare Regung verfolgt. Seine wahren Gefühle lagen unter seiner aufgesetzten Freundlichkeit und zögerlichen Inkonsequenz verborgen. Jetzt allerdings schien er eine Entscheidung getroffen zu haben. »Sie haben hier nichts mehr zu suchen. Sie wurden von meiner Mutter mit einem Auftrag betraut, von dem Sie inzwischen entbunden sind.«

»Richtig, deine Mutter. Du betrügst sie. Oder betrügst du vielleicht dich selbst?«

Es war, als habe ihn ein Schlag getroffen. Ein intensives Zittern ging durch seinen Körper, sein Gesicht verzog sich zu einer Grimasse. Er schien gleich zu platzen und schlug mit der Faust auf den Tisch. Dann stand er ebenfalls auf. Jetzt war ich der Einzige, der noch saß.

»Meine Mutter, immer wieder meine Mutter! Seit ich ein Kind bin, höre ich nichts anderes. Jetzt bin ich vierzig und kann mich nicht mit meinem Verwaltungsrat an einen Tisch setzen, ohne dass mich irgendjemand daran erinnert, dass sie der Chef ist. Selbst Bardi! Auch er, ständig: Die Signora hat dies gesagt ... Die Signora hat das gesagt ... Ich bin doch keine Marionette!«

Alma stellte sich schützend vor ihn, fasste ihn an den Armen und schüttelte ihn. »Beruhige dich, Gustavo Camillo.«

Er stieß Alma zur Seite, als ob er sie gar nicht wahrgenommen hätte, und fuhr fort. »Sie hat sogar hinter meinem Rücken einen Privatdetektiv engagiert, um meine Verlobte zu beschatten. Und wisst ihr, warum? Weil sie vermutete, Alma ginge mit dem da ins Bett!«

Losurdos Miene wurde zu Stein. Alma sah ihren Verlobten fassungslos an.

»Stimmt das etwa nicht, Dottor Pagano? Und du, Alma? Sag doch auch mal was. Sie hat dich beschatten lassen, weil sie glaubte, du würdest mich betrügen. Das ist typisch für meine Mutter! Aber wisst ihr was? Es ist mir scheißegal. Meine Verlobte hatte eine Affäre mit Losurdo? Schön für die beiden. Und wie steht es mit Ihnen, Dottor Pagano? Kamen Sie auch in den Genuss? Oder hätten Sie nur gerne? Noch ist nicht aller Tage Abend. Die Vergangenheit interessiert mich nicht. Denn jetzt bin ich es, der entscheidet. Ich entscheide, ob ich sie heirate oder sie fallen lasse. Ob ich ihr ein Kind mache, das den Namen Pellegrini tragen wird, oder ob fünfhundert Jahre Firmengeschichte durch die Mafia oder sonst jemanden zerstört werden. Meine Mutter wird das nicht überleben? Na und? Irgendwann und irgendwie muss schließlich jeder sterben.«

Er setzte sich wieder hin. Alma war zurückgewichen, so als ob sie Angst hätte, ihn zu berühren. Losurdo sah man nicht an, ob ihn dieser Gefühlsausbruch verblüfft, beunruhigt oder eher angewidert hatte.

Gustavo Camillo starrte ins Leere. Mechanisch goss er sich Wein ein und kippte ihn in einem Zug hinunter. Auf seinen Lippen lag ein stumpfes Lächeln. Er wirkte erleichtert, endlich hatte er sich den ganzen Frust von der Seele geredet.

Alma konnte nur mit Mühe sprechen, ihre Stimme klang noch rauer als üblich. »Sind Sie jetzt zufrieden? Jetzt haben Sie ja, was Sie wollten.«

Ich nahm den Scheck vom Tisch und steckte ihn zur Fotokopie meiner Lizenz in die Brieftasche. Im Raum lag eine bleierne Stille, wie eine große innere Leere. Hinter den zugezogenen Vorhängen hörte man den Wind heulen wie ein verwundetes Tier.

Losurdo zischte mir wütend zu: »Hau endlich ab! Du hast bekommen, was du wolltest.«

Alma kam zu mir herüber. In ihren Augen stand tiefer Schmerz. »Vielleicht ist es wirklich besser, wenn Sie jetzt gehen.«

Jetzt war ich mit meiner Geduld am Ende. Ich sprang auf und brüllte: »Schluss jetzt mit der Schmierenkomödie! Teilt euch das Geld, und dann lebt glücklich und zufrieden bis an euer Lebensende!«

Losurdo reagierte genau so, wie ich es erwartet hatte. »Raus hier, du Bastard!«

»Aha, schon ganz der Hausherr, was?«

Er blieb einen Augenblick wie erstarrt stehen, sah zu Alma hin, ballte die Fäuste und stürmte auf mich zu: »Das wirst du bezahlen, du Mistkerl!«

Dicht vor mir hob er die Fäuste, um zuzuschlagen. Aber er war zu langsam: Ich hielt ihm den Arm mit der linken Hand fest, verlagerte mein ganzes Gewicht auf das rechte Bein und holte zu einer rechten Geraden aus, die genau auf seiner Nase landete. Sein schmächtiger Körper wurde nach hinten geschleudert. Fast hätte er Alma zu Boden gerissen, dann prallte er mit voller Wucht gegen Gustavo Camillo, der noch beseelt vom eigenen Auftritt auf seinem Stuhl thronte.

Die Wirkung war verheerend. Gustavo Camillo stürzte mit ohrenbetäubendem Krachen zu Boden, der antike Stuhl war in Trümmern. Zwei Männer schmerzverzerrt am Boden und drei köstliche Doraden, die im Müll verrotten würden.

Während ich den Raum verließ, hörte ich noch die raue Stimme von Alma, die mir hinterherlief. »Warten Sie, Dottor Pagano …«

Aber ich hatte es satt zu warten. Was passieren soll, passiert sofort. Ansonsten verfault es. Doraden sollten unbedingt nur fangfrisch genossen werden.

23
Der Abend vor dem Fest

Die Menschen drängen sich in der Straße, ungewöhnlich für die Mittagszeit. Aber natürlich – Weihnachten steht vor der Tür. Fieberhaft sucht man nach letzten Geschenken, die Zeit läuft. Alles muss noch eingepackt und mit Kärtchen versehen werden, damit die Präsente rechtzeitig zur Bescherung bereitliegen. Wie ein träger Fluss quält sich die Menschenmenge langsam vorwärts und ergießt sich zäh ins Labyrinth der Carruggi.

Das Gassengewirr füllt sich mit Leben, mit Wärme, mit Geräuschen und Gerüchen. Ein Feuerwerk mitten am Tag, das das dunkle Pflaster der unebenen Gassen aufhellt. Die Luft ist erfüllt vom verführerischen Duft gerösteter Kastanien und von Zuckerwatte, die Innenstadt scheint sich in einen gigantischen Jahrmarkt verwandelt zu haben. Die festlich geschmückten Schaufenster verführen mit geisterhaft blinkenden Lämpchen und bunten Girlanden. Auch das unsinnigste Präsent wird am Weihnachtsabend auf dem heimischen Bescherungsaltar zum Sinnbild der Liebe. Geschenke als Talisman gegen das Monster Einsamkeit. Verloren ist, wer niemanden hat, mit dem er Geschenke tauschen und das Glück teilen kann, einen Verwandten, Freund oder Nachbarn.

Ich gehe wieder zur Piazza Matteotti hoch. Dort habe ich die Vespa geparkt, direkt vor dem Polizeikommissariat. Plötzlich taucht zwischen den Häusern ein Stück Himmel auf. Es sieht aus wie eine Eisschicht, die trübes Licht reflektiert. Eine blasse Sonne, die vereinzelte schüchterne Strahlen auf die über die Piazza hastenden Menschen wirft. Der Buran ist abgeflaut, am Nachmittag ist mit Schnee oder Regen zu rechnen. Ich gehe in eine Telefonzelle, um Giovanni anzurufen, den Hacker mit den blonden Rastazöpfchen. Ich stecke meine Telefonkarte in den Schlitz und wähle seine Nummer. Er antwortet mit einer Stimme, als hätte ich ihn gerade aus dem Schlaf gerissen.

»Ich bins, Bacci Pagano. Hast du bei mir zu Hause angerufen?«

»Gerade eben.«

»Ich fürchte, ich werde abgehört. Also besser keine Anrufe, weder zu Hause noch auf dem Handy.«

»Oh.« Dann Schweigen. Allerdings scheint ihn eine gewisse Unruhe zu ergreifen.

»Neuigkeiten?«

»Kann ich reden?«

»Ich denke schon.«

Ich kann sein Grinsen förmlich fühlen. Jetzt ist er endgültig wach. Voller Begeisterung legt er los: »Ich habe eine verblüffende Entdeckung gemacht, geradezu unglaublich. Ich weiß jetzt, dass ich auf der richtigen Seite stehe, wenn ich dir helfe.«

»Die Seite der Verlierer ist immer die richtige Seite.«

»Rat mal, wer Geschäfte mit unserem Londoner Finanzier macht?«

»Viele Leute, nehme ich an.«

»Sehr viele. Aber beim Durchforsten der Geldbewegungen auf seinem Konto habe ich eine Einzahlung von schwindelerregender Höhe entdeckt. Und rate mal, von wem? Von der Assimilano!«

»Von wem?«

»Sagen Sie mal, wo leben Sie eigentlich, Sie Detektiv? Die Assimilano ist eine der bedeutendsten Versicherungsgesellschaften Italiens. Und wem gehört sie?«

»Keine Ahnung.«

»Der Meridianum-Gruppe.«

»Verdammt, das ist die Finanzierungsgesellschaft unseres Ministerpräsidenten!«

»Genau, und im Vergleich dazu sind die Malfattis kleine Fische.«

»Kompliment, mein Junge, saubere Arbeit. Du bist ein echter Profi. Meine Ermittlungen sind abgeschlossen, ich habe gerade meinen Scheck abgeholt. Sobald ich ihn auf der Bank eingereicht habe, bekommst du dein Geld. Das mache ich morgen.«

»Nur die Ruhe. Ich bin finanziell abgesichert. Mein Vater hat ein Autohaus und verkauft deutsche Autos. Wie stehts mit deinen Fortschritten in Sachen Rapmusik?«

»Ich bin noch dabei, mein Englisch zu verbessern.«

Er lacht und wir verabschieden uns.

Die Via Parini ist eine dieser schmalen Pflasterstraßen zwischen eng gebauten Häusern und hohen Mauern. Hinter ihnen verbergen sich stattliche Gebäude mit versteckten Gärten, Patrizierhäuser, aber auch nüchterne Mehrfamilienhäuser, die häufig religiöse Einrichtungen beherbergen. Von der Straße aus gibt es nur wenige Zugänge, meist kleine Eisentore, die in die Mauer eingelassen sind. In absoluter Abgeschiedenheit und Ruhe kann man hier der Kontemplation und der Andacht nachgehen.

Es ist vier Uhr nachmittags und es wird bereits dunkel. Seit einer halben Stunde tigere ich um die aufgebockte Vespa herum, die ich am Eisentor vor der Via Parini 30 geparkt habe. Von einer Telefonzelle aus habe ich Pertusiello angerufen. Er hat mich darüber aufgeklärt, dass die Villa Nummer 30 einer religiösen Stiftung gehört, die Verbindungen zum Opus Dei unterhält. Padre Rodriguez, der die Stiftung leitet, pflegt überdies enge Kontakte zur Botschaft der Vereinigten Staaten in Rom. Offiziell kümmert sich die Stiftung um den Kulturaustausch mit Nord- und Südamerika, das erklärt die guten Verbindungen.

Es ist verdammt kalt. Dicke Cordhosen, Wollmütze, Lederhandschuhe an den Händen, die erst noch in den Taschen der blauen Daunenjacke stecken – all das reicht nicht aus, um warm zu bleiben. Ich hopse wie ein aufziehbarer Blechsoldat auf und ab, trapple mit den Füßen, umrunde die Vespa in einer Art rituellem Tanz. Die Kälte dringt bis in die Knochen, und je dunkler es wird, desto beißender wird sie. Passanten hasten an mir vorüber. Eine in einen Nerzmantel eingehüllte ältere Dame mustert mich misstrauisch, geht weiter und verschwindet urplötzlich durch eine Tür in der Mauer. Alles ist still, nur von fern kommt gedämpfter Autolärm von der parallel zum Meer verlaufenden Via Gobetti.

Eine weitere halbe Stunde vergeht, die Straßenlaternen schalten sich ein. Seit ich hier bin, sind höchstens zehn Autos vorbeigefahren, alle von der Piazza Leopardi in Richtung Meer. Wieder ein Motorengeräusch. Zwei Lichtkegel durchschneiden das Dunkel. Auf dem Auto ist ein beleuchtetes Taxischild zu erkennen. Sofort trete ich die Vespa an, lege den Gang ein, setze den Helm auf und fahre ein Stück weiter. Das Taxi hält genau vor der Nummer 30. Ich drehe mich um und werfe einen kurzen Blick nach hinten. Das Taxi ist leer, der Motor läuft, ganz offensichtlich wartet der Fahrer, bis sein Kunde aus dem Haus tritt. Ich höre das Summen einer komplizierten Türsicherung und halte mich bereit. Im Rückspiegel der Vespa fixiere ich das Tor, aus dem mein Mann kommen muss.

Ich erkenne ihn sofort. Es ist zwar dunkel und zwischen uns liegen gute zehn Meter, zudem werde ich von den Scheinwerfern des Taxis geblendet, und trotzdem: Mein erster Eindruck war richtig. Er ist es! Nichts an ihm erinnert an die erbärmliche, heruntergekommene Gestalt, die ich in der Pension Grotta Azzurra getroffen hatte. Er sieht jetzt auch jünger aus. Obwohl er stark hinkt, bewegt er sich mit einer gewissen Gewandtheit. Sein Gang ist aufrecht, sein Gesichtsausdruck entschlossen. Hinterfotziger Halunke! Ein Schauspieler, der von einer Minute auf die andere sein Erscheinungsbild wechseln kann. Er trägt eine wattierte Jacke und hat einen Lederkoffer in der Hand. Er steigt ins Taxi. Ich fahre als Erster los und rolle langsam bis zur Via Gobetti. Dort lasse ich das Taxi passieren. Es ist ein Fiat Multipla, eines dieser seltsamen Autos, die aussehen, als hätten sie ein Froschmaul. Das Taxi überholt mich links, und ich drehe den Kopf nach rechts, um nicht erkannt zu werden. Der Verkehr fließt zügig und es ist leicht, ihnen unauffällig zu folgen. Sie fahren die Via Rosselli entlang und biegen in den Tunnel bei der Piazza Palermo ein. An der Ecke zur Via Casaregis wird das Taxi von einer roten Ampel gestoppt. Ich halte knapp hinter ihnen. Weiter geht es die Via Carlo Barabino hinunter bis zur nächsten Ampel, Ecke Viale Brigate Partigiane. Hier ist ein kurzer Stau. Bevor wir weiterfahren können, springt die Ampel erneut auf Rot und wir müssen auf die nächste Grünphase warten.

Im Hintergrund der breiten, zweispurigen Straße, auf der die Autos nur stoßweise vorankommen, kann man die schiefe Fassade der Questura erkennen, die schutzlos dem peitschenden Wind aus dem Val Bisagno ausgesetzt ist. Eine blaue Europafahne und eine Landesflagge in Grün-Weiß-Rot flattern in Richtung Meer. Durch den Smog ist das Weiß der Trikolore inzwischen ergraut.

Pertusiello wird sich bestimmt fragen, was ich gerade treibe und wann ich endlich ein Lebenszeichen von mir gebe. Als die Ampel auf Grün springt, fährt das Taxi los, aber nur, um sofort wieder anzuhalten. Der Fahrer hat den Blinker gesetzt und parkt vor einem Gebäude zwischen der Piazza della Vittoria und der Via Brigata Liguria. Ich halte auf der anderen Seite in der Via Diaz und stelle die Vespa zwischen zwei Autos ab. Ich sehe, wie der Hinkende zahlt, aussteigt und entschlossen durch die Arkaden der Piazza geht. Auf dem Platz wimmelt es von Menschen, die alle die hell erleuchteten Schaufenster betrachten.

Als ich über die Straße eile, muss ich höllisch aufpassen, um nicht überfahren zu werden, dann hefte ich mich an seine Fersen. Er geht durch eine gläserne Eingangstür und wartet mit zwei weiteren Personen vor dem Aufzug. Eine junge Frau in Jeans und einer warmen Monclair-Daunenjacke und ein älterer Herr mit Hut und Stock, der einen eleganten dunkelblauen Wollmantel trägt. Ich sehe meinen Mann durch die Glastür oben an der Treppe. Noch habe ich den Sturzhelm auf dem Kopf. Ich muss mich entscheiden: Soll ich ihn mit dem Aufzug hochfahren lassen und warten, ohne genau zu wissen, welches Ziel er hat? Oder soll ich ihn sofort stellen? Ich taste nach der Smith & Wesson in der Jackentasche, meine Entscheidung steht fest. Ich gehe ebenfalls durch die Glastür, steige die Treppe hoch und behalte ihn dabei im Auge. In diesem Augenblick dreht er sich zu mir um. Er erkennt mich sofort, zeigt aber keinerlei Regung, sein Gesicht bleibt starr. Seine Augen sind blassblau, wie ein tropisches Gewässer. Mit einem leichten Sirren öffnen sich die Innentüren des Aufzugs, die junge Frau hält die hölzerne Außentür auf, und der leere Aufzug ist bereit, uns aufzunehmen. Mein Mann lächelt mich kaum merklich an, fordert mich mit einer Geste zum Einsteigen auf und sagt leise: »Bitte, nach Ihnen.«

Inzwischen sind auch die junge Frau und der ältere Herr eingestiegen. Wir blicken uns fragend an und jeder nennt das Stockwerk, in dem er aussteigen möchte.

Mein Mann sagt: »Ganz nach oben.«

»Ebenfalls«, füge ich hinzu.

Die junge Frau drückt auf einen Knopf und die Türen schließen sich. Wir gleiten nach oben. Jetzt kann ich ihn mir in Ruhe ansehen. Mein erster Eindruck hat nicht getrogen. Er strahlt in der Tat eine gewisse Eleganz aus. Der Bart perfekt gestutzt, die Haare kurz geschnitten. Er trägt eine sportliche schwarze Jacke, unter der man ein weißes Hemd und eine graue Krawatte erkennen kann, dazu eine elegant geschnittene dunkle Hose und schwarze Schuhe mit dicken Sohlen. Er duftet nach einem herben Rasierwasser, das sich mit dem Chanel N° 5 der jungen Frau vermischt. Als sie im dritten Stock den Aufzug verlässt, bleiben nur ihr Geruch und die Erinnerung an ihr höfliches »Guten Abend« zurück. Im vierten Stock steigt auch der ältere Herr aus. In diesem Augenblick ziehe ich die Pistole aus der Tasche und halte sie meinem Mann unter die Nase. Er zuckt nicht mit der Wimper, sein Mund öffnet sich zu einem breiten Grinsen, das seine perlweißen Zähne enthüllt.

»Guten Abend, Signor Draghi.«

»Guten Abend, Dottor Pagano.«

»Du weißt, wer ich bin?«

»Du doch auch, wie es scheint.«

»Jetzt fahren wir in deine Wohnung, oder?«

»Ich habe hier keine Wohnung.«

»Wann wirst du endlich aufhören, mir Märchen aufzutischen?«

»Wenn du die Waffe wieder weggesteckt hast.«

»Wohin fahren wir eigentlich?«

»Aufs Dach.«

»Und von dort aus willst du schießen?«

»Vielleicht.«

Der Fahrstuhl hat sein Ziel erreicht und die Türen gleiten auseinander. Er öffnet die Außentür des Aufzugs. Wir befinden uns im obersten Stockwerk, ein ausladendes Halbrund aus glänzendem Marmor mit vielen geschlossenen Wohnungstüren. Keine Menschenseele weit und breit. Die tiefe Stille macht regelrecht befangen.

»Von hier aus wolltest du bestimmt nicht schießen. Du bluffst.«

»Ist das noch wichtig? Du hast mich doch, was willst du mehr?«

»Du könntest Komplizen haben.«

»Und wenn schon? Du weißt ganz genau, dass du aus mir kein Wort herausbekommst. Übergib mich der Polizei und basta.«

Ich werfe einen Blick auf den schwarzen Lederkoffer. Er hat eine abgerundete Form, lang und schmal an einem Ende, breiter und kompakt am anderen, ähnlich einem Kasten für ein Streichinstrument. Wie geschaffen für eine Bratsche.

»Das ist das Gewehr?«

Er nickt und öffnet bedächtig den Koffer. Zum Vorschein kommen die fünf Einzelteile von Lagranges Sturmgewehr, die mit elastischen Riemen am Boden des Koffers befestigt sind. Außerdem ein Magazin und eine Schachtel mit Patronen.

Fünf Kugeln und Italien ist sauber … Du dämlicher, narzisstischer

Radiorevoluzzer, da bist du ja mal wieder ungestraft davongekommen. Hättest du fünf Jahre im Knast gesessen, wäre uns dieser Irrsinn sicherlich erspart geblieben.

Er schließt den Koffer wieder und nimmt ihn in die rechte Hand.

»Okay, Draghi, lass uns gehen.«

Was als Nächstes zu tun ist, liegt auf der Hand. Ich werde ihn in die Questura bringen, genau hier gegenüber, auf der anderen Seite der Via Diaz, und ihn bis in Pertusiellos Büro begleiten. Mitsamt Gewehr, Koffer und meiner illegalen Smith & Wesson. Dann sind andere am Zug: mein Freund Pertusiello, Manzi und die Digos, der Questore, der Minister oder Gottvater höchstpersönlich. Ihr Problem. Wenn sie die Sache ernst nehmen, finden sie heraus, ob Draghi von diesem Palazzo aus operiert, ob er Komplizen hat und was ihn mit Padre Rodriguez, dem Opus Dei, der CIA, den Vereinigten Staaten oder weiß der Teufel mit wem verbindet. Ich habe meinen Auftrag erledigt. Ich streiche das mit Lagrange ausgehandelte Honorar ein und lege den Fall Draghi zu den Akten, wo schon alle anderen Fälle meines Lebens lagern. Ehefrau und Freundin eingeschlossen. Sicher wird der Fall Draghi eine große Sache werden, fast eine Staatsaffäre. Alle Zeitungen werden darüber berichten, und ich bekomme eine gute Publicity, die mir einige neue Kunden bringen wird. Zum ersten Mal in meinem Leben werde ich dann die Freiheit haben auszuwählen, welche Fälle ich übernehmen will und welche ich den Kollegen überlasse, die weniger Glück haben als ich. So einfach ist das.

Während wir mit den Aufzug nach unten fahren, weiche ich nicht von seiner Seite, die Smith & Wesson unter der Jacke an seinen Körper gepresst.

Er dreht seinen Kopf zu mir und mustert mich maliziös, als wisse er mich genau einzuschätzen. »Sag mal, Pagano, warum hast du diesen Auftrag eigentlich angenommen?«

»Weil mich ein Freund darum gebeten hat.«

»Dieser Lagrange ist ein Freund von dir?«

»Er war es. Damals, 1968.«

»Bevor sie dich verhaftet haben?«

»Gibt es auch etwas, was du nicht über mich weißt?«

»Immer noch ein Linker?«

»In Maßen.«

»Schade!«

»Warum schade?«

»Weil du sonst vielleicht sogar meine Beweggründe verstehen könntest. Aber wenn du heute noch einer der Lagranges dieser Welt bist, sind Erklärungen zwecklos.«

»Lagrange und ich sind beide Linke, aber jeder auf seine Art.«

Er winkt ab, wirkt verärgert. »Links bleibt links, so oder so. Mit euch Roten verplempert man nur seine Zeit, alles große Schwätzer vor dem Herrn.«

Der Aufzug erreicht das Erdgeschoss. In der Halle treffen wir eine Frau, die übertrieben geschminkt ist. Sie sieht uns eng aneinandergepresst aussteigen und mustert uns erst ungläubig, dann leicht angewidert.

Als wir in die Menschenmassen unter den Arkaden der Piazza della Vittoria eintauchen, stelle ich ihm die Frage, die mich schon seit Beginn dieser Geschichte umtreibt. »Du hattest tatsächlich geplant, auf den Ministerpräsidenten zu schießen?«

Er zuckt mit den Schultern. »Job ist Job. Ist das bei dir etwa anders?«

»Was soll das heißen? Du tust etwas, was dir eigentlich gegen den Strich geht?«

Ein sibyllinisches Lächeln. »Ich bin nicht so einer wie dein Freund Lagrange. Er wäre gern wie ich, aber ihm fehlt der Mut. Er ist ein Schwätzer. Natürlich macht mir mein Beruf nicht gerade Spaß. Erschießt du etwa gerne Menschen?«

»Ehrlich gesagt, ich werde danach krank.«

»Dann hast du deinen Beruf verfehlt. Aber als Terrorist würdest du auch nicht viel taugen. Ich habe deine Akte gelesen und bezweifle, dass man dich zu Recht verurteilt hat.«

»Meine Akte? Was für eine Akte? Wovon sprichst du überhaupt?«

»Wir verfügen über ein gut geführtes Archiv, das ziemlich weit zurückreicht. Bei dieser Demonstration damals wurde ein Polizist erschossen und irgendjemand musste dafür büßen. Sie haben dich mit einer Walther P38 in der Hand aufgegriffen. Du hast großes Glück gehabt, dass du nicht damit geschossen hast. Du hast dir nichts vorzuwerfen. Aber sie brauchten einen Sündenbock und du hast genau in ihr Konzept gepasst.«

»Ich habe die Waffe auf dem Bürgersteig liegen sehen und wollte sie in einen Gully oder eine Mülltonne werfen. Wir waren auf der Flucht vor der Polizei und ich hatte Angst, dass einer von uns die Pistole aufheben und auf die Idee kommen könnte, sie auch zu benutzen. Aber das hat mir niemand geglaubt.«

»Ich bin überzeugt, dass es genau so gewesen ist.«

»Wenn du das beim Prozess ausgesagt hättest, wäre mein Leben sicher anders verlaufen.«

Für einen kurzen Augenblick sehe ich mich selbst in dieser absurden Situation, losgelöst von der bedrohlichen Realität. Der Attentäter Draghi und ich halten ein harmloses Schwätzchen. Unter den Arkaden der Piazza della Vittoria drängen sich die Menschen im vorweihnachtlichen Einkaufsfieber. Wir stehen mittendrin und plaudern miteinander wie zwei alte Bekannte, die sich nach langer Zeit endlich wieder getroffen haben. Eine surreale Szene. Unser skurriles Gespräch über die »gute alte Zeit« könnte endlos fortgesetzt werden, ohne je auf den Punkt zu kommen.

Ich kehre zu meiner ursprünglichen Frage zurück, obwohl mich die Angelegenheit eigentlich nichts mehr angeht. »Warum dieses Attentat auf den Ministerpräsidenten?«

»Wenn du mich auf einen Kaffee einlädst, erkläre ich es dir.«

Ich frage mich, ob er einfach nur Zeit gewinnen will. Ich bin mir sehr wohl darüber im Klaren, wen ich da vor mir habe, dieser Mann ist ebenso clever wie gefährlich. Aber falls er noch ein Ass im Ärmel haben sollte – ein Füller mit Betäubungsgas; ein Knopf, aus dem vergiftete Pfeile schießen; eine Uhr, deren Melodie mich hypnotisiert oder sonst irgendetwas in dieser Art –, er hätte mich auch gleich damit außer Gefecht setzen können. Zehn Minuten Zwischenstopp in einem Café werden an dieser Situation nichts ändern.

»Aber ich warne dich. Wenn du irgendeine Schweinerei versuchst, jage ich dir eine Kugel in den Kopf.«

Wir gehen in die erstbeste Bar unter einer der Arkaden, die rechts und links die Piazza begrenzen. Es ist ziemlich voll, aber wir finden noch einen freien Tisch. Er knöpft sich die elegante Jacke auf und setzt sich mir gegenüber. Nichts erinnert an den armen Teufel, den ich in der Grotta Azzurra kennengelernt hatte. Ich bleibe wachsam und habe die Pistole unter meiner Jacke weiterhin im Anschlag. Ich rufe den Kellner und sofort nähert sich ein junger Mann mit gegelter Kurzhaarfrisur in weißer Jacke und schwarzer Hose unserem Tisch. Draghi bestellt einen Caffè Corretto und ich einen Carlos Primero.

»Die Hände bitte über den Tisch. Hast du einen Ausweis?«

Er sieht mich stirnrunzelnd an, als ob er mich nicht verstanden hätte.

»Du bist doch bestimmt nicht ohne Papiere unterwegs. Die holst du jetzt ganz langsam und vorsichtig aus der Tasche.«

Er zieht einen Pass heraus und legt ihn auf den Tisch. Seine Hände sind breit und kräftig, mit den für Cellisten typischen Schwielen auf den Fingerkuppen der linken Hand. Am rechten Ringfinger trägt er einen auffällig großen Goldring.

Vereinigte Staaten von Amerika. Anthony Sartori. Pittsburgh, Pennsylvania.

»Du bist also amerikanischer Staatsbürger geworden. Ist der echt?«

»Wer? Der Pass oder der Name?«

»Das will ich von dir wissen.«

»Der Pass ist echt. Und der Name? Einer ist so gut wie der andere.«

»Okay. Und jetzt die Geschichte.«

Er greift nach seinem Pass und steckt ihn in die Jacke zurück. Dann beginnt er zu erzählen.

24
Bacci Pagano und das Kassandra-Syndrom

»Ihr Italiener seid schon ein sonderbares Volk.«

»*Ihr* Italiener?«

»Ich lebe seit bald zwanzig Jahren nicht mehr in diesem Land. Man könnte mich schon fast als Emigranten bezeichnen.«

»Die Bezeichnung ›per Haftbefehl Gesuchter‹ ist wohl eher zutreffend.«

»Auch im Ausland habe ich die Entwicklungen in diesem sonderbaren Land aufmerksam verfolgt. Wirklich sonderbar. Innerhalb eines Jahrzehnts habt ihr die korrupte politische Führung komplett entmachtet, um euch schließlich von einem Mann regieren zu lassen, dessen Erfolg und Reichtum genau auf diesem alten korrupten System beruht. Wirklich sonderbar. Vielleicht Schuldgefühle? Oder der Wunsch, sich zugrunde zu richten? Kannst du mir das erklären?«

»Vielleicht müssen wir Italiener von jemandem regiert werden, der noch mehr Dreck am Stecken hat als wir selbst. Über den wir uns moralisch entrüsten können, um dann ohne Gewissensbisse unsere eigenen krummen Dinger zu drehen.«

»Das sind doch Psychospielchen, damit erklärt man nichts. Weißt du was, Pagano? In Wahrheit haben euch das Ende des Kalten Krieges und der Bankrott des Kommunismus das Genick gebrochen. Kann ein Linker wie du diesen Gedankengang nachvollziehen oder ist dir das zu kompliziert?«

»Schon gut, Draghi oder Sartori oder wie auch immer du heißen magst. Komm endlich zur Sache. Warum das Attentat auf den Ministerpräsidenten?«

»Nur Geduld, alles zu seiner Zeit. Warum wohl hat euch der Zusammenbruch des Kommunismus das Genick gebrochen?«

»Vielleicht weil wir ihn durch das Fernsehen ersetzt haben.«

»Das Fernsehen hat zweifellos große Macht. Das gilt besonders für die USA. Aber die Amerikaner haben eine moralische Hemmschwelle, die in Italien nicht mehr als ein müdes Lächeln hervorruft. Vor Kurzem schrammte der Präsident in einem Amtsenthebungsverfahren nur knapp an einer Verurteilung vorbei, und zwar wegen einer kleinen Differenz zwischen Wahrheit und gutem Geschmack. Oder kannst du mir etwa den Unterschied zwischen einer Affäre und Oralverkehr erklären?«

»Das ist keine Frage von Moral, das ist Scheinheiligkeit. Wenn eine Splitterbombe zehn afghanische Kinder zerfetzt, zucken die Amis nicht einmal mit der Wimper.«

»Ach was, alles linkes Geschwätz. Du bist unverbesserlich, mein lieber Freund. Von großer Politik werdet ihr nie etwas verstehen! Nichts als Dummköpfe und Heuchler! Was glaubst du, wo diese Bomben gebaut werden? In Italien! In Fabriken, deren Arbeiter teilweise gewerkschaftlich organisiert sind. Dieses Land ist voller reuiger Sünder, weinender Madonnen und tobsüchtiger Linker. Alle schreien danach, alles beim Alten zu lassen. Ihr habt keine Zukunft. Willst du wissen, warum mit dem Ende des Kalten Krieges auch für euch alles zu Ende war? Weil ihr jetzt ganz auf euch selbst gestellt seid, weil euch keine Nation mehr sagt, wos langgeht. Das Resultat sehen wir heute.«

»Wir haben immer noch das alte Europa …«

»Papperlapapp! Europa ist nicht mehr als eine Währungsunion. Es gibt Frankreich, Deutschland und England, und jeder vertritt seine eigenen Interessen. Ihr braucht immer eine Führungsmacht, so wie damals, als es noch zwei Blöcke gab. Die Regierungen nahmen Befehle aus Washington entgegen und alle waren zufrieden. Fünfzig Jahre lang ging das so. Und vor Washington kamen die Weisungen aus Berlin, und noch davor aus Wien, Paris und Madrid. Ich komme aus dem Veneto. Weißt du, was man in unserer Region antwortet, wenn ein Fremder uns etwas fragt? *Comandi!* Zu Befehl! Das ist typisch italienisch.«

»Viele schöne Worte, aber noch keine Antwort auf meine Frage, Mister Sartori.«

»Die ist schnell beantwortet. Im ganzen Westen war die Kommunistische Partei in eurem Land am stärksten. Viele Linke, großes Blabla. Der Kommunismus war für euch eine schöne Utopie, die andere teuer bezahlen mussten. Auf dem Roten Platz in Moskau habt ihr die Internationale gesungen, gleichzeitig aber den Schutz der NATO genossen, und auf euren Banken lag das Geld der amerikanischen Kapitalisten. Zwei Billionen Staatsschulden, angehäuft innerhalb von zehn Jahren. Der Kommunismus war eure Rettung. Ihr seid das einzige Land, in dem das Wunder, das Marx vorausgesagt hatte, auch wirklich eingetroffen ist. Während es im Osten immer schlechter ging, blühte eure Wirtschaft mithilfe des Klassenfeinds Amerika. Euer Blankoscheck war die geografische Lage Italiens als natürlicher Flugzeugträger im Mittelmeer. Und das Mittelmeer ist entscheidend beim Wettstreit um die Weltherrschaft. Beim Spiel zwischen den Reichen und den Armen dieser Welt, denen ihr Linken gebratene Tauben auf dem Silbertablett servieren wollt, ohne zu ahnen, was das für Folgen hat. Ihr wollt das Sprachrohr der Benachteiligten sein, die glauben, ein Recht auf Wohlstand zu haben. Na prima! Wie viel darf das Barrel Öl denn kosten? Den Wohlstand eines Landes zu erhalten heißt: das bestehende System zu erhalten. Doch dieses System beinhaltet nicht nur Rechte, sondern auch Pflichten. Ohne Regeln bricht alles zusammen. Und dann: Adieu, Schlaraffenland.«

»Ich wusste gar nicht, dass der Ministerpräsident ein Freund der Linken ist. Wo er doch ständig lauthals gegen die Kommunisten wettert.«

»Problem erkannt! Bravo. Er wettert, aber dabei bleibts. Dieser Mann ist unfähig und alle in seinem Dunstkreis ebenso. Alles, was er kann, ist für Werbespots posieren und Wohltaten verkünden. Sehr fotogen, sehr sympathisch und sehr reich. Kein Staatsmann spielt die joviale Wohltäterrolle so gut wie er. Aber wie lange geht das gut?«

»Keine Ahnung. Jetzt will er auch noch die Verfassung ändern ...«

»So ein Blödsinn kann wieder nur einem Italiener einfallen. Die Verfassung ist für ein Land fundamental. Um die Verfassung zu ändern, braucht es normalerweise eine Revolution oder einen Krieg oder beides zusammen. In Italien steht jedoch weder ein Krieg noch eine Revolution ins Haus. Euch ist nur eine einzige revolutionäre Tat gelungen: Ihr habt einen politischen Dilettanten an die Spitze gehievt, der die Geschichte missbraucht und sich auf dem globalen Parkett bewegt wie ein Kellner: Er erzählt Witze, serviert Cocktails und lächelt freundlich, spart dabei nicht mit obszönen Gesten und gibt allen recht. Glaubst du im Ernst, ein strategisch so wichtiges Land wie Italien dürfe von einer solchen Witzfigur regiert werden?«

»Italien wird von dem regiert, der die Wahlen gewonnen hat. Klar, dass die Italiener diesen Typen gewählt haben, dreht mir den Magen um. Aber das ändert nichts an den Fakten.«

»Fakt ist, dass ihr Italiener einen Führer brauchen würdet, der verhindert, dass ihr euch selbst schadet. Das ist in allen rückständigen Ländern so, egal ob in Asien, Afrika oder Lateinamerika. Sobald die Eroberer abgezogen sind, bringen sich die Einheimischen gegenseitig um. Das gilt übrigens auch für die ehemals kommunistischen Länder, schau dir nur den Balkan oder die Kaukasusregion an. Mal ehrlich: Erinnert dich die Absicht eures milliardenschweren Ministerpräsidenten, die Verfassung zu ändern, nicht stark an die Diktaturen in Lateinamerika? Ein mächtiger Präsident und ein nach dem Proporz gewähltes Parlament sind perfekte Voraussetzungen, eine Demokratie von der Korruption langsam weichkochen zu lassen. Wenn du jetzt noch die in letzter Zeit vom Parlament verabschiedeten Wirtschaftsgesetze, zum Beispiel die Strafmilderung für Bilanzfälschungen, dazurechnest, zeigt sich ein deprimierendes Bild. Weißt du eigentlich, wie viel schmutziges Geld unter dem Schutzschild eurer kapitalistenfreundlichen Steuergesetze ins Ausland transferiert und dort gewaschen wurde? Ihr entwickelt euch wirklich zu einem Schlaraffenland für Geschäftemacher jeder Couleur. Hut ab.«

»Von wegen. Aber die Situation mit Gewalt zu verändern, ist keine Lösung.«

»Glaubst du. Fünf Kugeln und Italien ist sauber … Eine tolle Idee deines Kommunistenfreunds. Genial. Damit wäre die Linke in Italien ein für alle Mal erledigt. Adieu linkes Geschwafel.«

»Soll das heißen, ihr wollt einen Staatsstreich provozieren?«

»Da haben wir es wieder, fest verankert im bizarren Denkschema der Linken: das Schreckgespenst des Umsturzes. Einen Umsturz braucht es nicht, mein Freund. Wenn euer Ministerpräsident durch die Kugeln eines Sturmgewehrs zu Tode kommt, wird es Neuwahlen geben und die Linke geht sang- und klanglos unter.«

»Ein faschistisches Komplott …«

»Wieder so ein Klischee, das aus dem Vokabular gestrichen werden sollte. In Italien gibt es seit sechzig Jahren keinen Faschismus mehr. Selbst die Spanier, die ihn erst in den Siebzigerjahren ausgerottet haben, reden nicht so oft darüber wie ihr. Aber in einem hast du recht, in Italien gibt es noch immer schillernde Persönlichkeiten, die sich gerne auf Mussolini berufen …«

»Und in der Regierung sitzen. Sie wollen sogar Straßennamen ändern.«

»Alles Effekthascherei. Billiger Budenzauber für die Touristen. Die elementare Frage ist doch, wie und unter welchen Umständen wir die Demokratie schützen können. In einem globalen Wirtschaftssystem gibt es keine Souveränität einzelner Nationalstaaten mehr. Aber die politische Demokratie ist untrennbar mit der Souveränität der Nationalstaaten verbunden. Zwei Drittel der Weltbevölkerung weiß nicht einmal, was Demokratie bedeutet. Sie leben unter autoritären Regimes oder in Anarchie, in Bürgerkriegen oder Stammesfehden. Die demokratische Völkergemeinschaft muss sich gegen all dies verteidigen. Deshalb können sich die Nationalstaaten die heute von ihnen garantierte, schier grenzenlose Freiheit gar nicht mehr leisten. Wenn wir wenigstens ein Minimum an individueller Freiheit bewahren wollen, müssen wir auf die globale Freiheit verzichten.«

»Worauf willst du hinaus?«

»Die Demokratie ist eine Ware wie jede andere auch. Trotz aller Logik und Komplexität bleibt sie doch ein von Menschen geschaffenes Produkt. Wie Lebensmittel, Waffen oder Öl. Man kann die Demokratie kaufen, wie das etwa dein smarter Milliardär praktiziert, man kann sie aber auch verkaufen, vernichten oder exportieren. In der globalisierten Welt kann Demokratie nur in einer Form überleben, die man dorthin exportieren kann, wo man sie noch nicht kennt.«

»Und das heißt?«

»Eine Kriegsdemokratie. Eine Demokratie ohne weitreichende Garantien, die sich dem globalen Markt anpassen kann. Die den freien Kapitalfluss ermöglicht und Instrumentarien zur Lösung der daraus resultierenden Ungerechtigkeiten bietet.«

»Klingt sehr nach Polizeistaat.«

»Politisch-strategisches Denken ist dir fremd, wie ich sehe. Eine moderne Gesellschaft kann nur zum Wohlstand aller beitragen, wenn sie drei wichtige Punkte sichert: wirtschaftliche Konkurrenzfähigkeit, sozialen Zusammenhalt und eine demokratische Werteordnung. Diese drei Säulen sind unabdingbar, aber sie bilden keine Synergie, wie uns einige Liberale glauben machen wollen. Im Gegenteil: Es wird immer schwieriger, sie unter einen Hut zu bringen. Die Umverteilung der Ressourcen fördert den Gemeinsinn, schadet aber der wirtschaftlichen Produktivität, weil sie höhere Steuern und geringere Kapitalrendite mit sich bringt. Nichtproduktive Gesellschaftsschichten wie Alte und Kranke sind teuer und ineffizient. Sie wirken wie ein Bremsklotz auf die Wirtschaft. Die politische Demokratie behindert die Institutionen bei zukunftsweisenden Entscheidungen. Heute ist die Wirtschaftskraft das Maß aller Dinge. Produktivität und Rentabilität wird weltweit von Menschen bestimmt, die nicht vom Volk gewählt wurden. Gegen diesen Automatismus formiert sich dumpfer Widerstand über alle Kontinente hinweg. Ein Krieg ist die zwangsläufige Folge dieser fatalen Entwicklung, und von diesem Krieg hängt das Überleben unserer Gesellschaftsform ab. Die zahllosen lokalen Konflikte dienen nur dazu, einen Dritten Weltkrieg zu vermeiden, der die Welt in die Steinzeit zurückkatapultieren würde.«

»Verdammt, ihr Amerikaner ändert euch nie. Ohne Feindbild geht es nicht. Für euch ist die Welt ein einziger Wilder Westen wie zu Zeiten Sitting Bulls.«

»Auch das ist ein Klischee. Die Amerikaner sind ganz und gar kein kriegliebendes Volk. Statt teurer Militäreinsätze an allen Ecken der Welt würden sie lieber zu Hause das Privileg genießen, im reichsten Land der Welt zu leben. Leider zwingt sie ihre Dominanz moralisch in die Rolle des Weltpolizisten in Sachen Demokratie. Aber dazu brauchen sie Unterstützung, starke und verlässliche Verbündete.«

»Noch mehr Arschkriecher wie unser Ministerpräsident ...«

»Völlig richtig. Er ist ein Arschkriecher und ein Dilettant dazu. Auf solche Männer kann man nicht bauen. Euer Milliardär ist überdies zu sehr mit dem Entwirren seiner eigenen Angelegenheiten beschäftigt. Seine privaten Interessen untergraben nachhaltig seine Glaubhaftigkeit. Dass er die Medien kontrolliert, genügt bei Weitem nicht, um die Realität zu vertuschen. Die Italiener haben zwar kein Verantwortungsbewusstsein, aber blöd sind sie nicht. Schlaue Sprüche und kosmetische Korrekturen genügen nicht mehr, um die Fehler unfähiger Politiker zu vertuschen. Um ein innovatives Modell einer leistungsfähigen Demokratie zu entwickeln, bedarf es starker und fähiger Persönlichkeiten.«

»Und wo sind diese fähigen Persönlichkeiten? Habt ihr schon in der Zuckerdose nachgesehen?«

Der Kellner mit dem Bürstenhaarschnitt naht mit einem schwankenden Tablett. Er stellt den Corretto und den Brandy auf den Tisch und greift in seine Jackentasche, um den Kassenbon herauszuziehen. In diesem Moment höre ich unter dem Tisch ein dumpfes Geräusch. Ich zucke zusammen, halte die Smith & Wesson schussbereit umklammert und beuge mich nach unten, um zu sehen, was passiert ist. Der Koffer ist auf die Seite gekippt. Mein Gegenüber beugt sich ebenfalls nach unten, um den Koffer wieder aufzurichten.

»Keine Bewegung.«

Der junge Kellner mustert uns verblüfft und auch ein wenig verängstigt. Er hat die Pistole nicht gesehen, aber sehr wohl verstanden, dass wir nicht gerade ein Liebespaar sind. Ich tauche unter dem Tisch hervor, stehe auf und greife mit gestrecktem Arm nach dem umgestürzten Koffer neben dem Stuhl meines unberechenbaren Tischnachbars. Einen Augenblick lang verliere ich ihn aus den Augen. Ich bekomme den Griff zu fassen und ziehe den Koffer zu mir.

Als ich mich wieder setze, mustert er mich ironisch. Dann verzieht sich sein Pferdegebiss zu einem spöttischen Grinsen. »Nervös, Herr Detektiv?«

»Du hast mich schon einmal verarscht.«

Ich ziehe meine Brieftasche heraus und zahle. Der Kellner verlässt erleichtert unseren Tisch, auch wenn er uns in der Folgezeit immer wieder voller Neugier beobachtet.

Mr. Sartori schüttet sich ein Tütchen Zucker in die Tasse und rührt. Ich umfasse meinen Carlos Primero mit beiden Händen und lasse den Brandy langsam im Schwenker kreisen, um sein Aroma zu genießen, bevor ich schließlich einen tiefen Schluck nehme.

»Du lässt es dir gut gehen.«

»Man lebt nur einmal.«

»Man stirbt auch nur einmal.«

»Der Tod ist dein ständiger Begleiter. Überall, wo du auftauchst, muss ein Mensch sein Leben lassen.«

»Ist das bei dir etwa anders?«

»Nein, aber ich komme immer erst hinterher.«

Er lächelt sarkastisch. »So. Hinterher. Wenn es schon zu spät ist.«

»Sei nicht kindisch. Seit fast dreißig Jahren bist du Terrorist. Du tötest Menschen überall auf der Welt. Hast du es nicht satt? Ekelst du dich nicht, wenn du über dein Leben nachdenkst?«

»Das Leben kotzt mich schon seit meiner Kindheit an. Ich wurde in den Dreißigerjahren in einem kleinen Dorf im Veneto geboren. Meine Mutter war unverheiratet und blutjung, als sie mit mir schwanger wurde. Ihre Familie hat sie vor die Tür gesetzt. Kannst du dir vorstellen, wie viel Verachtung ich erlebt habe? Ich erinnere mich kaum an meine Kindheit, bloß dass sie fade und traurig war. Meine Mutter nahm in der Stadt eine Stellung an, um mich durchzubringen, und ich wanderte von einem Internat ins nächste. Während der Sommermonate schuftete ich bei einer Bauernfamilie, die mich wie einen Bastard behandelte. Tag für Tag den Stall ausmisten. Schaufel, Mistgabel und Schubkarre. Bis ich glaubte, mir würde die Wirbelsäule durchbrechen. Bastard! Das hat mich mein Leben lang begleitet. Und nach alledem fragst du mich, warum ich mich nicht zurückziehe. Von meinem Leben als Bastard? Was ich jetzt bin, war ich mein ganzes Leben lang. Aber jetzt werde ich für meine Dienste gut bezahlt. Ich habe ein Chalet in der Schweiz, eine Villa in der Karibik, Appartements in aller Herren Länder, ein gut gefülltes Konto. Alle, die mit mir zu tun haben, halten sich von mir fern, denn ich bin für die Drecksarbeit zuständig. Ich bin immer noch der, der den Stall ausmistet. Deshalb halten sie nur über Mittelsmänner Kontakt zu mir und geben mir ihre Anweisungen per Telefon. Niemand kennt mich, ich verantworte jede Tat ganz allein. Kannst du dir vorstellen, dass ich nach all den Jahren immer noch nicht genau weiß, für wen ich eigentlich arbeite?«

Er schweigt einen Augenblick, den Kopf nach unten gebeugt. Dann sieht er mich mit einem verschwörerischen Lächeln an. »Weißt du, warum ich dir das alles erzähle? Weil ich sicher bin, dass du mich verstehen kannst. Du verachtest mich nicht, auch wenn du ein Linker bist.«

Ich spüre eine leichte Übelkeit in mir aufsteigen. Mit Mühe antworte ich: »Und woraus schließt du das?«

»Du warst fünf Jahre im Knast, und zwar auf die harte Tour. Und dein Job ist fast genauso dreckig wie meiner.«

Alles um mich herum scheint sich zu drehen. Ich bekomme kaum noch mit, was er sagt. Das Pferdegesicht lächelt. »Einen entscheidenden Unterschied allerdings gibt es zwischen uns beiden.«

Ich möchte noch fragen, welchen, aber meine Zunge ist zu schwer geworden.

»Du kommst immer erst, wenn es schon zu spät ist.«

Dieser Mistkerl, denke ich noch, er hat mich schon wieder verarscht.

Er schaut auf die Uhr. »Jetzt müsste es wirken. Pass das nächste Mal besser auf, was du trinkst. Siehst du diesen Ring? Als du dich nach unten gebeugt hast, habe ich ein Betäubungsmittel in deinen Brandy gekippt. Aber keine Sorge, morgen kommst du wieder zu dir. Wenn alles vorbei ist und man auf dem Gewehr die Fingerabdrücke deines Freundes Lagrange finden wird. Der Einzige, der dir deine Geschichte abnimmt, dürfte dein Freund Pertusiello sein. Aber nimm es nicht so schwer, die Welt ist ein Film, in dem Leute wie wir selten vorkommen. Und falls doch: Zu den Guten gehören wir bestimmt nicht …«

Seine Worte verschwinden in einer mondlosen Finsternis, in einem traumlosen Schlaf, in einem schwarzen Loch. Alles wird zähflüssig und dumpf: dumpf wie meine Dummheit.

25
Epilog

Ein penetranter Geruch nach Krankenhaus weckt mich. In meinem Kopf wütet ein dumpfer Schmerz, der aus den grenzenlosen Tiefen meines Gehirns in mein Bewusstsein dringt. Ich bin wie gelähmt. Ich öffne die Augen und sehe Licht. Es ist heller Tag. Was ist passiert? Wo bin ich? Wie viel Zeit ist vergangen? Vergangen seit wann? Womöglich seit meiner Geburt, denn ich erinnere mich an gar nichts mehr, meine Vergangenheit ist wie ausradiert. Mir fällt auf, dass ich einen fremden Schlafanzug trage. Ich besitze gar keine Schlafanzüge.

»Wie fühlen Sie sich?«

Ich wende meinen Kopf zur Seite. Vor mir taucht eine Krankenschwester in blendend weißer Tracht auf. Mit ihrem runden Gesicht und dem Pagenschnitt erinnert sie an Leonardo da Vincis *Lucrezia Crivelli.* Fachkundig begutachtet sie mich von oben bis unten.

»Was ist mit mir passiert?«

»Sie erinnern sich nicht?«

»Nein.«

»Sie sind gestern Abend in einer Bar zusammengebrochen.«

In einer Bar? In meiner Reihe stehen drei Betten, gegenüber noch einmal so viele, alle belegt. Sechs Betten, sechs kranke Menschen. Allmählich kehrt auch meine Erinnerung zurück: Draghi, Sartori, der Brandy und der Lederkoffer. Inzwischen ist ein kahlköpfiger älterer Arzt mit weißem Kinnbart an mein Bett getreten. Unter seinem offenen Kittel wölbt sich ein stattlicher Bauch, auf dem eine leger gebundene Krawatte ruht. Er wirft mir einen missbilligenden Blick zu und sagt in vorwurfsvollem Ton: »In deinem Alter solltest du die Finger davon lassen.«

»Von was?«

»Willst du mich für dumm verkaufen? Wir haben dein Blut untersucht und dabei Flunitrazepam gefunden, in einer Konzentration, mit der man eine ganze Pferdeherde hätte einschläfern können. Das ist der gleiche Wirkstoff wie Rohypnol, dazu noch der Alkohol …«

»Wie lange habe ich geschlafen?«

»Alkohol und Rohypnol, eine teuflische Kombination. Aus deiner Leber kann man Putzlappen machen.«

»Wie lange bin ich schon hier?«

»Vielleicht dreizehn, vierzehn Stunden. Und wenn es nach mir ginge, müsstest du alles bis auf den letzten Cent selbst bezahlen. Nichts da mit kostenloser Erster Hilfe.«

»Das war alles ganz anders, glauben Sie mir.«

»Ihr seid doch alle gleich. Faulpelze. Zu nichts nutze. Schmarotzer, die sich auf Kosten der Gesellschaft ein schönes Leben machen. Aber mir machst du nichts vor. Ab ins Bergwerk mit euch, alle miteinander, mit Schaufel und Spitzhacke!«

»Es reicht, verdammt noch mal! Spar dir deine Verdächtigungen. Ich bin Privatdetektiv. Gestern Abend war ich einem Terroristen auf der Spur. Er hat mich überrumpelt und mit einem Betäubungsmittel außer Gefecht gesetzt, und das nicht zum ersten Mal. Er plant ein Attentat auf den Ministerpräsidenten, und zwar heute Vormittag. Wenn du morgen die Zeitungen aufschlägst, wirst du mir glauben. Ich brauche sofort mein Handy und etwas zum Anziehen. Ich muss hier raus, bevor es zu spät ist.«

Der Arzt ist völlig perplex. Er mustert mich mit Kennermiene: womöglich doch ein Fall für die Psychiatrie?

»Ich bin nicht verrückt. Wie spät ist es?«

»Halb zehn.«

»Verdammt, jetzt wird er schon im Liceo D'Oria sein. Beeilt euch, verdammt noch mal!«

Ich stehe auf, alles dreht sich. Das Zimmer, die sechs Betten und die Patienten, die das Ganze genau beobachtet haben. Die Krankenschwester und der Arzt, der mir eine Moralpredigt gehalten hat – alles dreht sich. Die Krankenschwester richtet mich wieder auf und stützt mich. Sie duftet nach Moschus und nach Zitronen. Dieser Bastard von Sartori! Beim Gedanken an ihn dreht sich mir auch noch der Magen um. Wie Captain Mandrake aus *Star Wars* hat er mich mit seinen Tricks schon zum zweiten Mal außer Gefecht gesetzt. Wenn ich ihm noch einmal begegnen sollte, werde ich ihn in die Mangel nehmen – und zwar ohne Caffè Corretto, das schwöre ich mir.

»Wenn Sie das Krankenhaus verlassen wollen, müssen Sie unterschreiben«, erklärt mir der Arzt, offenbar hat er inzwischen den Ernst der Lage erkannt. Die Schwester hat meine Kleider aus dem Spind geholt, dann nimmt sie mein Handy und die Brieftasche aus dem Nachtschränkchen und reicht sie mir.

»Und meine Pistole?«

»Tut mir leid. Die Kollegen von der Nachtschicht haben davon nichts erwähnt. Vielleicht hat man sie Ihnen abgenommen, bevor der Notarztwagen kam.«

»Gut möglich.«

Die anderen Patienten sehen mich entsetzt an. Sie sind mucksmäuschenstill.

Ich schalte das Handy ein und rufe Pertusiello an. Ich muss es lange klingeln lassen, bevor er sich endlich entscheidet abzunehmen.

»Gibts dich auch noch?«

»Ich bin im Krankenhaus …«

»In welchem Krankenhaus?«

Gute Frage. »Wo bin ich hier?«

»Im Ospedale Galliera«, hilft mir die Schwester auf die Sprünge.

»Im Galliera. Ich hatte ihn – und dann habe ich mich von ihm austricksen lassen.«

»Mist! Ich habe mit dem Polizeipräsidenten gesprochen. Er hat alle Wohnungen gegenüber dem Liceo D'Oria durchsuchen lassen. Nichts. Wir haben uns mal wieder bis auf die Knochen blamiert.«

»Es gibt Schlimmeres. Wo steckst du?«

»In der Questura. Aber ich habe meine Leute rund um das Liceo postiert.«

»Noch nichts passiert?«

»Gott sei Dank, nein. Die Diskussion mit den Schülern läuft schon seit einigen Minuten. Was willst du tun?«

»Ich tue, was ich kann. Wie immer.« Ich will gerade auflegen, aber ich spüre, dass der Commissario herumdruckst. Irgendetwas will er noch loswerden. Er hält einen Moment inne, das Schlimmste kommt wohl noch.

Ich ahne, worum es geht. »Oh, Mist, Jasmine …«

»Ja. Es tut mir leid, dass ich dir das am Telefon sagen muss.«

»So oder anders, es ändert ja doch nichts. Sie ist weg?«

»Ja. Sie haben sie gestern per Charterflug an die Elfenbeinküste abgeschoben, sonst nur Nigerianer an Bord, Zwischenstopp in Abidjan.«

»Nur wegen ihr?«

»Ich glaube, ja. Denk nur, was sich der Staat die kleine private Rache dieses Mistkerls von Manzi kosten lässt.«

Die Kosten sind mir im Augenblick scheißegal. Abschiebung kann gar nicht teuer genug sein. Jetzt muss sie wieder bei null anfangen. Brüsk beende ich das Gespräch. Nur nicht mehr darüber nachdenken, ich habe mich genug gequält.

Ich stehe vor der Notaufnahme des Ospedale Galliera, bei der Einfahrt der Krankenwagen. Beißende Kälte schlägt mir entgegen, sie weckt meine Lebensgeister. Schlagartig fühle ich mich besser. Die eisige Luft vertreibt die Benommenheit aus meinen Gehirnzellen. Es ist windstill. Der eigenartig weiße Himmel scheint kurz davor, die erste Fuhre seiner Schneefracht über Genua zu entleeren. Der freie Platz vor dem Krankenhaus zwischen der Via Frugoni, der

Mura del Prato und der Via Banderali ist von gepanzerten Polizeiwagen umstellt. Ringsum haben Polizisten Position bezogen, mit Schlagstöcken, Tränengasgewehren, Plexiglasschilden und Schutzhelmen mit heruntergeklapptem Visier. Ein wohlbekanntes Szenario. Nur war es beim G8-Gipfel Juli und heute herrscht klirrende Kälte. Hastig überquere ich die Straße und eile die Via Banderali hinab, durchquere die Porta degli Archi, ein Tor aus dem 16. Jahrhundert, und stehe direkt vor dem Eingang zum Gymnasium, das sich im letzten Stock des Liceo Andrea D'Oria befindet. Die Kaderschmiede der Genueser Elite. Seit mehr als einem Jahrhundert sind hier die Kinder der Oberschicht der Stadt, aber auch die Sprösslinge einflussreicher Familien aus den Vororten am Meer zur Schule gegangen: Unternehmer, Politiker, Bankiers, Professoren. Die Hautevolee aus Castelletto hingegen bevorzugt das altehrwürdige Liceo Colombo, das mittlerweile baufällige humanistische Gymnasium in der Via Dino Bellucci. Übrigens genau der Ort, an den es mich 1968 verschlagen hatte. Damals erging es mir wie Charlie Chaplin in *Modern Times,* als er zufällig eine rote Fahne von einer Baustelle mitnimmt und sich plötzlich an der Spitze eines Demonstrationszugs findet. Nur dass ich keine Fahne, sondern eine Pistole in der Hand hielt.

Rund um das Liceo D'Oria geht es drunter und drüber. Hier also wird das Attentat auf den Ministerpräsidenten stattfinden. Im Lichter- und Fahnenmeer der Via Venti Settembre, im überquellenden Gassenlabyrinth der Carruggi und in den festlich geschmückten Warenhäusern sind alle ahnungslos. Die langbeinigen Verkäuferinnen bei Coin, unter ihnen Alma Montello. Die Angestellten in ihren abgeschotteten Büros, die auf die quälend langsam vorrückenden Zeiger ihrer Armbanduhren starren und sehnlich auf die Feiertage warten. Alle ahnen sie nichts von der drohenden Katastrophe: die Prostituierten in den Luxusbordellen zwischen Albaro und Foce, die ihren zerwühlten Laken entstiegen sind, um sich die Haare stylen zu lassen. Die eleganten Damen aus Castelletto, die sich im Gewimmel des Weihnachtsmarkts von San Nicola mit einem verflossenen Liebhaber treffen und ihren Ehegatten mit der Ausrede abgespeist haben, sie gingen zum Frisör. Die Priester, die bei den Vorbereitungen für die Mitternachtsmesse fast am Kerzenrauch ersticken. Die jungen Frauen, die in die Mitternachtsmesse gehen werden, in der Hoffnung, dort den Mann ihrer Träume zu treffen. Und schon gar nicht diese Traummänner, die natürlich nicht in die Mitternachtsmesse gehen werden, sondern in den ohrenbetäubenden Lärm und den betörenden Krapfenduft auf dem Jahrmarkt auf der Piazzale Kennedy eintauchen: Sie alle haben nicht die leiseste Ahnung.

Der Buran peitscht mit unverminderter Stärke gegen die Forts und Befestigungsmauern auf den Anhöhen über der Stadt mit ihren einsamen Buchen- und Kiefernwäldchen, die vorrangig von Liebespaaren genutzt werden, die kein anderes Plätzchen haben. Die breiten Verkehrsadern der Stadt hingegen ersticken wie üblich im Verkehr. Die Abgase überfordern sogar die Geräte, die das Kohlenmonoxid messen sollen. Die Nerven der Autofahrer in den endlosen Staus liegen blank. Niemand hat auch nur den Hauch eines Verdachts, welches Damoklesschwert über der Stadt schwebt und dass mein Albtraum Wirklichkeit zu werden droht.

Auch die Via Banderali ist mit Einsatzfahrzeugen der Polizei und der Carabinieri zugeriegelt. Das Schulportal steht weit offen. Der Zugang wird von einem Polizeitrupp in Kampfausrüstung überwacht. Ich kann unter ihnen Ispettore Levrero von der Mordkommission ausmachen, der sich in einen warmen braunen Mantel mit Pelzkragen gehüllt hat. Ich stelle mich an die Treppe und rufe seinen Namen. Er erkennt mich sofort, winkt mich zu sich hinüber und ruft: »Kommen Sie, Dottor Pagano, ich winke Sie durch.«

Als ich vor ihm stehe, flüstere ich: »Pertusiello hat Sie informiert?«

»Ja, ich weiß Bescheid.«

»Ich muss unbedingt hinein.«

»Ich komme mit. Aber wenn man Sie stoppt, berufen Sie sich nicht auf mich.«

»Ich werde sagen, ich hätte die Erlaubnis von Manzi.«

Unbehelligt gelange ich ins Gebäude. Levrero bringt mich zur Tür, von der aus eine Treppe hinunter ins Gymnasium führt. Auch hier ein Polizeiposten. Der Ispettore hält seinen Ausweis hoch und der Mann lässt mich durch. Auf der ganzen Treppe stehen Uniformierte. Ein junger Carabiniere kommt mir schwer atmend entgegen. Er ist für den Ernstfall ausgerüstet: kugelsichere Weste, Helm, schwarze Militärstiefel.

»Wo findet die Versammlung statt?«, frage ich ihn.

»In der Aula Magna im ersten Stock.«

In der Vorhalle geht es zu wie auf einem Jahrmarkt. Vor der breiten Eingangstür der Aula ist eine Streitmacht uniformierter und ziviler Polizisten postiert. Wo man auch hinsieht, hantieren Männer mit Funkgeräten und Handys. Sie sind auf Anhieb als Polizisten erkennbar, kein Mensch würde sie mit Studienräten für Latein oder Griechisch verwechseln. Wahrscheinlich gehören sie zur Digos. Sie tigern nervös auf und ab, hin und wieder werfen sie einen Blick in das Innere der Aula, wo die Diskussion des Ministerpräsidenten mit Genueser Schülern in vollem Gange ist. Ich mache auch einige Journalisten aus, darunter einen gewissen Ardoino vom *Decimonono,* mit dem ich schon einige Male zu tun hatte. Er ist dort für Skandalgeschichten und Kriminalfälle zuständig, und ich habe ihm im Laufe der Zeit die eine oder andere Information zukommen lassen, ohne dafür bislang eine Gegenleistung verlangt zu haben.

Dafür scheint mir jetzt der passende Zeitpunkt gekommen zu sein. Obwohl mich einige Polizisten misstrauisch beäugen, flüstere ich ihm ins Ohr: »Sorg dafür, dass ich da reinkomme.«

»Ich weiß nicht, ob das geht …«

»Natürlich geht das. Du bist doch akkreditiert, oder nicht?« Ich lasse ihm keine Zeit für eine Antwort und schiebe ihn in Richtung

Tür. Er wedelt mit seiner Einladung und erklärt dem Polizisten, der uns anhält: »Er ist Fotograf, er gehört zu mir.«

Der Polizist betrachtet mich einen Moment lang unschlüssig. Vielleicht überlegt er, wo ich wohl die Kamera habe. Dann gibt er die Tür frei. Als wir drinnen sind, bedanke ich mich bei Ardoino, der brummelt: »Und wenn dich einer nach dem Presseausweis fragt?«

»Meine Güte! Dann sag ich halt, ich hätte ihn in der Redaktion vergessen.«

»Immer auf der Suche nach Scherereien, Pagano.«

»Ehrlich gesagt ist es genau umgekehrt. Die Scherereien suchen nach mir.«

Der große Saal ist bis auf den letzten Platz besetzt, wie nicht anders zu erwarten bei einem Ereignis, das gewiss in allen Medien in epischer Länge und Breite angekündigt worden war. Nur einer wie ich wusste wieder einmal nichts darüber. Ich kann mir die Schlagzeilen vorstellen: *»Der Ministerpräsident trifft sich mit Schülern – Anderthalb Jahre nach den Ausschreitungen während des G8-Gipfels: Endlich Frieden zwischen den Jugendlichen und der Regierung ...«*

Im Saal herrscht eine klare Sitzordnung. Auf der einen Seite, hinter einem streng anmutenden Holztisch auf einem Podest, thronen der Ministerpräsident, der Leiter des Schulamts der Provinz Genua und der Rektor des Liceo D'Oria. Gegenüber sind mehrere Reihen Plastikstühle aufgestellt. In der ersten Reihe sitzen die Ehrengäste und die Journalisten, dahinter die Schüler. An allen strategisch wichtigen Punkten stehen Polizisten. Natürlich ist auch das Fernsehen da. Die Kameras sind auf der Balustrade des Saales postiert, von wo man den besten Überblick hat. Auf den ersten Blick ist zu erkennen, dass erstaunlich wenige Schüler anwesend sind. Die jungen Leute wurden offensichtlich sorgfältig ausgewählt und mögliche »Störenfriede« ausgeschlossen. Hier sitzt nur die handverlesene Elite. Von den Tausenden, die in den letzten Monaten gegen die

Finanzierung der Privatschulen demonstriert haben, ist hier keiner. Und auch die bunte Schar der No-Global-Anhänger sucht man vergebens. Die Schüler sehen aus, als kämen sie direkt aus einem englischen Eliteinternat. Nur wenige Jungs mit längeren Haaren, und wenn, dann stammt ihre Frisur vom Edelcoiffeur. Bürstenschnitte herrschen vor. Die Mädchen wirken wie geklont, alle wohlsituiert, in Kleidung und Make-up bis aufs Haar gleich. Die Atmosphäre im Saal ist zwar würdevoll, aber fad und langweilig: eine Inszenierung fürs Fernsehen.

Selbstverständlich ist es der Ministerpräsident, der das Mikro in der Hand hält und das große Wort führt. Ein Schüler hebt die Hand und eine attraktive, schwarzhaarige junge Frau mit Brille schlängelt sich auf hochhackigen Schuhen durch die Stuhlreihen und hält ihm das Mikrofon vor das Gesicht. Offenbar eine Lehrerin in der Rolle der Regieassistentin. Die Fragen und Antworten wirken einstudiert, gestelzt und künstlich. Der Einzige, der in diesem steifen Ritual völlig ungeniert seine Sprüche klopfen darf, ist der Ministerpräsident. Sein Rollkragenpullover soll Lockerheit vermitteln und die Nähe zu seinen jugendlichen Zuhörern unterstreichen. Er strahlt sein einstudiertes Politikerlächeln und zieht alle Register: Er ist Ministerpräsident, Staatsmann, Unternehmer, Arbeiter, Entertainer, Lehrer, Schüler, ja sogar Hausmeister – alles in einer Person. Er plaudert über Politik, Geschichte, Moral und Kultur, streut hier und da ein nettes Witzchen ein, das auch wie vorgesehen mit Beifall und Lachen honoriert wird.

Jetzt ist ein smarter Jüngling mit rötlicher Kurzhaarfrisur und Krawatte an der Reihe, der ein wenig an Harry Potter erinnert. Vielversprechender Spross einer alten Genueser Familie, von der seit mindestens sieben Generationen niemand einen Spaten in der Hand gehalten hat: »Herr Ministerpräsident, glauben Sie nicht auch, dass das italienische Schulsystem veraltet und überholt ist?«

»Ich bin glücklich darüber, dass unsere jungen Leute hier unmittelbar Gelegenheit haben, ihren Unmut über diese missliche Situation zu äußern. Das ist ein erfreuliches Zeichen für die positive Entwicklung im Zusammenwirken von Politik, Wirtschaft, Gesellschaft und den Schulen. In der Vergangenheit war das italienische Schulsystem nicht in der Lage, mit der innovativen Kraft unseres Wirtschaftssystems und den Regeln des freien Marktes Schritt zu halten. Verantwortlich für diese Misere sind in erster Linie die Linken, die in den Schulen ihre Anhänger rekrutierten und die Schule als letzte Bastion für ihre marxistischen Ideologien ansahen.«

Die Lehrerin mit den Stöckelschuhen müht sich redlich, das Mikrofon einer blonden jungen Frau im Pfadfinderinnen-Look zu reichen. Ich beobachte, wie sie aufsteht, um ins Mikro zu sprechen. Ihr Outfit – blaues Polohemd über gelbem Schottenkaro-Mini und die guten alten Saxon-Schuhe – erinnert mich an meine eigene Jugend. »Halten Sie es für möglich, das Schulsystem zu modernisieren, ohne die bisherige Form der Lehreranwerbung und -ausbildung zu reformieren?«

»Nach meinen Informationen ist diese Schule das renommierteste humanistische Gymnasium der Stadt. Ich bin sicher, die Lehrer hier sind allesamt hervorragende Pädagogen und bestens für ihren verantwortungsvollen Beruf ausgebildet. Es liegt nicht in ihrer Verantwortung, dass sich in den letzten fünfzig Jahren nichts bewegt hat und die Schulpläne nicht den Herausforderungen unserer Zeit angepasst wurden. Meine Regierung arbeitet bereits mit Hochdruck an innovativen Lösungen. Eine Schlüsselrolle kommt dabei den Kräften des Marktes zu. Öffentliche Schulen und Privatschulen müssen in einen fairen Wettbewerb treten. Nur dann hat die öffentliche Schule den notwendigen Druck und die Motivation zu grundlegenden Reformen. Die mündigen Bürger werden sie zu diesem Innovationsprozess zwingen. Wenn sich die Eltern bei gleichen Bedingungen frei entscheiden können, ob sie ihre Kinder in eine öffentliche oder eine private Schule schicken, dann müssen die öffentlichen Schulen auch in die Lage versetzt werden, sich diesem Konkurrenzkampf zu stellen. Und das sollten wir schlussendlich dem freien Spiel der Kräfte auf dem Arbeitsmarkt überlassen.«

Die nächste Frage kommt von einem Jungen, der glücklicherweise in der Nähe der Blondine sitzt, sodass sich die gestresste Assistentin nicht allzu sehr plagen muss, ihm das Mikro zu reichen. »Herr Ministerpräsident, wie ist Ihre Haltung zum Latein- und Griechischunterricht? Wollen Sie ihn abschaffen oder halten Sie die Vermittlung der alten Sprachen auch heute noch für wichtig?«

»Bei der Beantwortung dieser Frage schlagen zwei Seelen in meiner Brust. Aus dem Blickwinkel des Unternehmers würde ich den altsprachlichen Unterricht abschaffen und durch Englisch und Informatik ersetzen. Wenn ich ein neues Produkt auf den Markt bringen will und die Werbekampagne auf Latein starten würde – wie wären wohl meine Absatzchancen? Ihr wisst genauso gut wie ich, dass die alten Römer nicht im Supermarkt einkaufen und auch nicht wählen gehen. Und das ist gut so, denn sonst würden alle Wahlen von den Linken gewonnen werden.«

Wie bestellt kommt der Lacher, und genauso flach wie der Scherz, der ihn provoziert hat.

»Aber als Regierungschef weiß ich sehr wohl um die Verantwortung für ein Ausbildungssystem, das auch humanistischen Ansprüchen gerecht wird, den Latein- und Griechischunterricht beibehält, ihn aber sukzessive den geänderten Rahmenbedingungen anpasst. Wir sind für eine Schule, die in die Zukunft blickt, aber gleichzeitig die tiefe Verankerung in der Tradition nicht aufgibt.«

In der letzten Reihe hebt sich eine Hand. Die Assistentin versucht das Zeichen zu ignorieren, aber einige in der Nähe sitzende Schülerinnen machen sie immer wieder darauf aufmerksam, dass dort jemand eine Frage hat. Es ist ein junger Mann, dem es auf wundersame Weise gelungen ist, die strengen Einlasskontrollen zu unterlaufen. Lange Haare, unrasiert, Umhängetasche aus lila Baumwollstoff,

Schlabberpulli. Die Lehrerin wirft ihm einen ärgerlichen Blick zu, vielleicht ahnt sie, was nun auf sie zukommt.

Er greift nach dem Mikro, das ihm jetzt widerwillig gereicht wird, bleibt aber auf seinem Stuhl sitzen. »Herr Ministerpräsident, wir alle haben Ihre Ausführungen mit Genugtuung zur Kenntnis genommen und uns bestens amüsiert. Wir sind Schüler eines humanistischen Gymnasiums und insofern natürlich beruhigt, was Sie zu den Zukunftsperspektiven des altsprachlichen Unterrichts gesagt haben. Auch wir blicken in die Zukunft. Ich möchte Sie bitten, mir eine ehrliche Antwort zu geben. Haben Sie sich je gefragt, was man in zehn, zwanzig Jahren über Sie, sehr verehrter Herr Ministerpräsident, schreiben wird? Glauben Sie, dass man Sie in die Reihe der Persönlichkeiten einordnen wird, auf die Senecas Erkenntnis zutrifft: *Assiduis conviciis depudere didicerat?*«

Rektor und Schulrat zucken entgeistert zusammen und werfen dem Jungen strafende Blicke zu, die er jedoch stoisch ignoriert. Er konzentriert sich auf sein Gegenüber. Die Assistentin versucht energisch, ihm das Mikro abzunehmen. Aber der junge Mann hält es fest umklammert und dreht sich von ihr weg.

Der Ministerpräsident runzelt die Stirn. Eine leichte Röte überzieht sein Gesicht. Offenkundig versucht er, den Sinn von Senecas Spruchweisheit zu ergründen. »Wie war das genau? Was wollten Sie damit sagen?«

Er muss versuchen, Zeit zu gewinnen. »Es stimmt mich immer wieder glücklich, auf junge Leute zu treffen, die so ganz anders sind, als sie im Allgemeinen dargestellt werden …«

»Warum? Wie stellt man sie denn dar?«

»Oberflächlich, schlecht informiert und ohne Eigeninitiative.«

Die Attacken der Frau mit den Bleistiftabsätzen werden jetzt verzweifelter. Heftig versucht sie, dem Jungen das Mikro zu entreißen.

»Oberflächlich wie Fußball oder Fernsehen?«

»In gewissem Sinne …«

»Aus Ihrem Mund, Herr Ministerpräsident, ist diese Antwort eine echte Überraschung!«

Der ganze Saal brüllt vor Lachen. Ein befreiendes, herzhaftes Gelächter.

Der Ministerpräsident versucht die Situation wieder unter Kontrolle zu bringen. »Damit keine Missverständnisse entstehen: Fußball und Fernsehen sind aus unserer Gesellschaft nicht mehr wegzudenken. Aber dabei geht es um Spaß und Unterhaltung. Kultur hat für mich einen ganz anderen Stellenwert.«

»Da kann ich Ihnen nur zustimmen. Aber seien Sie doch bitte so freundlich und beantworten Sie meine Ausgangsfrage.«

»Ehrlich gesagt weiß ich nicht, was man in zehn oder zwanzig Jahren über mich schreiben wird. Ich hoffe, man wird sich an mich als Unternehmer erinnern, der sich der Politik gewidmet hat, um die Situation in seinem geliebten Heimatland zum Besseren zu wenden …«

Der erbitterte Kampf um das Mikro geht weiter. Die Lehrerin ist zu einer wahren Furie geworden, der Junge hält dagegen. Er will sein Recht auf Meinungsfreiheit mit allen Mitteln verteidigen, ohne Rücksicht auf Verluste. »Es tut mir leid, Herr Ministerpräsident, aber mit Ihren Verkäufermethoden können Sie bei uns nicht landen. Wir sind nur an Ihrer ehrlichen Meinung interessiert. Wird jemand über Sie schreiben: *Assiduis conviciis depudere didicerat* – Er hat gelernt, Angriffen gegenüber gleichgültig zu sein?«

Die Stimmung im Saal hat umgeschlagen. Die lähmende Teilnahmslosigkeit, die eben noch wie eine Glocke über dem Raum lag, ist wie weggeblasen. Es ist, als hätte es die Sonne endlich geschafft, den grauen Nebel zu durchbrechen. Eine Welle aggressiven Protests schwappt durch den Saal. Der Rektor greift nach dem Mikro und bittet um Ruhe. Aus den hinteren Reihen ertönen schrille Pfiffe. Der Schulrat gibt dem Ministerpräsidenten ein Zeichen, dass man hier abbrechen sollte. Jetzt, wo die Kameramänner endlich Gelegenheit hätten, einen Hauch von Realität zu vermitteln. Einige Polizisten, die vor der Aula postiert sind, lugen neugierig durchs Fenster.

Zwei Polizisten mit Kopfhörer und Mikro bahnen sich mühsam ihren Weg durch Ehrengäste, Behördenvertreter und Presseleute. Als sie zum Ministerpräsidenten durchgedrungen sind, murmelt er etwas, dann wendet er sich wieder an die Schüler. »Meine lieben jungen Freunde …«

Aus dem Publikum wird ein Ruf immer lauter: »Hampelmann, Hampelmann!«

Die handverlesenen Vorzeigeschülerinnen, die anfangs so beflissen applaudierten, zeigen jetzt ihre wahren Gefühle. Schluss mit der Unterwürfigkeit. Sie haben sich in Rachegöttinnen verwandelt. Die sommersprossigen bebrillten Jungs mit Krawatte und Gelfrisur hält es nicht mehr auf ihren Plätzen. Alle schreien wild durcheinander.

Die Tür der Aula wird aufgerissen und Polizisten in Kampfausrüstung stürmen den Raum. Wie eine Büffelherde walzen sie über alles hinweg. Der Ministerpräsident ist aus dem Konzept geraten und überzeugt, in eine Falle geraten zu sein. Seine Leibwächter eskortieren ihn zum Ausgang.

Ich nutze die Gelegenheit, ihn zu warnen, und schreie: »Bleiben Sie im Gebäude! Man will Sie erschießen!«

Im Saal herrscht heilloses Durcheinander, mein Warnruf geht im Höllenlärm unter. Ich versuche gerade, mich zwischen Polizisten und Schülern nach vorne zu zwängen, als ich hinter der geöffneten Tür Manzi samt Gefolge bemerke. Er deutet auf mich und ruft seinen Leuten zu: »Festnehmen!«

Blitzschnell überwältigen mich vier Beamte in Zivil, drehen mir die Arme auf den Rücken und pressen meinen Oberkörper und meinen Kopf auf den Boden. Handschellen klicken, ich kann mich nicht mehr bewegen. Ihre Knie bohren sich in meinen Rücken. Sie halten mich fest, bis der Ministerpräsident den Saal verlassen hat. Die Schüler sehen betroffen zu, einige wagen es sogar zu protestieren, aber sie werden zur Seite gestoßen und von Polizisten in Kampfanzügen aus dem Saal geschleift.

Manzi kniet sich auf den Boden, um mir etwas zu sagen. Wie üblich kommt er mir ganz nah, sein fauliger Atem schlägt mir ins Gesicht. »Du hast Losurdo schon wieder in die Mangel genommen? Hast du immer noch nicht genug? Hausfriedensbruch, unbefugtes Eindringen in die Privatsphäre, Gewaltandrohung. Dieses Mal kommst du nicht so einfach davon.«

Obwohl mein Gesicht weiterhin auf den Boden gepresst wird, gelingt es mir, sachlich zu bleiben. »Unternimm doch endlich was, du Idiot! Wenn er das Gebäude verlässt, ist er ein toter Mann.«

»Wir haben jede Ecke, jedes Loch überprüft. Alles sauber. Du und dieser Trottel von Pertusiello wolltet uns wohl mal wieder lächerlich machen?«

»Bist du so blöd oder tust du nur so, Manzi? Der Attentäter hat alles akribisch geplant, der arbeitet nicht so schlampig wie ihr. Ihr müsst den Ministerpräsidenten aufhalten!«

Ich habe keine Chance. Sie richten mich auf und bringen mich nach draußen, mit zwei Polizisten als Geleitschutz. Wir gehen die breite Treppe hinunter. Sicherheitsleute, wohin man auch schaut: Staatspolizei, Carabinieri, sogar die Finanzpolizei sind vor Ort. Wir passieren das Eingangsportal des Liceo und stehen auf dem Bürgersteig der Via Diaz. Es ist etwas milder geworden, leichter Schneefall hat eingesetzt. Wie Rosenblätter schweben die federleichten Flöckchen auf den Asphalt. Unten angekommen, schmelzen sie sofort.

Ich weiß nicht mehr weiter. Hält sich der Ministerpräsident noch im Gebäude auf oder ist er schon draußen? In diesem Moment sehe ich den schweren dunkelblauen Mercedes unten links am Eingang, flankiert von Begleitfahrzeugen. Er ist also noch nicht losgefahren. Die vier Hünen von der Staatspolizei drängen mich mit vereinten Kräften bis zum Eingang der Questura. Sie halten mich kurz, die

Hände noch immer in Handschellen auf dem Rücken gefesselt. Ich starte einen letzten verzweifelten Versuch und wende meinen Kopf in Richtung Liceo. »Nicht hier, da unten! Da unten müsst ihr aufpassen!«

Ein Polizist öffnet von innen die Eingangstür zur Questura und ich werde in die Vorhalle gedrängt …

Aus der Ferne, hart, trocken – ein Knall zerreißt die Stille.

Bruno Morchio

Bruno Morchio, geboren 1954, lebt und arbeitet in seiner Heimatstadt Genua als Autor, Psychologe und Psychotherapeut. Er hat Psychologie und italienische Literatur studiert und schreibt Artikel in Literaturzeitschriften sowie für psychologische und psychoanalytische Fachorgane. Bruno Morchio ist Verfasser von bisher sechs Romanen mit dem Genueser Privatdetektiv Bacci Pagano, die in Italien äußerst erfolgreich sind. Nachdem die drei ersten Bände noch beim kleinen Genueser Verlag Fratelli Frilli Editori erschienen sind und in Genua ständig nachgedruckt werden mussten, hat Morchio mit dem vierten Band den Sprung zum großen, renommierten Verlag Garzanti geschafft. Gefragt nach seinen literarischen Vorbildern, nennt Morchio gerne drei Autoren: Vázquez Montalbán, Izzo und Chandler.

Bibliografie

Bacci Pagano – Una storia da carruggi (2004; dt. *Kalter Wind in Genua,* 2007); *Maccaia. Una settimana con Bacci Pagano* (2004, dt. *Wölfe in Genua,* 2009); *La crêuza degli ulivi. Le donne di Bacci Pagano* (2005); *Con la morte non si tratta. Bacci Pagano in Sardegna* (2006); *Le cose che non ti ho detto* (2007) und *Rossoamaro* (2008).

Die Übersetzerin

Ingrid Ickler, geboren 1968, zog es nach dem Abitur nach Paris und Rom, dann Studium der Übersetzungswissenschaften in Heidelberg, heute übersetzt sie aus dem Englischen, Französischen und Italienischen. Sie lebt und arbeitet in der Nähe von Frankfurt.

Mein Genua *noir*

Von Bruno Morchio

In meinen Romanen gibt es drei zentrale Elemente, die eng miteinander verknüpft sind: die Landschaft, die Figuren und das historische Gedächtnis. Die Ermittlungen von Bacci Pagano sind keine lupenreinen Krimis. Zwar fügen sie sich in die Tradition des Genres ein, aber sie orientieren sich an den großen Autoren des »Mittelmeerkrimis«, vor allem an Vázquez Montalbán und Jean-Claude Izzo.

Der übliche Schauplatz für Krimis, seien sie nun europäisch oder amerikanisch, ist die Großstadt. Denn die Stadt repräsentiert den Ort, an dem die kleinen, schmutzigen Ereignisse, in denen der Tod lauert, auf die großen Fragen unserer Zeit treffen: Dort gibt es soziale Ausgrenzung, Immigration, die Kluft zwischen Arm und Reich und die uneingeschränkte Vormacht der Wirtschaft. Die großen Hafenstädte am Mittelmeer haben aufgrund ihrer Orientierung nach Übersee in dieser Hinsicht besonders viel zu erzählen.

Genua ist eigentlich eine kleine Stadt, aber sie hat eine große historische Vergangenheit, die noch immer in den Gassen und Palazzi der Altstadt spürbar ist. Außerdem hat sie auch eine große jüngere Vergangenheit mit den aufgelassenen Industriearealen im Westen der Stadt und im Val Polcevera. Genuas einstige Pracht und Größe, die Vormachtstellung in Handel und Industrie, ist inzwischen verdrängt vom Gewerbe mit sicherer Rendite, von auf geheimen Konten deponierten Reichtümern und vom Immobilienhandel.

In Genua auf Spurensuche zu gehen, heißt, diesen komplexen Wandel zu beleuchten, der für unsere Identität von solch großer Bedeutung ist, bedeutender, als die Wirtschaft und die großen politischen Entwürfe.

Die Altstadt von Genua mit ihren Kontrasten von Licht und Schatten, Flaute und Wind, Pracht und Zerfall unterscheidet sich nicht grundlegend von den historischen Zentren in Neapel, Cagliari und Palermo oder in all den anderen mediterranen Großstädten in Frankreich, Spanien oder Griechenland. Die Altstadt ist eine ewige Baustelle, in der sich die Wege von Menschen aller Ethnien kreuzen, ein Ort der Konflikte und der unerfüllten Hoffnungen, ein Ort, an dem man nach mehr Platz und Licht hungert. Die Gerüche und die Atmosphäre in den Carruggi illustrieren auf beispielhafte Weise eine Mentalität und eine bestimmte Kultur: In Genua muss man die Pracht mit dem Blick nach oben suchen, in unvermuteten Ausgängen, in den engen Fluchten der Gassen. Hinter den alten und notdürftig instand gehaltenen Portalen der baufälligen Palazzi verbergen sich atemberaubende Marmortreppen, und entlang dieser Treppen finden sich illegalen Einwanderern überlassene Löcher, aber auch traumhafte Wohnungen mit Sicht auf die Dachterrassen, die das Zentrum von Genua prägen. Diese Schönheit und dieser Reichtum im Verborgenen, dieses Spiel zwischen Gegensätzen ist typisch für ein Stadtpanorama, das ein komplexes gesellschaftliches und menschliches Panorama widerspiegelt. In der Altstadt von Genua leben Arm und Reich, alteingesessene Genueser und neu angekommene Einwanderer, Intellektuelle und Prostituierte Tür an Tür. Man muss der Politik das Verdienst zusprechen, dass sie, anders als in vielen italienischen und europäischen Städten, die Randständigen nicht an die Peripherie verbannt hat.

Was die Zukunft bringen wird, ist ungewiss. Falls ihnen nicht die Politik zu Hilfe kommt, werden die Armen möglicherweise von gierigen Immobilienhaien vertrieben. Wenn dies geschieht, werden sich Körper und Seele der Altstadt grundlegend verändern – und sie wird weniger interessant sein, auch für die Literatur.

Ein weiteres typisches Merkmal dieses Ortes: In den letzten zwanzig Jahren gab es Ereignisse (von den Kolumbus-Feiern bis hin zur europäischen Kulturhauptstadt), die Genua dazu benutzt hat, große Teile des Stadtgebiets radikal zu verändern, ohne sie jedoch zu entstellen. All dies hat die Altstadt und die Gassen wieder mit jungem Leben und mit wirtschaftlichen Aktivitäten erfüllt. In den letzten Jahren sind in den Carruggi eine Menge Lokale eröffnet worden, in denen ein bislang unbekanntes Nachtleben entstanden ist. Auch die Entscheidung, bestimmte Abschnitte zu Fußgängerzonen zu erklären, hat sich als glücklich erwiesen und positive Auswirkungen auf den Tourismus und die Wirtschaft gezeigt.

Aber nicht alles ist so idyllisch. Vor allem weil ich den Eindruck habe, dass Genua, wie viele andere Städte im Mittelmeerraum, auf der Suche nach seinem Platz in einer postindustriellen Zukunft ist. Es ist ungewiss, ob der Tourismus die darniederliegende Industrie ersetzen kann. Der Hafen bietet nicht genügend Arbeitsplätze, um einer Stadt, die allmählich alt und unterstützungsbedürftig wird, den Wohlstand zu garantieren.

Genua ist für mich demnach zunächst ein Ort der Erinnerung und der Identität. Er birgt in sich die Wunden und den Stolz der Seele, weil er eifersüchtig die Spuren seiner Geschichte bewahrt. Diese Geschichte zu durchqueren, hat nicht nur meiner Biografie ihren Sinn gegeben, sondern auch der meiner Romanfigur. Bacci Pagano ist ein Detektiv mit 68er-Vergangenheit, pessimistisch, humorvoll, nostalgisch und zweifelnd. Moralisches Urteilen gehört nicht zu den Privilegien seines schmutzigen Metiers. Er muss einfach genügend verdienen, um anständig zu überleben. Auch im Krimi reicht es nicht, die eigene Haut zu retten, wenn man dabei die Seele verliert. Und tatsächlich ist es für Bacci wichtiger, seine Seele zu bewahren, als den Schuldigen eines Verbrechens zu finden. Dies treibt ihn an, in der Geschichte und im Leben von Opfern und Tätern immer tiefer zu graben, auf der Suche nach einem Sinn, der für gewöhnlich kein anderes Ziel hat als das Fortleben der Seele im Lauf der Geschichte zu beweisen.

metro – Spannungsliteratur im Unionsverlag

»Die *metro*-Bände gehören auf jeden Fall zum Besten, was derzeit an sogenannter Spannungsliteratur zu haben ist.« *Michaela Grom, Südwestrundfunk*

Raúl Argemí
Chamäleon Cacho

Bernardo Atxaga
Ein Mann allein

Lena Blaudez
Spiegelreflex; Farbfilter

Patrick Boman
Peabody geht fischen; Peabody geht in die Knie

Hannelore Cayre
Der Lumpenadvokat; Das Meisterstück

Driss Chraïbi
Inspektor Ali im Trinity College

Liza Cody
Gimme more

José Luis Correa
Drei Wochen im November; Tod im April

Pablo De Santis
Die Fakultät; Voltaires Kalligraph; Die sechste Laterne

Garry Disher
Drachenmann; Hinter den Inseln; Flugrausch; Schnappschuss; Beweiskette

Rubem Fonseca
Bufo & Spallanzani; Grenzenlose Gefühle, unvollendete Gedanken; Mord im August

Jorge Franco
Die Scherenfrau; Paraíso Travel

Jef Geeraerts
Der Generalstaatsanwalt; Coltmorde

Friedrich Glauser
Die Wachtmeister-Studer-Romane: Schlumpf Erwin Mord; Matto regiert; Der Chinese; Die Fieberkurve; Die Speiche; Der Tee der drei alten Damen

Joe Gores
Hammett

Chester Himes
Harlem-Romane

Petra Ivanov
Fremde Hände

Jean-Claude Izzo
Die Marseille-Trilogie: Total Cheops; Chourmo; Solea

Stan Jones
Weißer Himmel, schwarzes Eis; Gefrorene Sonne; Schamanenpass

H. R. F. Keating
Inspector Ghote zerbricht ein Ei; Inspector Ghote geht nach Bollywood; Inspector Ghote hört auf sein Herz; Inspector Ghote reist 1. Klasse

Yasmina Khadra
Morituri; Doppelweiß; Herbst der Chimären

Thomas King
DreadfulWater kreuzt auf

Bill Moody
Solo Hand; Moulin Rouge, Las Vegas; Auf der Suche nach Chet Baker; Bird lives!

Christopher G. Moore
Haus der Geister; Nana Plaza; Stunde null in Phnom Penh

Bruno Morchio
Kalter Wind in Genua; Wölfe in Genua

Peter O'Donnell
Modesty Blaise – Die Klaue des Drachen; Die Goldfalle; Operation Säbelzahn; Der Xanadu-Talisman; Ein Hauch von Tod

Celil Oker
Schnee am Bosporus; Foul am Bosporus; Letzter Akt am Bosporus; Dunkle Geschäfte am Bosporus

Leonardo Padura
Adiós Hemingway; Der Nebel von gestern; Das Havanna-Quartett: Ein perfektes Leben; Handel der Gefühle; Labyrinth der Masken; Das Meer der Illusionen

Pepetela
Jaime Bunda, Geheimagent

Claudia Piñeiro
Ganz die Deine

Roger L. Simon
Die Baumkrieger

Susan Slater
Die Geister von Tewa Pueblo

Clemens Stadlbauer
Quotenkiller

Paco Taibo II
Vier Hände

Masako Togawa
Schwestern der Nacht; Trübe Wasser in Tokio; Der Hauptschlüssel

Tran-Nhut
Das schwarze Pulver von Meister Hou

Gabriel Trujillo Muñoz
Tijuana Blues; Erinnerung an die Toten

Domingo Villar
Wasserblaue Augen

Nury Vittachi
Der Fengshui-Detektiv; Der Fengshui-Detektiv und der Geistheiler; Der Fengshui-Detektiv und der Computertiger; Shanghai Dinner; Der Fengshui-Detektiv im Auftrag Ihrer Majestät

Manfred Wieninger
Der Engel der letzten Stunde; Kalte Monde

Mehr über alle Bücher und Autoren auf *www.unionsverlag.com*

Unionsverlag Taschenbuch

»Die Taschenbuchreihe des Unionsverlags hat ein ganz eigenes Profil, sie ist mehr eine kleine Bibliothek, als dass sie auf raschen Verbrauch setzte.« *Heinrich Vormweg, Süddeutsche Zeitung*

Chester Himes,
Harlem-Romane (UT 461)

Petra Ivanov, Fremde Hände (UT 460)

Pham Thi Hoai, Sonntagsmenü (UT 459)

Claudia Piñeiro,
Ganz die Deine (UT 458)

Wladimir Arsenjew,
Der Taigajäger Dersu Usala (UT 457)

Ignacio Aldecoa, Gran Sol (UT 456)

Zhang Jie,
Abschied von der Mutter (UT 455)

Mo Yan, Die Knoblauchrevolte (UT 454)

Nagib Machfus, Radubis (UT 453)

Juri Rytchëu, Polarfeuer (UT 452)

Alain Gresh, Israel–Palästina (UT 451)

Pablo De Santis,
Die sechste Laterne (UT 450)

Bill Moody,
Moulin Rouge, Las Vegas (UT 449)

Zakes Mda, Der Walrufer (UT 448)

Masako Togawa,
Schwestern der Nacht (UT 447)

Kamala Markandaya,
Nektar in einem Sieb (UT 446)

Salim Alafenisch,
Die Feuerprobe (UT 445)

Bruno Morchio,
Kalter Wind in Genua (UT 444)

Reise nach Myanmar (UT 443)

Reise ins Tessin (UT 442)

Reise nach Mexiko (UT 441)

Reise in die Provence (UT 440)

Reise nach Ägypten (UT 439)

Reise nach China (UT 438)

Murathan Mungan,
Palast des Ostens (UT 437)

Hasan Ali Toptaş,
Die Schattenlosen (UT 436)

Tevfik Turan (Hg.),
Von Istanbul nach Hakkâri.
Eine Rundreise in Geschichten (UT 435)

Ahmet Ümit, Nacht und Nebel (UT 434)

Nury Vittachi, Shanghai Dinner (UT 431)

Galsan Tschinag, Auf der großen
blauen Straße (UT 430)

Juri Rytchëu, Gold der Tundra (UT 429)

Alan Duff, Warriors (UT 428)

Tschingis Aitmatow,
Der Schneeleopard (UT 427)

Tschingis Aitmatow,
Der Junge und das Meer (UT 426)

Michel Vieuchange,
Smara – Verbotene Stadt (UT 425)

Michelle de Kretser,
Der Fall Hamilton (UT 424)

Mehr über alle Bücher und Autoren auf *www.unionsverlag.com*